YOUZHAO

YIRI

DAOZAISHOU

有朝一日
刀在手

退戈 著

北京联合出版公司
Beijing United Publishing Co.,Lt.

不惧世事，

不羁命运。

她的世界是由希望绘成的，

比任何人都要光彩。

Contents

目录

招收国民
重建荒芜星

"我的国家欢迎每一个想要努力生活，
又被现实打击的人，就算只是想暂时的逃避也没有关系。
荒芜星能够给他机会，让他好好想清楚，
然后再勇敢地活下去，这就是我想要振兴它的理由……"

星星之火，始于弱小，然不灭于黑暗。

第一章
出场首秀

"下一位。"

安静的会议室中，响起一个冰冷的男声。

随即一张新的身份卡片被刷亮，半空中浮现出卡片主人的具体信息。

《联盟军事大学入学申请表》

姓名：开云

性别：女

年龄：18

申请专业：单兵作战系

特殊身份：国王

星球：重建荒芜星（原名：联盟A302星系废弃星球，已认证，现属私人财产）

武力：未验证

武器：绝密

备注：稀有能源免疫

联盟军事大学的几位管理人，在看见描述之后，表情终于出现了波动。

"是守财奴啊。"一人唏嘘说，"没想到这个年代，还能看见真正的守财奴。"

当某星球出于各种原因被联盟确认为无法继续居住的废弃星球之后，如果有原住民不愿意离开并持续驻留若干年，就可以将星球申请为私人财产。

"守财奴"一词最早是因为部分原住民为了"可平分星球剩余资源"这一项规定，强行定居废弃星球，拒绝并敌视联盟救援，最终导致其大量死亡，而被嘲讽为要钱不要命的"守财奴"。

现在真正意义上的"守财奴"几乎绝迹，因为被联盟认定为废弃星球的荒芜星，基本上无法安全居住。

后来这一身份经常被星际海盗冒用，影响广泛，"守财奴"也慢慢成为非法掠夺者的代名词。

"咯。"

那人意识到自己措辞不当，立马转入正题。

"按照联盟规定，所有高校应该对有合作意向的旧人类居民给予一定的优待，但其中并不包括单兵作战系……"

"而且她竟然是稀有能源免疫，意味着她不能使用所有由稀有能源制作并支撑的高端武器。这在单兵中，等于残废。我认为她没有被招纳的资格。"

"果然是因为久居废弃星球，所以基因出现劣等变异了吗？如果是稀有能源免疫的话，不管她有多强的身体素质，都没有成为救援军人的资格，没有培养的意义。"

"是。单兵训练需要耗费大量资源，我认为没有必要招收一位无战力学员。"

"单兵系中女生数量稀少，因为在实力的考核中，不考虑性别的因素。"

"免疫稀有能源意味着缺乏攻击力。她甚至可能无法从我校毕业。"

众人于是一致道：

"不通过。"

"不通过。"

"建议她转入后勤专业或文化类专业。"

"……"

"咚！"

森严的盖章声过后，表格上留下了"驳回"两个红字。紧跟着又响起一个冰冷的声音。

"下一位。"

……

转眼已是三个月后，各大军校在结束了焦头烂额的生源争抢战之后，马上开启如火如荼的联盟军校联赛。

上百所名校组成的联合赛事，几乎是联盟一年一度最大的盛会狂潮。

大二起才能报名参与，表现评价计入毕业成绩考核。这样的标准，历来都是展现高校教育实力、促进团队磨合、让老生在新生面前树立伟大形象……的珍贵现场教学资源。

尤其是后期的真人淘汰赛，混杂着各种热血又炫目的比拼。

大多新生入学之后会有一段无法适应单兵作战风格变化的时期，这就是他们学习融入的第一课。

毕竟，如何安然地面对打脸，也是一种宝贵的经验啊。

临近十二点，女声广播开始在全校内重复播放，催促学生入场。

第389届联盟军校比武大会联赛第一场即将开始。

比赛形式：团队赛。

考核模式：全真模拟。

团队成员人数要求：6人及以下。

请未组队的成员尽快组队，未签到的成员马上就位。本联赛结果将计入最终评价成绩。通知再播送一遍……

负责身份核查的监考人员百无聊赖地坐在考场门口，伸长手臂打了个哈欠。

目前学生已经基本报到，还没出现的多半是直接选择弃考的，毕竟这是一场非常重要的考核赛，不流行定点打卡。

监考官感慨了一句："年轻人的热血夏天啊……"

每到这个时候，他就会想起自己当年在联赛直播中赚到的第一笔巨款，不由得勾起唇角笑了笑。

对军事对战进行直播推广，以增加战力人员收益，是他最喜欢的一个政策。从此参军也成了高收益、高保障职业，而民族英雄就是新时代的偶像。

估计现在有一大群人，正守在网络前面等待着直播开始，毕竟军校联赛是普通市民能接触到的高端技术赛场直播之一，无论是设备还是参与者的水准，都无可挑剔。

当他正魂游天际之时，一张卡从桌子对面递了过来。

"报到。"

监考官惊讶。

不会吧，现在才来？

他抬起头，发现来的是少见的女生，而且是一位漂亮的女生。女生头发高高束起，露出极其英气的五官，低垂着的视线看上去显得人有些冷淡，但对上自己的目光之后扯出的礼貌微笑又显得有点可爱。

顺着她的脸往下移，可以发现这女生打扮得很粗犷。

她穿的是很有华夏古风的武装长袍——这可不是联盟的日常装，袖口和裤腿都扎了上去，领口微宽，露出一截锁骨。这样的装扮衬得她四肢纤长，但是有一点瘦弱。

背上背着几把用布包裹住的武器——这个也不奇怪，因为有的人就喜欢出门多带几把刀，如果一把钝了还能再换一把，俗称"刀郎"。

最奇怪的其实是她手上抱着的一盆盆栽。

……的确是一盆盆栽。那蔫黄的、看起来即将死去的幼叶和顽强抽出来的枝条，甚至有一点点像……

"请帮我照顾一下我的小番茄。"

女生开口道："半小时一次，请严格按照时间来浇灌营养液，谢谢。"

说着又将一瓶营养种植液也放了下来。

这小盆栽的土松松散散，颜色发白，一看就知道不适合用来栽培，现在浇上了珍贵的营养种植液，变成一团一团的，但番茄还是只长成这个鬼样，足以证明此土之废。

联盟上除了污染区，根本找不出这样的土，所以这玩意儿是从哪儿淘来的？

监考官终于回过神来，板起脸道："你快迟到了知道吗？怎么现在才来啊？还剩下十五分钟，我希望你已经有自己的队伍了！"

对面的女生犹豫了一下，说道："我不是你们学校的学生欸。我只是来借考的。"

监考老师愣了下。

对于军校联赛，大型军校一般都有自己的合规考点，需要借考的只有一些小型或不入流的军校。这些学校一般很难拿到军校联赛的考试资格，毕竟水平差距摆在那儿，名校大多不喜欢带他们一起玩。想要打通关节，没点票票怕是行不通的。

可是有票票的人，一般早早习武，不至于沦落到要跑去流动大学。

所以很可能是流动大学校方的关系户——历年来的炮灰团中坚选手。

监考老师将卡片在旁边的卡槽中刷了一下。

姓名：开云

在登职业：学生（联盟首都星流动大学·六）

身份：国王（星际交流生）

星球：重建荒芜星（原名：联盟 A302 星系废弃星球，已认证，现
属私人财产）

考场：联盟军事大学 21 号地图

品阶：未验证

武器：绝密

备注：绝密·已隐藏

确认合规，监考老师将身份卡片递还给对方，催促道："快点进去！还要存放无关物品跟组队，马上跑起来！快快快！"

女生背着自己装备，身形迟疑了一下，然后勉为其难地小跑起来，进入考场。"唉。"

监考官将视线收回来，又看向那株小番茄，在手即将碰上叶子的时候，突然之间惊醒，把信息往前调动一页，对着上面的"国王"两个字，翻来覆去看了几十遍。

"现在的年轻人真是了不起啊！"他忌妒地拍腿道，"竟然真的继承了一颗星球！这身份，不一样啊，不一样。但是这颗星球，怎么感觉有点耳熟啊？"

他紧接着开始在网页上搜索"联盟A302星系废弃星球"，发现这颗星球已经废弃了很久，目前在登记合法居住人数……

1。

……是个狠人。

监考官用手敲着桌子，蠢蠢欲动，极其想要实时跟进本次联赛赛场。在最后剩余时间不到五分钟的时候，他终于忍不住用光脑打开了直播界面。

他在各频道里扫了一圈，最后还是调到了开云所在的"21号"考场。

那女生看起来很不能打的样子，应该耽误不了太长时间，等那边结束，再回来跟进种子选手所在的考场。要知道，"辣手摧花"这样的残酷画面……可是历年联赛中不可错过的风云场面。

谁能斩落美人身上的积分，谁就能获得往后数年各校单身人士最诚挚的友谊和祝福——为这经历得了革命考验的呛喉友谊干杯！

监考官幸灾乐祸地偷笑，光脑上画面一转，已经跳到了比武大会登录界面上。

此时入口处人群涌动，最前方是一片白色的薄雾，表示还未开放，再后面就是本次考场随机选定的寻宝图。

他不久前看见的那个女生，正盘腿坐在门口，等待组队。

因为是全真模拟，真人现在正躺在虚拟设备中，而系统数据给考生提供了标准式作战服，军大考场的统一是黑色军装。

穿上军装，不得不说这女生看起来更飒了。毫无波澜的眼神，给她增加了一点高手的神秘气质。

也许有戏？

监考官起了一点点期待。

那女生盘腿坐在地上，身后背了一个系统出产的大型白色告示牌，上面写着大大的"求组队"三个字。

监考官看了眼时间，发现只有不到三分钟了，已经是入场准备阶段，可她依旧孤零零地坐在那里等待被捡走。

监考官一面有些着急，一面又觉得这是情理之中，随后既无奈又同情地叹了口气："就让她早点来嘛。"

看看，现在连出卖色相的时间都没有了。

随后他又叨叨："怎么那么木呢？流动大学的学生没有过往成绩可以参考，好歹应该上前喊两句，或者舞一套刀法展示一下啊。"

开云没有丝毫的紧张，脸上更多的倒是好奇。

因为尚在准备阶段，考场所在的上帝视角直播间内收不到考生间的小声对话，但是开云身处其中，稍稍侧耳，就能听清楚。

从她出现开始，周围就一直有叨叨声断断续续。

开云抓了抓耳朵，想从他们的对话中获取一些关于比武大会的内容，可惜不大有成效。大家聊的东西，她有些听不懂。

"怎么突然冒出来一个学生，好像还没队伍？"

"我们队伍就差一个人，招吗？"

"招什么？招进来当大爷吗？看看那张脸！写满了与胜利无缘！"

"说不定是天生丽质……"

"她穿的是军大考场的黑色制服吧？我用我的毕业分发誓，我从来没有见过她。这面部调整得多夸张啊？"

"快闭嘴！你是忘记了被躺分人士支配的恐惧了吗？"

"不是啊，我想招她进来会不会多有一点镜头，有没有可能上首页？五保一刷个人直播礼物怎么样？那就发了啊！"

"你保得住？军校里多少单身狗喜欢辣手摧花，你不知道吗？"

开云侧起头，朝着说话的那队人看去。

耳语的几人见被她发现，立马噤声，开始吹口哨望天掩饰。

一男生小声道："哇，耳朵很灵啊，她刚刚是听到了对吧？"

"全心打比赛吧，看看开场能不能刷一拨分。"

基本上，开场和终点是死亡人数最多的两个地方，因为有一大拨捣乱不嫌事大、热爱浑水摸鱼的猥琐流选手。

不过，这个考场上女生的数量确实很少，只有二十人不到。

开云是第一次参加军校联赛，只粗粗扫过一眼往年的视频，就发现越进展到后面，男女比例越会拉大到不可思议的地步。

也因此被公认为——

武学，是男人的天下。

开云抬手摸了下自己身后的大刀。

嗯。在悲鸣啊。

准备时间只剩最后一分钟，开云直接收起告示牌，站了起来，显然是准备独闯副本了。

"欸，这孩子，怎么就放弃了呢？"

监考官见此叹了口气，似乎已经预想到了她可悲的未来。

他顺手拉出这个考场的学生名单，发现没有几个眼熟的名字，这说明顶尖的那一批学生，都没轮到这个考场。

"她运气还算好，这个考场没有明星选手。

"不过，能决定炮灰存活时间的也不是顶端选手。"

学霸之间的厮杀纵然激烈，学渣……不，几大著名高校的单兵系中，就没有普世意义上的学渣。

匹配对手的运气好不好，开云不知道，反正匹配地图的运气不大好。

他们这个考场分配出来的考核图是丛林。

丛林中有无数善于伪装又攻击力强盛的变异生物，不少还是以群类方式出现的，这对个人玩家来说很不友好。

透过模糊的雾气，可以看见本场比赛的起点，密布着一片变异树。

那些变异树开云非常熟悉，因为她的荒芜星上就有不少。看似一片绿荫，其实攻击力强悍，只要有生物进入它的狩猎范围，它就会进行大肆绞杀。藤条的抽紧力度堪比一条强壮的蟒蛇，且表面粗糙，很容易割破猎物的皮肤，然后借由表面附着的一层麻醉黏液，使猎物放弃抵抗。

如果谁被缚住四肢又无人救援的话，只能主动交待小命了。

正当她遐想之际，屏幕的上方浮出一行金字。众人神色一凛，纷纷摆出作战姿态，表情严肃地看向入口。

第389届联盟军校比武大会联赛第一场正式开始。现在开始宣读考场规则：

本场比赛评判方式：积分。

积分获取方式：击杀其他参赛选手（3分），重要助攻击杀（1分）；击杀或助攻大型变异生物（系统自动判定，1—3分）；抵达终点的队伍名次（前三队伍分别为30、20、10分）；其他标识加分。

注：本场比赛为团队赛，组队的成员均享积分。

结束方式：抵达终点（光柱所在处）。

比武时长：0—24小时。

总的来说，这是一场可PVP（杀人）、可PVE（杀变异生物），也可纯单机秀操作（轻功冲刺前往终点）等多种形式的考核。

任何一种模式表现优秀，或者三者结合，都会有晋级的可能，这就要看队伍如何选择了。

开云还在等着规则宣读完毕，没想到画面突然变化，白雾直接消失，一排变异树毫无障碍地出现在众人面前。

在比武大会开场的前三秒，没有人做出任何举动。

一切都非常和谐，像是静静地等待着人去打破的彩蛋。

开云好奇地转动着眼珠。

这似乎会是个友善的考场，众人集体合作，寻求最大效益什么的……

三秒过后……

"哈哈哈！"

开云身侧一个身材高大、体格健壮的男生突然做出动作，直接将内力凝聚在手中，以迅雷不及掩耳之势，捶向地面。

不夸张地说，这人有拔山扛鼎之力，加上内力的辅佐，将地面打出一阵颤动。

如果在平时，这样的颤动不足以影响学生们的站位，可是现在却惊醒了蛰伏的树藤。

一时间，绿色的藤条全都如蟒蛇出动一样飞舞起来，将场面搅得异常混乱。

一些下盘空虚的学生，身体开始摇摆，躲避中又被阴险的对手偷袭，猝不及防地被撂翻在地，然后迎上抽卷过来的树藤。

"今天来了这里，谁都别想走！"那个浑身肌肉的始作俑者很是兴奋地吼道，"大家有难同享，一起挂科啊！"

众人怒了。

"谁要跟你一起挂科啊！你有病啊？"

"动手前能不能先跟校友打个招呼？老子跟你一个军校，竟然被你坑了！"

"是一军，是一军的人先动的手！大家不要留情，上啊！"

变异树也无法阻止众人的愤怒，脱困什么的根本不重要，必须先拿下对方的狗头！

强壮男生嘴上说着要一起挂科、一起快乐，在不遗余力地将一帮考生送去给变异树做肥料之后，自己却稳稳地站着，见其余学生朝着自己攻来，依旧不慌不乱，指着自己大言不惭道：

"本人大名雷铠定，记住我的名字！"

众人大怒："你有本事站着别走！"

大概是从雷铠定处得到了灵感，一众身强体壮的拳手，跟着开始浑水摸鱼，趁机抢占击杀与助攻。

在拳手们的强力捶地之下，藤条似被激怒，开始更加疯狂地攻击。

为了解救不慎中招的队友，考生们只能奋力斩断藤条。

一时间刀风与剑气乱飞，无辜人士被大范围误伤，惨叫声跟唾骂声不绝于耳。

鲜血很快染红了入口处的一片泥地，变异树在刺激下开始了二次发育。

果然，军校生就是有军校生的样子，跟她师父说的一模一样。本考场里神经病聚集，并且还会同时段发作，不具备互相合作的可能性。

开云放心了。

那边，惹事的雷铠定见局面大好，运气差的炮灰已经被清理，剩下的考生自顾不暇，正是脱困的好时机，便朝自己的队友使了个眼色："准备走！"

几名队友点了点头，不动声色地朝他靠近，同时抽出身后的武器，全面为他开路。

雷铠定被围在中间，突然抬起头，露出一个狂傲邪魅的微笑。

这个笑容他曾对着镜子练习无数遍，争取准确做到在去油腻的同时，还能尽显霸道。

因为，微笑——是每一个胜利者的宣言，也是他专属定制的必修课。

虽然他才上大二，但已经是一军秘密培养的种子选手。这次考试，他的任务就是——高调取胜。越高调越好，就算开场招黑也没有关系，只要在后期实战阶段展露出过人的水平，就能实现舆论翻转。

毕竟武学是强者为尊。

他就是要让所有人都见识一下，什么叫实力、什么叫黑马，同时向大家证明，一军的明日之星，非他莫属！

根据他开场的出众表现，此时考场的主镜头应该就聚焦在他身上。

雷铠定身后的几位队友发现他的重度自恋症又开始发作，忍着羞耻连声催

促道："老雷，快走了！"

雷铠定"嗯"了一声，故作高人状道："我来带你们突出重围！跟紧我！"

他个儿头大，在队伍中充当灵敏度较为欠缺的拳师，是近战位置，但很少有人知道，与体形完全相反，他的轻功特别出色。

以他魁梧的身材，施展轻功虽做不到飘飘似仙，但行云流水还是可以的。

雷铠定快速调整了姿势，助跑一段，提气起跳，冲到最前面开路。

同一般人的轻功不一样，他的轻功还带着一股气势，如一只猛虎，毫不大意地落到了战场中间。

雷铠定将内力运行在脚下，挺立上身，保证自己的姿势方便上镜，同时手部运气，将攻到面前的藤条一拳撞开。

拳速快如闪电，竟然真的在混乱中清出了一条路。

开局顺利，雷铠定不由得信心大增。

镜头！他需要镜头！

"上！第一的名次我们就不客气地拿下了！等我去终点拿了名次分再来找你们玩啊！"

雷铠定的尾音还含在嘴里，一道更快的人影从他面前闪过。

那人留着一头黑色的长发，背后是一个硕大的包裹，体形大概只有他的一半大小，而且滞空能力极佳，所以看起来身体轻飘飘的，完全不受障碍，像一只轻燕在变异树林里穿梭，转眼就没了踪迹。

雷铠定就那么愣住了。

他回忆方才的情景，才发现自己竟然连对方的脚法都看不穿。将一众考生训得嗷嗷直叫的变异树，却连她的身都近不了。

同她的轻功比起来，自己方才的动作堪称笨拙。

对方究竟是怎么躲过去的？

……所以那货到底是谁啊？

突然，一道长鞭在他耳边抽响，雷铠定听见队友气急败坏地喊道："你在干什么？这是发呆的时候吗？！"

雷铠定惊觉自己失态，连忙将注意力收了回来。然而旁边的考生已经杀到，红了眼要找他们报仇。雷铠定的队伍站位开始凌乱。

"退退退！重整队伍！"雷铠定被彻底打乱了节奏，烦闷道，"先安全突围再说！"

"可以啊，开场就这么刺激！"

场外监考官兴奋鼓掌，越混乱的局面他越喜欢，最好能撕得更响亮一些。

只可惜刚才镜头全卡在戏精雷铠定的身上，等转到开云的时候，她已经顺利到了变异区边缘，错过了最精彩的部分。

所以多数观众都没看见她的轻功首秀，等注意到她时，她已与后方部队拉开距离。而她还提着穿不大习惯的军裤，慢悠悠地走在小路上。

众人一头雾水地在评论区质疑：

"直播事故无疑，我根本什么都没看见啊。"

"是我的错觉吗？还是因为我太久没在封闭训练区看见美女了，我竟然觉得……"

"怎么回事？瞬间转移？不可能那么快出变异区吧？是不是地图有bug（漏洞）？"

"难道变异树还有颜控属性吗？"

似乎是为了弥补过失，该考场的直播间管理员直接以开云为C位，给了她一个近景特写，将视角悬在她的后上方处，随着她的动作不断移动。

因此，不可避免地拍到了她那个一颠一颠的背包。

观众跟管理员眯起眼睛，不约而同地看向那个可疑的背包。他们似乎从没有拉严实的拉链中，看见了一个疑似锅柄的黑色柄状物体……

然后，管理员邪恶的小手点了下开云的背包储物详情，一排白字浮现在屏幕右上方：

番茄、土鸡蛋、猪油、盐……

评论区诡异地安静了数秒。

监考官在蒙圈中缓缓地打出一个"？"。

第二章
战火点燃

成排的问号汹涌而出，占据了整个评论区。

这应该是值得纪念的一刻，见惯了厮杀与阴谋的老油条们，竟然被一个刚刚成年的女生唬住了。

在他们集体抗议的时候，开云已经顺利地走出变异树区。

然而出了这里并不意味着安全，或者说，危险才刚刚开始。

前方视野开阔起来，路况变得更加复杂，充斥着肉眼难以分辨的沼泽以及被灌木跟杂草遮掩的坑洞。

一般的队伍，从现在开始就要放缓速度，避免踩入密集的陷阱，或者惊扰到其他敌人。

不知道开云会有什么样的操作，直播管理员隐隐觉得她或许可以再次创造奇迹，所以一直将主镜头定在她身上。

让他失望的是，开云并没有做出什么惊人的举动，只是跟老僧入定一样地站着，看着面前一片平地。

过了大约一分钟，还没有动弹。

画面再次变得尴尬，观众纷纷开始询问是不是卡机了。

直播管理员恨不得以头抢地，他觉得自己这个月的工资可能都不够扣，毕业以来还没出过这样的错误，流动大学的学生跟他真是八字犯冲。

这都算什么事儿啊？

他愤愤地敲着按键，将画面转到了激战区。

激战区的C位，果然还是在雷铠定的身上。因为他们队伍先期玩了一拨骚操作拉稳仇恨，随后又不慎错失最佳逃离时机，现在正在遭受围攻。

直播间的背景音里充斥着鬼哭狼嚎。

管理员在屏幕后方快乐地笑了起来，这才是他熟悉的节奏。他端起杯子，还没来得及松一口气，余光发现开云那边竟然动了。

他手一抖，赶紧将画面切了回去，主屏幕中出现了开云在空中的姿态。

观众还在回味混战的热血，冷不丁见到一个鸟人，又蒙了一下，等调回状态，才发现这人竟然是那个来历不明的女生。

他们初次得见开云的轻功，第一眼就被惊艳，连方才的怒气都忘了发泄。

面对这一片经过伪装、不带特殊侦察机器根本无法辨别安全落脚点的泥潭区，开云竟然选择用莽飞的方式进行突破。

联赛已经很多年没有出现这样的英雄了，要知道，这一长段陷阱，得有五六十米的距离。作为一个独行侠，根本不会有人过来救她，只要出现一个细小的错误，就可以直接宣告她的比赛结束。

观众屏息凝神，想看她如何正面莽过第二个考验区。

然而……并没有什么惊心动魄或艰难困苦的画面，一次、一次，她只是稳健又单调地提气、穿梭。

或许是因为开云的身形偏瘦，平衡力又极佳，张开双臂起落的时候，有如轻燕飞掠，赏心悦目。

她落脚点把控得极佳，为了防止踩到系统构造的泥潭陷阱，她只用脚尖轻轻地点在露出头的石头上。

这些石头的分布也是有讲究的：普通学生的轻功，在保持前进冲势的情况下，可以有三到四米，而以轻功见长的学生或许能稳定在四米以上，爆发能有五米多的距离，这也是联赛安排参数的依据。

石头间的距离，一般在四到五米，逼近五米，很少有人能不做休息地直接飞越。届时加上考生之间的厮杀跟干扰，足够让所有的学生都在泥潭里洗个澡，染染色。

可是，对开云来说……这样的距离算不上什么，而且她似乎对这一片森林区非常熟悉。如果这个地图不是开场前随机生成的话，众人都以为对方提前来踩过点。

"嚯！踏轻燕？"

监考官看着屏幕眼睛一亮，饶有兴趣地摸了摸下巴。

这是联盟军方内部最喜欢使用的一种高阶轻功。

它好用但是不好学，学不好是画虎不成反类犬。任何高阶武学都是这样的，除却努力跟经验，更看重的还是天分。

当然，天分决定了天花板，努力则决定了下限。

他没想到能在大学联赛里见到将这门技艺发挥到如此程度的学生，着实是

一匹黑马。那后面的关卡，估计也难不倒她了。

监考官好奇道："这个年代，还有专修轻功的学生吗？"

在观众的惊叹之中，开云几个起落，已经过了危险区域，且没有发出一丝多余的声音。原本布置精密的陷阱，对她而言竟然没有难度。

只见她打了个哈欠，不待休整，继续向前，仿佛这只是一个称不上有难度的普通测试。

评论区再次冒出了无数个"？"。

"今年联赛是不是放水了？我要看的不是这个啊！"

"说！她的背景是什么？是不是一整个考场的学生都是托儿？"

"这……这就结束了？"

"莫诓我好吧？我也是个老观众了，不要这样糊弄我！"

"小姐姐太帅了吧！能不能给个近脸特写呀？"

"怎么还没有资料到我的手上？这一届的网友全部给我退学重修！"

舆论风向快速转变，夹杂了不少的嘘声。

不！不是这样的！

直播管理员心中嘶吼一声，将镜头转回激战区，原本在入口处纠缠的考生们，已经陆陆续续将战场转移到了泥潭陷阱这一带。

他们非常符合预期地掉进了泥潭里，互相拉扯着致力于追求共同沉沦，用各种阴险的招数进行群伤。

没多久，每个人都裹得像泥水里翻滚的泥鳅，区别只在于有的人沉下去就没有然后了。

"我去！这地图设置是不是不合理啊？我根本飞不过去啊！跑了一路哪还有力气啊？"

"谁再拉我一把，再给我一个机会，我还能战！"

"我不能走，你们也别想走！一起挂科不快乐吗？！"

"这一身泥得有二十斤重吧？三夭越来越恶心了，竟然改参数故意为难我！"

直播管理员险些喜极而泣。

这！才是正常的考生啊！他们才是在正经比赛的人！

观众看着这惨淡的一幕，突然狠不下心嘲讽。

这是怎样的小可怜们啊？他们大概死也想不到同地图里有人开了颜色不一样的挂。

于是随后的直播画面，开始朝着精分的方向发展。

一会儿是岁月静好般地闲逛游览，一会儿是你死我活、同生共死地壮烈厮杀，连观众都看得无语凝噎。

终于，在考生死伤过半的时候，开云第一个到达了终点。

她用胸口的名牌在终点处打卡，顺利拿到第一名的三十分。

一般来说，三十分已经可以稳过第一轮选拔了。

"噢！"

监考官看着她的积分蹿到前几位，一种欣慰至极的感觉油然而生，开心了一会儿，才意识到开云根本不是他们学校的人。

那他乐个什么劲儿啊？

监考官还是笑了下。

主攻轻功的学生比较少，但做到她这种程度，在联赛中也能发挥出特别重要的作用。

轻功卓越加长相出众，应该足够让她在后期组到一支不错的队伍了，说不定还能借着队友的保护冲进决赛圈。

他的手移向右上角，觉得本考场的看点应该就到此为止了。直播管理员显然也是一样的想法，所以画面已经被切回主场。

然而，当监考官准备关掉界面的时候，屏幕一跳，竟然又弹回到开云的视角。

监考官内心吐槽了一句，这一次的镜头管理员怎么老是一惊一乍的？一副没见过世面的模样，就这种水平，真的是应该要换了。

他仔细一瞧，才发现开云背着包，竟然朝着开始的方向走回去了。

啊？

监考官的内心已经不能用"困惑"来形容了。

一个专攻轻功的独侠客，在团队比赛中拿到了名次积分却不退出，是想做什么？去送人头吗？

……难道她不知道比赛是可以提前退出的？

哦，是的，她是个守财奴，守财奴犯多大的常识性错误都不奇怪。

监考官叹了口气，同情这位即将香消玉殒的冠军。

开云当然是想着再去刷一拨分，可是她到终点已经有段时间了，原路返回说不定会遇上大部队，所以中途选了条僻静的小路，看能不能碰到好运气。

果然有落单的队伍。

开云听见脚步声，扭头看去。

双方就那么不期而然地正面交会，无从躲避，然后瞪着眼睛面面相觑。

她数了下，对方有六个人。

开云想着一打六有点危险，还是先换个软柿子，于是自觉地转了方向，绕道而走。

"站住！"

对方当即震天一吼。

不知道该不该说是冤家路窄，对方竟然是雷铠定的队伍。

他们刚刚从群攻中突围，此时有些狼狈。

"是你吧？"雷铠定激动地说，"肯定是你！地图里留长头发的人就你一个！你这浑蛋！"

开云歪过脑袋，不解地看着他。

雷铠定凶道："别用这种眼神看我！你以为我会可怜你吗？战场之上无性别，你色诱我也没有用！"

开云："……"

雷铠定身后的队友朝她耸了耸肩，示意她别在意这个二缺。

雷铠定咬牙切齿，微微发颤道："如果不是你……我已经脱颖而出准备出道了！

"就这样你还想离开？"

开云茫然问："你到底是哪位？"

"你……"

雷铠定张着嘴，一脸被重伤的表情。这叫什么？伤害了他，却连一笑都不给，就想那么而过？

他的脸色阴沉下来，冷冽道："出刀吧。"

开云的刀被压在她的书包下面，见对方有了动作，她先将包小心地放到地上，以免弄碎里面的鸡蛋，然后才按住刀柄，摆出应对的姿态。

雷铠定怒气更甚，正要动手之际，他的队友却伸手按住了他的手腕，将他的攻势压下。

雷铠定扭头愤怒道："干吗？联赛里你还要怜香惜玉吗？"

那留着西瓜头发型的男生朝开云笑了下，然后拽着雷铠定示意他借一步说话。

雷铠定不情不愿，可要给队友面子，还是跟了过去。

"干什么？"

二人窃窃私语。

西瓜头说："记得沼泽区上方的那个双倍积分牌吧？"

赛场里唯一可以额外加分的标识牌,他们在泥土里翻滚时无意间抬头看见的。

雷铠定瞪眼:"那玩意儿你还没试够?再过去一次命都要搭上了!"

标识牌被紧紧卡在树上,问题是树的四周全是泥潭,而树枝上还挂了无数的蜂巢。他们试了几次,却连树干都没摸到,直接掉进陷阱。

加上当时周围还有其余的考生在唯恐天下不乱地搞破坏,难度太大,最后他们实在没了力气,忍痛决定放弃那张卡片。

没有办法,双倍积分的标识牌本身就不是给普通学生拿的,这就像试卷的最后一题,独为尖子生准备。

雷铠定的队伍配备了各种类型的队员,唯独没有一个专修轻功的队友。他们也实在是没想到,这个考场的积分牌考验的居然是轻功技巧。

按照记录,往年都是考验力量或智慧的居多,譬如会将积分牌塞在某块巨石之下,又或者夹带在某个变异生物的身上,诸如此类。

不过,也正因为考验的是轻功,且周边是泥潭,掉进去还有出来的可能,给了许多考生"我可以"的错觉,帮助他们分散了大部分队伍的注意力,才让他们有机会逃离追捕。

真是应了那句"祸兮福之所倚"……

"就是,那个啊!"西瓜头挤眉弄眼道,"她轻功不错,你忘了吗?"

雷铠定眉毛扬起,瞬间意会,脸上露出一丝心照不宣的阴笑,又很快收敛,嘴角向下一压,摆出满身正气的姿态。

"那我们是合作还是……"

西瓜头背对着镜头做了个抹脖子的动作,示意卸磨杀驴。

雷铠定又轻微地笑了下,但是什么都没说。西瓜头表示明白。

雷铠定清了清嗓子,大声道:"我们队伍在之前的冲击中已经负担过重,如果能拿到双倍积分,还有机会以本场的高分优势冲击联赛先头部队。虽然我不是很喜欢跟她合作,但是为了队伍,我愿意暂时隐忍!"

然后在达成目的后翻脸不认、绝情报仇,反正早杀晚杀积分都是一样的,但可以让开云体会到挣扎后被背叛的感觉——更痛更苦,更狠更深。

只有这样,才能抚慰他现在受伤的心灵。

这时另外一名队友说:"可是她跑得那么快,如果拿了积分牌直接走了怎么办?"

雷铠定不屑道:"哥们儿,我们六个人啊!到时候佯装接应分散站位,如果连这样都拦不住她,还打什么联赛?"

西瓜头也说："你看她像能打的样子吗？就算她拿了双倍积分牌，抢不到击杀，也没有用，零分翻倍还是零分，至于冒着被我们六个追杀的风险这样做？"

那队友看了眼开云的身形，瞬间被说服，点了点头说："那行。"

开云百无聊赖地等着，那边雷铠定终于带着队友走回来。

开云问："商量完了？"

"是这样的，我们可以暂时放下恩怨，跟你谈谈合作。"雷铠定说，"你会出现在这里，应该也是担心遇到其他的考生而被追杀吧？我知道，一个女生，尤其是一个没有队友的女生，在联赛里是很危险的。你能活到现在，已经证明你的实力不简单，但是想继续往前走，就没那么容易了，单单靠谨慎不行，还得要有战斗力。这个我想你不行吧？"

开云含糊地应了一声。

"我们发现了本场的双倍积分牌，可是它被卡在树上，我们拿不下来。"雷铠定说，"只要你能帮我们拿到积分牌，我们就平安保送你去终点，如果路上遇到其他考生，还能分你几个人头帮你晋级下一关。互利互惠，两不相欠。"

开云定定地看了他一会儿："双倍积分牌？"

"对，没错。那周围还有很多学生，你或者我们队伍单独行动的话，都做不到全身而退。但是如果我们联手，说不定会有机会。到时候你只管上去拿牌，我们掩护你撤退。"雷铠定两手环胸，一脸骄傲地说，"我们队伍的战力，在这个考场里是数一数二的，你刚刚也看见了……呃……你可能没看见，反正就算几十人围攻，要保你一个人逃出去，也没有问题。怎么样？"

开云说："是吗？可你之前还说要杀了我，不会中途害我吧？"

西瓜头被逗笑了，说道："小妹妹，我们队长没有直接动手就已经在表示诚意了。不然他出拳的话，根本就没有你出刀的机会。我们想杀你，难道现在杀不掉吗？"

开云用很是佩服的语气，拖着长音道："哦——"

雷铠定觉得她这声"哦"有点意味不明，恹声威胁说："喂，到底怎么样啊？如果不能做队友，我们就是对手，那就别怪我们不客气了。"

开云只思索片刻就给了答复，对他友善地一笑，点头说："可以。"

雷铠定没想到她还挺上道，这样也省了工夫，按捺着欣喜道："那就走吧。"

泥潭陷阱附近，学生的数量已经少了不少。众人都有考量，毕竟有时间限制，与其耗在这个毫无进展的双倍积分牌上，不如出去稳扎稳打地积攒分数。

距离终点还有很长一段距离，如果到时间连终点都没摸到，那可就丢脸了。

雷铠定悄悄靠近，找了个位置躲在暗处，给开云指明大致方向，还说了树上有大批蜂巢的情况，让她千万小心，不要惊动蜂群。

开云半蹲着身体，目不转睛地打量着那棵参天大树。

雷铠定观察她的表情，没有收获，只好小声问道："到底行不行？"

开云瞥了他一眼，竖起两根手指，示意他噤声，然后一言不发直接蓄势，从遮蔽处冲了出去。

树下的学生感受到身后风声忽至，下意识地扭头望去，就见开云在边缘位置蹬脚起跳，纵身飞入大型泥潭。

她起跳的高度也不高，可就是能飞得远，那完美的滞空力，成功将她送到目标位置。

开云手脚紧紧攀住树干。虽然她的轻功水平已经是登峰造极，可带来的颤动还是让树上满挂的沉重蜂巢晃了一下，顿时一群黑压压的大型变异蜂飞出来笼罩住自己的巢窝，那壮观的势头犹如树上长了一片片盖顶的黑云。

雷铠定的心猛地提起，拉起衣领捂住自己嘴巴，并缩着脖子朝后退了一点，做好随时跑路的准备。

这种变异蜂的威力他们可是见识过的，数量多、毒性大，偏偏还不好杀。如果被它们成群围上，绝对会是最惨的死法。

就蜜蜂的追击范围来说，若是惊动了它们，这一片的考生，恐怕都逃不出去。

树下的一群学生也一哄而散，以免自己受到波及。他们还不至于蠢到现在过去捣乱，跟大家同归于尽，于是先行退守各个方向，准备到时候进行争抢。

雷铠定紧盯前方，担心开云一个不慎出错要糟，结果开云面不改色，屏住呼吸，继续一动不动地挂在树上。

变异蜂飞了一会儿，似乎没察觉到危险，便重新找位置停下。

危机过去，众人心有余悸地长吐一口气。

随后开云慢慢朝上攀爬，在一阵惊心动魄中，成功将积分卡从树上抽了出来。

她气息始终平稳，目光清澈而坚定，没有任何慌乱。周围的学生却先出了一头冷汗。

好在事情进展顺利。

雷铠定勾唇微笑，为自己之前的英明抉择大感欣慰，同时朝队友使了个眼色，示意他们准备去帮开云断后。

开云跳回岸边的一刻，激战彻底点燃。

先前潜伏下来的学生一拥而上，准备上手争抢。雷铠定发出一声号令，也带领队友冲了过来。

混乱场面中，开云默默收好积分卡，被随后赶来的雷铠定一把抓住，带到身后。

开云乖顺地跟着他，从后方静静观察他的身手跟实力。

雷铠定似乎真将她当作一个没有自保能力的普通学生，极尽卖力地施展拳法，保证她的绝对安全。

开云视线被阻，看得不是非常清楚，只能从缝隙间瞥见一些被拳风弹开的刀光剑影。

内力虽然无形，但能让空气扭曲波动，导致景色变得模糊。她能看见周身都围绕着这样一层淡淡的罡气，同时也能感到雷铠定的内力正在快速清空。

众人只围堵他一个，似乎认定了只要淘汰他一个，他们队伍中就没有能带走开云的人。在这样的情况下，他的队友很难给他掩护。

诚然，雷铠定的拳法的确是很出色，他挥出的拳风凌厉强势，反应机敏快速，健硕的肌肉也丝毫不显得笨重。

他几乎没有短板和弱点，是一个全面型的选手。

更重要的是，他非常坚毅。

是的，应该说是坚毅。纵然他的拳风再强硬，但毕竟是赤手空拳，面对一干发狂攻击的考生，没走多远，手臂上已经伤痕累累，血肉模糊。可他只微微抽了几声冷气，依旧用手去为开云抵挡住攻击，奋力挺拔着脊背，不让别人看见自己的弱小。

这样的倔强，连开云都对他欣赏起来。

虽然……虽然他的本意并不是想保护她。

然而，众怒难消，雷铠定的队伍早前已经被拖得非常疲惫，作为众矢之的，终究还是难以抵挡，局势对他们太过不利。

雷铠定权衡片刻，最终决定冒个险，先将开云和积分牌献祭出去，让敌方内部消耗一下，等对面人数少了，他们再出来渔翁得利，说不定中途还能趁着混乱抢几个击杀分，简直一举两得。

雷铠定被自己的机智折服，立即开始行动。他装作不经意地失误，露出背后的开云，让周围的考生能有机会下手。但开云就跟一颗黏人的橡皮糖一样，紧紧地贴着他，跟着他的动作一起闪动，永远站在他的空当位，让他不得不进行防御。

那感觉实在是太扎手了，还堵心堵肺。

雷铠定几次尝试都没成功，无法，只能叫道："小妹妹，你从左边突袭，我让涂涂掩护你！"

开云看了一眼左侧，依旧寸步不离地跟在他身后，说道："不行，我怕。"

雷铠定说："不要怕，你轻功不是好吗？我们给你撕开一条口子，你趁机出去，他们肯定追不上你！"

开云依旧摇头，软软道："不行，我不行。动刀动枪的地方，我都超怕的。说实话，我从来没见过这么多人。"

雷铠定险些一口老血喷出："那你来参加什么联赛啊？"

开云："为了来招收国民。"

雷铠定："什么？"

开云："国民。"

雷铠定耳边都是风声，根本听不到她在说什么，也没有时间分辨她的语意，脑海里充斥着要怎么突出重围。

正在这时，刚才那个说超怕的女生，自己抓到空隙，闪身走了。

她犹如脱缰野马，一去不复返，还高调地留下了一句话："小哥哥，我在约好的老地方等你！你一定要追过来啊！"

雷铠定慢了一拍，才发现自己被利用了，大骂一声道："快追！"

对面的攻势停滞一刻，然后更加汹涌地朝他袭来。

雷铠定猝不及防被重伤，一面后撤，一面气得面红耳赤，骂道："你们瞎啊？带着积分牌的人走了，没看见啊？"

一男生呼喊道："他们是一伙儿的，别被他们骗了！先弄死他们！"

雷铠定急道："你们没看见我们穿的制服不一样吗？我们也是被骗了！"

众人已经杀红了眼：

"你们一军跟联军不都是一丘之貉？"

"我们不瞎也不聋，当我刚才没听见吗？"

"这积分牌我也不要了，早上要我一次现在还想要我一次，你当老子傻啊？杀的就是你！"

雷铠定听得喷血："你们都疯了吧？"

他却不知道，面对这一幕，直播间里的观众整齐地留下一句感叹：

　　"报应啊……"

最后雷铠定忍痛折了两名队友用来断后，才在路况复杂的森林中甩脱追兵，

并追到似乎因体力告罄而脚程减慢的开云。

开云也发现了他们，主动放缓速度，保持着不远不近的距离，等他们调整状态。

雷铠定跟西瓜头交换了一下眼神，确认意见。

西瓜头下巴一点，示意他上。雷铠定揩了下鼻子，决定动手，正要加快脚步上前偷袭，开云突然停住脚步，转过了身。

雷铠定因为心虚，身体紧紧绷起，问道："干吗？"

"先吃饭吧。"开云想了想说。

雷铠定愣了下，以为自己听错了。

"吃饭？"

"嗯。"开云一边放下自己的背包，一边说道，"说不定是大家最后的晚餐了。"

"你要下线？你的模拟机里没有放营养液吗？"西瓜头看了眼时间，说，"而且要吃也是午饭吧？"

"我是说……"开云从包里掏了掏，直接掏出一袋米，热情邀请道，"这个吃饭。"

众人之前就觉得她包里露出头的那个东西模样有些可疑，但理智让他们不断地自我说服，是自己想错了，现在看见她拿出一袋米，才发现或许就是真的。

紧跟着开云主动将锅翻了出来。

一群人纷纷惊掉下巴。

西瓜头小声惊呼了一下，连连发问："三天里能带这些玩意儿吗？这不是全真模拟吗？数据难道能做出食材的味道？能想出这些的工程师都是鬼才吧？不，这姐们儿才是个鬼才吧！"

雷铠定想说的话全叫他给抢光了，憋了一会儿，才道："你带了这些，那其他工具呢？绳子？匕首？绷带？背包很有限的，你们教官没告诉过你应该带些什么吗？"

对于团队来说，物资携带和分配也是很重要的一环。

岂料开云耸了下肩，平静道："那些都没带。我是第一次参加联赛。"

"你们老师竟然没跟你们说？"雷铠定惊讶道，"看你的军服，你应该是联盟军校的人啊？联军怎么可能不教这个呢？"

能参加联赛的，都是大二以上的学生，这些细节都属于老生常谈，教官叨叨得他们都能倒着背出来了，竟然还有人不知道。

开云摇着手里的锅说道："不是，我是流动大学的。最早的时候申请了联军，但是他们没收我。"

"为什么？联军不收专修轻功的学生吗？这个用来潜行偷袭很有效吧？"雷铠定迟疑了下，问西瓜头："我们学校收不收？"

西瓜头也有些怀疑人生："收吧？只要文化课别考得那么差。"

场外监考官听到这里也愣住了，单手托住下巴愁眉苦思。

开云的轻功能练到这种程度，足以说明她身体的天赋出众，这样的天赋，就算暂时不会其他的武学，也有再学习的机会。学校招生的时候，不全然是看目前的战力，更多考量的还是天赋。

过去的实力，一部分代表的是家世和底蕴；而自身的天赋，代表的是未来和希望。

联军从来不吝啬去给人未来。

难道是……招生办突然看走眼了？那这丢人可就丢大发了！

第三章
一鸣惊人

开云对几人的震惊毫无反应。

没进就没进吧，她并不觉得自己的实力需要联军来给予肯定，也很清楚自己不是主流意义上的天才，这些人如果知道她是稀有能源免疫体质的话，一定又会带上不一样的眼神。

不要去跟别人诉说自己的努力，因为这世上但凡出名者都很努力。

也不要去跟别人诉说自己的天赋，因为决定胜利的是最终的实力而不是天赋。

更不要因为他人的眼光而去妄自菲薄，因为事情会证明，没有招收到她的人才应该觉得后悔。

开云在几人的瞠目结舌中，继续掏着里面的东西，直到将所有的食材跟调料都摆出来，正好掏空一个背包。

三枚小小的鸡蛋，就那样显眼地摆在番茄的旁边。

雷铠定等人看见，不免瞪大了眼睛，对她的轻功又有了一层新的认识，发现自己还是低估了开云。

别说鸡蛋了，在考试里直接蛋碎的男生都不少，她经过了那么长路途的奔走，甚至经历了疯狂的追击，竟然还能保证鸡蛋的完整，足以说明她轻功卓越。

到这程度，是有资格称得上"登峰造极"的，反正在雷铠定认识的同龄人里，还没能做到这种水平的家伙。

当然，敢选鸡蛋放进包里，本身已经是一种狂傲。

这样一想，雷铠定越发对她觉得可惜。

原本一个值得培养的武学天才，竟然去了流动大学！

她一定是受打击太大，才会这样自暴自弃。

这个世界上，实力就是最好的滤镜，不仅能变色，还自带美颜。

雷铠定没发现自己的心态已经发生了巨大的转变，连声音都软了下来。他蹲下身道："联军不招你，是因为你只修轻功吗？你这样的根骨，学剑应该也很不错吧？"

开云对他的态度有些不适应，诧异地看了他一眼，然后道："我师父说，所有的武功里如果只能选一样，那他一定选轻功，比起扬名立万，活着最重要。"

"这话是说得没错……"雷铠定委婉道，"可别的也是要学一点的。他就没教你一些保命的攻击招式吗？"

开云："学了啊，什么都学了一点，但因为他给我留的兵器是刀，所以刀法学得最多。可是还没等到我出师，他就不见了。"

雷铠定提高音量道："怎么能什么都学呢？武学最重要的是找准路子啊！遍地开花只会样样不行，而且怎么会有人先决定了武器再去学武功啊？你师父到底是什么人？这不是误人子弟吗！"

开云刚刚搭好灶台，对他诋毁自己师父的行径没有直接回应，而是加快了手上的动作。

她把米倒进锅里，拧开矿泉水的瓶盖，把水倒入锅中直至没过米饭，并空出一小截，然后将锅摆了上去。

这是她唯一一个锅，她得等米饭熟了之后，盛到碗里，再炒菜，所以现在就闲了下来。

那边雷铠定咬咬牙，问道："你……你来联赛，有什么心愿吗？比如有什么想击败的对手？"

反正他是要屹立到胜利之巅的男人，就当是帮她完成一个心愿了，这样一想，心里果然好受了不少。

他真是一个善良的男孩。

开云往火堆里加一根木柴，沉吟道："嗯……"

"来交朋友，我师父说了，人要有几个志同道合的朋友，所以我来联赛以武会友。"开云顿了一下，继续说道，"他走了以后，我就是一个人了。"

雷铠定没想到自己能听见这么朴实又真诚的回答，顿时觉得有点惭愧。

"来联赛是交不到朋友的。你不知道，这里的人……"雷铠定用力指了指胸口，"心都特别脏！他们只有阴谋诡计，算计利用！"

他振振有词地说："你太单纯了，根本不适合这里！"

开云眉毛一挑，抬起头，对他轻笑道："不会啊，我觉得你就挺单纯的。"

雷铠定一瞬间就不行了。

那无辜又纯真的眼神中，透露的信任跟依赖，他已经多年不曾看过了。雷铠定心中的愧疚再难平静，跟沸腾的水一样咕噜咕噜地往上冒泡。

镜头前的观众同样是这样认为的，一个个冒着酸水，在评论区里咆哮，恨不得瞬间跳到开云的面前，对着她的耳朵大吼。

"快跑啊妹妹！你面前这个根本就不是什么好人！"
"欺骗小姑娘感情就无耻了。"
"心最脏的就是他这个货，小妹妹进这个地图实在是太可怜了！"
"老贼，拿命来——！"
"我好久没在联赛里看见这么可爱又可怜的孩子了，你们怎么忍心这样对她？为什么不能来个干脆的？"

雷铠定思忖片刻，最终难逃内心的谴责，起身悄悄拉着西瓜头走到旁边，跟他商量说："我觉得她太可怜了。"

西瓜头正色道："老雷，你要正确看待竞争。在联赛里面，不是队友的都是敌人，你可怜敌人，不如可怜一下自己。"

"这我都知道！"雷铠定想了想，还是慨叹说，"算了，我们现在已经有双倍积分卡了，休整一下队伍，到时候再去追杀几个零落的散兵，应该可以占据第一。击杀分多她一个不多，这次还是放了她吧。"

西瓜头见他一脸认真，不想在比赛中影响他的状态，只能无奈道："你都这么说了，那就随便你吧。不过这是最后一次，希望你能记住。"

雷铠定重重点头道："我知道！其实我对女人还是很戒备的，就是……我觉得她不一样。"

他们两个商谈完毕，雷铠定回到开云身边。他控制了下表情，让自己显得冷漠一点，沉声道："我们不吃了。"

开云抬起头。

雷铠定说："我们走了，之后的路你自己小心一点，别随便相信其他人，临时的联盟都是不可靠的，明年记得先组个靠谱的队伍。"

他说着，伸手去摸开云放在脚边的双倍积分卡，正要碰到的时候，一双手扼住了他的手腕。

她的手心跟她的外表完全不符，那是一种布满老茧的粗糙感。

开云问："你们真的不吃？"

雷铠定："没人会在联赛的时候吃东西，有这时间我们不如去刷积分。"

开云确认似的又问了一遍："真的不？"

雷铠定不耐烦地正要说"是"，目光在空中与开云交会了下，那一瞬间，对危险的野性直觉让他快速做出反应，大脑还没意识过来的时候，身体先行退开两步。

与此同时，余光中一道模糊的气流擦着他的鼻尖掠了过去，重重捶在他刚才所在的地方。地上当即留下一个圆锥形的深坑，明显是凌厉的拳风所致。

这破坏程度，恐怕雷铠定也要用出八分力才能做到。

雷铠定浑身打了个哆嗦，喉结上下一滚。

只差一点，如果被击中，肯定会直接宣告死亡。

他僵硬地抬起头，只见前方开云揉着拳头，缓缓地站了起来。

脸还是那张脸，表情也还是那个表情，可小妹妹再也不是小妹妹了。

直播间里原本还在唾骂雷铠定无情的观众，也瞬间变得茫然无措起来。

这个世界对他们来讲是不是太复杂了？

其余队友迅速闪身而出，挡在雷铠定的面前，戒备地问道："这是怎么回事？"

雷铠定许久才找回自己的声音，结结巴巴地道："我……我也想知道。"

西瓜头皱眉看向开云，警告意味十足："你确定你真的要跟我们打？虽然我们队伍少了两个人，还受了点轻伤，但毕竟是一个团队，实力也不差。真闹到这个地步，我们就不会再留手了，你考虑清楚！"

开云平静地弯腰捡起积分卡，插回自己的兜中，并在外面拍了拍。

"这是我的东西，你们想要的话，自己来拿。"

雷铠定深感羞辱，怒道："当初说好了是给我们的！"

开云竖起一根手指摇了摇，纠正他说："当初说好的，是你们送我到终点，这张卡给你们，互利互惠，两不相欠。可是现在你们没打算送，所以卡还是我的，先违约的人是你们。"

雷铠定用力吸了口气说："我平时不虐女人，可你非要让我回忆'虐人'两个字怎么写，那就别怪我不客气！"

西瓜头"呸"道："哪还那么多废话，直接上啊！"

他们几人各自抽出武器，一起冲了上来。

最正面的攻击，是雷铠定的拳。

开云在之前被围攻的时候，已经仔细观察过雷铠定的拳路：直来直往，大开大合，磅礴的气势中透露着随意——以及破绽。

开云的瞳孔微微转动，将左右侧的战局详情都收入视线，身体也自发地做出应对——右脚在地上画开一个半弧，朝后退了半步，同时压低上身，两手成掌，摆出防御姿势。

雷铠定的拳风转瞬即至，几乎只是一眨眼的时间，拳头已经朝着她的鼻尖

攻来，看那势头，绝对没有留手。

　　已经是那样近的距离，开云依旧从容自若。她的掌心顺着雷铠定的手腕滑至手肘，找准位置用力往外一推，将他的攻击稍稍转向，然后趁他毫无防备，屈指成拳，朝他腹部用力一击。

　　雷铠定被击中的时候还毫无感觉，等身体飞出去了，才发觉内脏部位传来一阵绞痛，一股气流在里面乱窜。他虽然不至于当场毙命，却已经眼睛发花，无法站起。

　　作为拳手，他最清楚这一拳的威力代表着什么，万万没想到开云那么瘦弱的身体，竟然能有这样的力量！

　　他张了张嘴，发现自己出不了声提醒。

　　雷铠定的开场失利显然让队友们大为震惊，几人动作都凝滞了一下，出现片刻的怔神，目光下意识地追着雷铠定转动一圈。

　　开云哪能给他们机会？乘胜追击，对最近的西瓜头下手。

　　西瓜头骤见黑影靠近，惊觉不妙，快速将内力转移到腿上，朝前方蓄力一踢。

　　结果开云的回应同样是一个侧踢，与他相同的姿势，几乎同时出脚，却比他要快上一分、重上一分。

　　西瓜头心中骇然，不敢再小觑，紧跟着又是一个连环侧踢。

　　开云犹如看穿了他的心事一样，再次以相同的招式回击。

　　二人有来有往地对了几招，明明是雷同的技巧，西瓜头却连连败退。开云在力量这方面，竟然可以做到完全压制！

　　西瓜头的愕然浮现在脸上。

　　从他学习这一门武功起，还没在同龄人身上输得这样惨。

　　正这样想，开云突然变了，速度变快，多出一招用脚在他下盘一勾。他自觉不妙，用手挡住胸口，然后就被踢飞出去。

　　高下已分。

　　擅长拳法的雷铠定被一拳揍飞，擅长腿法的西瓜头被一套同门的腿法踢出场地，这不是羞辱又是什么？

　　这下另外两名队友也不急着上场了，反而倒退了一步，警惕地拉开距离。

　　西瓜头晃了下脑袋，从地上爬起来，飞溅三尺心窍血，对着雷铠定吼道："你还让我放过她？你怎么不先求她放过我们？！"

　　雷铠定惊魂未定，惊悚地问道："难……难道不吃你的饭，就要被你杀吗？"

　　开云一副"你这孩子在说什么傻话"的表情。

　　"不吃饭，当然要死。"开云说，"但是吃了饭，也是要死的。"

大家又不是什么队友，搞什么相亲相爱呢？双倍积分卡下，一颗人头可值钱了。

开云无奈地说："本来你们帮我拿到了双倍积分卡，我是该请你们吃一顿的。但是我师父说了，吃饭的时候不能打架，会影响食欲。所以要么赶早要么赶晚。你们不是要赶早吗？"

西瓜头自嘲道："……我们这是赶着投胎。"

开云用脚尖从地上挑起刀，直接往西瓜头的胸口一扎，送他出了三夭系统。

确认游戏人物已经被弹出系统，开云满意地说："那这样就可以了。"

雷铠定："……"

这是什么恶魔？！

"你们先走！"雷铠定对着剩下两名队友道，"快点走啊，这人不正常！"

仅剩的全村的希望啊！

那两个人犹豫了会儿，转身逃跑。

开云没去追，这会儿她的火还烧着，准备要做饭了，于是她小碎步跑着去给雷铠定补了一刀，然后掀开锅盖，看米饭熟了没有。

此时直播间的评论区已经彻底疯了，他们已经多少年没在普通考场里看见如此癫狂的一幕了！

"这叫只学了一点？那她的出师标准是指什么？"

"沧桑地点了支烟。我同情她？我为什么不同情一下我自己？"

"我为什么还要对联赛怀有希望？我这蠢货，联赛里能有小白兔吗？"

"@联军，想知道联军的具体招生标准。"

"联军不招她，难道是因为提前知道她太变态，不利于其他学生的精神健康吗？"

"隐约记得有人说……他要回忆'虐人'两个字怎么写，这不就用上了吗？"

"哈哈哈，这大兄弟立的全是 Flag（旗帜）啊！"

监考官正在翻阅开云刚才的视频录像。

他明明看得很认真，竟然还是有几下没看清楚。

开云的变招奇快，并不拘泥于某个流派，也不拘泥于某种高深的技巧，都是普通的招式，只是快罢了。

就是这种涵盖了不同武学的组合招式，让他有一种非常熟悉的感觉。

他一面在网上搜索，一面又将眼睛对准屏幕，生怕错过了开云下一步的动作，正焦灼之际，一个熟悉的身影大摇大摆地从他面前走了过去。

监考官立即喊道："欸，方教练！你过来一下！"

远处的教官挥着帽子跑过来，笑道："监考呢这？正大光明地看直播，小心被举报啊。"

"这个考场有守财奴！"监考老师说到这个激动起来，手舞足蹈道，"真的守财奴你知道吗？而且她的身手还不错！我给你看这个！"

"守财奴啊……"

方教练沉吟了一句，说道："我听说今年本来有个守财奴申请我们学校的单兵系，但是因为资质太差被拒了。校方真诚地建议她转文化类专业，结果她不仅不接受，还直接撤走了入学申请，转去了流动大学。年轻人啊……真是太冲动。流动大学里读个毛线？不如拿钱去打水漂。"

监考老师动作一顿。

方教练挠头："好像是叫……叫啥来着？"

监考老师淡淡地接了一句："开云。"

方教练："对对对！"

两个人对视一眼，场面莫名有些发冷。

方教练干笑道："呵呵。"

"是不是哪里出错了？她的资质不可能差啊！你看看她这几个动作，让高年级的学生做，他们都不一定能做得出来！"

监考官比画着屏幕，激动地说："而且她怎么会去流动大学，还直接跳到大二年级报名参赛，是不是被那群老贼骗了？你不知道她的轻功有多厉害，就算进不了军大也肯定可以去别的高校，结果竟然去了地摊一样的流动大学！守财奴可能是与世隔绝太久，不明白社会险恶。"

"其他高校估计也不行。"方教练正色道，"她对稀有能源免疫。"

"只是……"监考官回过神来，惊得舌头都要打结了，"这世界上竟然还有人会是稀有能源免疫？！"

方教练认真地点了点头。

稀有能源是炼制武器的材料，用内力驱动稀有能源，是使用高阶武器的关键。而稀有能源免疫，意味着她要赤手空拳对抗别人的满级神兵。

这怎么可能？

她这样的情况，在习武人士当中，属于先天残疾。就发展前景来说，严重一点，可以直接死刑。何况她还是个女生，因为体格差异，女生的习武路本身就比男生要艰难得多。

完全是……史上第一惨案。

监考官的胸口不知道为什么，有股淡淡的忧伤萦绕不去。

"怎么会这样啊……"

方教练看了眼刚才的录像，说："没想到基本功还挺扎实，可惜了，这样看来，也就能在模拟阶段称王。"

数据模拟阶段，主要考查学生的基本功掌握程度，所以都不能使用高阶武器。具体的战斗力，还是要在实战阶段才能得到考查。

方教练遗憾一叹："她不适合走这条路。会这些招数的人，也应该知道这一点，为什么还要让她浪费时间跟努力呢？"

监考官也觉得这样的现实过于残酷了。将一个人引上一条不归路，要怎么让她承受来自全世界的不认同呢？

她的未来一定会过得很苦。

但是此刻，没有人比雷铠定更苦，他真的是太苦了。

苦得张不开嘴，说不出话。

他被弹出模拟系统后，又在模拟舱里坐了一会儿，深刻反思了自己在本场比赛中的种种错误。

他真是没用，明明决定了要做一个没感情的杀手，却还是栽在了女人手上。一个过不了美人关的男人，要怎么在三夭中立足？！

他收拾好心情，抹抹眼睛，从考场里迈了出来。出到大厅，是一整面墙的显示屏幕，他抬起头，一眼就看见了诸多屏幕中，开云那个正勤勤恳恳切番茄的身影。

……以及在旁边躺尸的"自己"。

他浑身抽搐了下，没想到自己"死"的位置那么不巧，竟然就在开云的灶台附近。他第一次如此憎恨三夭要在人物脱离游戏后托管身体的这个设定。

西瓜头看见雷铠定，走了过来，与他并肩站立，见他如此落魄，叹了口气，拍拍他的肩膀，说："老雷啊，稳住，事情没有你想的那么糟糕。大家现在都在看中央直播间呢，还好我们一直很低调，苟一阵就过去了，不会有人记得的。"

此时 21 号考场的直播管理员，抖着手，将这奇幻的一幕报上了中央直播间，一个有着大量数据分析师和专业解说员、专门聚焦各校竞技种子选手、负责播报全部考场详情的直播间。

他的上级看了几眼，迟疑许久，点了通过。

于是下一秒，相同的画面出现在全联盟在线观看人数最多的主屏幕中，以及雷铠定面前这堵墙上最中心、最闪亮的位置。

他真的要出名了，以C位出殡的方式。

西瓜头："……"

最近他们队伍的这张嘴都有点毒啊。

雷铠定"哇"地大叫一声，用外套蒙住脸，受伤地跑了出去。

西瓜头没有去追，他觉得自己的队友此时真的需要静静。

他仰起头，看向屏幕中心，此时开云已经结束食材的准备阶段，开始烹饪。

她的动作看起来很熟稔，单手拎锅，将里面刚好煮熟的米饭盛出来，稍作清洗之后，放到火上烧干。

等锅中出现些许的热气，再放入猪油使其熔化，然后打入鸡蛋，用筷子小幅搅动。

油声嗞嗞作响，蛋液在合适的火候中逐渐凝固成嫩黄色的炒蛋，并随着开云颠锅的姿势不断在空中或锅底翻腾，以保证受热均匀。

那种猪油的独有香气与鸡蛋的微妙香味似乎随着白烟一起传出屏幕……

因为器材不够，她只有一个碗，所以只能暂时把炒好的鸡蛋盖到米饭上。

锅清空之后，重新加油，待烧热，放入切碎的番茄。

大屏幕中的视角是离得比较远的，但依旧可以看出开云很投入。她专注地盯着面前的那口铁锅，目不转睛，仿佛正在进行一项伟大而神圣的事业。连带着观众都被她的情绪影响，下意识地将目光集中在那口小小的锅上。

一双纤长而漂亮的手握住筷子，极具耐心地翻炒，直至将番茄炒得稀烂，软化出汁，再将鸡蛋倒回去。

黄色的鸡蛋吸收了番茄的红亮汤汁，变得更加饱满，呼呼冒着热气，写满了"好吃"两个字。

调味过后，锅被端了下来，摆到地上。

一大盆饭，加上一锅番茄炒鸡蛋，就这样摆在开云的面前。

看她完成，观众竟然跟着松了口气。

只是……这米饭是不是太多了一点？

就见开云捧起比普通汤盆还要略大一些的饭碗，伸长筷子夹了一块番茄放到米饭上。

原本她是想跟雷铠定等人一起分享这顿简陋的美食的，所以把带来的所有米都倒了进去，结果他们赶着投胎，现在只能她独自享用。

反正模拟系统里，没有吃撑这个选项。

开云调整下姿势，将米饭扒到嘴里。

酸甜咸香的口感，在唇齿间流连，那是一种温柔的味道，对开云来说，更是生命的味道——因为番茄是她的荒芜星里自主培育出的第一种植物。

她不知道为什么当初师父要选择番茄来进行培育。可能是想让她明白什么是酸涩的味道；可能是因为喜欢它鲜红热情的外表；也可能是因为番茄炒鸡蛋是许多人成长过程中学会的第一道菜。

但是这些都不重要，重要的是，番茄是师父为她重建荒芜星这个梦想铺出的第一条道路；是当她提出这个荒诞不经的想法时，连同"那你要尊重生命啊"这句话一起交到她手上的东西。

她尊重，且会镌刻在心底，为此拼搏。

开云吃饭，同她做菜一样，透着一股让人难以理解的、堪称执着的认真。可是那股执着并不叫人讨厌；相反，配合着她笑得微弯的眼角，以及清澈明亮的眼神，给人一种无比满足的轻松。

如果……如果她坐着的方向，不是正对着雷铠定的话。

"我大概是疯了，竟然看得津津有味，除了想吃什么都不想干了。"

"感觉那番茄炒鸡蛋竟该死地美味……"

"谁能告诉我今天几餐有番茄炒鸡蛋？"

"小姐姐可爱！"

"等等……我是不是错频了？"

"哈哈哈，地上那个不就是一军的雷铠定吗？跟我一个考场，开考的时候说要让所有人叫他爸爸，现在躺在这地上是得了什么报应？"

"我瞎了还是我的幻觉？这难道是我昨天熬夜的报应吗？我好像看见了一个妹妹在就着尸体下饭？"

"参加联赛的学生真的是越来越变态了，不对着尸体都不能吃饭吗？"

"现在的人为了曝光什么都做得出来，把路走绝了以后的人还走什么？大佬们都有点自觉性好不好？收敛一点好吧？！"

"吃播正式入驻联赛，我就猜到你们总有一天会对它下手。"

场外的直播管理员恍惚间听见了自己吞咽口水的声音，赶紧咳嗽一下，回过神来，关注起考场评论区的风向。

还好，大概是因为都太震惊了，评论区非常活跃。话题朝着各个方向撒腿狂奔，显然思维都还在凌乱中。

管理员捏着下巴，乐颠颠地往下翻阅。

好久没见到脑子那么活泛的考生了，她可真是个小机灵鬼。

他在评论中得到了灵感，抽空将镜头调整了一下，把躺在地上的"雷铠定"跟开云一起收入画面中心，制造出一种强烈的画面冲击感。

一个长相清秀、羸弱无辜的小女生，与一个四仰八叉、身体扭曲，还满脸糊血的尸体。

真是看过一眼……就忍不住想看第二眼。

众人从来没有关注过自己"死"后是什么模样，因为直播间从来不会把宝贵的镜头停留在一具"尸体"上，但是此刻，所有在看视频的考生，都开始默默反思，自己的死状是不是也如此凄惨且不堪入目？

今后队伍可能要增加一项必须完成的任务——保护好我方尸体！

中央直播间请到的特别解说正在对此评价，因为没看见前因后果，只能发散猜测，干巴巴地说了一句："看地上那位学生的制服，应该是一军的学生吧？嗯……本场比赛他们过得可能不大好。"

唉……

听着周围的议论纷纷，西瓜头在心中为老友默哀。

火了。果然大家不肯放过他。

校领导让他们出场越高调越好，应该不能比现在更高调了吧？只不过方式跟想象的不大一样，希望领导们看了不要想杀人。

为了防止画风真的向娱乐方向靠近，直播画面终于从开云身上转走。

不过这一切都跟开云没多大关系，她始终走着自己的节奏。

因为陪雷铠定等人打闹耽误了一阵，做饭又耽误了一阵，等开云重新回到终点的时候，先批学生已经出图了，其余人则分散在各处刷分。

她在终点等了半个小时，才等到两个与队友走散的考生。

毫无激情。

她需要的是一个绝对的高光时刻，来作为荒芜星首次宣传的舞台，本场比赛估计很难再出现什么精彩反转，满足不了她的要求，她决定先忍一忍，看看下一场考核。于是她不再浪费时间，直接提交任务结束场景。

监考官看她退出考试，叹了口气，觉得自己过了一个无比漫长的上午。他背靠在椅子上，余光瞥见被方教练挤到角落的盆栽，突然回过神来。

"啊！"他大叫一声，"我的小番茄！"

开云背着一把大刀从考场里跑出来，听见他的喊声接嘴说："是我的！我的小番茄！"

监考官连忙将盆栽捧起，上上下下看了一遍，发现除了稍稍蔫了一点，整体没有太大的变化。

还好，植物的死气总是出现得特别缓慢。

他心虚地将盆栽递还给开云，连同那管植物营养液，在对方小心翼翼地做检查的时候，还不忘夸奖了一句："打得不错。"

开云抬起头，不无遗憾地说："都没怎么打，就进去吃了个饭。"

监考官："……"

你怕是不知道这句话有多欠揍。孩子，你这样早晚会翻车的。

他看着开云身后背着的那把大刀，提醒说："记得把你的武器寄存一下，联盟内是不允许携带武器随意走动的，要先打申请。超时不处理会被举报拘留，注意一下啊。"

不过他很好奇，开云一个稀有能源免疫的体质，带着把武器能干吗？

对面的开云乖巧地点头，似乎在等他继续说。

监考官手忙脚乱地调出她的信息。

"对了，比赛期间你都要借住在联军，你拿着这张条子，去学生中心领身份卡。借考学生的宿舍楼统一安排在31栋，你跟着地图过去就可以了。"

各大名校对于借考生都是比较高冷的，没有过初选，连饭也不想留你吃。所以考生要确认通过第一场测试，学校才会给安排临时宿舍跟饭卡。

开云把东西都拿过来，然后单手抱起自己的小番茄，第一时间往食堂的方向走去。

人——果然就是要吃饭的呀。

第四章

冤家路窄

联军的食堂是各大军校中最有特色的一家，开云的师父当年就是因此才报考的联军，还在她耳边叨叨过许多次。

所以在开云档案被拒，重新选择借考考场时，仍旧不放弃地点了联军。

不过，可能是因为她没见识过其他军校，所以察觉不出这家食堂的特色在哪里，就她现在点的几道菜而言，似乎只是马马虎虎。

……也许是一种名叫回忆的味道？

开云低下头，继续将桌上的东西吃完。

此时已经有一批考生结束考试，来食堂吃饭。还有一批似乎是刚刚结束训练的学生，他们身上背着定制的高阶武器，神情疲惫地在食堂里走动。

过道渐渐变得拥挤，嘈杂声也越发响亮。

开云停下手上动作，打量起周围的学生。

其实她对雷铠定说的话，有一句确实没有骗他——这的确是她第一次见到这么多人。对比起荒芜星上的孤寂，这里简直连空气都透露着生机。

开云来得也不算早，选的位置在边缘处，出口正好在她的右手侧。

就在人流量最大的时刻，扫地机器人路过，死死地堵住了出口，学生们不得不放缓脚步，暂时排起队伍。

一个练剑的男生小步上前，正好停在开云的身侧。

他身后那过长的剑柄，斜斜挂在半空。他低头看着手上的光脑，不停按动，根本没有注意到开云，一个突兀的转身，险些将她的盆栽撞落在地。

"喂。"

开云眼疾手快地抄过瓷盆，举到半空，提醒说："小心一点。"

男生回过头，才明白她在说什么，连忙道歉："啊！对不起！"

开云把盆栽捧在手里翻转一圈，观察它的叶子。

总觉得来联盟后的第一天，它就已经饱经风霜，快要命不久矣了。

怎么联盟比她的荒芜星还要可怕？

"你是做污染土改造研究的吗？"

开云抬起头，才发现刚才那个男生还没走。他扫了眼她手中的小番茄，接着问道："还是做生物进化培植的？"

开云看了眼盆栽，又看了眼他。

"你这样种是结不出果子的。"

他背后的剑似乎很重，需要不停地用手去撑一下。

"你的这个根系都没有改造过吧？"

开云："那……"

男生身后的同伴跳上前，拍了下他的肩膀，提醒说："江途，我先回去休息了啊。"

江途应声扭过头，似乎也要走，但开云动作更快，脚尖一钩，直接踢了张凳子到他身后。

开云郑重道："请坐！"

江途："……"

她把番茄往前一递，诚挚道："你看它那么幼小，它还想活着！"

江途被她这样盯着，突然有点羞赧，他抬了下单侧肩膀，低声说："我、我只是有点研究而已，不算专业。你这个……"

身后有学生推攘："喂，同学让一下啊。"

开云立即站了起来，按下桌上的清理按钮，字正腔圆道："我的好朋友！看来这里不适合说话，你介意跟我换一个地方畅谈理想吗？"

江途被她的热情整蒙了，讷讷地点了点头。

开云看他肩膀一边高一边低，实在是背剑背得很吃力，主动上前说："你的剑背了那么久，需要我帮你吗？"

江途忙阻止说："我的剑很沉的，女生搬不动。我是单兵系的学生，其实也还……"

开云已经单手拎过，直接抢了个半圆甩到背上，像背着个纸袋一样轻松，抬起头道："啊？"

江途："……"

"我的好朋友！你的脸色看起来不大好，怎么那么苍白？"开云怜爱地拍拍他的肩膀说，"不要太辛苦了，学武是一条漫长的道路，重要的是保重自己的身体。"

江途喉结一滚，将嘴里的唾沫用力咽下。

开云大手指向门口："这边！"

"哦，所以你是想在这种土壤上大量种植番茄吗？"

两个人坐在绿化带前面的防护石栏上，江途检查了下盆栽中的土壤，点头说："关于这种重度污染过的土壤种植，我认识的一位教授做过类似的研究，还针对它写过研究论文。可是后来因为前景太窄，项目被喊停了。"

退化到这种程度，几乎已经没有任何可供植物生长的养分，继续研究下去已经没有意义。它的投入耗费跟产出是完全不成比例的。

开云用手比了比："我有一片那么小的院子，里面种的都是这种番茄，可是一直不挂果。"

江途看她比画出来的空间，僵硬地扯了扯嘴角。最大的问题根本不是不挂果，而是贵。

照她这种培植方式，养一株小番茄要用的营养液，就够她直接买上几吨番茄了。还要大范围铺设，这人家里难道有一整条矿脉吗？那也不够她作啊。

"想单纯用种植方法来改善的话，我觉得没有可能了。早在几十年前科学就放弃了这个研发方向。"

江途把盆栽放下，犹豫了片刻，说道："我之前参与过叶教授研究合成生物的课题……当然因为项目被叫停，结果没有得到证实，后面的只是我个人还不成熟的猜测而已……"

他说得很不肯定，像是没有底气，所以声音越来越低，但是开云正全神贯注地听他解说，闻言立马道："你说，你说！"

江途似受她鼓舞，提高了声音道："我也是意外发现的。把变异藤树的根系基因跟普通植物融合起来，它的成活率会大幅上升。变异树虽然生长蛮横，根系过于发达，生长力度甚至能穿破任何坚硬的建筑，在联盟属于高度危险植株，但是它到了这种污染严重的沙土中，却能加固土壤，反哺营养。说不定还能慢慢改造土质，也不再具有攻击性。只不过，无法保证它是否会二次变异什么的……"

开云困惑道："可是变异生物的基因，不会污染番茄的生长吗？番茄还是可食用的吗？"

江途："不会的。变异藤树的基因已经非常稳定，只移植根基基因的话，不会影响番茄的果实，甚至可以帮助它抵御辐射或其他环境污染的影响。"

江途说到这些，眼神明显亮了起来，后面的话几乎是脱口而出。

"这种植物最初变异的时候，为了生存，大肆掠夺泥土中大部分的营养，致使其他的生物都无法生存，从而霸占整片土地。很多人说它是强盗，但它却在一片没有生机的土地上顽强地存活了下来，到最后，还成了其他生物想要重新扎根的希望。自然界的生命，真的是太神奇了。"

江途说完，突然意识到了什么，略带歉意道："我是不是说了什么你听不懂的话？"

"虽然听不大懂，但是我觉得你说得很对。"开云在线吹捧道，"能有这种想法的人，真是了不起。"

江途诧异地看了她一眼。

"我只是觉得，即使变异生物，也只是在为了适应法则生存下去而已。"江途道，"也许有一天，它会发展成不一样的样子，重新回归人类社会。"

开云说："你的性格，感觉不像个学武的人。"

"很多人这样说，也许我真的不合适。但我还是不想辜负他们的期望。"江途低了下头，又道，"如果你放心的话，可以把它交给我。我帮忙试一试。"

开云求之不得，反正对她来说，不会变得更糟糕了。

"谢谢。"

江途给开云留下了自己的联系方式，然后抱起盆栽，又背起自己的剑，准备回去。

"我的挚友！"开云问，"你有移民的兴趣吗？"

江途诧异地回过头："啊？"

开云说："我的国家欢迎你！如果你愿意跟我一起重建荒芜星的话，你就是我们国家仅次于我的高贵人类！封号自选，封地自圈，至于特权，我们也可以再商量。"

江途没想到她竟然是个守财奴，片刻怔神后回绝道："……不了，谢谢。"

开云也不气馁，又说："那你还要参加之后的比武大会吗？"

江途："……要的。"

开云扯出一个灿烂的笑容："如果我们能分在一个考场的话，我会回报你的。不管你说的方法有没有用，这个恩情我都记下了。"

江途上下打量了她一遍，那目光中没什么恶意，却带着一丝好笑的意味。

"是吗？"他礼貌地说，但显然没放在心上，"那就谢谢你了。"

开云乖巧地挥了挥手，目送他离开。

第二天早上9点，比武大会联赛第一场正式宣告结束。

三天在后台统计积分、整理视频。各大军校突然召集学生，请相关指导教练开展临时讲座。

讲座的名字千奇百怪，比如"怎么'死'才能'死'得漂亮""'死'也可以'死'得端正！""为什么子路要为正冠而死？""落地姿势一百零八解"……

开云也接到了联军统一发来的一条通知，首句标语是："尊重比赛，拒绝哗众取宠！"

她觉得简直是莫名其妙。

大家都是花了那么多精力或金钱来备战军校联赛的，谁会不好好打比赛，还搞什么哗众取宠？

这种少部分人士，进行针对性教育就可以了，在比赛进行的关键时刻，还专门开大讲座影响学生状态，真是愚蠢的操作。

她删除了短信，扭头就忘了这事，继续刷新三夭界面，等待下一场的考场安排。

开云这里毫无波澜，一军那边却有不少人在为此心神不宁。

这场突然兴起的讲座，让众人深刻明白了一个道理：当你以为悲剧要过去的时候，它会以全新的面貌再次登场。

虽然出于对隐私权和学生心理健康的保护，各大军校都避免使用真实视频，改用漫画进行讲解，可那尽在不言中的光荣事迹，还是在所有学生的脑海里劈出了一道巨型大峡谷，估计近十几年是无法填平了。

这场黑历史还可能会被时时怀念，作为反面教材进行循环宣讲，直到他们的学弟，他们学弟的学弟，将它传承给下一代人。

雷铠定，一个注定要在联赛历史上留下自己身影的男人。

西瓜头觉得这事闹得这么大，雷铠定现在一定很难过，说不定还躲在暗处痛哭了一阵。因为他连平时最积极的校园活动都不参与了。

他都懂。

虽然老雷个头长得高，但心灵很脆弱，还是一个没有脱离中二期的二傻子。

因为担心老友出事，西瓜头特意找雷铠定的室友问了一下，才知道老友从比赛结束之后，就一直闭门不出，到现在已经有将近一天没吃饭了。

众人一合计，觉得这样不行，比赛已经输了，面子也丢了，要是人再给赔进去，那可就太亏了！

于是一群同学聚在一起，商量着要怎么把雷铠定从房间里挖出来。几人轮番上阵，在铁门外哐哐直敲。

"老雷！老雷，你快点出来啊！后天还有比赛呢，你现在玩什么绝食啊？队伍组好了吗？日常训练还去不去啊？你的星辰大海不征服了吗？"

房间里雷铠定窝在阴暗的被子里，手指一下下点着光脑，翻阅三夭刚刚公布的考生成绩。幽蓝的屏幕光照亮了他的脸，一排排名字在他的眼前闪过。

他的室友在外面语重心长道："老雷啊……不过就是输了一场而已，你要看开一点。我们习武之人，有输有赢很正常。你现在自暴自弃，失去的不是尊严，而是一个打脸的机会！你说你怎么忍心就这样放弃？"

终于，一个可疑的名字停在他的面前。

开！云！！

这个积分、这个考场、这个性别，绝对是她，没错！

雷铠定呼吸一窒，将被子拉下来一点，透进被窝的光证明他没有看错。

呵，小样，还怕找不到你？

外面劝说的队伍换了个人，先前的兄弟先去旁边喝口水。

"老雷啊，君子报仇，十年不晚，虽然你联赛开局不利，但我们可是朝着冠军努力的人，只要后面表现优异，偶尔的失误根本算不上什么！"

紧跟着雷铠定拿"开云"这个名字，去数据库搜索她下一场比赛的考场安排。

结果栏的后面显示着第六考场。

第六……

雷铠定还在想这个数字怎么那么眼熟，转眼就在隔了几行的地方看见了自己的名字。

他迟疑地眨了眨眼睛。要不怎么说冤家路窄呢？！

"啊啊啊——！哈哈哈！砰——！"

房间内先是一阵惊叫，然后又发出一阵大笑，随后又是一道响亮的撞击声。

门外几人对视一眼，各自从对方的眼中看见了惊悚。

怕不是已经被逼疯了？

西瓜头挥开众人，大力拍门喊道：

"老雷啊！你千万不要做傻事啊！你先开个门！你——"

他话音未落，门从里面被重重踢开。雷铠定穿好了衣服，背着一个小包，大步走了出来。

西瓜头愣了一下。

"你去哪里？"

雷铠定风风火火道："我买了去联军的票，现在就走！"

西瓜头没想到他这就激动得要去真人 Battle（较量），忙握着他的手大喊："从长计议！从长计议啊老雷！"

雷铠定充耳不闻，以万夫不当的气势，挣脱自己的朋友，冲出学校。

开云躺在床上，在三禾系统的数据库里搜索联赛第二场的考场安排。

她拉出自己考场的参赛名单，一个个扫下去，将排名前列的几个高积分学生拉到网页上进行搜索，看看能不能找到他们比赛时的视频，好提早做出战力分析。

突然，她瞥见了一个熟悉的名字——江途！

开云顿时振奋，点开详情确认了一遍，肯定这的确就是帮她种小番茄的那个江途。

看看！她说什么来着？这一切就是缘分呀！

她的挚友！

开云立即切换页面，准备联系江途，但门铃先一步响起来，系统提示宿舍外面有人来找。

对方刻意站在了摄像头之外，没有露出脸。

这栋楼是联军专门为借考学生准备的，但因为每届参加联赛的外校学生实在太少，所以常年空置。

开云前后左右都是空房间，一个熟悉的人也没有，在联军唯一认识的人就是江途。

她快速拎起光脑，穿好鞋子跑了出去。

开云出了宿舍楼，左右巡视一圈，没有发现江途的身影，倒是一个身材高大的男生不耐烦地走上前，咳嗽了一声，以彰显自己的存在感。

开云仔细一打量，发现是之前考场中那个咋咋呼呼的男生，睁大眼睛道："你是——"

雷铠定叉腰，骄傲道："没想到吧？"

开云低下头苦思："那个谁来着？"

雷铠定："……"

他冰冷地丢下一句"告辞了"转身就走。

没走两步，他又折了回来，指着开云大声指责道："你不觉得你太过分了吗？"

开云想起他的朋友是这么喊他的："老雷？"

雷铠定："谁让你喊我老雷的？我们认识吗？！"

开云："……"

人类真的是太复杂了。

雷铠定又抬手抓了把自己的头皮，缓和语气说："我是一军的学生，叫雷铠定。我这次来，是找你谈合作的。"

"合作？"

"为了胜利，我也可以不计前嫌。"雷铠定顿了下，继续道，"我发现了，你的风格跟我恰好互补，我认可你的实力，如果我们合作，一定可以实现利益最大化。"

互不互补开云不知道，但是雷铠定那为了表示诚意而扯起的嘴角，带着一丝阴谋的味道。

一点都不真诚。

开云问："你不是被淘汰了吗？"

"我有队友！队友之间积分共享，他们之后刷了几个人头，整支队伍都拿到了晋级资格。"雷铠定说到这个就有些愤怒，"如果不是你的话，我们根本不用刷得那么辛苦！"

开云："那你不是已经有队友了吗？"

雷铠定："晋级后的考场都是重新分配的，按个人进行随机分配。"

开云一听，突然想到，那江途是不是也跟原始队伍分散了？新考场的名单才刚刚出来，也许他跟雷铠定一样，正满世界地找队友。

她当着雷铠定的面翻出江途的账号，说："可是我有想组队的人。"

然后直接给对面发了条语音过去。

"江途，联赛下一场我们同考场，要一起组队吗？"

雷铠定没想到自己千里送情义居然被拒绝了，在一军想跟他组队的人可多的是啊。他正想转身离开，江途那边给了回复，开云直接点开，语音外放。

"不好意思啊，我们教练已经给我们安排好队伍了。"

开云："……"

雷铠定幸灾乐祸："哈哈哈！"

开云木然地望着他。

雷铠定笑声渐渐发干。

都是被拒绝的人罢了，何必呢，还是他比较惨。

"组不组队都没有关系。"雷铠定叹了口气，耸肩说，"听你刚才的话你应该不大了解联赛。一般来说，第一场比赛是自由组队，第二场除却组队以外，还有一个阵营关系。我想跟你合作，拿下这次比赛的大胜，一雪前耻！"

开云挑眉，怀疑地看着他。

雷铠定面对开云审视的眼神，烦躁地抓了把头发，说道："我还以为就算是流动大学，基础的东西也是会讲的，毕竟你都大二了。结果你真的什么都不知道啊！"

开云："我应该知道什么？"

"好吧，那我就跟你讲一讲，关于这一次的赛制。"

雷铠定一副大佬状，思索着该从哪里讲起，才能彰显自己的博学。稍作停顿之后，他开始解释——

"应该是在七十多年前，联盟的'星球救援'任务面板上，出现了一个任务申请。一个国家声称遭受了外来迫害，有人对他们使用病毒攻击，妄图操纵他们的政治。当时他们组建了一支科研团队，躲藏了起来，同时请求联盟能给予救援。考虑到有无数的普通人民在忍受病毒的侵害，联盟接受了他们的请求，并委派了一支队伍过去，同当地的自卫队一起保护那支研发团队……

"结果联盟的军人刚到没多久，申请保护的那些人就集体被敌方策反。联盟出征的队伍也险些被全灭。大概是从中得到了灵感，不久后三夭就推出了这种有阵营规则的团队作战方式。"

开云若有所思："策反？"

雷铠定一笑："没错，在比赛开始之前，系统会随机将考生分成两个阵营，类似于正派跟反派。"

开云惊呼："反派？"

雷铠定："反派怎么了？"

开云沉重摇头："我怎么可能做反派？"

开云小国王是正义的引领者，怎么可以做反派？

雷铠定窒息。

这孩子看起来脑子真的不大好。

"就是那么个意思！反正也没有阵营名字，你就当是 A 组和 B 组！"雷铠定直接跳过这个话题，继续说道，"每个学生，都有且只有一次改变自己阵营的机会。"

开云点头："原来如此。"

这会导致每个考生的立场不固定，无法结成关系密切的利益团体。

简单地说，当一名考生不幸遭到敌对阵营的人围捕，可以通过改变阵营的方式来逃过一劫。这是一个"多一条命"的机会，也意味着利益关系会出现完全的翻转。

所以，在比赛进入后半段的时候，两个阵营的势力很可能会出现巨大变化。跟马太效应一样，强者越强，弱者越弱。一方势不可当地壮大，而另外一方则陷入彻底的被动之中。

"这个考场获取积分的方式只有厮杀，也只有击杀敌对阵营的人才能得分。"雷铠定说，"为了防止所有人都转向强方阵营，考场还有一条额外规定，那就是在比赛结束时，依旧存活且处于人少一方阵营的考生，可以获得额外的十分加成。"

这说明到快结束的时候，局势又会发生难以预料的变化。

原先就处于强势阵营，还没有改变过阵营的考生，可以借着最后的机会转变立场，去争取那额外的十分。

但是当多数考生都这样做的时候，又可能会导致局势反转，所以在这个阶段，考生之间可能会再进行一场内部厮杀，以确保自己阵营的人数处于劣势。

这样的话，盟友反而成了真正的敌人。

开云仔细地将规则捋了一遍，有了大概的认识，笑道："听起来还挺有意思的。"

雷铠定故意只说了规则，但在这规则之下会出现的现象才是真正的关键，并且很耐人寻味。

它以阵营的方式出现，允许组队，可它的每一条规则，都在逼着考生关系奔向塑料情。因为所有的队友或者盟友，都有随时弃你而去的可能，这简直充斥着满满的恶意。

"我！"雷铠定拍了拍自己的胸脯道，"决心要借着这场比赛一鸣惊人，所以一定会选择弱势的那一方！"

开云："我选择正派的那一方。"

"根据往年的经验，在带阵营规则的考场，很容易被个别实力突出的考生影响整体走向。"雷铠定道，"我已经看过我们这个考场的学生名单了，里面有个需要注意的考生，联盟大学的卢阙。他是一位老手，去年还冲进了最后十强，实力毋庸置疑，如果让他打得太痛快，这场比赛就没有意思了。我们与其继续互相伤害，不如确立共同的敌人，放下成见，追求共赢！"

开云说："我什么时候跟你互相伤害过？"

那明明是单方面的伤害。

雷铠定充耳不闻，握拳宣誓道："所以，我打算跟你联合，一起对抗卢阙的队伍。如果是我们的话，应该能出其不意地压制住他。我亲自过来找你，就是为了表达我的诚意。"

他说着，又扯出一个明亮的笑容，朝开云伸出手。

开云对着他认真地说："你不要笑。"

雷铠定："怎么？"

"你现在的表情很猥琐。"开云说，"没有感染力，还把'想坑我'三个字写得特别清楚。"

雷铠定"喊"了一声，收敛起表情，一脸严肃道："他那样的天才，一向都是受人关注的，三夭还为他配置了专业的解说。我想你也很需要曝光度吧？如果能掣肘他的行动，说不定就能出现在中央直播间。面对这样有实力的人，我没有十足的把握，我想你也没有。如果不具备相当的实力，就只能做陪衬的绿叶，你应该明白我的意思。

"不管我想不想坑你，起码在面对卢阙的时候，我们的利益是相同的。怎么样？"

开云没有直接答应："还是再看看吧。"

这场比赛可以组队也可以不组队，反正开场组的队伍，肯定走不到最后。

还是得提高警惕。

"你找不到比我更好的队友了！"雷铠定急于自证，"我很强的！"

开云不置可否，淡淡地应了一句："哦。"

雷铠定气得牙痒，可这个时候如果强行争辩当初是没发挥好，就有点太没有风度了，只能心中暗道日后一定要叫她后悔今日的冷漠，再让她狂妄这最后一次。

开云说："我先回去了，谢谢你的提醒。"

她还要整理一下现有信息，毕竟第二场比赛马上就要开始了。

雷铠定几次三番被拒绝，从没受过这样的打击，表情狰狞地"哼"了一声，甩头走开。他这次总算有骨气了，没有再回来。

剩下的时间里，开云留在宿舍翻阅往年的录像视频和文字记录，没研究多久，第二场比赛如期而至。

因为这次联军给她发了时间提醒，开云就没磨蹭，提早从宿舍出来，两手空空地前去报到。

坐在教学区门口负责审核信息的，还是之前那个监考官。

监考官看她的眼神有点奇怪，怜爱中透着犹豫，犹豫中又带着鼓励，最后将卡还给她时，颇有深意地说了四个字：

"好好加油！"

开云觉得那眼神怪瘆人的，从背后幽深地盯着她，让她有点承受不住。她赶紧小跑着进了考场，找到空闲设备，登入模拟系统，进入军校联赛的准备入口。

果然跟雷铠定说的一样，第二场比武大会采用的是阵营战。

这一次的考场规则出得比第一场要早，在考生登入系统的时候，直接统一发送到他们的账号上，提前告知各自的阵营，方便他们进行组队。

开云点开信息提示，就见上面用加粗的字体写道：

你是一个潜伏在这个星球内的星际海盗，你的目的是击败联盟的救援军，成为这个星球的掌控人。现在你有 24 个小时的时间完成任务……

反派？

不利于国家形象。

开云只扫完前面两行字就停下了，直接选择转换阵营。

马上一封新的提示发了过来：

你原是一个星际海盗，在行动过程中幡然醒悟，毅然决定加入联盟军的阵营。现在你的任务是帮助其他的联盟救援军，铲除潜伏在暗处的侵入者……

开云很满意，这才从头到尾细读了一遍规则。

规则中的细节描述，跟雷铠定告诉她的基本无二：比赛时长二十四小时，积分获取方式为击杀敌对阵营的选手。

她退出规则界面，跟上次一样，在身后挂了一个求组队的告示牌，然后坐在门口静静等待。

这场比赛跟第一场不一样，非常明确的是需要攻击力强大的队友。开云虽然上过中央直播间，但根本原因不是实力，而是令人咋舌的异常举动。

组队最怕的是什么？就是不走寻常路的考生。

尤其是当这人透露出强烈的"我想出名"的意念，却又无法保证自己实力的时候，多数会成为一个天坑。

进入第二轮淘汰赛的选手，比第一场要谨慎许多。他们暂时保持观望的态度，没有前来搭讪。毕竟，在这个处处埋藏着陷阱的考场规则下，他们宁愿走孤狼路线独闯到底，也不愿意随便组队，暴露自己的位置。

开云等了许久，都没有接到一个组队申请，倒是雷铠定从人群中挤了出来，走到她身边。

他似乎发现了开云境况的窘迫，脸上带了点揶揄的笑意，但考虑到之后还要跟她合作，终究没有开口打击她。

雷铠定蹲在她身边，小声问道："你的初始阵营是什么？"

开云："星际海盗。"

"我是联盟军。我刚刚悄悄看了一眼，卢阙的阵营也是星际海盗。你到时候可以尾随他，我们里应外合……"他说着，目光朝开云的肩膀处瞥去，声音突

047

然一顿，颤抖着说，"你不是说你是星际海盗吗？怎么肩上的是联盟军的蓝光？"

开云平静地说："我刚刚转了下阵营。"

"还没开场你就转阵营？"雷铠定以为自己听岔了，"有谁会这么干？这是来认真打比赛的吗？！"

开云坦荡地指了指自己。

雷铠定直接骂道："你有病啊？"

开云叹了口气："我这么正直，做不了反派的。你不明白。"

雷铠定嘴唇张了张，冒出一个脏字。

他以为自己足够卑微，就可以追上开云的脑洞……

不，他不行。

第五章
截断退路

雷铠定的确需要一个盟友去帮助他对付卢阚——一个非常重要的角色，他计划中必须跨过的一座大山。

跟卢阚交过手的几位学长，都在赛前严肃地提醒了他，说那不是一个可以轻视的对手。

这里的不可轻视，指的可不仅仅是实力。卢阚在他们的描述中得到的统一评价是：不大正常。那些一向刚猛激进的学长，在谈及这个名字的时候，都只剩下长吁短叹，他们甚至苦口婆心地劝告雷铠定，要像尊重天王李一样地尊重卢阚，千万、千万、千万不要在他面前嘴贱。

哦，"拖堂李天王"是他们的教练，一个能将二十分钟体能训练拖延至两个小时的残酷男人，一军学子永远的噩梦，学生满意度永居第一的未解之谜。

但是这不重要。

关键是，如果不能嘴贱，他们一军笑傲江湖的嘴炮技能岂不是要被迫失效了？！

所以，雷铠定才临时改变了自己的计划，转而拉拢开云，向她示好，等尘埃落定，再来一招君子报仇。

用不正常的人去对付不正常的人，还有比这更合适的办法吗？！

雷铠定最先的计划，是诱导开云去跟卢阚内部消耗，然后他抓紧机会渔翁得利。当然他并没有对开云寄予过高的期望，就算开云未能解决卢阚，他也有信心可以跟对方一战。反正他们两个人谁死谁伤，他都乐见其成。

他唯一没有考虑到的就是……如果那两个都是不正常的人，他一个正常人又要怎么去安排他们走自己的计划呢？

果然他错了。

那俩货应该……不会一见如故吧？

雷铠定现在突然有点迟疑又有点慌张，以开云这种难以捉摸的性格，跟她组队，真的是一个正确的选择吗？她会不会中途毫无征兆地反水，然后把自己给踹坑里？

一直保持戒备的话，那心理压力真的太大了。

这时开云问了一句："你有队伍了吗？"

雷铠定虎躯一震，下意识地回答："队伍已经满了！"

"哦。"开云淡淡回了一句，"你这么激动干吗？"

雷铠定又大声道："我没有！"

开云话不多说，默默将身后的告示牌收起来，把背包整理好，连同一把大铁刀，一起背到背上。

雷铠定看她起身，才发现比赛已经快开始了。他的眼珠下意识地转动，朝着角落的方向瞟去。

那个地方松散地站着五六个人，队伍周围两米的范围内出现了一圈"真空地带"，学生都下意识地跟他们保持着距离。

"终于要进场了。"

卢阙身边一个戴眼镜的男生不由得松了口气，他也快被这高压的气氛憋窒息了。

"学长，我刚刚跟你说的，你听见了吗？"男生对着手中的小抄再次念道，"本考场里积分排名较高的几个学生，一个是站在那边的女生，目前没有组队，第一场比赛中击杀四人，有双倍积分卡，首位抵达终点，没有过往成绩，轻功不错。还有那边那个，是一军的……"

卢阙只扫了一眼，懒洋洋地"哦"了一声，打断了他的话。

眼镜男知道他的性格，只能无奈耸肩，求助地看向另外一个队员。

收到暗示的薛成武笑了一下，不以为意地道："一句话概括——那就没什么人值得我们卢阙特别注意的了。毕竟是预选赛，人员被稀释得太厉害，三夭也不会允许种子选手还没发光发热就先内部消耗。大家小心一点就可以。"

考场的安排，虽然说是随机分配，但每个学生的参数是经过调整的。为了防止出现意外，高手在前期互相对上的可能性很低。

"不过屠场也挺有意思的。"薛成武顶着卢阙的手臂道，"稍微来点精神啊卢阙，别这么干巴巴地吓唬学弟。"

卢阙没有回应，只目不转睛地盯着远处的光幕，嘴里跟着上面变动的数据无声地念着倒计时。

"三……

"二……

"一！"

卢阙勾起唇角，笑了出来。

下一秒，所有学生在原地消失，被传送进各自阵营。

开云扭头，四面环顾一圈。

阵营为救援军的考生，现在都在这个地方。

这应该是一座大楼的高层，场地非常开阔，光线也很明亮，有布满整面墙的落地窗，同时有十几扇不知会通往哪里的门。

考生们都在交头接耳，开云无人可一起讨论，有点不明状况。

此时新的剧情出现：

> 注意！救援军被出卖，藏身地点已暴露，敌军现在掌控了训练大楼的电子开关，试图用训练场围困救援军。突破训练场，可离开大楼。
> 敌方正在朝这里火速赶来，预计三十分钟之后抵达，激战一触即发！
> 我方技术人员将在半个小时后修复漏洞，请做好迎战的准备！

紧跟着十几扇大门同时打开，所有的道路深处都是训练场。

周围的喧哗声变得更加响亮，学生们倒是没有多少惊慌，似乎已经习惯了，可不满还是有的。

开云提了下背包，开始观察起众人的表情，脚下已经动了起来，朝几个正在吐槽的学生贴近。

"且慢，卢阙好像是敌对阵营的吧？"

"卢阙如果跟着大部队一起冲过来的话，我们还有命活吗？"

"开场还没拿到分就要先转阵营保命了？人数差距拉到那么大，我们根本抢不到分啊，那后面基本就是大佬的场次了。"

"看看能不能冲出去，去外面找个地方躲起来先。"

"冲出去那是大神的权利，这训练场肯定设置的是高难度，三夭怎么可能让我们那么轻易地逃出它设置的陷阱？"

是的，比赛时长只有二十四小时，考场里的考生却超过了三百人，如果在开场的时候不加以限制，比赛将会演变成一场漫无目的的消耗战。

实力弱的考生躲藏起来，实力强的考生则要满场子找人。以猫捉老鼠为主题的比武大会能有什么意思？

所以，先用有一定门槛的训练场区分出学生的水平，让尖端学子有机会离开混战战场，再做计划，同时强迫剩余考生在半个小时后直面敌对阵营的冲击。

大数量的混战之后，快速拉开人数差距，奠定后期比赛走向。

解决完一批实力稍逊的学生，剩下的场面，自然就是大神们的追逐对决了。

不得不说，三夭这种强行创造看点的设定，真是够恶心……又让人激动！

开云滴溜溜地转着眼珠，片刻后，终于在人群中找到了江途的身影。

她心情愉悦，小步挪动着移过去，想要创造一次神秘的"偶遇"。

那边雷铠定也正关注着她，见她偷偷摸摸地开始行动，顿时戒备起来，也踮起脚尖悄悄靠近。

两个人鬼鬼祟祟地移动到了江途的身后。

江途正跟他的队友站在一起，围成一圈，进行内部讨论。队伍中的气氛显得非常压抑。

开云偷听的技术已经炉火纯青——背过身，竖起耳朵，两眼望天，做沉思状。雷铠定观察了她一会儿，摆出同样的姿势，定在她旁边。

对方也没有要遮掩的意思，并不防备她的出现。

一个看似是队长身份的男生严肃地说："我刚刚去看了一下，这个训练场难度开得很大，有 A+。起点处贴了通关说明，我们只要根据它的要求做好准备，就有很大机会能闯出去。现在最大的问题是，我们还需要一个力气够大，能推开机关的队友。我们队伍的配置显然不大合适，需要更换一个人。"

男生说到这里，就不再开口了，但剩余几位队员都将目光投向江途，意味明显。

江途是一名剑客，从他跟开云的初次会面来看，他跟力气大几乎搭不上边，连开云都比不过。

当然，准确来说，他们的队伍不是需要一个力气大的队友，而是不需要江途。

场面安静下来，与别处的吵闹形成了鲜明对比。

雷铠定没想到会撞见这样的修罗场，对向来脾气火暴的他来说，这氛围简直让他难以呼吸。

开云微微侧过头，看向江途垂在身侧的手。

那双手紧紧握成拳头，因为五指过于用力地攥紧，手腕上的血管开始暴凸，皮肤也有些许发红。

"嗯，那你们重新找个队友。"

江途的声音依旧和缓，似乎很是轻松。

"我留在这里，等半个小时，也许能……"

"那就这样决定了。"

为首的男生几乎没有给江途反悔的机会，甚至没有好好听他说后面的话，直接指挥着队伍里的人道："时间紧迫，对面很快就要攻过来了，我们必须在半个小时内离开大楼，并且找地方做好埋伏。走！"

一行人扭头，带着刚刚约谈好的新队友，不带一丝留恋地离开了。

队伍里都是联军的学生，就算平时没什么交情，可还是脸熟的，做得这么难看，已经是一种羞辱。

江途欲言又止，似乎大受打击，最后别过脸，忍了下去。

是他自己技不如人……

雷铠定在开云耳边小声说："你的挚友，看起来不是非常受信任啊。"

换作是他，这样的事情简直不敢想，怕是拼了老命也要跟对方血溅三尺。

开云不理会，追着那支队伍的步伐过去，不紧不慢地跟在后面。

一行人走到大开的几扇门前，随机选了一道，准备闯训练场，互相之间还在小声低语：

"这样是不是不大好？以后还要在学校里见面。"

"连武器都拿不稳的人，报考什么单兵系？这不是自找的吗？"

"我们是比赛又不是扶贫基金会，谁不是靠自己实力闯到这里的？"

"他真的不是一个合格的剑客，教会了我什么叫花拳绣腿……"

"都别聊天了！"为首男生喝了一声，"赶紧闯关！"

开云其实也觉得在武学的世界里，实力就是一切，抛却实力，剩下的全是空谈。

这个世界就是这样直白又势力，可她心里还是怪不高兴的。

她荒芜星的贵宾，小国王的挚友，怎么能这么没有排面呢？

等开云折回来，发现江途不见了。

雷铠定指了指另外一个方向，示意江途正在里面尝试单人闯关。

看来还是有不甘心的，表现得豁达只是互相留一点情面。

不过，不甘心总比直接认命要好。有救。

开云跟雷铠定一起蹲下围观，还没来得及评估江途的表现，后者就跑了出来。

雷铠定说："……不会吧？两分钟都没坚持住。"

这种就是典型的底层考生，首当其冲的炮灰。

"看他的身手不应该啊。"雷铠定摸着下巴苦思不解，"明明基础打得不错，动作也没什么不对，可就是哪里怪怪的，还有这种学生啊？"

能进联军的单兵系，说明江途有一定实力，就是不知道为什么遇上实战，就表现得如此惨烈。

开云瞥了他一眼："你不是有队伍了吗？怎么还在这里啊？"

雷铠定理直气壮道："刚刚退出了。他们说不闯关，那我不能陪他们耗在这里啊。你呢？你要留在这里等半个小时后的混战？"

开云用实际行动回答了他。她起身跑向江途，挥手热情招呼道："我的挚友！"

江途抬起一张苍白的脸，朝她点头："你好。"

开云说："没想到真的在一个考场，组队吗？"

江途苦笑，以为她是来找自己求助的。

"我带不了你出图。"他说，"你刚刚应该看见了，我不擅长过这种训练场。"

开云恳愚说："我也不擅长，所以我们可以一起试试。在这里空等半个小时也没有意义，不如再试一下吧。反正也不能比现在更糟糕。"

雷铠定心里猛烈发酸。

看看这双标的模样，这根本不公平！

难道是因为他太过热情？得不到的才会骚动，也许他应该跟江途一样，高冷一点……

开云扭头问："你要跟我们一起吗？"

雷铠定抬起下巴："如果你求我的话……"

开云飞快道："再见。"

"我去！"

雷铠定气得咬牙切齿，最终还是践踏了自己的尊严："我！去！"

开云指向江途旧队离去的方向，说："就选那条道吧。我觉得连那扇门都长得比别的漂亮。"

雷铠定没好气地应了声："呵呵！"

当开云的手指向那扇门的时候，江途就知道她应该是目睹了刚才的冲突，也能猜到她是什么打算。

可是他那几位队友本身就是联军新一辈中的佼佼者，又先走了一段时间，他们这三个杂兵肯定追不上，所以就没有阻止，任由她开心一会儿。

三人来到大门的前面，开云邀请说："挚友，你先进去，我随后跟上，麻烦你帮忙开个路。"

江途说："我是真的不擅长闯训练场。"

"没关系，刚才可能是因为姿势没选好，但是现在就不一样了。"开云再三坚持，"试试嘛，你可以的。"

江途见她对自己抱太大希望，心想让她死心也好，就提剑冲了进去。

不同于大厅里的明亮，训练场中非常昏暗，只有墙壁上亮着的两盏蓝色荧光灯，将密闭空间中的物体，照出一个模糊的轮廓。

随着江途的脚步踏入门口，原本沉寂在各个位置的机器人动了起来。它们转过脑袋，黑洞洞的看似是眼睛的部位锁定了他，然后依次冲上前。

江途握着武器，肉眼可见地紧张起来。他回忆刚才的经验，告诉自己要保持冷静，然而机器人的爆发速度很快，根本没给他多思考的时间，他还是同第一次一样，被当头打了个措手不及。

训练机器的攻击方式其实很单调，只有拳、掌、踢中最基础的几个招式，不携带冷、热兵器，也不会使用暗器。但是它们的攻击速度快，力道又大，一下接着一下，如一场永远不会停歇的狂风暴雨，非常有压迫感。

江途是个剑客，剑的防御能力比不上刀，更比不上盾，一旦他陷于被动，就容易受伤。可机器不会因此停手，高难的设定，甚至会让它们故意抓住对方的漏洞，加快攻势，拿下一血。

所以剑客在这个训练场中，不适合打拖延战术。要么强杀，要么退败。

江途只是开头的一刹那犹豫，变换了走位选择躲避，之后就再没有出手的机会，一直在被压制。

训练场中灯光昏暗，这时候声音与直觉都会左右人的判断。江途无法明确两者的距离，也看不出它们的攻击方式，等他辨认清楚，早已陷入漫长的防御之中。

随后又有新的机器人加入战局，加大训练难度，他甚至连喘息的时间都没有了。

当入阵的机器人增加到三台的时候，江途已经彻底招架不住，想趁着机器还没封锁住他的退路，退回起点。

他才刚刚显出怯战之意，脚尖转向侧面，右手就被人突然扼住。

江途脸色一变，下意识地想要甩脱，但覆在他手背上的那双手比他想得更加坚固，不动分毫。

紧跟着他的手臂被动地举起，带着剑尖画了个半弧，凌厉地刺向侧面。

被击中胸口的机器人眼睛处红光一闪，手脚像被卡住一般，不再动弹。

只要找准弱点，这些小东西还是很好攻破的。

江途一惊，扭头看向身侧，就见开云对他笑了一下。

"挚友，打架的时候不要左顾右盼。"

江途连忙回神，就看见散着冷光的金属拳头已经朝他面门击来。

江途心头一颤，下意识地闭上眼睛，迎接痛击。

"握紧你的剑，睁开你的眼睛！"开云铿锵有力道，"看着你的敌人，否则你永远赢不过他！"

江途沉沉呼吸，然后睁开眼睛。

银色的拳头就停留在他的鼻尖前方，而他的剑已刺入对方的胸口。

握住他的那双手明显比他的要瘦小很多，让人绝对想不到它竟然可以有这样的力量，但手背上粗糙老茧的触感，也绝对不像是个女生的手会有的。

江途将剑抽了回来，开云带他斩杀了最后一个机器人。

终于有了片刻可以调整的时间。

江途问："你也是剑客？"

"我不算吧？我只是随便学了一点，三脚猫的水准而已。"开云谦虚地摇手说道，"我师父没好好教我，他只让我背了剑招，然后就跑了。要论剑术精绝，我肯定是比不过你的。"

江途："……"

如果不是她的表情太真诚，江途甚至觉得她在嘲讽自己。

"不过呢，我师父他教了我一件事情。"开云退了两步，站到江途的身后，说，"当你的脑海中只想着退路的时候，你就永远无法打败你的对手。"

雷铠定深以为然地点头。

江途显然放不开手，所以打的时候招式变化单调，频频出错，不仅缺乏有效攻击，还显得相当笨拙，甚至带着一丝惶恐。

他可能都没好好看过，也没有分析过那些机器人的击破方法，只是不停地关注自己的身后，想着及时抽身，似乎没有退路是比不能前进更加可怕的事情。

从他躲避的身手来看，他有足够的基础，也有足够的知识储备，但他不会攻击。

也许是他的性格使然，也许是他还不够有经验，反正这样真的不行。

开云说："没什么好怕的，你是一名很出色的剑客，也不要再往后看了，因为我会在后面……"

雷铠定以为她会说"在后面保护你的后背，让你没有后顾之忧"什么的，又或者是"与你并肩作战，随时冲出来替你分担"之类的。他刚想要张开嘴，准备酸溜溜地做个鬼脸，就见前方开云抽出身后的长刀，朝前一指，用刀尖抵住了江途的后背。

"我会堵死你的退路。"

开云用极其平静的语气，说了句石破天惊的话："所以后退一步你也会死，

056

而且是马上死。"

雷铠定："……"

嗯？

他整个人汗毛都竖了起来，一步、一步，远离开云。

现在女生都这么彪了吗？还是军校生的身份对她下过死手？怎么是走这种套路的人哪？

江途第一次表情失去控制，惊悚道："你——开什么玩笑？！"

开云说："我师父说了，人还是要有点紧迫感才能变强。"

"你——"

江途觉得她在戏耍自己，愤怒转身，右手同时向上挥了一下。结果就这一动，他的手肘碰上刀刃，军装瞬间被划破，手臂上也留下一道血痕。

江途愣住了，呆呆地看着自己的手臂。

还好他们的制服是坚韧的，抵挡了大部分的力道。让他震惊的是，开云的刀几乎没有任何的回避举动，即便看到他的手撞上来，也依旧平稳地保持在原位。

"我师父还说了，不玩真的，那就不叫紧迫感。"开云说，"我可不是开玩笑的。你如果现在跟我说你要回去，我就直接杀了你。如果你要继续，我就全力帮助你。"

开云觉得自己这样说可能有点不近人情，于是补了一句："当然，我会带着你的意志，帮你多杀几个敌人，给你报仇！"

雷铠定心中狂吼——

你只有自杀才能为他报仇！

开云不忘用另外一只手比赞："放心，这只是我给你的鼓励。比赛结束，你还是我的挚友！"

雷铠定远不如江途镇定，他道行太浅，已经在疯癫的边缘线上了。

他要对"鼓励"这两个字PTSD（创伤后应激障碍）了，这绝对是心灵上的绝症！

开云一点下巴，示意道："来了。"

江途来不及多想，横过剑身挡在胸前。

这个机器人的力道明显加重了许多，江途被反撞得侧滑了一步。

那机器人不停晃动，配合暗淡的光影，只留下一道影影绰绰的轮廓，让他根本无法正常攻击。

又是一样的处境，同样的窘迫。

江途渐渐被打出了怒气。

不回头就不回头，反正都是一死，难道还能死得更难看吗？

"左侧面，肩高位置！"

一道声音在他身后响起，不容置疑道："刺，搅！"

江途下意识地照做了。

虽然肉眼一时无法看清，但剑尖搅动时的力道变化通过手指告诉他，他要抓住机会，将剑身刺入机器的关节处，在对方发动攻势前，先一步攻破。

"往前！冲冲冲！上！"

江途嘶吼一声，快速朝前冲去。

在他越过一段距离后，又一个机器人冲了出来，以更猛烈、更凶悍的姿态。

"不要等它近身！"

贴身战对剑客可是大大的不利，因为没有空间挥舞他们手中的长剑。

"'金虹贯日'你会吗？"

江途干脆利落地脚下用力，侧身挥剑，朝着机器所在的方向，飞速甩去一击。

一记标准的、叫人挑不出错处的"金虹贯日"。

一记果决的、没有迟疑的"金虹贯日"。

剑风裹挟着剑气呼啸飞去，打在因为冲击而无法及时躲避的机器人身上，将它震得粉碎。

就那样轻易地击败了。

江途看着地上的残骸，有些分神。

刚刚的那一招，让他感受到了最初学剑时的那种畅快。

"跑！不要停下！"

又是那道声音将他震醒。

江途再次迈动步伐，朝前狂奔，直到没了去路，只剩下一盏绿灯亮在他的头顶。

江途茫然，他缓缓回过头，看见开云跟雷铠定站在远处的门口，正双手环胸地对着他轻笑。

开云说："这不是就过去了吗？"

江途低头看着自己的双手，有些不敢相信。

开云扭头问雷铠定："我们也要走了。你需要我的帮忙吗？"

"哼！"雷铠定阴阳怪气地小声说，"舔狗舔到最后，一无所有。"

"我拥有了友谊。"开云说，"无价之宝！"

还有她的小番茄！

开云不再管他，小步跳着往前面跑去："我的挚友！"

一般赛场直播的镜头，都会给在尝试突破训练场的队伍。一是里面大神比例高，考生自带粉丝支持，能保证他们的收视率；二是十八般武艺都可以作为参考素材，能让普通学子学习观摩，总结经验。

虽然关卡难度提得很高，但挑战的人其实不少，毕竟谁都希望自己可以爆发创造奇迹，那么勇敢尝试是必要的前提。

所以江途最初那糟糕又优柔的表现，只能埋没在茫茫人海中，甚至还因为过于不引人瞩目，被直播管理员压到了最下面。

等管理员的目光转了一圈重新回来以后，才发现人已经过去了。

这是飞过去的吗？

他没想到场地内居然真的有人突然进化了，而这样壮阔的场面他居然没播出去！

管理员的脖子都直了，眼睛贴近屏幕，怕自己看得不够清楚。

还好，他们队伍还有两个人。

他将镜头切过去，此时正好是开云在闯关。

开云入场的方式非常随意，就那么大咧咧地冲过去，面对靠近的威胁，脚下不停，抬手就是一刀。

众人此刻都在关注着她，研究她要用什么招式突围。但她没有炫技，真的没有炫技，只用了最基础、最简单的攻击方式，随意而又轻巧地回击过去。

那看似笨重的刀身，仿佛与她的手融为一体，变得异常灵活，肉眼甚至快要追不到她刀尖轨迹的变化了。

管理员奇怪地"嗯"了一声。

这绝对是一项严苛的训练，根据各届优秀学子水准专门制定的难度。虽然一旦击中机器人的弱点就很容易将它击溃，但机器人其余的身体部位，都设置得非常坚固。

能这么轻易地过去，说明开云落下的每一刀都恰到好处。

了不得啊！

随后雷铠定也动身了。

这个男生的表现更莽，像子弹一样直接冲出去，毫无畏惧地正面对撞上训练机，用内力跟拳风撞得机身一震，出现片刻的凝滞，然后手刀刺入机器的脖子。

如法炮制，"砰砰砰"一路火花带闪电地冲向终点。

管理员不由得确认了一遍时间。

竟然还不到两分钟！

他随意一扫评论区，果然里面多了一排跪得端正的观众：

"快录像，一层过本专业教程。技术流＋暴力流，轻轻松松无伤过训练！大家值得拥有！"

"不适用的，看看就好。技术流达不到这精准度跟灵活度，暴力流也没他那么大的力气和控制力。本质实力而已。"

"我怎么觉得大家玩的根本不是同一个难度？"

"没见过这两个人，都是新生吗？这一届也太强了吧！或可与卢阙一战！激动。"

"最前面那个是不是剑客？我想看剑客是怎么过的本，为什么不放？"

"炫技！隔壁都是一队人合作闯的，他们非得一个一个来。严重引起心理不适。"

"单刷会不会容易一点？人越多机器人也越多，看他们这样子好像还挺简单的。"

"单刷？灯光暗速度快，没人帮忙牵制根本找不到反手的机会。一旦失误，被正面打中一次就会飞出去。对面的棍直接敲你脑门，就问你怕不怕？"

"大神过训练当然简单，可那能是参考标准吗？快看看其他的考生，冷静一下。"

终点处的江途也愣住了。他猜到开云的身手应该比他想象的老练，但这般游刃有余的实力，还是出乎他的预料。

包括那个一直别别扭扭、探头探脑好像不大聪明的大个子男生，也比他预想得要厉害很多。

自己这两个队友，可能都不是一般人。

在他胡思乱想之际，雷铠定上前一步，抬手把住前方那道紧闭的大门，催促道："快来搭把手啊！"

开云跳到雷铠定的另外一边，跟他合力，要拉开这扇门。

没等江途也上前帮忙，门缝上方响起嗞嗞的电流声，一声沉闷的摩擦音中，金属大门已经被他们强行拉开，露出一条狭窄的通道。

开云说："要上楼？我还以为没了。"

"要真没了，那三夭就是吃干饭的了。"雷铠定说，"哪儿有那么简单啊？三夭的风格，它既然给的是半个小时的时间，那说明正常闯关，可能需要25分钟。所以刚才他的队友才那么急切……"

雷铠定说着突然想到江途就在身边，悻悻闭嘴。

江途反而并不在意，或许真的习惯了："我确实会拖累他们。你们这样的实力，应该能看得出来……"

"看得出来，你的基础打得很扎实。"开云接嘴说，"你应该会不少的剑招吧？我看你出招的手势很熟练。"

江途沉默下去，片刻后低低应了一句："嗯。"

雷铠定都想当场问他为什么会发挥成那个样子，那对于他来说是一个完全无法理解的世界。

招式学会了，怎么就不会用呢？

可是顾虑到身边可能有镜头的存在，会给江途造成不好的影响，雷铠定只能辛苦地憋着。

三人沿着走道慢慢向前，交错的脚步声回荡在他们耳边。

江途突然侧过头，问道："能问你一个问题吗？"

开云高声答："当然，请问！"

"为什么你的招式明明都很简单，却那么难以招架？"江途问，"是因为经验吗？需要多少的对战经验才能做到这样？"

开云露出一丝讶异的神色，然后开始苦思，似乎以前并没有想过这个问题。

对她来说，打就打了，打出来就是那么个效果，简单又直白的攻击而已，很多人都可以做到，其实算不上多厉害，只不过她的时机抓得稍准确一些。

开云认真地说："我觉得吧，学武的人是需要条件的。一种是身体上的天赋，还有一种，是意识。"

江途："什么意识？"

"杀意。"

雷铠定跟了一句："杀意？"

开云问他："当有人无缘无故想扇你的脸还朝你吐唾沫时，你会怎么办？"

雷铠定不假思索道："弄死他！"

开云："就是啊！"

雷铠定想了想，震声道："可我也不会真弄死他。我是遵纪守法的良好公民！"

"'儒以文乱法，侠以武犯禁。'不会克制本性就是野蛮，教育跟不断地练习，学习的是如何做到恰到好处。"开云说，"杀意是进击的本能，克制是人性的修饰。少了哪种，都不适合做一名侠客。"

开云点头，觉得就是这样："我相信自己的正义，所以我会毫不犹豫地出刀，这就是我的武道。"

江途觉得她在隐晦地提醒自己不合适。其实他也这样觉得，虽然找过许多

的借口，告诉自己经验可以弥补，但事实上就是毫无长进。

　　"不过，没有反击意识也不是什么缺点，只是就武学来说不那么合适而已。这种不合适也不是无可救药，要看身边的人是谁。"开云微笑，对着江途许诺道，"如果你需要我的鼓励，我随时都可以给你！"

　　江途："……"

　　现在想起来他还是满头冷汗，会有人把刀抵着别人的后背冷酷威胁来作为鼓励吗？

　　这时开云突然抬手一指，语气中还带着一丝难以察觉的欢快，说道："看，前面那不是你的老朋友们吗？"

　　江途朝前看去，发现正是自己原先的那支队伍。几人似乎遇到了难关，正卡在这个地方，看见他出现，目光中是说不出的惊讶。

第六章

我的挚友

江途现在一看开云的笑容就发怵，见她迈着六亲不认的步伐上前，以为她要动手，连忙抬手虚挡，说道："等等，他们是我的同学。当时是我自愿退出队伍的。"

比赛过后，大家还得一起相处，他不希望闹得太难看。

而且……他根本没有理由发难。

"我知道。同学之间，要和谐友爱、互帮互助。虽然我没有同学，但我师父从来都是这么教导我的。"开云说得特别真诚，"你的同学就是我的同学，正因为他们拒绝了你，所以才有了我们之间的精诚合作，我只是看他们卡在这一关显得有点可怜，所以本着关怀的心去问问他们有什么需要帮忙的。"

江途将信将疑地看着她。

雷铠定直接道："我信了你的邪啊！"没有比你心更黑的人了！

开云笑了下，按下江途的手，靠近，与几人打了个招呼。

那边队伍的六人没有回应，看神色不是非常高兴。他们皱着眉头，小声嘀咕道：

"江途重新加了个队伍？故意选这条路是想做什么？跟我们炫耀吗？"

"就三个人，过关的速度还挺快的。"

"看那女生的制服，应该也是我们学校的，你们见过她吗？"

"我很肯定我们学校没这个人，应该是借考生。"

"最后面那个男的下盘很稳，浑身肌肉匀称，没带武器，可能是个拳手。应该是他带人过来的吧？"

"都戒备起来，不要松懈。"

在开云靠近的时候，几人立即止了声。为首的男生做出了阻止的动作，示意她不要继续上前。

开云对他们表现出的强烈排斥并没有显出不高兴，只是停下脚步，朝里张望，然后看见了贴在门口的训练规则。

这一关说起来其实很简单，只要拿到通关的钥匙就可以了。在他们前方的不远处，就是这座训练大楼的出口。

不过这个规则……

开云问："只有一把钥匙？"

"没错。"为首的男生说，"虽然很遗憾，但我劝你们还是趁早换条路吧。"

开云回过身说："我这人从来不喜欢走回头路。"

后排的男生笑了出来："小姐姐口气不小，可惜我们联军的传统，不讲究怜香惜玉。说话还是请谨慎一点，否则刀剑无眼，不小心出鞘伤了人可不好！"

雷铠定见她被人当面威胁，心中欣喜无比，就等着开云发飙看好戏。

结果开云还是好脾气地说："我听江途说，你们几个都是联军中很厉害的人，队伍配置完整，经验老到，实力强劲，是本场的关键人物。"

对方很肯定地说："那他应该告诉过你，你打不过我们。"

开云摇头："这个真没有。"

江途凑在雷铠定身边小声问："她到底想干什么？"总觉得不应该是这么和谐的画面。

雷铠定压抑着声音，又很激动地道："我如果知道——"就离精神病院不远了！

对方不想跟她扯皮，冷冷地抛出两个字："回去！"

开云平静地说："我们都过来了，现在回去，岂不是太遗憾？"

"遗憾也没有办法。"为首男生看了眼时间，有些急躁了，伸长脖子对江途隔空喊道："江途！看在一个学校的分儿上，你们现在马上原路返回，我可以当什么都没发生过！"

开云手指在他们之中指了一圈："可是我看你们，好像不行。"

几人身上多多少少都挂了彩，可见之前战斗的激烈，然而现在还站在这里，说明他们并没成功。

对面脸色黑了下来："什么意思？"

开云抬手，指向训练场。

钥匙挂在一个小型飞行机器人的身上，那机器人的移动速度奇快，正在房间内飞速乱窜，轨迹混乱，难以预测。

地面上还有十几个类似一层考场的机器人，不同的是，它们体形更加高大，身上可以用来攻击的弱点却更少。

模拟系统里可不考虑机器的损耗，它们会永远保持固定的数量，用来干扰考生的行动。无法斩杀,只能牵制。

可要牵制它们又不容易,所以六人才会被困在这个场地,久久不能攻破,艰难摸索着过关的窍门。

屡战屡败,又屡败屡战。

"这一关肯定是剑客比较有优势。剑术更加灵活、轻便,在掩护下,能轻松从那个小机器人的身上把钥匙挑下来。"开云指向江途,"我们这里,看来只有一个剑客。"

江途被她提到名字,表情严肃起来,对面六人的视线跟着聚集到他身上,让他如芒在背,略显不安。

随后一个平头男生嗤笑出声。

"小妹妹,不是拿把剑,就能叫剑客的。你跟他组队,难道没试过他的身手吗?"

"试过,知道他很厉害,所以才来跟大家谈谈。"开云说,"我们队伍只有三个人,如果我们拿到钥匙,可以分你们一半的位置。"

为首男生马上道:"不可能。我们先来的。"

"三夭规则里有先来后到这一条吗?"开云大度地说,"不过,我是个讲道理的人,所以说白送你们三个名额。"

对面脑子看起来很清醒:"我去你的白送!"

开云回过头,对着江途道:"看!他们不讲道理。"

对方摆出作战姿态:"你找碴儿是不是?"

开云又大叫道:"看!他们要将刀口对准一个向他们伸出援手的人!"

她说着也将手伸向背后,紧紧握住了刀柄。

江途:"……"

双方对垒,一触即发。

雷铠定看到现在才明白过来,简直大开眼界。

世上竟有如此无耻之人?

她这是在碰瓷啊!

江途整个人都是蒙的,但在雷铠定的怂恿暗示下,还是抽出自己的武器,做好应对的准备。

"等等!"

为首的男生出声叫停双方。

在这里开战,明显不是一个好的选择,弄到两败俱伤的话,谁都出不去。

他们本意是想闯过训练场,来获取先期优势,如果在这个地方直接把自己

打成重伤，未免得不偿失。

而且，他摸不准雷铠定的实力，这让他很是顾忌。

男生停顿片刻后，对开云说道："可以。我给你们五分钟的时间。你们既然放下了大话，应该不会让我们失望吧？"

开云比了个手势，表示好说。

那六人对视一眼，互相用眼神交流，然后点了点头，纷纷让出道来。

开云招手："挚友，过来。"

雷铠定先跳上前，拉住她道："别入套，直接打呀！他们要是在我们闯关的时候突然发难，我们就要面临前后夹击。联赛里不讲君子，无耻都可以说是战术！他们就长了一张……跟你相似的脸啊！"

开云："可我是个正直的人，都说好的事情，怎么能反悔呢？"

雷铠定捂着胸口，似要心肌梗死："我能请你帮个忙吗？"

开云大方道："你先说。"

雷铠定："你……"

她一个大喘气，又补了一句："我才能知道该怎么拒绝你。"

雷铠定："……"

这队伍没法儿混了！

开云看他气得头顶生烟，终于大发善心地安抚了一句，说道："不急。相信我。"

现在动手打，等比赛结束后，江途就不好做人了。虽然荒芜星里社交封闭，但她师父明确教导过"师出有名"的必要性。

一个是"对面居然敢阴我！"的迁怒发泄，一个是"我阴了对面竟然还打不过他！"的自我谴责。

人可以无耻，但不能无耻得那么明显，否则会交不到朋友的。

而且就算没拿到钥匙，对面也不算无路可走，他们想要晋级，顾虑比自己这边要多得多。真打起来，怎么都是己方占优。

"你守住门，我们很快出来。"开云无比郑重地拍了拍他的肩，说道，"雷铠定，你是我们队里不可替代的一员，因为有你在，我才确信我们能够成功！"

雷铠定被她叫得愣了下，随即竟然有些许感动。

这多久了？开云终于对他说了一句人话！

他的感动还没回过味儿来，开云直接越过他，跑到江途的身边，嘱托道："待会儿进场，你用大范围的剑招，越华丽越好，尽量不要让机器人近身，我来给你掩护。"

"可是大招很耗内力，我坚持不了太久，精准度也不行。"江途说，"而且这些训练机器人如果感受到太密集的剑气，是不会靠近的。"

"不会的，有我在。"开云笑说，"挚友，你只管大胆地上，万事有我。我一定把舞台的灯光都打到你身上！"

雷铠定："……"

双标狗还是双标狗，奇迹是不可能发生的。

"你们商量好了没啊？"对面男生两手环胸，没好气道，"还有三分半，你们可以继续聊。"

开云没理那人，朝着江途一点下巴，示意他上。

江途限于时间紧迫，提着剑就冲了进去。

场内停驻的十几个机器人立即挺直身躯，解除待机模式，下一刻，从四面八方无死角地朝他攻来。

这样凶蛮的场景，还是叫身处其中的江途心头一震，暗自紧张。

他喉结上下滚动，在心里默念了遍开云的嘱托，咬紧牙关说，拼就拼了，现在也没第二条退路，于是手中运气，不再拘束地挥舞起剑招。

他的剑带着内力划出道道银光，凌乱地飞到空中，像是失误的几次攻击却没有任何修正，手中的剑还变得越来越快、越来越密，直至剩下一幅残影。

剑风呼啸，像是暴雨前的那阵疾风在哭号。

随即，剑气在他周身旋开一道内力屏障，将他围在中间，偶尔闪现出的银光，如同梨花被拍打在暴雨中。

好漂亮的一套暴雨梨花剑招！

诚然，江途的剑术，是研习到堪称精湛的水准的，在这一点上，同辈人中难出其右。他从不乏努力，一直不得进展，就一直苦练自己的技术，以为能以此突破。

可是不能，他面前的那扇大门紧紧封闭，从不因为他的努力而撼动分毫。

就是这样竭尽全力，依旧一无所获，只能看着他人的眼神从惊艳到震惊，最后变成嘲讽，这才让他深感挫败。

可是，如同开云说的一样，他的剑里没有杀气，那么再华丽的招式，也无法击败对手。

一群训练机器人围绕在江途身边，跃跃欲试，却不靠近他的剑气，耐心等待着他力竭。

这样的大招，一般学生的内力，根本坚持不了太久。

平头男生撇了下嘴，低声说："打不中，光挥剑有什么用？他们是没见识过

什么叫花拳绣腿吧？"

队长抬起手，示意那人不要说话，神色凝重地看向训练室中间。

此时开云加入战局。

她的出现，吸引了就近一个训练机器人的注意。她一个错步退让，将机器人带到江途的剑气前方，顺势用刀背将它拍到江途的剑下。

训练机器人被剑风击中，出现了短暂的卡顿，露出脖颈处的缝隙，开云趁机一刀砍下去，将它斩断。

"没用啊，强杀根本杀不完。这里的训练机器人会无限刷新。否则我们早过了。"平头嘀咕说，"江途坚持不了多久，队长，我们……"

为首的男生瞥了眼雷铠定，示意稍候，等雷铠定入场帮忙，那三人捉襟见肘时，他们再动手。

平头点头。

"挚友！"场中开云喝了一声，"稳住！"

内力从刀下砍出。

她的内力明显比江途要磅礴得多。如果说江途的剑气是锋利的细刃，开云的刀气就是春夏时期的飓风。

十几个机器人受到冲撞，被击退至江途的剑阵，江途也受了影响，被小幅逼退，又赶紧撑了回来。

开云依次将机器人一刀割喉。那精准的程度，简直令人骇然。

转眼之间，围绕着江途的机器人少了大半。

训练机器人是会重新生成的，但生成的地点是在房间角落，且有五到十秒不等的重启时间。这段时间，就是他们的机会。

开云抬起头，终于看见了那个还在随机轨迹上乱飞的机器人，助跑两步，纵身起跳。

飞行机器人的程序跟训练机器人不一样，它的目的是躲避追捕，探测到了前方开云的存在，立即更改航线向下飞行，可是下方又是江途摆下的剑阵……高速飞行的模式，让它无法再次转向。

下一秒，体形小巧防御低下的飞行机器人正撞上剑气，瞬间被拍到角落，身上挂着的钥匙也因为震动而掉了下来，落在地上。

训练宣告结束，房间内所有的机器都停止了动作，周遭变成诡异的安静。

平头突然惊醒，打了个激灵。

开云一个轻功冲刺过去，抓了钥匙丢向江途，不忘喊道："雷铠定！"

雷铠定侧身，挡到那六人的面前。紧接着，开云站到他的身侧，二人一起

拦截住入口。

六人一齐抽出武器，全神戒备。

他们屏住呼吸，不敢大意，就见开云左手握拳，在侧面平举，然后竖起拇指。

她笑得无比畅快："谢了，挚友。"

她身后是因为脱力正在缓慢调整气息的江途。江途手中紧紧抓着那一把钥匙，闻言也笑了出来。

开云目光的焦点转向前方，脸上的笑容渐渐收敛。

"弱小的人，总是喜欢把责任跟伤害转嫁给别人，似乎这样，就可以让自己变得强大起来。"开云说，"我可不畏惧你们这样的强者。"

直播间里的观众此时都是蒙的，但他们的主要关注点不在于这三人的神级操作，而是空气中弥漫着的那股若有若无的火药味——

"我怎么听不懂他们说话？这不就是神仙打架吗？"

"刚刚那一套暴雨梨花，完成度很高，就算是大四的也没几个人能做到吧？听起来对面还不满意的样子？可吓蒙我了，是要上天吗？"

"坚持了多久？开打一分多钟还不牛？换成我的教练能带出去吹三天！"

"那些人是不是根本不了解剑客？"

"美强惨。"

"我觉得那个女生才超厉害啊！刚刚那几刀看不出具体的流派，但是都太神准了！几个刀客能打出那样的配合？干脆利落，高手风范，谁看出是哪家的传承了吗？"

"说到女生，我隐隐觉得她有点眼熟？是因为强者的伟岸身姿让人产生了这样的错觉吗？"

"她旁边那个男生才眼熟好吗？你们都忘了吗？番茄炒鸡蛋跟尸体很配哦！"

众人被提醒，才想起来开云跟雷铠定是谁，评论区的画风瞬间跑偏，在狂笑和震惊之中徘徊——

"这是什么魔鬼组合？"

"炒作实锤了！他们两个怎么也不知道避个嫌呢？"

"什么时候联军跟一军签了这种项目？为什么不带联盟大学的玩？你们不公平！"

"二军就不配有姓名吗？就因为抢校名的时候手慢了一丢丢？"

"虽然说是炒作，但这俩确实都是肉眼可见地强。我原谅了。"

直播管理员也是看了评论才发现，原来开云就是传说中的"收视率小福星"。真是捡到宝了！他心中暗喜，顺手在开云的个人页面上加了个关注。

当粉红色的爱心亮起的时候，他的内心充满了满足感。

场地中，双方还在对峙。

开云这边并不主动出手。

随后，为首的男生叹了口气，先将自己的武器收了起来，然后说："走吧。"

"就这么算了？"平头不甘心地道，"我们先来的啊，现在回去就来不及了！"

"时间不多了，所以回去好好准备吧。"为首的男生说，"就算你在这里跟他们打，能拿到任何分数吗？不如保存体力，准备冲出重围。我们来的目的，不是争强斗胜。"

平头怒道："她都挑衅到我们头上了！"

男生沉声道："事实就是，他们三个人，拿到了我们没拿到的钥匙。他们大可以在一开始的时候就动手，你觉得他们会怕我们吗？"

平头抬眼看向眼前的二人。

他们的眼神中没有任何的退却，甚至带着种跃跃欲试的意味。

从刚才的表现来看，那女生绝对不是一个善茬。她甚至没暴露出自己的刀法流派，就已经解决了困扰他们多时的处境，很可能还在保留实力。

单就刚才那一刀的内力深度来看，她没有怕事的理由。

平头知道队长说得对，在实力面前，你不能不屈服。他生生咽下这口闷气，准备转身离开。

"这位兄弟。"

开云叫住了他。

"有个问题想跟你请教。"

平头停下脚步，迟疑地指着自己问："我？"

"对，我很想知道。既然你可以因为实力去嘲笑江途，那我也应该可以因为实力来嘲笑你。在你眼里这是不可容忍的挑衅，为什么江途就理所应当地要忍你？"开云指了指身后的大门，示意道，"而且，我不赞同你对他的评价。他不够强，难道不是因为他的队友也不够强吗？"

平头哑然。

江途站了起来，沉默地望着他们。

青年队长垂下视线，说道："之前说话确实不好听，但我们没有别的意思，希望你不要放在心上。"

他朝着江途的方向说了一句："打得不错。"

六人队伍相继离去，现场只剩下开云三人。

开云将刀归鞘，催促江途过去开门。

江途犹豫了下，说道："谢谢你替我出头。但其实我很清楚，根源在自己。"

"这不是可以嘲笑一个人的理由。而且我为你抱不平，是我的原因，我觉得这样不可以。"开云说，"不过他们队长好像还行。"

本来她带江途过来，只是想找个机会让他秀秀技术、捣捣乱，没想到一条路只能过一支队伍。

既然这样，肯定不能客气了。

对，都是三夭的错！

雷铠定说："走吧。"

大门打开，昏暗的训练室中射入一道明亮的光芒，三人都被刺得眯了下眼，然后一起跳出大门。

外面是空无一人的街道。

这一次的考场地图开得不大，站在他们这个位置，能直接眺望到边际线，应该是为了防止考生乱跑。

这是现代街道的地图，地形较为复杂，有很多能藏身的地方。

他们先找了个视野开阔，又能看清大楼门口的地势，还挑了个容易后撤逃跑的位置，然后坐下，慢慢讨论战术。

"没有战术。"雷铠定干脆地说，"就看卢阙的位置见机行事！"

江途赞同点头。

雷铠定继续说："对面赶过来，肯定会因为轻功拉开差距，卢阙必然在实力较强的先头部队。我们可以避开大部队，从后方突袭，抢刷一拨人头，但是注意，出手一定要快，不能给对方转换阵营的机会！要说到攻击的速度够快，那就必须猥琐，我们这里……喂，开云，你有没有在听我说话！"

开云在包里掏啊掏，掏出一根黄瓜，用手随意擦了下，直接咬下一口。

雷铠定：假装看不见看不见……

江途看得眼睛都直了。

"你、你这个……"雷铠定冷笑着说，"这次准备的食材还挺简单的啊？"

"我？"开云说，"哦，这次商城里有现成的调料包，我就买了，然后背包空了一块。我想这场考试可能要打很久，所以就带了点儿水果，做饭前点心。"

她举着黄瓜示意："顺便清清火。"毕竟要配一道辣菜嘛。

雷铠定：嗷？

江途的三观受到了莫大的冲击，觉得这跟自己熟知的世界不大一样，弱弱出声："可是商城里为什么会有这种东西呢？"

雷铠定嘴角抽搐，瓮声瓮气道："如果我知道是谁写的代码，我一定天天堵在他下班回家的路上！"

开云仿佛没感受到他的滔天怒意，又咬了一口。

三人之中立体环绕着黄瓜的清脆咀嚼声。

咔嚓……

咔嚓……

开云惊喜："这代码写得真不错！"

雷铠定："我呸！"

开云说到正事："你们说的卢阙，到底是个什么样的人？我看了下他的视频，是那么恐怖的家伙吗？"

江途正色道："千万不要当着他的面骂他。"

开云深表了解："我也不高兴别人骂我。"

江途："不是！是骂了他……他会很生气。"

开云再次点头："我被人骂了也很生气！"

那两个人异口同声地急道："不一样啊！"

开云突然抬手做了个噤声的手势，三人齐齐地伏低上身，隐起身形，看向远方。

一群穿着不同制服的考生，正朝这边汹涌地赶来。

开云看了下时间，发现已经过了28分钟，训练大楼的门禁即将被解除。

她一眼就看见了人群中的卢阙，当然不是因为他长得太出众，这么远的距离，很难看清对方的脸，而是他周边的气场完全不一样——自带真空冷冻效果，身边空无一人。

他的武器，是一把铁爪。铁爪戴在他的手上莫名契合，如同最锋利的刀刃，拒人千里。

先批部队有二三十人，于远处拉着一支长长的队伍，正零零散散地朝这边追赶。

随后，训练大楼的灯光暗下，大门轰然打开，人群一拥而上。

三人准备趁乱绕到敌军后方，等了等，却发现卢阙根本没同他们计划中一样地进场厮杀，而是百无聊赖地站在原地，如兽王一般巡视全场。

身后还跟着几个小弟。

雷铠定小声说："不会吧？卢阙竟然在堵门！"

几位队友进场刷分，他来堵门防止敌对方趁乱脱逃。

太狠了。

雷铠定瞬间脚步迟疑起来。

"当然我不是因为怕他，我这只是考虑到长远战术而已。"雷铠定说，"我们先换个位置，这里角度不好。"

江途点头。

他们刚刚有了动作，那边卢阙跟着动了。对方冰冷的目光朝他们这边扫来，似有似无地落在三人所在的位置。

"不可能！"开云惊呼一声，悄悄把自己的黄瓜往下放了放。

"既然暴露了，那就没有办法了。"雷铠定皱眉说，"我们三个联手围杀他，正好免了后顾之忧，后面也可以打得痛快！"

他说着飞速站了起来，开云拉都没拉住。

"不好！"这时三人前方不远处，响起一道陌生的声音，"被发现了！"

那边卢阙抬高眼皮，终于正确地扫向雷铠定这个位置。

雷铠定："……"

他一咬牙，一跺脚，叫道："兄弟们一起上啊！"

卢阙只扫了他一眼，就快速收回视线，捏紧拳头，将力气蓄在手臂中，发动了攻势。

不过，他的目标不是雷铠定等人，而是那支离他更近、准备偷袭却被窥破的队伍。

他的出拳速度比雷铠定要快，带着手套上的利刃，晃出一道难以捕捉的白影，同时随着攻击爆发出惊人的内力，强大的威压混在内力带起的风中，扑面而来。

雷铠定屏住呼吸。

面对这样的正面体验，他突然认识到自己可能不是卢阙的对手。

更令人恐惧的是，卢阙不是空有一身深厚的内力，他的四肢出人意料地灵活，如猎豹般冲刺上前，一爪刺向对方的咽喉。

一击毙命。

前十……不愧是前十，学长也不愧是学长。果然一匹孤狼能闯到联赛前十

就不是个正常人。

天才之间的实力差距，才更能大到令人窒息。

开云默默探出了半个头，正好看见这一幕。

同时门口的一群"小弟"也眼睛放光地看了过来，悠悠地盯住他们。

三人一齐沉默。

雷铠定吞了口唾沫，小声说："开场还没积分的时候，不适合玩决一死战。"

开云跟江途乖巧点头。

三人一致转身，撒腿狂奔。

三人暂时技术性撤离，一路疾风带闪电地施展着轻功，生怕稍慢一步，就被身后的重重追兵吞没。

其中开云的轻功最出众，这项技能在逃跑的时候体现得淋漓尽致，轻易一跳都比雷铠定多出两个身位，且距离越拉越远。

江途是学剑的，体形也比雷铠定轻盈一点，但雷铠定的经验与动作要更为干脆，所以二人几乎不相上下。

雷铠定心中燃起浓浓的危机感，就这么个危险时刻，他的视线中还有一根绿色的物体在不停地左右闪现，他迁怒道："你怎么还拿着你的黄瓜？"

"我丢了黄瓜，能跑得更快吗？"开云在前面说，"当然是不能啊！"

那为什么要浪费食物？

开云回头看了一眼，发现追兵的数量竟然不减反增，有些人明明已经被拉出一段距离了，依旧不肯放弃。现在咬得最紧的，是卢阙跟他身边的那个男生。

开云皱眉道："怎么那么多人？"

雷铠定："废话，你也不想想现在对面阵营的人有多少！"

训练大楼里的一群人为求自保叛变了，原本就属于"星际海盗"的那群人发现抢不到人头也跑出来了。在人数差距拉大到压倒性的程度时，仅剩的几位救援军阵营的学生，就跟昂贵的金刚石一样闪耀夺目。

多年来前辈们争抢助攻分总结出来的精髓就是这样——不在乎天长地久，只在乎下过黑手。

开云估测了一下雷铠定二人跟卢阙的距离，觉得他们可能逃不掉。可是这个地图又太小，最终的路线只能是不断绕圈。如果不彻底甩脱追兵，情况只会更加危险。

她还在想着要走什么路线，身后追击的人已经按捺不住了。

冲在卢阙身边的那位队友——同是大四级的薛成武，从自己的背包中抽出一条四五米长的皮鞭，手腕一抖，甩出弧度抛到空中，同时抡圆手臂，借着跑动的冲势，将整条鞭子都舒展开来。

凡是打过联赛、做过日常训练的学生，都对鞭子这种武器有点心理阴影，因为这玩意儿甩不好那就是六亲不认，包括甩鞭子的人。

四五米长的鞭子一祭出，后面的人瞬间避开一大半，生怕被波及。

薛成武当然不至于控制不好一根鞭子，但鞭子的甩动速度还是很慢，达不到他的要求。

他叫了一声："卢阙，帮我！"同时将鞭子抽到卢阙面前。

卢阙默契地放低速度，将内力凝聚在右手，对着裹风而来的粗重长鞭挥出一掌，掌风正好打在鞭子的中部位置。

长鞭猛地提速，力道传至鞭尾，那柔软的皮鞭一个抖动，朝前方飞速甩了过去。

雷铠定大叫一声，小跳着慌乱躲开，侥幸只是被擦了一下。江途却不幸中招。

他的站位不方便动作，自身应激反应也不够迅速，听见风声的第一反应是低头去看，于是就看见自己的小腿被鞭尾抽中并卷住的画面。

薛成武得意一笑，不等江途反抗，用力一拉，将他甩到空中。

"来都来了，谁都别想跑，这是瞧不起学长啊？"

开云回头见到江途远去，伸长手喊道："我的挚友！"

没人理会她的声音。

"放开他！"

开云脚尖点地，在地上滑行了一小段，快速刹住。

抬起头，正面迎上卢阙。

这是她第一次近距离地观察这位传奇考生。

他的眼睛下方有浓重的青紫，面色是气血不足的那种苍白，五官棱角分明，眼窝深邃，一张明明可以称得上英俊的脸庞，却无端地让人生寒，透露出一种名叫暴戾的气质。

开云视线下移。

手脚相当纤长，似有些许驼背，当然也可能只是他跑动的习惯。

他几乎想都不想，就着膝盖弯曲的跑动姿势，挥手袭来一爪。

卢阙显然没把她放在眼里，攻击的时候下盘还留着漏洞，铁爪的攻击路线直白清晰，也没用出他的全力，以为这样就可以轻松将开云击毙。

开云将黄瓜咬在嘴里，腾出两只手，一齐握住刀柄，从背后抽出。

当然是趁他病，要他命！

在她出招之前，所有人，都觉得她做了最错误的一个决定。因为就算是各

校的种子选手，也不敢轻易跟卢阙正面交锋。

这个人"不正常"的称号不是白来的，一是因为他过于阴鸷难以交流的性格，二是他遗传自基因的那种伴随着不可控的强大。

如果单论个人实力，卢阙绝对是佼佼者，他天生是为"武"而生的。

然而在众人迎接开云死亡的时候，那把平平无奇的铁刀，挥出了一道白色的刀气，即便在白天，附在上面的凌厉刀气也可以用肉眼看见。

白光勾勒出的轮廓，像一轮半残的银月，叫嚣着，以更肃杀的气势，朝卢阙的方向噬咬而去。

这是大众熟悉的刀法之一，也是初学者会接触的基础招式——月弧斩。

但是在这之前，他们从来没在模拟训练场中见过这种自带特效的月弧斩，或者说……

想都不敢想的哦！

毕竟模拟训练场内没有高阶武器，她手中现在握着的也只是一把真正的铁刀而已，这就是她自己实打实的内力。

可这根本不是一个四十岁以下的人能拥有的内力啊！

卢阙中途察觉到危险，立即将手背侧翻，转攻为守，让铁爪替他承担大部分的冲击，同时运起内力，撑作一个护盾，挡在胸前。

然而他还是被击飞出去，控制着身形，退了三五米才停下，脚步趔趄，险些没有站稳。

薛成武差点咬到自己的舌头："真……真的假的？"

他以为卢阙那种程度的内力，已经不是普通人可以达到的了，毕竟他……

没想到竟然能遇到比他更夸张的家伙。

她才多大？看起来还不到二十岁吧？

薛成武觉得脸上有些湿润，抬手抹了一把，发现确实有血液飞溅到他的脸上，朝着卢阙的方向瞄去，后者也正一脸恍惚地盯着自己的手心。

看来刚才那一击的伤害，比他预想中的要严重一点，尤其是心理冲击。

卢阙左肩处的制服被撕破一条小口，血液染湿了他深色的制服，可是多出的这道伤口，却让卢阙苍白的脸上多出了一丝血色。

他低下头看向自己的肩膀。

这是他为自己的大意跟轻视所付出的代价。他记住了。

薛成武见他神色不对，紧张地问："卢阙，你没事吧？"

卢阙勾唇笑了出来，声音低沉道："好得很。"

看见这一幕，场外的监考官震惊了，直播区的观众也震惊了，能打问号的全在打问号，除此之外，已经没什么能形容他们此刻的心情。

但是沉迷刷分的考生们还没有震惊。

他们趁着众人呆滞的时候，上前给无法动弹的江途补了一刀。

杀完人，转头就溜。

雷铠定从满脑子的眩晕中回过神来，指着前方叫道："开云，你的挚友被杀了！"

开云吐出黄瓜，抓在手里，眼睛都瞪直了："我看见了！"

雷铠定指向大部队，火上浇油："他们都是凶手！"

开云眯起眼睛："我知道！"

她快速咬了两口，想尽快把那根黄瓜吃完。

雷铠定受不了了，喷道："你就不能丢了你那根破黄瓜吗？"

"他们欺负我！"开云愤怒说，"我难过！"

雷铠定心中激动，怂恿着说："所以你要怎么办？"

开云深深地望了江途的"尸体"一眼，数了数对面那二十往上的人口数量，将最后一小截黄瓜蒂愤愤地丢到地上。

敌多我寡，人多势众……

她撸起袖子——

转身就跑。

"开云！"

雷铠定的求生欲当即发作，快步追在她的后面，质问道："你跑什么啊？"

"我要带着我挚友的那一条命勇敢地活下去，不能让他白白牺牲！"开云高声道，"我要好好活着，给他报仇！带他晋级！为他雪耻！"

雷铠定吐血："我可去你的吧！"

开云用看江途"尸体"一样的眼神，最后深深地看了雷铠定一眼，说："再见，你自己保重！"

雷铠定："……"

开云不作解释，直接加速，朝着另外一个方向跑去，与他分道扬镳。

雷铠定："……"

啊啊啊！他再信开云他就是条狗！

二人分散跑路，卢阙毫不犹豫地朝着开云的方向追去，其余的追兵在两者之间权衡片刻，最后齐齐选定雷铠定的那条路。

神仙打架还是参与不得，那俩祖宗如果放个大招，不幸误伤他们，那死的得多冤枉啊？

比赛才刚刚开始，还是保命要紧。

雷铠定头皮发紧，只能带着一屁股的追兵，继续这段悲催的逃亡之路。

他觉得自己被背叛了，想发怒，想狂吼。他表情狰狞地偏过头，看着大楼玻璃中反照出的身影，突然一个激灵。

他现在身后这么多尾巴，绝对是全场最闪亮的仔，此时镜头一定聚焦在他的脸上，给他特写，对他分析！

呼——

雷铠定深吸一口气，登时来了精神，脸上扬起一个真诚的微笑，浑身散发出别样的活力。

他要红了！

然而……不是。直播间的镜头从刚才开始，就一直在开云和卢阙的身上切换，压根儿不敢调频，只有偶尔会给他一个远景画面，不到十秒就重新切换回来。

毕竟，比起雷铠定逃亡的狼狈，开云跟卢阙的追逐战要精彩得多。

这简直就是轻功之间的角逐，或者说，是开云单方面的秀场。

无论多偏僻、多陡峭的地势，她都可以畅通无阻，似乎能脚踩空气，腾云起飞，轻盈的动作叫人根本挪不开眼。

她的攻击招式非常朴素，从比赛到现在，还没有出现过高难度的刀法，但是她的轻功却非常卓越，全是军部内部会用的高阶轻功。

在这一点上，卢阙确实稍为逊色。开云身边没了牵挂，最终成功将他甩开。

画面中，开云闪身进了一栋烂尾楼，左右张望，确认没人，找了个隐秘的地方蹲下。

她放下自己的背包，小心打开，从里面缓缓掏出一盒豆腐、一包麻婆豆腐的调料包、两瓶水，然后再把她的大铁锅掏了出来，依次塞到石阶的空当下面，并就近搬了张桌子把视角挡住。

卢阙的爪子一看就很厉害的样子，要是把她的锅捅破了怎么办？

开云一抹汗。

真是好险。

她放松了下肩膀，重新背好自己的刀，悄悄走到墙边，土拨鼠一样地冒出一个头。

毫无疑问，卢阙很强。

现在她要刷出能带三个人晋级下一轮的人头数，不能随便莽。

得先去刷拨人头分冷静冷静。

第七章

献祭队友

　　江途从模拟舱出来，正好看见开云逃脱追捕时的身影，那速度明显比跟他们在一起的时候要快很多，说明她当时是在迁就他。

　　他在屏幕前站了很久，跟许多在观看比赛的学生一样，目不转睛地盯着，然后在脑海中进行分析评判。

　　得出的结论显而易见，他确实给开云拖后腿了。

　　江途本来还以为自己可以给开云帮上忙，原来不过是开云特意给自己表现的机会而已。她确实拿自己当朋友而且用心良苦。

　　江途不由得叹了口气，说不挫败肯定是假的，但对开云却生不出半点忌妒的心情来。虽然这妹妹总是不按常理出牌，但身上却有一股莫名强大的人格魅力。

　　算了，不要浪费时间。

　　……还是回去给她种番茄吧。

　　江途转过身，去储物柜里领了自己的东西，准备回去，还没走出门口，一个男生飞速冲了过来，将重量架到他的身上。

　　男生熟稔道："嘿嘿，我刚刚看见你了，可以啊兄弟，你怎么组到那么一队牛人的？"

　　江途说："巧合而已。"

　　"你这巧合运气也太好了，我看她说要带你晋级决赛，你还有下一场的希望！"男生激动得语无伦次，"她刚刚那一刀，也太厉害了，直接把卢阙都打伤了，震蒙了一圈人，话都说不出来的那种。"

　　江途再次惊讶："真的？"

　　当时太混乱，他什么都看不见，又被鞭子卷入人群中，等回过神来的时候，已经被弹出系统了，至于卢阙身上的伤……还真是没看出来。

　　"你说我们学校为什么不招她啊？她现在才大二，看她的身手明显是武学世

家出来的子弟，这种学生去哪里不是个宝？"男生百思不得其解，随后笃定道，"一定是招生办的人看走了眼，我估计他们现在也正悔得哭爹喊娘。"

江途说："我也不明白，而且她还去了流动大学。"

男生立马说："流动大学好啊，流动大学可以随意转校！她来联赛表现得那么高调，不就是希望联军能够正视她吗？现在网上各种帖子话题都有了，大家已经下好注，等着看我们学校反悔呢。"

江途欲言又止。

他觉得开云可能真的只是……被动高调而已。

坐在门口的监考官听到他们三句不离开云，懒懒地抬起眼皮。

后悔应该是不会的，开云在模拟战场阶段表现得再出色，都无法动摇招生办那群老古董的决心，毕竟稀有能源免疫这一条，真是史无前例，绝无仅有。当初招不招都有说得过去的理由，如果现在迫于舆论招了，却没把人培养出来，那才真的要被钉在耻辱架上。

监考官坐得太久，换了个姿势。

不过他真的太好奇了，开云作为一个守财奴，她的武功是跟谁学的？明明没有任何流派的影子，他却觉得有点熟悉。

一个模糊的身影一直在他脑海中闪现，可是又始终抓不住，挠得他心里直痒痒。

没听过哪位军部退休的大佬去荒芜星做家教了啊。

围在大屏幕前的学生，突然发出一阵起哄般的尖叫。

监考官凝神一看，发现开云刚刚折回到训练大楼的后门，并在那里遭遇了一群埋伏出击的"星际海盗"。

画面依旧非常具有冲击性。

一个样貌清秀、身形瘦削且不幸落单的女生，被六个男生无情追击，一步步绝望后撤，试图逃离，却未能成功。

那时快时慢的轻功速度，正好暴露出她逃亡时极度不安的内心，不停回望的眼神，是她对自由和生存的渴望。因为慌不择路，不可避免地误入了一条偏僻的窄巷……最终停在一条罕有人至的绝路里。

六个男生笑吟吟地上前，将她围在中间。

……如果画面能停留在这一刻，该是多么感人肺腑的一幕？

监考官笑出了声。

嘿，还上了中央屏幕。

可以啊，这小妹妹！

然而，评论区的画风却令人啼笑皆非。观众认清了开云的真面目之后，画风便不断朝着另外一个方向狂奔——

"快跑啊小哥哥们！你们要被辣花摧手了！"

"不要跟过去——快走——快走！！"

"打了那么多年比赛，都没学会这个道理，男人要保护好自己啊！"

"天哪，我看着这些同学单纯的笑容，就觉得他们好可怜。真的是太惨了。"

"这个频道的观众是都疯了吗？"

"小姐姐的颜值我可以！警告千万不要打脸！"

"观众精分？"

赛场中的六人用眼神交流了一遍，似乎也不好意思就这样对一个女生动手，沉思过后，决定先跟她聊两句，让她放松一下，然后再送她上路。

"你是新人吧？第一次参加联赛？"

开云点头："对。"

"难怪呢。"那几个男生笑了一下，"我们是你的学长。"

几人纷纷道：

"这个赛场运气不大好，配到卢阙，大家都不好过。我们等了那么久才等到三个人，对不住了。"

"竞技的世界里不讲性别，当然，妹妹你很好。"

"下次记得躲好一点，活到最后说不定有十分的阵营分呢。"

一人问："你的队友呢？"

开云叹道："一个挂了。一个……应该快要挂了。"

男生同情地看着她，说："出去之后，跟他们好好吃顿饭休息一下。没什么大不了的，看开点儿。"

开云点头："我觉得你说得对。"

男生："我们时间有限……"

开云说："那我就动手了。"

男生狠下心："那我们就……啊？"

不等几人反应，开云前脚划开半步，手腕一转，将刀提到身前。

脚尖前方的沙土被扬到空中，没有即时落下，而是旋转出了风的形状。

为首的男生只是眨了下眼，对准的目标人物已经不见了。

这样的距离，打起来就是刀客的天下。

男生心下一惊，快速后撤一步，想要拉开距离。

他没在身边感受到任何的杀气，只能靠肉眼去捕捉开云的身形，眼珠才刚转动了半圈，就看见身边的同伴张大嘴还未能喊出声的模样。

开云的身上没有杀气，但是刀气中的杀意却很澎湃，男生意识到的时候，腹部已经被一股巨大的力道击中，瞬间失去意识。

他的同伴终于把含在嘴巴里的音节吐了出来。

"小……×！"

那道银光转向他这边袭来，男生立即用武器格挡，可是短时间内没能提起内力，挡不住开云爆发的一击。

他身体飞速向后退去，然而后面是一堵高墙，没有能让他缓和冲势的地方，最后只能重重撞上去。他五脏六腑受到震荡，过了两三秒，被系统判定死亡，弹出。

他"死"前的最后一个念头，就是悔，特别后悔……

女人太可怕了。

开云的突然发难，打得他们措手不及，直接带走两名队友。剩下四人来不及悲伤，马上变换队形，想要扭转局势。

他们犯了最大的错误，那就是跟着开云来了这么一个半封闭的场地，还在开战前主动让开云近了身。

开云原本的出招速度就很快，用的还是直截了当的简洁刀法，再加上内力的推进和爆发，他们在这条狭小无法发挥的小巷里，根本难以躲避。

她一步跨前，两手一起握住刀，快速接了连招，斜斩两刀。

大有风卷残云之势。

四人没想到她竟然还留有余力，几次强攻间都不带停歇，且一次风力胜一次。这样偌大的差距让他们明白，双方的确不是一个层次的水准。

第一次攻击挡住了，第二次终于溃不成军。

现在被她堵在这条没有退路的小巷里，躲不了，又扛不住，只能认栽。

开云的刀就是以快取胜，顺势又拿下了三个人头，最后剩下的一个男生贴墙站着，表情中写满了可怜无助。

"你……"他哭丧着脸道，"你怎么可以这样！"

开云提刀向他走近，诚恳地把之前他们的话转述了一遍："对不起，出去之后，跟他们好好吃顿饭休息一下。没什么大不了的，看开点儿。"

男生伸出一根手指，郑重道："拜托你一件事情。"

开云示意他讲。

"今天的事情,你就当没发生过。"男生说,"出去以后,别说你见过我们!"

不能让别人知道他们死得那么凄惨,面子都要没了。

开云大方道:"好说。"

直播管理员快速将特写镜头切走,若无其事地转到其他考场。评论区留下几条滞后的评价,诸如——

"魔鬼""太惨了"……

事毕。

开云两指在刀身上拂过,将刃上的血液擦拭干净,背回背上,小步跳着往外跑去。

"六个人就是十八分,还要再来几次?"

她小心地沿原路返回,想看看能不能再碰上几个零散的队伍。现在就是最好的时机,再晚一点,估计比赛就要进入新的阶段,会有一批"星际海盗"转战救援军的阵营,进行抢杀积分。

走到半路,突然远处传来巨大的声响,开云侧身一闪,躲回暗处。

她扒在墙边看了许久,终于见到雷铠定带着轰隆隆的人群朝她这边跑来。

二人神奇地四目相对,空气中火光闪烁。

听不出雷铠定想大骂还是想感慨,他大声地吼着:"我去!我去!"

"我去——"

开云震惊了。

他竟然还没死,生命力这么顽强吗?

雷铠定朝她伸出手:"开云!开云!!"

开云向他敬了一礼,继续转身逃跑。

"队伍信息!看私聊!"雷铠定吼得非常大声,似乎要将最后的空气从肺部压榨出来,"回我!你还活着就回答我啊!"

开云打开了新世界的大门。她躲在暗处,翻来翻去捣鼓了半天,终于知道三夭是允许队友间互传消息的。为了显示作战的真实性,通信器别在制服的胸口处,默认屏蔽。

这根本不合理!

她都惊呆了!

开云拿出来翻查一遍,发现雷铠定已经给她发了十几条消息。她跳着听了

一下，强烈感受到一条顽强的生命在临终前的痛苦挣扎。

"你就那么跑了，要我怎么办啊？

"你还活着吗？

"我要跑到什么时候？现在卢阙不在，是刷分的最佳时机，你给我报位置，我们两面夹击啊！

"我没有骗你啊，我真的没有骗你，你再相信我一次！再跑下去我要死了！

"我后面一个甩鞭子的家伙追着抽我的屁股，他有病啊！

"呼……呼……

"你人呢？你还活着吗？

"……"

开云对着通信器，小心翼翼地说了一个字："喂？"

对面立即传来雷铠定的咆哮："喂你妹啊！"

开云鼓励说："别哭！要坚强！"

"我受不了了！"雷铠定没想到自己也会有想怆然泪下的一刻，"我太难了！我怎么会有你这样的队友？！"

没人知道雷铠定在那漫长的半个多小时里经历了什么，仿佛被全世界遗忘了，只能奔跑在一条引领"丧尸"的路上，冲击自我最高时速的马拉松纪录。

如果……如果他当初不作死，不想着跟开云两个人反杀全场，就不会有现在的局面。他可以跟一军的小伙伴组队，然后快快乐乐地抢杀人头。

现在他是一枝独秀，但是肺部快要爆炸的感觉一点都不快乐。

为什么他不放弃？

最初是镜头的力量在支撑着他，后来发现开云可能已经挂了，又是必须晋级的力量在支撑着他。

再到后面，已经没有什么力量，只是倔强罢了！

当他看见开云出现在眼前的时候，一度心情非常复杂，"希望她已经死了，可以给她烧香"和"还好她活着，自己有救了"，这两种矛盾心理不停地交战。

"快点过来支援我……"雷铠定发现自己可以不计前嫌，着实为自己伟大的人格所感动，"这些人的实力基本都是中下，你过来逼着他们转阵营也可以，杀了他们也可以，赚够这一拨，我们三个晋级的分数都有了！"

开云："你身后有多少人？"

"这我怎么知道？"雷铠定说，"已经数不清了。"

这一圈圈地转下来，跟集邮一样，越来越多的考生加入了追击的队伍。

开始是闲得无聊，后来是追了那么长时间，已经追成了一种信仰。

不分个你死我活，都对不起自己这张老脸。

开云好奇地问："你怎么不转阵营呢？"毕竟都已经这么惨了。

"不行！"雷铠定坚定拒绝，声音因为气息颤动也跟着颤抖，"这样会被'嘘'的！"

开云："谁？"

雷铠定心里高声回答：观众！

他可以死得壮烈，但不能玩弄观众期待的感情！

"我不能放弃我的队友。"雷铠定深沉地说，"困难可以被逃避，但是责任不能！我是你最后一个队友——啊！后面的人又抽我！"

开云又一次惊呆了。

都这时候了，雷铠定的偶像包袱怎么比她的国王包袱还要重？这孩子是怎么回事？！

她盘腿坐着，正要安慰一下自己的小队友，耳边突然听到一阵轻微的脚步声。

开云抬起头，同时绷起身体的肌肉，正准备随时进击，就看见转角处，卢阙一步踏上台阶。

他微微喘着粗气，脸上还是毫无血色，但是眼神中有了神采，不过那是一种类似面对猎物时兴奋的神采。

看见开云，他扯动嘴角，皮笑肉不笑地说道："你跑得还真快。"

"嗯……如果你想有人能陪你跑步的话，"开云真诚推荐，"我的队友是一个更好的选择！"

卢阙喉间发出几声"嗬嗬"的沙哑低笑，那神态跟被气疯时的雷铠定起码有五分神似。开云自觉捏紧通信器，从旁边蹿了出去。

卢阙厉声一喝："站住！"

开云冲到开阔的街上，脚下不敢停留，低头呼叫雷铠定："喂喂！"

"你快一点啊！"雷铠定恳求道，"你不要再突然失踪了，好吧？"

开云说："我遇到卢阙了。"

开云问："我要带他一起过去吗？"

雷铠定："……"

还是永别了吧。

卢阙已经追得累了，看着开云的背影，怒火就噌噌地往上燃烧，他在后面喊道："你跑什么？！"

开云义正词严道："我要养家糊口的，我们队伍里有三个人哪，决战紫禁之巅不是要在结局吗？"

卢阙："你们队伍还有一个人！"

"雷铠定？"开云反驳说，"我觉得他快不行了！"

她说着脚下借力，急速转向，再次闪进一栋设计复杂的建筑楼，直奔高层而去。

眼看着开云又要逃脱，卢阙彻底被激怒，他举起武器，在周围进行大肆破坏。

街道两侧的玻璃纷纷被砸碎，他拎起手边一切能举起的东西，用力掷向开云。

开云躲开他的投掷，听着身边一阵阵的撞击声与碎裂声，脑海中突然一闪，有了灵感。

三夭的模拟作战系统是不允许携带热武器的，场景中也不会出现，但是其余的各种设施，类似于电力、网络，都非常完善，配得上一句"全真模拟"。因为三夭鼓励学生利用环境来进行掩护或反击，毕竟现实中会遇到各种各样的意外状况。

开云一跃站到窗台边上，对着随后赶来的卢阙笑了一下，说道："我师父告诉我，离开的女人流去的水，千万不要追！我转告你了，再会！"

卢阙裹着杀意的拳风朝她袭去，开云却先一步松开手，身体向后翻了下去。

卢阙表情微怔，快速走到窗户旁边，向下扫了一眼，那黑色身影坠落的画面同他记忆中的某个画面突然重合，当即唇色显得更加苍白。他后退两步，用力甩头，缓了会儿神，才反身从楼梯下去。

亲眼看见这一幕的观众都愣住了。

这里可是五层的商业高楼啊！就算有轻功，跳下去多半也是伤残。

镜头的画面立即掉转，视角改从她头顶的位置打下。

眼前的景色飞速向后倒退，目光所及的地方，有一半是虚影，给观众极大的代入感，他们甚至眯起眼睛，不敢直视。

而开云借着建筑旁边偶尔的凸起，不断减缓冲势，最后一个小跳在院中的草地上翻滚了一圈，平安落地。

等这一场极限跳跃的表演结束，观众还难以忘记视觉对心灵的冲击，张张嘴，发不出合适的声音。

这已经不算艺高人胆大的范畴了吧？这孩子难道是玩跑酷长大的？

楼外，暂时甩脱卢阙的开云，再次掏出通信器，对着里面小声问道："雷雷雷雷！你在吗？"

雷铠定"呸"了一声，发音已经含混不清，看来的确快到极限了，但还是冒着气息紊乱的风险，对开云发出一声吐槽。

"我去你的雷雷！"

"雷雷，"开云说，"我有一个办法，可以解决你身后所有的追兵。那我们晋级的分数就够了！"

雷铠定精神一振："你快说！"

开云忍痛道："但是这么做，你也会有极大的生命危险！"

"你是觉得我现在还不够危险吗？"雷铠定想将口水喷到她脸上，"弄死他们，不惜一切代价！"

他也被追出火气来了，他走过的所有套路都比不上他今天跑的路长，只有用他们的生命，才能祭奠他逝去的体力。

"好，既然你下了决心我就不拦你了！"开云说，"带他们回训练大楼，我在里面等你！"

雷铠定因为缺氧，脑子已经不大好使，听到开云说训练大楼，慢了好一阵才回过神。

"你还会电脑？你能黑掉训练大楼的网络进行攻击？"雷铠定说，"那可是政府的训练大楼啊。"

开云说："攻击可以，黑掉不行。"

雷铠定已在意志崩溃的边缘，他不可能像永动机一样再跑一个小时，可能再过十分钟就要倒下，到时候也就是死而已。

他决定相信开云，主要是他太想休息了，于是咬咬牙，转了个方向，大胆地从地图边区转向训练大楼。

一群人毫无防备地跟在他身后，怒骂着继续追击。

十分钟后。

开云躲在二楼的楼道里，小声发问："你来了吗？"

回答她的是雷铠定粗重的呼吸声。

开云说："坚强一点！"

又过了五分钟，雷铠定用虚弱的声音问道："然后呢？训练系统根本没开啊？"

开云起身，找到所有的红色标识，按钮拍下去，拉杆拉上去，控制面板砍下去……电流的噼里啪啦声中，开云深藏功与名地退出门口。

她的荒芜星虽然空无一人，但是地下城的防御跟安保系统一点也不比联盟的逊色，对于上面的警告她铭记在心。

政府的训练大楼里，会存放许多违禁武器，其中包括热武器，使用的应该是跟荒芜星一样等级的安保系统。

当主控室无人，一旦检测到大量未录入系统的生面孔——就是本场的"星际海盗"，己方人员数量过少，同时系统受到攻击时，就会启动强力攻击程序。

通信器里传来雷铠定的再次询问："然后呢？"

然后是爆炸声响起，又被隔音的金属大门隔在其中，只发出轻微的闷响。

再之后，是几缕黑烟从大楼的缝隙中飘出。

开云踩在震动的地面上，对着大楼的方向肃穆敬礼。

再见了，雷雷。

你带着队伍晋！级！了！

因为这一幕太过壮烈，直播管理员终于将画面调整到了训练大楼内部，从这个经受过硝烟的地方，一寸寸拍摄过去。

漆黑的墙面、倒地的尸体、还处于警戒状态的攻击武器……

所有人的脸上都带着难以置信的惊讶，但动作永远地凝结在这一刻。

这是何其惨烈的一幕？躺着的全是不甘的亡魂，甚至能听见他们在喊"救命"的声音。

最后镜头聚焦到了被防护罩护在中间的雷铠定身上。

他的半张脸被鲜血糊住，虽然在最后关头被系统识别出救援军的身份，稍微保护了一下，可长时间奔跑导致的力竭以及高热度爆炸和混乱射击的余波震荡，还是带走了他宝贵的生命。

这一条命……可值一百多点积分哪！

直播管理员调整角度，给他沧桑的脸来了个特写，将他英朗的五官照进屏幕中。

"他居然现在才死？我以为他早死了。他是怎么活到现在的？"

"跑了一个来小时……顽强地活到了现在。求生欲很强烈，可是没有用，不过最后死得挺有价值，抵了几十条人命呢！"

"这个男人太狠了……换我拉着一批敌人跑马拉松，我一定扭头就给他们跪下。"

"他的队友更狠啊，不过一换……多少来着？不亏。"

"不是我说，这孩子太惨了，每次到C位都是出殡状态。他大概是唯一一个死后被人频繁近距离观察尸体的人吧？"

"这个梗他可能真的一辈子都逃不过去了，哈哈哈！"

"不知道他在屏幕上看见自己会是一种什么心情，但请相信你自己，你已经是一个传奇了！"

镜头致敬完毕，准备倒退着离开，艺术性地给这一场凶残献祭画个句号，刚刚退到一半，画面突然卡住。

那轻微的一个颤抖，让众人感受到了直播管理员震惊的内心。

紧跟着画面开始放大，就见雷铠定发黑的手指突然弹了一下。

观众还以为是自己看错了。

随后画面又缩小了一点，可以清楚看见雷铠定的肩膀不停耸动，正在试图从地上爬起来。

没被系统判定强制弹出，说明他受的不是致命伤，但生命告危的提示已经出现，他现在存在的意义只有"3点积分"，已经不能继续作战了。

全场哗然：

> "他动了！我比看见自己的股票动还要感动是怎么回事！"
> "？"
> "这都没死？"
> "我就说联盟的防护系统不会直接无差别攻击的，这不留下了一个活口吗？"
> "这人怕不是个盾士吧？"
> "血怎么那么厚？他是不是开挂了？为什么跟小强一样有N条命？"
> "站起来！雷雷！你要坚强啊！"
> "他们这个队伍绝了！一个死得莫名其妙，一个怎么死都死不掉，还有一个直接干掉了几十个人。神组合啊！"

直播管理员没法加字幕，于是晃动了下自己的镜头应景。

雷铠定差点被弹出系统，系统还数了倒计时等待判定，缓了一会儿，最后才给他放出来。虽然全真模拟感受不到太强烈的疼痛，可火光亮起的那一瞬间，他受到的心灵伤害简直不可治愈。

他艰难地从地上坐起来，咬牙切齿地从嘴里吐出两个字：

"开——云——！"

观众振奋：

> "要黑化了！"
> "雷雷一定要谴责她！"
> "雷雷你涅槃重生了！诈尸吓死她！"

雷铠定对着通信器，用自己沙哑的喉咙，大声地喊道："你妹啊！"

大楼外，开云听见声音，停下了自己离去的脚步。

她回过头，看向窗口。

这孩子生命力怎么会那么强？

开云："喂？"

"喂你妹啊！"雷铠定嘴瓢道，"你怎么可以这个样子！"

"我问你了嘛。"开云说，"你说不惜一切弄死他们啊。"

雷铠定从嘴里喷出一口鲜血，颤颤巍巍道："可是我没让你坑我啊！你为什么不先告诉我？"

"礼尚往来啊。"开云踢着脚下的石头说，"大家都是为了分数嘛。你不也是因为这个才跟我组队的吗？又不是要跟我交朋友。"

雷铠定一时语塞，果然自己偷偷摸摸的小举动，她其实是门儿清的。

他现在无比后悔，为什么第一次见到开云的时候，要鬼迷心窍地想着过去坑她呢？

……都是他队友的错！是队友怂恿的他，他只是受了挑唆，被该死的友情蒙蔽了！

果然做人还是要善良。

联赛这个地方太锤炼人了。

雷铠定委屈巴巴道："你能不能别那么记仇啊，你太狠了！我年轻的时候不懂事，后来不是也没成功吗？你居然就这样把我炸了，你当我是地雷啊？那地雷引爆前，也得给个提醒啊！"

开云说："那你以后别再想着坑我，我就不坑你。"

雷铠定弱弱道："……行。"他真不敢了，生命的代价太大。

二人冰释前嫌。

开云友善地叫道："雷雷！"

"开……"雷铠定过不去心中的那个坎儿，接受不了这个称呼，"我呸！"

开云对待小伙伴还是很大方的，热情邀约道："你活着的话就快点出来啊，我带你出去刷分！"

雷铠定："我现在不能动，是重伤状态。"

开云："那你就登出休息一下，本场晋级已经没有问题了。我要再去晃荡几圈。"

"不行！"雷铠定坚决道。

爆雷也不能白爆啊，他要上 C 位！他要雪耻！

雷铠定没忘了开云的吃播是多么出名，问道："你今天带了什么吃的？"

开云声音清亮起来："麻婆豆腐！"

雷铠定说："我也要吃！"

"那你等着！"开云挽起袖子道，"等我打完这一场，你先在里面躺着吧。"

雷铠定欢快地应了。

二人都满意地关掉通信器。

吃瓜群众齐齐瞠目结舌，用来打问号的那两个按键快被他们敲碎了。

这友谊的小船到底翻没翻？怎么跟他们预想的画面完全不一样？现在年轻人的脑回路，都那么难跟吗？

开云转过身，准备继续自己的征程，在大街上走了没一段路，迎面遇上还在满地图搜索她的卢阙。

卢阙浑身上下都写着"我要弄死你"几个大字，周身的怒气熊熊燃烧。他紧紧咬着牙关，桀桀怪笑着对开云道："你接着跑啊。"

开云乖巧点头："欸！"

背着刀就走。

卢阙震天一吼："你给我站住！！"

开云想到雷铠定被自己害得跑了那么久，也是可怜，还是对卢阙认真解释了一下："我刚刚答应了我的朋友，要请他吃麻婆豆腐。"

卢阙狰狞的表情已经快控制不住了。

"吃饭肯定要有一个安静的环境，因为他现在身体不好，不方便受打扰。"开云动之以情，"可是这个地图又小，人又多，不合适，你说对不对？"

回答她的是卢阙不留情面的一个暴击。

所幸开云早有准备，脚下发力，快速后撤躲开。

她的闪避似乎给了卢阙新的刺激，从没有哪个人遛了他一圈又一圈，还敢继续放他鸽子的……因为他就没遇到过轻功如此变态的家伙。

回去他就补，这该死的短板！

"你不讲道理，我先走了哈。"开云挥挥手，不带走一片云彩，"等我清完场，再来跟你打！"

卢阙两手握拳，似自言自语："清场是吧？行！"

然后继续朝着开云离开的方向飞去。

面对如此熟悉的一幕，评论区有人吐槽道：

　　"今天这个赛场是怎么回事？全都是走'你追我，如果你追得到我，我就跟你走'的剧本吗？"

　　"总结到位……"

第八章
拔刀相助

训练大楼外不远处的高墙背后，两队人达成合作共识，互相握住代表友谊的双手，商量着要如何刷分。

因为初期的疯狂围剿，以及卢阙的大名威慑，地图中救援军阵营的人数大幅缩减，现在视线所及的范围内，全是"星际海盗"。

几支有实力的队伍，已经开始盘算着推动副本进程。按照历史惯例，就是转变阵营，分散作战，用埋伏设陷的方式，在场景内狙击"星际海盗"趁机刷分。

他们就是其中之二。

为了表示诚意，两队队长约定在各自队伍中选派出三人，转变阵营，组成新的队伍，然后用"星际海盗"的身份前去诱敌，再让"救援军"在幕后偷袭。这样就可以先保送一部分人安全晋级。

完美。

张叁，虽然他有一个路人的名字，但是他有大大的梦想。

历史的经验教训证明，能成功苟到最后的，不是最强者，而是识时务者！

他抬头眺望着远方，认真观察敌情，随后看见训练大楼里似乎飘出来缕缕黑烟，朦朦胧胧的。他不解地问道："训练大楼着火了？里面没什么人了吧？怎么还放火烧楼啊？"

前方的观察队员回报说："好像是爆炸了。刚刚跑过去的一大群人冲进了训练大楼，地面有点震动，然后就没然后了。"

张叁："那么多人进去，一个都没出来？！"

"大楼已经全线戒备，不知道他们干了什么。"

"啧啧啧。"张叁摇头而叹。

前方那人喊道："×！卢阙来了！"

那人又紧急报道："速度好快，朝我们这边过来了！"

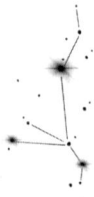

众人快速躲到矮墙之后，隐藏身形，小声议论。

"不会就是他炸的吧？"

"很有可能啊！卢阙什么事情做不出来？你说他自爆我都信！"

"好像是追着一个女生过来的，他只有一个人，队友都不在！"

"我们现在有十二个人，要不要趁机偷袭？"

最后一个问题问得众人都沉默下来。

显然这是一个良机，谁不想在比赛中杀掉大神？从古至今，以下克上都是一条成名致富的捷径，有志气的人，都扛不住这个诱惑。

张叁抿着唇细细思忖，计算着风险跟收益之间的比值。

然而没给他太多考量的时间，目标很快出现在他们视线中。

卢阙满身杀气地跑着，脸上有一片已经干掉的血渍，周身气场将空气都搅和得黏稠起来，那暗色的制服上，更是不知道凝固了多少人的鲜血。

他目不斜视地盯着前面的女生，还在尽可能地进行阻拦破坏。

"太狠了，追一个女生追成这样，一点风度都没有。考场上那么多人不够他杀？"

"队长？怎么样啊？"

张叁看着卢阙越靠越近，眉头也是越皱越紧，直到看着卢阙踏进他们的攻击圈，又是一副不设防的模样，终于忍耐不住，下定决心道："大猴过去偷袭，偷袭不成功就改诱敌，二队留在这里，准备二次围击，我们争取一举将他拿下！"

"行！"

被叫到名字的男生蓄势一跳，急不可耐地从墙后跃出，一手撑在墙头借势下落，一手抽出短刀，在手心旋了一圈变换方向，准备好攻击姿势。

他压低上身，在落地的同时，脚尖一蹬飞速蹿出，短刀的尖端直直对准路过的卢阙。

"卢阙！拿命来！"

开云听见声音回过头。

被卢阙追得太紧，都没发现附近有漏网之鱼。

前方卢阙脚步稍顿，转了下眼珠，确认好对方的方位，身体微微倾斜，精准地躲过刺来的刀尖。他顺势抓住对方手臂，用力反向一拧，轻易废了那人的惯用手。

开云听到刺客一声闷哼。再下一秒，刺客已经被铁爪夺去了性命——从攻击没有奏效开始，就失去了反抗的余地。这足以见得卢阙的临危不乱，那种应变的反应，甚至可以说得上是一种本能。

开云本来还想喊他手下留分，没想到变化发生得太快，阻止不能，眼看卢阙又要开始穷追不舍，转过身准备继续流浪，结果不等她行动，附近的墙头又跳出来两三个人。

卢阙理都没理他们，径直朝着开云的方向奔去。

"喂喂喂！"

张叁没想到卢阙那么绝，急于留住他，引他入套，脱口而出一句："卢阙！神经病！"

卢阙突然停下脚步。

开云察觉身后气氛不对，也跟着停下脚步。

张叁身边的队友登时紧张起来，上前抓住张叁的衣角，急道："哇，完了，你叫他什么？"

卢阙扭过头，一动不动地盯着他，那双漆黑的眼睛里，没有任何的生气，似乎在给他最后一个跪下求饶的机会。

张叁被他看得心里有些发痒，但话已出口，没有转圜的余地，干脆继续叫嚣道："骂你怎么了？有本事你过来打我啊！军校里哪个人不知道你是个疯子？说你一句就神神道道的，跟躁郁症发作一样，不是疯子是什么？哪里来的天才？就是个不稳定暴力因素！"

开云的目光从他身上转到卢阙的脸上。

虽然卢阙从开场起就显得有些阴鸷，也一路被开云遛得大发脾气，但开云真没见过他现在这个模样——

随着那人的声音，气血上涌，脖子上的青筋暴凸而出，眼白渐渐充血。

看得出他很在意被人骂那三个字，也看得出他正在极力忍耐。

卢阙按住脖子扭动了一圈，骨骼间发出"咔咔"的脆响。

他的声音极低，却很清楚，一字一句，从喉咙里压抑着滚出来。

"你说什么？"

"我说的明明是事实！谁不知道你爸妈是谁？看看联赛里哪个知名选手跟你一样讳莫如深，提都不敢提。训练大楼是你炸的吧？你就是一个被严格监管的犯罪分子，遗传，那都是……"

没人出声，连张叁身边的队友都默默远离了一步，已经默认他终将会失去这条生命。

墙后还传出来一道弱弱的提醒："喂，别说了。"

大概是察觉气氛有点干，张叁也说不下去了，他扭头看向开云，想着她能被卢阙追杀，应该是有几分实力的，趁机招揽道："喂，你过来！不要怕！"

开云朝他走去。

卢阙喉结用力一滚，抬起头，整条手臂的肌肉都膨胀起来，可是还没动手，一把熟悉的铁刀，先从张叁的腹腔里穿了出来。

张叁眼中带着震惊，缓缓转过头，尚未看清开云的脸，直接被系统弹出。

他身边的队友匆忙跳开，与开云拉开距离。

开云将刀收回来。

她此时表情阴沉，没有了平常的随意，比亲眼看着江途被杀时还多了一分怒气、三分认真。

"第一，训练大楼是我炸的。

"第二，没人知道我爸妈是谁，我自己也不知道。但他们遗传给我的是生命，不是人格。"

"第三，"开云说，"明知道对方要不高兴，还故意戳着别人的痛处进行伤害，不管是什么原因，我都不喜欢。"

开云小国王，不能跟他们为伍！

"第四！"开云举刀指向他们，阴恻恻地笑道，"就没发现我们是敌对关系吗？"

她朝卢阙打了个招呼："你站着，先让我刷个分。"

开云虽然那么说，但还是做好了承受卢阙攻击的准备，毕竟卢阙追了她一整路，没道理现在就安静地在这里等她刷分。

但是她防备了一会儿，卢阙竟然毫无反应，再看他浑浑噩噩的，瞳孔不住地颤动，根本听不进她说的话。

墙后的几人齐齐跃出，没有口号，默契地避开开云，攻向卢阙。

卢阙依旧是一副失神状态，完全不知反抗，开云茫然地转了下头，有点不知所措，最后直觉促使她上前替卢阙挡了回去。

她横过刀身，拦在众人面前，说道："多大仇恨？都看不见我吗？"

"喂！"一个男生指着卢阙说，"你仔细看看，不妙吧，这是？"

另外一人紧跟着道："他真的是要发病了！张叁真的死了，干了这么大的事！"

开云一直在用余光观察，"发病"两个字似乎有刺激到卢阙，她瞥见后者的眼皮在轻微地跳动，但是面前说话的这群人还毫无察觉。

开云皱眉道："我真的好讨厌听你们说话，你们为什么会这么讨厌？"

"是真的！"一个男生急于争辩，"他的内力很不稳定，容易紊乱冲撞。他妈不就是……可能被他那个的吗？"

可能是提到了他的母亲，卢阙周身的内力直接被刺激得暴涨了一倍。

一个资质上佳的天才，在武学上有着比别人更加畅通的道路，但同时意味着更多的危险。并不是每一个年轻的身体都可以承受得了暴涨的内力，内力一旦失去控制，就会随着气血膨胀，在每一个细胞里呼啸着想要杀戮、想要释放，直到占据人的理智——就是所谓的走火入魔。这开云当然是知道的。

但是她真的没见过会因为几个关键词就理智失控的人，卢阙的状态未免太不稳定了。

她现在才明白雷铠定和江途说起卢阙时的那种表情，提示都给得这么隐晦吗？

另外一人快速接嘴："现在不杀了他，之后就麻烦了！赶紧给他弹出系统，送还给联盟大学啊！"

"他刚刚不是在追杀你吗？你还帮他，你有病啊？"

"你们还说！"

开云听得心中火起，厉声打断几人，举刀攻向他们。

"别跑！"

那边有十多个人见卢阙情况不对，都不恋战，直接朝着不同的方向逃了。开云追了一段路，只留下了两个家伙，因为担心卢阙，又赶紧折了回来。

卢阙此时已经显露疯狂的前兆，周身内力四放，毫无方向地流动，皮肤泛红，眼睛也不正常地瞪大。

开云对着他叫道："我已经给你报仇了！卢阙，你清醒一点啊！"

卢阙用力抱住头，身体僵直地抽搐，他沉沉地呼吸，胸膛上下起伏，还在自我暗示："冷静……我要冷静……"

开云迟疑地提建议："要不你跑……跑两圈试试？"

卢阙转动着眼珠，开云的脸不断在他视线中晃动，可是心脏剧烈跳动的声音已经占据他全部的注意力，那张张合合的嘴唇，在他脑海中转换成一道埋藏许久的声音：

"卢阙……你知不知道你不是一个正常的孩子……你跟你爸爸一样……我真的拿你没有办法。"

你跟你爸爸一样……

理智的弦彻底绷断。

机舱内壁传来一声巨大的撞击声，伴随着沙哑的嘶吼，薛成武整个人抖了一下，赶紧挤开众人，跑到卢阙的舱门前。

从他被开云炸出来，就知道可能不妙。他不在的话，没人会愿意去安抚卢阙的情绪，所有人都当他是个疯子。

卢阙的精神不稳定。

暴躁、易怒，强大的潜力伴随着隐患一起刻在他的基因里……以及世人的偏见中。

就算他什么都不做，档案上记录的出生信息也会告诉所有人，他不正常，因为他的父亲不正常。

但是薛成武知道，卢阙一直在很努力地克制。

就算他有一半遗传自他的父亲，但还有一半遗传自他的母亲。他只是一个敏感的、矛盾的人而已，一面受幼时教育的影响，想要变得强大；一面又受母亲去世的打击，害怕自己堕落，偏偏这两件事情交织在一起，对他来说成了一个错误。

他已经主动远离人群、减少交流，变得孤僻。可或许就是因为这样，过高的压力、不断的自我唾弃，以及始终无法摆脱的社会谴责，让他狂躁的频率变得越来越高，也让他越来越恐慌。

害怕自己变得"不正常"，最后连这简单的三个字都成了他的心魔。

哪怕最开始的时候，他什么错也没有。

薛成武心中很不是滋味。

卢阙以前根本不是这样的……不是这样的。他很困惑，让卢阙变成这个样子的，究竟是所谓的遗传，还是那些繁杂不负责任的声音。

守在门口的联大监考官已经在联系专人过来处理。

"卢阙，对，看起来他已经失控了，赶紧叫医疗和安保团队过来，可能需要采用强制措施。我正在观察他的情况……"

薛成武抱住头蹲到地上。

完了。

"卢阙！喂，卢阙！"

开云一只手搭上卢阙的肩膀，霎时间，一道银光朝着她的咽喉袭来。

本能快于思想，开云一个后翻躲开，并与他拉开三米的距离。

"哇……"

她心有余悸地摸了下发凉的脖子，没等缓神，磅礴的内力再一次正面轰来。

要说开云最弱的一项是什么，应该就是防御了。她师父教她的武道是，打得过就打，打不过就跑，没告诉她要怎么慢慢苟着。

主要是他老人家自己也不会多少招式，他就是一个马马虎虎半桶水的落魄

男人而已——他自己讲的，否则也不会去荒芜星给她做全职保姆。

开云不同意。

小国王的保姆能是普通的保姆吗？那是皇家奶爹啊！

她奶爹说了，不能逃避的时候，那就硬扛——硬着骨气扛！

她很清楚，如果她现在走了，卢阙的情况会马上变得非常糟糕。

"真是拿你没办法。"

开云晃了下手里的刀，然后两手用力握住，表情一肃，决心应对。

"来吧，我不怕你。"

二人首次正面交锋！

卢阙暴走后的攻击招式，变得没有套路，纯粹只是一种发泄。如果要说共同点的话，那就是蛮力，就算是开云也不敢跟他硬碰硬。

他的铁爪招招直逼开云的心口跟咽喉。贴身近战的话，开云的大刀因为长度而变得笨拙，没有发挥的余地，只能一面抵挡，一面不停后撤，与他拉开距离。

开云退走了一段路，才找到合适的距离，估测好双方站位之后，用最枯燥、最简单的劈砍，不断从侧面挥开卢阙的铁爪。

她目不转睛地盯着，无论卢阙从什么角度，用怎样的招式，她都争取以相似的角度进行化解，同时控制着脚步，小跳调整方位。

不反攻，也不逃跑，用这种艰难且毫无突破的打法，显然是为了让他慢慢冷静，然后化解他身上已经暴走的内力。

面对一个已经失去控制的对手，虽然躲得很狼狈，但仍是令人惊讶地坚持住了。

场面在她的控制下，竟然开始稳定下来。

场景中不断回荡着金属撞击的铿锵声，闪过淡色的长线火星，同时夹杂着开云不停的询问声：

"你冷静了没有？"

"你冷静一点啊！"

"喂！卢阙，请你吃饭啦！"

评论区的观众已经吵翻了天，最初都在谴责联盟大学不应该让卢阙参加这种冲击性强的比赛，现在全部变成了对开云路数的研究讨论。

"看不出流派啊，都这种时候了，不会还在隐藏实力吧？"

"可能是草根派！"

"你见过能把发疯的卢阙压制住的草根派？"

"她的操作真是……一看觉得自己肯定会，一上手立马跪。令人赏心悦目的简单。高手啊！"

"手脚统一！看见了没有？我的那群蠢学生死一百次都学不会的走位！"

"动作拆解一下，一份完美的初级教程。"

"我觉得是一份完美的、完成不了的初级教程。"

监考官看着这一幕，五味杂陈地"哼"了一声。

每一个学武者都担心过自己会暴走，但不是每个人都可以那么幸运地度过。很多人只因为一次失误，就再没有重来的机会。

普通人面对这种情况，给出的第一反应都是害怕、逃跑，就跟刚才的那一队人一样。可是开云在做什么？她在帮他。

明明在几分钟之前，他们还是一对"敌人"。

不过监考官并不觉得她能坚持得了多久，因为这种状态下的卢阙，他的力气是非常恐怖的。开云的刀的承接姿势已经一次比一次歪斜，因为她的手臂肌肉承受了过大的压力，现在酸麻跟疼痛应该正在折磨着她。

也许五分钟，也许十分钟，她就会受不了了。

如果她再不进行反击，只会被击败。

疏导内力，不是她能做的事情。

但是……但是他还是觉得开云的武功让他有种特别熟悉的感觉。尤其是这种苟延残喘……不是，坚韧不拔的游走方式，让他之前模糊的猜测变得清晰了一点。

监考官捏着下巴，不停地在脑海中搜索。

那道人影越来越清晰，最后定格成一个高举着拳头恣意张扬的身影。

监考官猛地站了起来。

他想起来了！

那是在三十几年前，一个贫民区的少年势不可当地杀入了军校联赛，卷起了一场史无前例的巨大风暴。

他没有任何的传承，也不属任何的流派，他的生活里能接触到的只有一些基础的攻击招式。可是，就凭借着那些网上公开的、让人嗤之以鼻的简单攻击招式，配合他鬼才般的资质，他串联改编出一套套令人难以抵挡的连招。

无论剑、刀、拳、棍，还是其他，只要能为他所用，他都毫不在意地索取。

怪异、蛮横，又不可忽视地强大。他站到了荣耀的顶端，留下了英雄的名字。

一个刻在联盟武学里程碑上的人物。

也是长久记在联盟失踪人员名单上的男人。

监考官不由得骂了一声。

居然误人子弟去了！

紧跟着他又开始自我怀疑。

真的是那个人吗？应该不是吧？他不是杳无音信很久了吗？可是除了他，还有谁能教得出开云这样的怪胎？

他们都是这样的，如出一辙的……该死的中二。

监考官缓缓坐下。

此时他眼中的开云，已经完全变了一个模样。在他的新滤镜里，开云和她师父一样，没有什么不可能。

闺女啊，你要坚持住！

"快！"

考场中冲进来一批人，来到卢阙的模拟舱前方，摆开队形，将武器对准门口，下令道："切断电源，解锁舱门，清散人群！"

"请再等一下！"薛成武冲上前，挡在舱门前面，恳求道，"真的求求你们，他就快好了！现在切断电源，他很可能会重伤的！"

为首的军人皱眉道："怎么可能！快点让开！"

薛成武抬手指去，还用力地点了点。

众人一致偏头看向墙上的大屏幕。

他们原本以为卢阙会陷入癫狂的无差别攻击之中，但是现在看见屏幕上的画面，才发现远没有他们想象的那么糟糕。

一个他们不认识的女生，应该比考场中九成学生还要年轻的姑娘，正一步不让地挡在卢阙的前面。她手中那把铁刀的刃上，甚至出现了好几个缺口，可是她依旧神情坚毅，大声叫着卢阙的名字，试图让他恢复神志。

她的招式并不高明，却一下一下，恰到好处，在诱导卢阙不停攻击放空内力的同时，平稳住了他的状态。

卢阙周身的气息已经明显安定下来，没有继续恶化的征兆。

这样的引导看似简单，但他们内部人最清楚其中的困难，尤其是面对卢阙这种同龄人中的佼佼者，就算是他们也会觉得棘手。稍有不慎，受伤先不说，不仅会刺激对方变得更加狂暴，还会让自己的气息状态跟着受到影响。

何况，他们这是在模拟系统里，没有高阶武器辅佐，只有一把大铁刀而已。

那军人低声说了一句："怎么可能？她还是一个学生！"

可是，还是远远不够。

想让卢阙平静下来，不是抵挡几招就可以做到的，它需要足够的时间。

"他这个状态很危险。"

为首的军人没有放下手中的武器："卢阙同学的实力我想大家都很清楚，在他暴走的情况下，耐力跟力气都不是普通学生能比的。这个女生很可能没有专业的经验，就算有，依她现在的耐力也已经在告罄的边缘。她很努力，实力也很出众，但是我不觉得她能成功疏导卢阙同学的狂暴气息。"

薛成武急道："但是现在不能再刺激他了！"

军大哥又看了会儿，拿不定主意，望向站在旁边的青年，说："你是本场监考官，我听从你的指令。"

青年嘴巴张了张，目光落在卢阙那张年轻的面庞上，犹像片刻，最后说道："十分钟。"

薛成武深深地朝他鞠躬："谢谢老师！"

军人暗暗摇了下头，别说十分钟了，五分钟估计都坚持不下去，于是示意自己的同伴不要松懈。

众人都将目光放在墙面中间的屏幕上，等待着事情出现转机。

是奇迹，还是崩溃？

一分一秒，时间过得特别漫长，秒针走动的嘀嗒声，重重敲在众人的心上。

画面中，开云的脚步开始变得迟缓，手臂的姿势不再有力，就算外行人，也可以看出她的艰难。

是的。

那可是卢阙啊！去年军校联赛的前十强者，有着让人无比羡慕的天赋、可怕的深厚内力。一年的时间足以让他成长到一个新的高度。

观众吵闹的声音渐渐小了，胸口被闷闷的情绪堵住，什么流派、什么段子，都不想说了。

本以为她会很快知难而退，没想到她向众人展露了自己最坚韧的一面。

"妹妹，你超棒的。不能让你放弃又不想让你继续……刚刚跑路的那队人快出来挨打！"

"我错了，我居然说小姐姐是魔鬼，这分明是天使啊！"

"如果我有这样的朋友，我能为她生为她死为她哐哐撞大墙！"

"强大的人连人格都如此强大，这是要迷死我吗？"

"谁再跟我说联赛里都是塑料情，我就把我家里的马桶盖到他头上！"

"加油啊，妹妹！"

开云不知道什么十分钟，她只知道，她不能在这里停下。

她随时都可以收手，全真模拟嘛，她有无数次重新再来的机会。但是卢阙不行，内力暴走不是一件简单的事情，他可能会因此受到一辈子都无法治愈的伤害，也可能受到更多的指责。她不同意。

开云不知道自己能做到什么地步，她追求的只是举起刀而已。

再举起下一次。

"卢阙！"

她刀的力道开始减弱，只能用肩膀挡住，可卢阙的攻击却越来越快，像是不知疲惫。

"麻婆豆腐！"

生的意志啊！

"铁板牛肉！"

还不够饿吗？

"卢阙！"开云大声叫道，"开饭啦！"

卢阙的世界里突然出现一道声音，远远地在呼喊他的名字，将他封闭的世界撕开一条裂缝，一声又一声。

当他终于意识到那是自己的名字之后，视线开始慢慢清晰，所有的信息都迟缓地涌入他的大脑，让他停滞的思维重新开始运转。

他在做什么？

卢阙停了下来，零散的记忆在脑海中重现。

他尚不能很好地分辨目前的情况，就看到开云在他面前高高跳起，举起大刀，朝着他面门的方向劈下。

卢阙手指动了一下，没有躲避。

然而在刀落下之前，开云手腕一转，将刀换了个方向，最后冲势减缓，停在他的脸前，用刀背轻轻碰在他的额头上。

卢阙脑袋稍稍后仰，目光中一片茫然。

开云说："打我的报复，长教训了没有？"

卢阙抬起头，入目的是空旷的街道、坎坷不平的路面，还有过于刺眼的日光。

画面终于有了色彩。

他还在考场里？

卢阙突然停下动作的时候，观众有片刻不敢置信的停顿，随后反应过来，开始放肆地狂欢。

各种打赏接连不停地闪过屏幕。

　　　　"快给我妹妹买吃的补补！"

　　　　"我必须让妹妹变得有钱起来！"

　　　　"给孩子买点吃的吧，看她都魔怔成什么样子了。"

　　　　"女儿我爱你！爸爸为你骄傲！"

　　　　"今天几餐有麻婆豆腐？我是不是问早了？"

气氛极大地感染了周围的人群，连联盟大学的考场内部，都响起了两声不合时宜的掌声。

负责安保的军人收起武器，对视一眼，全是对后生可畏的惊叹。

虽然卢阙身上的内力还有些紊乱，可是已经在自主地平息，只要不再出现意外状况，就算是解决完毕了。

"可以啊。"为首的军人笑了出来，语气中满是赞扬，完全没了刚来时的那种冷峻，"这考生叫什么名字？联军的啊？他们学校今年真是招了匹黑马，估计笑都要笑醒了。"

联军的考场外，监考官拍腿大笑。

开云！给他们联军长脸了！

嗯……等等，监考官笑容猛地凝固，闺女好像不是他们联军的学生啊？

赛场内，开云对着卢阙做后续思想指导："现在冷静了没有？不要因为不相干的人随便几句厥词就生气好不好？他们根本不值得。"

卢阙呆愣愣地眨了下眼。

开云又用刀尖戳了戳他肩膀："喂？"

卢阙这才有了点反应，躲开了。

还行，有反应。

开云将刀背回到身上，慢慢活动手臂。

现在停下来了才感觉到，肌肉受损过度是多么难受。

"你为什么没杀了我？"卢阙的声音还很干哑，压在喉咙里，甚至很难听得清他到底在说些什么。

"你为什么要救我？"

"那不是当然的事吗？"开云说，"虽然我不知道你为什么非要追着我，想让我做你的对手，但是我不会用这样低劣的手段去挑衅我的对手，也不高兴看见这样。"

开云对着他语重心长道："你要坚强一点！社会很险恶的，但那不是你的错。"

开云转身就要离开，卢阙问道："你去做什么？"

"清场。"开云以为他还要动手，说道，"这次累了，下次再跟你打。"

她也不飞了，放缓速度，当是边走边休息。

卢阙迟疑了片刻，也慢步跟在她身后。

开云回头看了他一眼，见他还是一副搞不清状况的样子，就没再管他。

直播管理员将画面停在二人身上太久，似乎终于想起了考场里还有其他的考生，于是将镜头扫回训练大楼，拍了遍雷铠定。

大概是以为直播绝对不会再关注他一个残障人士，雷铠定的状态有点放飞。他"大"字形地躺在地上，半梦半醒间流着口水小声叫唤："麻婆豆腐……"

观众："……"

这傻孩子。

开云在跟卢阙的长时间对抗中，手脚部位的肌肉受到了很大程度的损伤，按常理来说，无法继续维持她的强力攻击。但这里毕竟是全真模拟，现实里只有因为肌肉长期紧绷而造成的些许酸涩而已。只要意志力够强，她是可以克服的。

在比拼意志力这种事上，开云还没有输过。

加上三夭系统出于对考生身体的保护，在疼痛感或真实感超过一定程度的时候，会直接进行屏蔽，所以这一路杀过去，除了明显感受到身体机能被强行调低，开云并没有遇到太大的危险。

卢阙一直跟在她的身后，到后来也开始动手清场，追击考生。两个人恰好是不同阵营，快速达成了默认的刷分合作。

开云主动将救援军阵营的学生让给他。只是，由于卢阙威名在外，不少落单学生看见他的第一反应是拔腿就跑，导致开云再也不能钓鱼执法。这严重拖累了她的刷分速度，让她有些忧郁。

偏偏那边雷铠定还不停地发来消息，一腔快要断气的音调，旁敲侧击地催促她赶紧回来。

"开云，我快不行了，我可能坚持不到比赛结束。

"小心一点，你千万要活着回来啊！你可以不考虑我，但你一定要想想你的麻婆豆腐！

"卢阙是不是还在场内？你单枪匹马的，不要被他追上。实在不行你就求一求他吧，他说不定会放过你。

"现在到底是哪一方阵营占优？你给我讲一下外面的世界吧，我想出去看看！

"开云！要不你别打了，咱们先吃完饭再说。吃完最后的晚餐，再送他们上路。"

开云最开始还应了两句，让他坚持，到后面觉得他实在太烦，甚至想结束这一段短暂的友谊。

"我太无聊了！"

雷铠定在长期得不到回应之后，哭号着跟她诉苦道："我已经在考场里躺了好几个小时还什么都不能做！我数了十几遍尸体，我现在可以大声地告诉你我们一口气干掉了三十九个人！"

为了 C 位，他付出了太多！

开云叹了口气，扭头看着卢阙。

卢阙看起来也不是很聪明的样子，只不过雷铠定蠢得很外在，而他笨得相对比较低调。

她真是太难了。

开云不想忍受魔音催耳，只能加快速度，围绕着地图的四周一圈一圈地搜查。

一般这种带阵营规则的团队图，进行到后期的时候，考生都是分散站位。毕竟无法确定身边的人是否叛变，而且人数太多也不便于隐藏身形。

开云的行动宗旨是：只要我跑得够快，就没人能躲得过我。

到后面连卢阙也没追上她。

观众没想到她在经历了前期的巨大消耗之后，竟然还能继续保持这种强度的运动量——提着笨重的大刀，却玩出了刺客的灵敏。大多数学生是在疲惫的中场休息时，被突然冒出的开云一刀毙命。

而那些阵亡的学生，本来以为自己死在一个名不见经传的女生手上，应该是本场的一个悲剧，结果出来互相一对，好嘛，原来大家都是一样的，那感觉瞬间就释怀了。

越来越多的人聚集在直播间的频道里，等待着开云力竭倒下的那一刻。

"第几圈了？"

"好像是第四圈，又好像是第五圈。反正又三个小时过去了。"

"我的妈呀，太可怕了，以后耐力不好都不敢参加军校联赛。怎么搞成这个样子？"

"因为轻功好，她完全在用内力跑。妹妹的内力已经不是正常学生能拥有的程度了吧？所以联军为什么不招她？"

"她跟鸟人唯一的区别，是她没有一双翅膀。她比鸟人优秀的地方在于，她没有翅膀，但她还是可以上天。"

"我从没见过一个图的玩家被打得那么惨。下次考试前千万要祈祷别跟他们分在一起。"

"卢阙冤了，他以前对普通学生没那么高的热情。"

"看，他们微笑的样子，像不像在觊觎你的积分？"

"阴谋的粉碎机，考场规则的破坏者——勾魂使者黑白无常。"

在观众各种很不是滋味的吐槽声中，这台人形永动机终于停了下来。

她坐下的那一刻，众人齐齐发出满足的感叹声。

比赛限定时长是二十四小时，此时其实才刚刚过半，但是考场中已经找不到其余考生了。

开云坐在路边休息了一会儿，遇到随后赶来的卢阙。

微风习习而过，鼻间还能闻到一丝令人反胃的血腥味。

开云声明道："我真的不跟你决战紫禁之巅了。"

卢阙淡淡应了一声："哦。"

开云顿了会儿，又问："我要去吃饭了。你吃吗？"

卢阙迟疑片刻，点了下头。

开云立即说："雷铠定还在训练大楼里，我回去拿豆腐，你去背他出来？"

卢阙皱眉："雷铠定？"

开云说："应该是大楼里唯一活着的人，身份的辨认方式是聒噪。"

卢阙领命离去。

雷铠定强撑着将房间里所有人的背包都翻了一遍，发现里面全是学校建议携带的工具器材，再或者是各种小型暗器。

到这一刻他才明白，什么叫有趣的灵魂万里挑一。如果考场里有第二个开云就死在他面前，那该有多好！

他盘腿坐下，摆弄起通信器。

"喂喂。"

开云不答。

他等了会儿，又发话道："卢阙来啦，卢阙来啦，开云，你还活着吗！"

这次开云给了个简单的回应："哦。"

还活着！

雷铠定继续说："场外到底还有多少人？剩下的人留给卢阙吧。说不定下个考场大家还会撞上，你得罪他真的不大好。你不知道，得罪卢阙的人，会被他追到天荒地老，他就是那么狠毒的一个男人，非杀不可……"

他撇过头一晃，发现视线中突兀地出现了一双黑色的长靴，长靴上染着血渍，侧面贴着联盟大学的校徽。

雷铠定缓缓地将目光向上移动，不期然与那双泛着冷漠的眼睛对上，当即见鬼似的叫了出来："我去！"

雷铠定今天已经感叹了不知道多少次，他那已经被系统判定为重伤状态的身体，跟即将死去的鱼一样顽强地弹出了生命力。

"你不要过来！"他惊慌道，"欺负伤残人士不符合江湖道义，更不符合高手风范！像我就绝对不会做这样的事！你站住！"

卢阙耷拉着眼皮，一脸阴沉地望着他。

雷铠定对着通信器大喊："开云！卢阙要抓我做人质去威胁你了！我的生命不重要，你一定要先杀了他！"

卢阙被他一惊一乍喊得耳朵疼，单手抓过他的衣领，往门外拖。

雷铠定拼命挣扎，同时感觉自己的血条在飞速下降。

这时开云悠悠的声音从通信器内传来："我让他带你来吃饭啊。"

雷铠定动作僵了一下，无法顺利地消化这句话。

逻辑关系跟因果关系他都可以不考虑……

"我们为什么要跟卢阙一起吃饭？"他困惑道，"他跟我们又不是一个阵营的。"

卢阙停了下来。

雷铠定还要说话，感觉身后的那双手慢慢滑向他的脖子，冰冷的指尖按住了他的脉搏，似乎只要稍一用力，就能让他当场血溅三尺。

雷铠定："……"

"我是说，那就辛苦了。"雷铠定能屈能伸，做好心理建设之后又是一条活蹦乱跳的好汉，"吃饭就是要人多才热闹嘛！"

卢阙继续拖着他往外走。

开云将位置选在一个通风明亮的地方，抓紧时间用细碎的石头搭好灶台生好火。

雷铠定在被卢阙扛来的路上，已经能闻到飘在空中的米香，那清香的味道洗去了他胸口积郁的闷气，感觉呼吸都畅快起来。

那一瞬间，他深刻体会到了食物的力量。

三人围着小锅坐下，雷铠定跟卢阙都安静下来，盯着中间那口锅。

米饭是已经煮好了的，只要加热即可。不知道是不是程序员围观了她上次的烹饪过程，觉得太过麻烦，所以特意做出了改进。

觉得温度差不多了，开云将米饭盛出，打散后分装在三个碗里，在空锅中倒入清水，煮沸后将豆腐汆透，盛起备用。

开云重新往锅中倒油。

等待热锅的期间，开云眼角瞄见雷铠定正一脸深沉地眺望远方，吓了一跳。那双眼睛中带着沉思跟冷厉，再加上下压着唇角，显得雷铠定五官更为锋利。他似乎准备改走高冷人设了。

开云晃了下脑袋，往油中放入三夭出品的成品调料。

辣椒跟花椒的香味瞬间在热油中被激发出来，伴随着呛人的刺鼻感，生出一阵白烟。

再下高汤、豆腐、牛肉末，等待炖煮入味。

锅中微沸的响声、柴火燃烧的噼啪声，再配上麻婆豆腐特有的霸道香味，将整个空气都渲染得火热起来。

雷铠定吸了下口水，突然问道："这样不会把其他考生招来吗？"

开云："哪里还有其他考生啊？"

雷铠定蒙道："那其他考生呢？"

开云不确定地说："……现在应该也在吃饭吧？"

雷铠定："啊？"

雷铠定不敢多问，怕显得自己蠢，暗暗苦思，终于跟自己的人设契合起来。

终于，开云掀开了锅盖。

热气伴随着升腾的白雾，将香味成倍放大开来。

鲜亮的红油、软滑的豆腐，以及切成末的牛肉，在锅中随着气泡小幅弹动。

最后倒入淀粉，撒入花椒粉，停火。

雷铠定觉得自己的人生升华了，还有什么感觉比坐在被自己征服的江山上，看着自己的战果，受着万众瞩目的关注，享受着独一无二的犒劳更美妙呢？

会还是开云最会！

雷铠定向开云投去心照不宣的目光，然后双手捧着将碗递了过去。

开云用大勺将麻婆豆腐盖到他的饭上，辣油立即浸透米饭，顺着碗沿流了下去。

评论区响起一片哀号，全是已经支撑不住的网友。

"为什么我会对这个环节如此沉迷！"

"雷雷慢点吃吧，看看你的鼻涕都出来了，哧溜哧溜的样子特别像'居居'。你又没猪哥可爱，偶尔关注一下自己的形象好吗？"

"我们食堂的麻婆豆腐……不说也罢！"

"以前我看军校联赛能减肥，现在我快要控制不住自己了。"

"请这位美食博主专心做美食，不要总是跑来跑去凑时长了！"

"猜猜下个考场里会有多少丧心病狂的考生带吃的过来？"

卢阙其实没多大兴趣，尤其是辣的东西，对他来说，食物的唯一作用是果腹。他倦倦地问道："你很喜欢吃饭吗？"

开云握住筷子，略微愣神，然后说道："好好吃饭，好好做人，才能好好长大。师父说，要把嘴边所有能让你变强的东西都干净地咽下去，明天才会到来。"

她用力往嘴里扒了两口。

滚烫的辣味进入喉咙，让她猛烈地咳嗽了两声。

成长就是这种呛得人眼泪直流的味道，麻痹人的舌尖，又让人欲罢不能。

有太多事情，只有长大才能做。

开云放下碗，去背包里翻找了一会儿，从中掏出一块白布。她跑到最高处，将白布抖开，挂到迎风的地方。

舒展开的布身上，露出黑色的一行大字：

"招收国民——重建荒芜星！！"

清晰的字迹，书写着一个荒诞的目标。

"老秦，你还有兴趣看大学里的联赛？不就是小朋友打架吗？你什么时候这么有空闲了？"

穿着红色长裙的女人穿过人群走过来，将手搭上男人的肩膀。

男人身高将近两米，身上肌肉发达，如果不是鬓边有几缕发灰的白色，几乎完全看不出他的年龄。

周围是嘈杂的说话声，烈酒的味道弥漫在各个角落，暗色的灯光从头顶照下，酒保将一杯浅色的酒推到他的面前。

他的目光久久地定在屏幕上，连手中夹着的香烟已经烧到手也没有察觉。

好好吃饭，好好做人……要成为能被所有人记在心里的最强者。

那声音跟回忆里某张欠揍的脸重合在一起，仿佛搭在他肩上的手依旧温热。

那个无耻的家伙！

"老秦，你哭了？"女人惊讶道，"秦林山，你可别吓我！"

最后以卢阙转换阵营为结果，提前结束了本场考试。

雷铠定从模拟舱中出来，大概是因为被困伤残状态太久，终于重新得到可以造作的自由，整个人都显得容光焕发起来，仿佛获得了第二次生命。

他耸了耸肩膀，大步迈出考场。可是刚刚走入人群，他就发现不大对劲。

还徘徊在外的考生们，都停下了进行中的话题，用注目礼的方式，迎接着他的到来。

他还没经历过这样闪耀的时刻。

雷铠定不大自在地摸了摸脸，又想到接受他人的目光是必须习惯的一课，于是顿了顿脚步，继续向前。

不久，他的室友慢跑着经过他身边，挤眉弄眼地朝他微笑。

兄弟神秘道："你火了！"

"真的？"雷铠定心中雀跃，强行保持镇定，问道，"我上中央直播间了吗？"

他兄弟对他竖起一根手指："何止上了，还上了好几次，时长不短，而且每次都引起了强烈讨论、巨大轰动！"

雷铠定仔细回想了一遍自己在本考场中的表现。他觉得自己引领三十九个人在地图中狂奔的画面的确是挺英勇的，再就是涅槃重生，浴火归来，何其有励志感，加上开云的麻婆豆腐是保留节目，很可能再创辉煌。

"哪里，"雷铠定谦虚说，"运气好而已。"

兄弟叫道："雷雷啊……"

雷铠定条件反射："我呸！"

兄弟意味深长地说："你还是自己去网上看看评价吧，应该会有惊喜。我简直难以形容你的出众，不过我希望你能始终保持宠辱不惊。下场比赛我等你，一军集体为你加油。"

说完对雷铠定比了个心，然后加快脚步，锻炼去了。

雷铠定嘀咕道："莫名其妙。"

雷铠定回到宿舍，立即关门反锁，踢了鞋子跳上沙发，先让自己坐好，然后打开光脑，进入三禾官方论坛。

他朝手心哈了口气，迫不及待地在搜索框中输入——"雷铠定"。

条目弹出。

并没有当日帖子。

热血冻结，雷铠定的笑容凝在嘴边。

这不可能。

他瘪着嘴，一脸嫌弃地搜索"开云"，高傲地敲下回车键，瞬间上百个当日新帖飘了出来，其中还有好几个帖子后面标着"热""爆"的字样。

这不可能！

他滑动界面，仔细看了一圈：

#开云的麻婆豆腐傻瓜教程，截图全记录#

评论中一排的谢谢楼主。

#那个叫开云的妹子居然是守财奴，我真实地哭了#
"别在人小姑娘面前不停地说'守财奴'这三个字了，感官不好。"
"来联盟招收公民？怎么想的？没封了她，我们盟盟真的好大气！"
"守财奴说不定很有钱哦，就看大家耐不耐得住荒芜星的寂寞了。"

#我特别想知道那个在开云面前刺激卢阙暴走的队伍……#
"向一个魔鬼诉说另外一个魔鬼是神经病，这个人是怎么想的？"

#开云攻击招式详解#
"翻开教科书第一页，上面都有。"

#求开云特写近照#
"远景不管看多少次我都觉得她很漂亮，请问是我的错觉吗？"

这些都是吐槽或水帖，但足以看出开云在这场比赛中的热度。而真正盖起高楼且造成话题的，是一则讨论帖：

#世界未解之谜讨论：联军为何不招收开云？#
"按照常理来说，守财奴是优先录取的才对，可是联军拒绝了。开云的实力证明，她是一个能跟大四顶尖选手同场厮杀的人，我想不出理由。"
"联军已经给了答复，说这是出于综合实力考虑给出的合理判断，合乎校规。"

"性别歧视还差不多吧？这种时候还能睁眼说瞎话，是因为实力吗？他联军先挑个能打得过开云的人出来吧。"

"死鸭子嘴硬，现在还不后悔。我等他们招生办的人出来打脸。赌一个账号。"

"话说开云的综合实力确实太强了点吧？内力、刀法、走位、控制力，都不是普通学生能达到的水平。联军不收也多的是学校收。"

联军不是不想说，而是开云的资料属于个人隐私。她个人还是荒芜星的国王，这是联盟承认的地位，校方不能直接曝光。

加上之前拒绝了开云，现在不想厚着脸皮去找对方帮忙澄清，只能默默咽下这苦果。

他们冤得很啊。

不过开云能有这样出色的表现，确实大大出乎他们的意料。或许这就是命运在某种程度上的公平吧，对待天才总是苛刻的。

雷铠定不知不觉看得入了迷，追完了所有的帖子，也刷出了满肚子的火气。

"联军在搞什么啊？还不如来我们一军呢，怕他的吗？"

等他抬起头，才发现外面竟然已经天黑了。

他的脸跟着黑下，终于想起自己回宿舍的目的是什么。

突然间，脑海中电光石火一闪，他手指颤抖地输入了两个字——"雷雷"：

#雷雷的吃饭动图#
#雷雷剪辑#
#雷雷表情包#
#雷雷口水图#

雷铠定："……"

上面那个蠢货跟他想象中的伟岸身影完全不一样。

那一瞬间眼前的光芒远去。

他默默放下光脑，直挺挺地平躺下去，两手交于腹前，安详地闭上眼睛。

他要开始自闭了。

月亮照亮联盟大学的半月湾，银光在水面上闪烁，波纹粼粼。

卢阙负手走进会议室，薛成武迟疑了下，还是紧跟上前。

前排的长桌上，坐着六名联盟大学的相关领导。

他们开场按照程序分析了一下，然后直白地说道：

"根据这一次的比赛表现来看，你的情况还是不大稳定，经过赛委会跟各大学校的讨论，决定让你暂时休赛……"

薛成武担心地瞥了卢阙一眼。

这个所谓的暂时，恐怕是永久吧？

不仅仅是联赛，还会有之后的各种工作、考核……

薛成武忍不住道："其实卢阙他……"

"我知道了。"

薛成武诧异地看向卢阙。

后者似乎真的不在意。他眼下的青紫又深了一层，可目光却比以往要有神许多，疲惫，但不黯淡。

他说："但是模拟赛，我想继续参加。"

座上几人对视了一眼，似乎也是对卢阙觉得可惜，最后点了点头，首肯道："如果只是模拟赛的话，我们可以同意。"

薛成武："可是，这次的事情不能全算他的错！他已经在克制了！"

"他在克制，但是他在恶化。缺点也是可以被敌人利用的。面对学生你可以谴责，那面对穷凶极恶的星际海盗呢？你也可以用道德谴责他们吗？"

这时坐在边上、一直没有开口的教授用手指轻轻叩了下桌面，几人都安静下来。

教授摘下眼镜，放到桌上。

"卢阙，你是我最出色的学生，我一直很看好你，我也知道，社会对你有太多的偏见。如果给你机会，你能成为一个好的救援军。可是我们需要顾虑的事情太多，一个'机会'所代表的代价，我们给不起。"

卢阙嘴角有轻微的抽动，语气平静地回了一句："没关系，我接受。"

"我知道你是一个好孩子。你会陷入如今两难的境地，不是因为你天性暴戾，恰恰相反，是因为你的善良在作祟。你太为难自己了。卢阙，我希望有一天，你能跨过这一道坎。"教授说，"不用在乎任何人提起你的父亲，我了解他，也了解你，你们是完全不一样的两个人。我坚信，你不会变成他那个样子。"

卢阙没有吭声。

教授起身，走到他身边，抬手用力按上他的肩膀，似乎想要给他力量："明年你就要毕业了，社会的路是很难走的，以后可能还会更加艰难。我不会让你去理解学校的难处，因为我们也没有理解你……如果有什么需要帮忙的，来找

我，我一直会是你的教授。"

卢阙终于很无奈地松下了肩膀。他朝教授鞠了个躬，转身出去。

薛成武快步追上。

他叫了两声卢阙的名字，可前面那人根本不理会他。

薛成武气道："你怎么可以答应他们呢？赛委会做出这样的决定，不就等于判定了你……你不稳定吗？那么今后其他人也会这么看待你！"

卢阙说："我本来就是。"

薛成武："我是你的朋友，我好好活着，就说明你不是！"

卢阙："那你赶紧离我远一点。"

薛成武喊道："卢阙，你有想过未来是什么样的吗？！"

卢阙埋头往前走，脚下用上了轻功，与他拉开了距离。

将来怎么办？他能去哪里？

二十多年的人生里，他在思考的不都是这个问题吗？

横冲直撞了许多方向，走到最后还是条绝路。这个社会根本不欢迎他。

"他们是错的！"薛成武大声吼道，"你应该让他们知道他们是错的！"

开云推开窗，用力吸了口气。

今天的空气不寻常，有好消息的味道。

第九章
指点迷津

开云没忘记自己的正事，她跑回房间点开自己的个人账号，登录后台查看评论。

在联赛中央直播间的大力宣传下，她的认证账号一夜之间涨了几十万关注。这还只是一场预选赛而已，照这个趋势下去，她大有可能成为军校的红人。

在昨天晚上比赛结束之后，开云趁着热度发布了一条文案：

> 荒芜星招收国民！
>
> 招纳要求：能打、抗揍、够糙，吃得了苦，耐得住寂寞，最好有一个年轻的体魄（此条件可放宽），热爱开荒，意志坚定。
>
> 招纳类型：技术工与打手（大量缺）。
>
> 征收福利：小国王的欣赏×N、帮助×N、友谊×诚挚。

开云很满意。

昨天那么大的平台，那么优秀的宣传，重振星球指日可待！

结果她翻了一下，发现评论下面只有一排的"哈哈哈"。有人瞧不起她的奖励，有人嘲笑她的荒芜星贫穷，说没有未来前景，穷拒。

她的荒芜星怎么可能贫穷？人家顶多是富得流油，他们是富得流稀有能源，连国王都不会跟你抢的那一种。

竟然还有人嘲笑她跟雷铠定一样脑子不好使。这是何等的羞辱？

都不是诚心要跟她做朋友的人。开云关掉了界面，心情平静得如一潭死水。果然师父说得对，友谊是要靠打出来的。

她准备出去走走，顺便偶遇挚友。

开云还未迈出宿舍大门，透过玻璃门看见外面的景象，发现今天是真的有

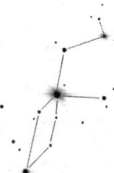

点不对劲。

原本这一栋宿舍楼是专门提供给借考生居住的，因为位置偏僻，住客稀少，平时根本没有多少人走动。而现在，一大群男生堵在宿舍楼的门口，三两成堆，互相剑拔弩张，各自盯着对方，似乎只要一个眼神交会，就可以暴起捶上去。

其中几个平头男生身上的衣服还有了明显的褶皱跟撕裂，应该是刚刚结束一场对友谊的问候。

为什么要把打群架的场所挑在这个地方？

开云终于回过神来。

早上闻到的根本不是好消息的味道……那只是汗臭的味道而已！

啊……开云的心都要碎了，联军真的太会欺骗人了。

她准备从侧面悄悄溜走，刚走出没两步，周围气氛陡然一变，所有人都将目光聚焦到她身上，说话的声音也听不见了。

那是一道道炽热的目光，就像她当初看着小番茄那样。

随即，一群人飞速围靠过来，在她身边推搡成团。

"等一下！"一位男生拦住她的去路，高声请求道，"请你看看我的剑法怎么样！"

开云："……"

那个男生喝了一声，当即毫不马虎地舞起来。

校内携带武器走动需要事先审批，所以他手中拿的是一根棒冰，因为在门口等得太久，现在已经是半软状态了。

可那原本显得怏怏的"武器"，在他的控制下，依旧打出了一种锋利感。残影划过，一道冰凉的水甩到开云的脸上。

周围人没想到这男人这么虎，说来就来，为免误伤，赶紧避开，在中间腾出一片空地来，只留下开云检阅般地站在正前方。

开云："……"

男生快速打完一套基础的剑招，手掌收势下压，身体站得笔直，神情兴奋地看着开云，等待她的评价。

开云试探着说："走位好像不是很好。"

那男生脸一红，顿时显得羞赧。

旁边的平头男生无情嘲笑："哈哈哈，真是班门弄斧！妹妹，来看看我这一套掌法！"

平头一掌将前面的男生推开，屈起膝盖扎下马步，用手画出一个半圆，两掌之间隐隐有内力流动，撑起一道屏障。

是一套非常经典的格挡防御功法。

看他的动作，下盘是挺稳当的，两条腿几乎岿然不动。

"不好意思啊。"开云蒙道，"我没学过你这一招。"

她话音刚落，另外一个男生立即挤进来，将先前那人挤走，并不忘秉承前辈传统，毒舌道："你可走开吧！学妹的轻功那么出色，要什么防御？她都跑到天边了，你才开始聚集内力，有什么用啊？让开让开！妹妹来看我！"

"去你的！我先来的！"

"少来这里骗女孩子，刚刚连我都没打过，你后面等着去吧！"

"让人家自由选择好不好？你们这是强买强卖！"

开云默默地看着他们。

这是干什么？找她开课吗？都不先缴费？

"都安静！"

争吵不止中，场面逐渐朝着混乱的方向发展，突然一道高亢的女声响起，掐灭了大规模暴力事件的苗头。一个留着短发的英气姐姐走上前，站到开云的旁边。

她握住开云的手，绽开一个温柔的微笑，说道："哦，亲爱的，听说你来自荒芜星，平时一定很寂寞吧？打比赛的时候还经常要一个人行动，都是男生们太不可靠了。你一定很需要一个可以谈笑的朋友。"

开云倒吸一口气。

这是在嘲笑她没有朋友吗？

太残忍了！

女生宣誓道："我们的队伍热烈欢迎你！你放心，我的队友都特别好相处。抗造、耐揍、命好、血厚，你想炸就炸，想打就打。有什么不开心的事情尽管告诉我，我马上带着兄弟们帮你去捶爆他们的狗……生命值！"

开云："……"

她沉默了太久，场面渐渐冷却，众人终于看出了她极力想用眼神来传达的困惑。

一人小声问道："你不会还不知道下一场比赛的考试规则吧？"

开云耸了下肩。

人群再次轰动起来。

"我来给你讲解！"一个高大的青年从后面走出来道："大二、大三的同学都让让啊，先让大四的学长来！"

青年霸道地推开众人，说道："下一场联赛的规则，是先由晋级选手自由组

队，将队伍名单填报系统之后，再根据队伍的总积分数值分配考场。现在我们的队伍缺一个小可爱，就是你了妹妹！以后你就是我的亲人！"

之前的几场比赛，都是先对考生随机分配考场，再让他们从各自的考场名单里寻找校友组成队伍。队友之间不一定能顺利磨合，个人实力是更为重要的因素。而三夭也会主动将各校的种子选手分配到不同场次，以免神仙打架，殃及小鬼。

下一场可不一样，所有晋级选手之间可以自由组队，这样势必会出现多强联合的霸王队伍，如果整体实力不够稳定强劲，很可能会被按在地上摩擦。

一般来说，每个优秀学生为了备战联赛，都会提前组建一支固定队伍。可是部分成员不幸在预选赛中直接被淘汰了，队伍就需要寻找新人进来替补。这个时候开云横空出世，进入众人的视野。

是啊，还有比开云更合适的人选吗？

她的实力毋庸置疑，连正面迎击卢阙都不带怕的。

从前几场比赛的情况来看，她也是一匹孤狼，目前还没有合心的队伍，又正好借住在联军考试，近水楼台先得月，一切都是缘分使然！

有了她，就有了关注度，有了小钱钱，还有了得力帮手……

开云明白了，想了想问道："跟我组队会快乐吗？"

众人用力点头，以表示自己的诚意："快乐！"

开云恍悟道："那这就是福利啊！"她要去拉拢未来的荒芜星成员的心！

众人一时没反应过来她的意思，开云已经小跳着离开。

挚友！她来了！

"等等，我们队伍里有两个位置！"

后面的人不放弃地呐喊。

"我们有三个！而且我们也可以入赘啊！你再考虑考虑！"

开云没能顺利见到她的挚友，听说她的挚友进实验室闭关去了。一想到自己的小番茄正被对方捧在手心，朝着更强的生命迈进，她就觉得特别欣慰。

江途多好一孩子，干吗非要动刀动枪呢？

她刚在男生宿舍楼外晃荡了一圈，准备回去，光脑上就收到了一条来自联军的官方信息：

亲爱的考生你好：

　　为了帮助在联军借考的考生更好地了解联赛规则，维持日常训练，本校向社会征召了一位有经验的志愿者担任特别教练，请收到信息的考生及时前往西面空地（三号楼背后）集合。

——联盟军事大学

教练？不是很需要哇。

开云正想将光脑塞回去，屏幕上光芒一闪，又跳出来一条：

"本信息非群发。致流动大学学子：开云、叶洒。"

似乎是怕自己被无视，对方火急火燎地又加了一句：

"请及时前往。"

开云："这是谁？"

秦林山坐在阴影处石阶上，点了根烟叼在嘴里，抬手查看时间。

"啧，那两个浑小子怎么还不来？"

开云到的时候，现场已经站了两个人。

一个是看起来有些不修边幅的魁梧男人，他将联军发放的专业制服穿出了一种狂野感，把胸前最上面的两颗纽扣扯开了，活像是来打劫的。他应该就是所谓的特别教练。

另外一个是年轻的男生，大概是短信中提到的叶洒本人。

叶洒两手插兜，神情看起来有点冷酷，皮肤很白，比开云要高一个头左右。

他竟然也是流动大学的借考生，开云一直没在宿舍楼里遇见过他，想着之后可能会频繁交流，就抬手打了个招呼。

叶洒分明是看见了的，可他非但没回应，还飞速转了个头，看向另一面，排斥意味非常明显。

开云："……"

一直被忽视的秦林山从嘴里吐出一口白烟，说道："都来了啊。"

开云站到秦林山的另一边，与叶洒拉开距离，三人站成了一条水平线。

秦林山："……"

"搞什么呢？你们这样我怎么讲课！"秦林山说，"行了，我姓秦，你以后可以叫我秦叔。你俩给我站一起去。"

两个人都站着没动。

秦林山吸了口烟，选择对叶洒下手，叫道："洒洒啊……"

叶洒听见表情一裂，冲上去就是一腿。

开云眼皮一跳，她正对着叶洒，只是一晃眼的分神，竟然没看清他是怎么出招的，而且那扫出的腿风相当强劲，几乎瞬间攻到了秦林山的胸前，爆发力

119

非常惊人。

开云手紧了下，以为秦林山要被踢飞出去，已经准备好尽学生的职责帮他撑一把。可是秦林山却像早有预料般，恰好抬起手，轻松地抓住了叶洒的脚腕。

开云之前根本没察觉到秦林山身上有多少内力，但就在那一刻，她看见一股磅礴的气流化作水波在他胸前猛地震荡了一番，化解了叶洒的攻击之后，又瞬间消失，不给身边人造成任何的压迫。

二人脚下的沙土都被这股冲力吹飞出去，秦林山的两腿却岿然不动，就像只是随手接了个苹果一样简单。

叶洒想将腿抽回来，却被秦林山稳稳拽住动不了。秦林山缓缓吸了口烟，悠悠说道："都告诉你了不要那么激动，还跟小时候一样学不乖。"

他说着挥舞起手臂，像扔垃圾一样，极其自然地把叶洒掷了出去。

开云："……"

你们男人的游戏都这么直白的吗？

叶洒在空中翻了个身，最后平安落地，原本有些冷的脸变得黑了。

秦林山勾手："来来，你们一起来。"

开云迟疑，不知道为什么要打起来，但在秦林山鼓励的目光中，还是小步上前，礼节性地挥了下拳头。

结果秦林山一掌按住她的头，用威势将她压了下去。

开云后悔叫道："不——！"

秦林山按住开云的脑袋，将内力缓缓注进去，想查看她的习武水平。

唐话的修炼方法根本不适合普通人——唐话就是那个习惯无故失踪的无耻男人，他竟然敢去做别人的师父，真是误人子弟——在看开云的作战视频时，他就察觉到了一丝不对。

开云身上的内力，时深时浅，时高时低，似乎源源不绝、深不可测，但又好像无法完全控制。

他以为是三夭对内力的感应系统还不大稳定，但现在看来，显然不是。

内力沿着她的经脉向下，秦林山眼神也沉了下去。

开云身上的脉搏比他以往见过的都坚韧得多，他从未见过这样的人。

而她身上的内力，仿佛有自主的生命，在她丹田处疯狂盘旋，汇聚成一片看不见底的深海，自己才刚刚靠近，还没试探，已经被吸收得一干二净。

为什么？

秦林山困惑。

这可不是什么二十年三十年能练得出的功力，准确地说，应该是许多人一辈子都修炼不出的深厚内力。

她还那么年轻，如果不是自身经脉足够强韧，恐怕会比卢阙的情况还要糟糕，早就走火入魔了。而此时她那无法控制的功力，都被压缩在小小的丹田里，像一个封印的巨大能量球，随着她慢慢变强，蠢蠢欲动地往外释放。

真是了不得。

她的体格就比普通人要霸道上无数倍。

是谁做的？这怎么可能？

秦林山出神片刻，感受到手下的那颗圆脑袋还在不停地顶撞，笑了出来，说道："眼神不错，看这小狗脾气，哟。"

开云抬起头，露出一脸桀骜的神情。

秦林山从她的眼神里看见了一种熟悉的不羁，一种随着他的青春远逝而早已褪去的东西。

不惧世事，不羁命运。她的世界是由希望绘成的，比任何人都要光彩。

他突然明白唐话为什么要招开云做徒弟了，或许这就是世界上另一个他，继承了他意志的人。

开云突然叫了声："汪！"

秦林山愣了下，露出破绽，开云趁机冲上前，奋力撞上了秦林山的下巴。

"啊！"秦林山猝不及防，捂住下巴道，"你这小姑娘怎么回事？脑袋撞坏了没有？"

开云抽身退去，抱着自己的头不满道："你的烟灰都飘我头上了！"

秦林山用手指一掸，将剩下的灰烬掸掉，重新露出里面的火星。

他招手道："好了好了，都给我坐下，不要再胡闹了。叶洒，过来，你给我坐那里。"

知道自己的实力无法反抗，两个浑小子终于乖乖地坐到水泥地上。

叶洒看起来与秦林山是旧相识，虽然刚才咬了一顿，但互相之间有一种前后辈的信任跟亲密。

秦林山坐到高一阶的石阶上，将烟头摁灭，说道："来，先做个自我介绍。"

叶洒抱胸，沉默不语。开云偏头一看，有样学样。

秦林山心说这两个崽怎么会这么难搞，只能主动介绍："他叫叶洒，是一个职业赏金猎人。我也不知道他为什么要过来玩一把联赛。特别抠门、爱装……"

叶洒扭头，猛地瞪向他。

秦林山哈哈大笑着说："但是对朋友很大方，也讲义气。"

叶洒表情稍霁，但还是有点不满。

秦林山点着开云："那你呢？"

开云说："开云。守财奴。很大方，讲义气。"

秦林山哭笑不得。

他问："你师父呢？"

开云说："不见了。"

秦林山怔神，表情恍惚了一下。对一个已经失踪了十几年的人，听到他再次失踪的消息，竟然有一种"果然如此"的荒唐想法。

"真有他的性格。"秦林山说，"还是那么不负责任，说走就走。"

开云忍不住为自己人说话，高声道："我师父人很好，没有不负责任！你认识他吗？"

秦林山仰起头，畅想过去："认识，唐话嘛，以前是我的手下败将，追在我屁股后面喊我爸爸！要我教他学武。可惜他资质不行，在我手下都过不了三招。你比他稍稍好那么一点点。"

开云满脸的质疑，随后叹了口气道："我师父字字珠玑。他说人一定要活得够久，否则免不了要被以前踩着的小弟诋毁造谣。"

秦林山连连称奇："哟哟哟！你究竟是他徒弟还是他女儿啊？这说话都一模一样的。"

开云老到地发问："那你能教我什么？"

"我会的可多了，比如怎么控制你的内力。还有你那只学了半套的刀法，后面的我也有。"秦林山忍不住又想去摸烟，哼哼道，"你应该问问秦叔不会做什么。"

开云想了想，问道："如果你知道该怎么控制一个人身上的内力，那能帮助他避免狂暴吗？"

秦林山含糊道："你是说那个卢阙吧？这个我得等看过之后才知道。"

三人又安静下来。

秦林山拍了下腿："正好，你们接下去是不是都要参加第三场联赛？我看了一下规则，要提前组队是吧？你们两个都是散客，凑一队吧。"

叶洒问："为什么？！"

秦林山说："别问为什么，问就是伤感情。你们两个那么有缘，一起组队不好吗？"

开云酸酸地说道："缘分不是勉强出来的。"

秦林山："你别在意。他就是怕女人，也怕小孩，不是讨厌你。"

叶洒急道："你胡说什么！"

秦林山呵呵地笑了出来："我还不知道你小子！看看，你要是乖乖听话，我会揭你老底吗？非得逼我跟你玩大的。"

开云举手说："我要跟我的挚友组队！"

秦林山老父亲脸，欣慰道："交到朋友了？不错不错。"

开云眼珠一转，无比热情地叫道："叔！"

秦林山："怎么？"

开云："你最近打算移民吗？"

秦林山还是抽了根烟叼进嘴里，才能觉得自在些，说道："等你打完比赛再说吧。"

"那就是有！"开云站起来道，"侠士的话，都不是随便说说的。"

秦林山似笑非笑地看着她。

开云瞥了眼叶洒，说："拖家带口其实也可以。"

叶洒感受到视线，木着脸瞥向她。

秦林山说："行了，今天先散了吧。预选赛的赛程安排得很紧密，你们都回去好好休息。今天晚上队伍报名，你俩看着办。"

他用脚尖碰了下叶洒的腿，抬高下巴道："友爱一点，照顾妹妹，知道了吗？"

叶洒扯了扯嘴角。

秦林山挥了挥手，将他们赶走。

看着开云跟叶洒结伴走远，秦林山才低下头。他看着自己的手，掌心下方的肌肉还在轻微颤动。

突然出现一个人，能证明那个家伙这十几年来的存在，竟会让他如此激动。

唐话躲在世界的另外一端，却能教导开云无惧无畏地成长，是不是说明，他并没有后悔，也没有放弃当初许下的狂言？

秦林山自嘲地笑道。

他究竟在自甘堕落些什么？这么些年里，他甚至回忆不起自己都做了些什么。

秦林山的身后走来一个人，胸前戴着属于联军校长的标志徽章，停在他身边静立了片刻，看着早已没有人影的街道，说道："这么多年没见你回来，还以为你不会回来了。"

男人转过头，不无揶揄道："你不是说好了要金盆洗手吗？怎么又一脸想重出江湖的斗志？"

秦林山眯着眼睛，过了许久才回答："他的徒弟就是我的徒弟。我会帮他照顾家人，我们都说好了的。"

秦林山郑重道："以后开云要做什么，我们这帮老家伙，都管了。"

这个孩子能出现，真的太好了。

犹如已经熄灭的火焰，褪去死灰，突然露出下面的星火，在他还能动弹的时候，让他再次意识到，自己还有一丝想苟延残喘竭力呐喊的欲望。

一如当年青春。

校长望向远处："什么老家伙，都还年轻着呢。这片江湖还有我们的立足之地。"

预选赛第三场的报名系统在晚上八点开放，一共有两个小时的上传时间。逾期没有做出选择的学生，会被系统自动分配进人数未满的队伍。

江途从实验室出来，就接到了开云的消息。

上一场被队友嫌恶的感觉他还记得清清楚楚，虽然几人最后私下来找他道歉了，可心中的阴霾始终难以散去。而且他也清楚地知道，跟着开云，才有更大的过关可能。他迟疑片刻，最后决定再麻烦一次开云。

只是这样的话，就算再加上一个叶洒，他们也凑不齐六个人，于是最后还是决定采用个人报名的方式。

江途先点击个人参赛，单独组建一队，等待队友报名。

开云在名单列表中搜索出他的名字，刷新了下，然后点击加入。

就在她的名字出现在列表的那一刻，顽强的三夭系统后台爆出大量新数据，不到两秒钟的时间，出现了两百多条申请记录。

此时队伍列表中，第三个出现的名字是卢阙，随后是叶洒，几乎同时，薛成武的名字也刷了出来。

雷雷靠着三夭的偏爱，在万千人中脱颖而出，以微弱的手速优势击败众人，挂在了最后一个位置上。

队伍正式满员。

等了一晚上的学子们看见这一幕简直要哭了，捶胸顿足抱成一片。

"我说了我们可以入赘的啊！是我们还不够卑微吗？为什么不给我们一个机会！"

"我就看见卢阙的时候迟疑了那么一下下，队伍就满了！我错过了什么！"

"开云＋卢阙＋叶洒，好的，这个考场的C位锁定了。"

"叶洒居然会主动组队？他不是一匹孤狼吗？"

"叶洒来参加军校联赛我就觉得很奇怪了。赏金猎人不够赚钱吗？"

"薛成武实力不错的，往年都是稳进决赛。那个雷铠定不搞笑的话其实也很强，他可是能遛着一大帮人在地图上奔驰到崩溃，还有着死而复生秘术的小强·雷啊！第一支自由组队的王霸队出现了！"

"一名剑客引起的诸神之战、大佬争锋，这是什么剧本？三分钟之内我要那个江途的全部资料。"

"跟他们同考场的学生真的是太惨了。为了平衡实力，三天肯定会给开云配一队旗鼓相当的对手，那得是怎样的修罗场啊？祝其余考生能成功夹缝求生。"

"我去！"

雷铠定受惊地将自己的两只手从屏幕上收了回来，缩在胸前。

这是怎么一回事？

坐在他隔壁、刚刚摆好架势的几位兄弟转过身，遗憾地对他耸了耸肩："没挤上。"

他们还没开始，事情就已经结束了，以至于差点让他们以为是自己的错觉。

雷铠定哀号道："怎么会这样？！"

兄弟们安慰说："其实这队伍也不错的。你看看这个阵容，保底晋级了是不是？"

"就这手速，全网有几个人比得过？雷雷，你已经是胜利者了！"

几人开始收拾东西，准备离去，挥手作别道："我们以后再续前缘吧，雷雷再见。"

雷铠定捂心呕血，再次陷入人生的迷惘岔路，接下去他要怎么办？

上一场比赛结束之后，雷铠定没能自闭多久，就被自己教练从房间里拖了出来。

教练拼命晃着他的肩膀，试图唤醒他的霸道总裁之魂，痛心疾首道："你的表现已经影响了我们一军整体的形象，搞得他们都以为我们是个段子培训中心而不是一所正经的军校，你不能继续这个样子啊！"

雷铠定痛定思痛，他觉得第二场会失败的主要原因，就是他没有帮手。如果在队伍里有个队友能跟他共同进退，他至于落到那样的地步吗？不！这个世界重要的还是话语权！

所以他才想带着自己的兄弟一起加入开云的队伍，这样他就是人多势众的一方，他要让开云明白团队的力量，听从他的指令，明白他的魅力。

历史的经验教训告诉他，从哪里跌倒，就必须从哪里站起来，否则你就永

125

远跨不过那个坎儿，你会变成一个表情包。

雷铠定眯着眼睛盯了屏幕许久，心中的忧虑难以消去。

这个阵容……他不会又要变成队里最差的吧？

组队完成后，三夭会将几个队友的联系方式，发送到他们各自的光脑上，便于他们进行联系沟通。

于是开云就有了卢阙等人的光脑号码。

她也没想到卢阙会积极地加入她的队伍，刷了会儿论坛之后，给对方发了一条消息："联军给我们借考生请了一个很厉害的外聘教练，他说有可以控制内力不狂暴的方法。"

卢阙："？"

开云："你要不要过来看看？"

卢阙那边沉默了很久，一直到开云准备上床睡觉了，才发来一个："哦。"

开云："……"

这孩子需要这么纠结吗？

另外一面，薛成武端着已经空了的茶杯站在门口，不停地叨叨提醒，大有面前的人不回答他就誓不罢休的架势。

"你到底回她了没有啊？反正你也没事做，去一趟联军就当散心了。开云是荒芜星的人，说不定留着什么失传的功法就对你有用呢？你试一试又不会亏！"

卢阙额头的青筋一下一下往外暴凸，忍无可忍，将光脑举起，贴到他的眼前，咬牙道："回了！"

薛成武满意道："哦。"

他捧着手里的东西准备离去，想了想还是回过身提醒道："联军连自己学生的教练数量都不够，不可能会给借考生请外聘教练的。而且联盟大学的教练都没有的办法，他们联军也不会有。应该是她自己找的人……卢阙，明天过去的话，你记得好好谢谢人家，包括上次的事情也是。我觉得她人真的不错。"

卢阙闷声不语，不知道听进去了没有。

薛成武嘴巴张了张，最后只说："那我走了，你早点睡吧。"

卢阙闭着眼睛没有回答，正控制着内力在经脉中游走，他要用两个多小时的时间，才能把内力重新收入丹田。

这是他每天要比其他学生多做的事情，已经坚持了十几年，为的就是能让自己的内力稳定下来，可惜没有任何效果。

什么功法、什么药材，他已经听倦了，最后只是给他多一份"宁可信其有，不可信其无"的负担而已。

翌日清晨，薛成武跟卢阙一起驱车前往联盟军事大学。

因为联赛正在火热进行中，军校间鼓励队友互相磨合切磋，所以只要出示参赛资格，就可以在各校间自由出入。

卢阙在军校生的圈子里是个能引起轰动的名人，但是他很不喜欢被人围观的感觉，因为后面紧跟着而来的会是指指点点。

他特意戴了帽子和口罩，只露出一双标志性的黑眼圈在外面。

好在联军的学生最近都被开云伤透了心，根本顾不上一个外校学生的黑眼圈。

黑眼圈算什么……难道他们就没有吗？

二人依照开云给的定位，去了三号教学楼背面的空地，在那里见到了所谓的教练。

秦林山这人是真的不修边幅，这次见面索性连联军的统一教练制服都不穿了，只披着一件夹克衫就出来上课。

他叼着烟，神情困倦，不知道昨夜去了哪里丰富生活。

这副模样落在二人眼里，更加让他们确信了之前的猜想——这人就是开云特意请过来的，才不是什么联军分配的。

开云还想为双方介绍，卢阙却一眼认出了对方，并低声叫道："秦林山？"

薛成武还没反应过来，过了两秒才惊讶道："他是秦林山？'八风不动只如山'的那个秦林山？"

"嗯？"秦林山笑了出来，"没想到这么多年了，还有人记得老夫的名号？小辈们知识面扩充得很广嘛。"

曾经的荣耀被提起，怎么都是令人高兴的。秦林山朝开云挤眉弄眼，一脸"你看老子多牛"的表情。

薛成武满脑子都飘荡着"震撼"两个字，他猛然一扭头，对着开云投去感激的目光。

开云："……"

不怪薛成武那么激动。

要说往前倒个三十五年，军校生里恐怕没有人不知道秦林山这个名字。随后的十九年之中，他也一直活跃在众人的视线里。

那个年代，他是毫无疑问的联盟第一盾，是联军毕业生中的风云侠客。可是之后，不明缘由地，他慢慢开始退出舞台，再是突然有一天，传出了他要金盆洗手的消息。

他还那么年轻，也没有任何的弟子，简直令人扼腕！

薛成武的主职是鞭，对盾士没有太大的了解，但连他都听说过秦林山的名字，这足以证明秦林山当年的辉煌。

这人在拳法、掌法，还有各种防御招式上都颇有建树，创新了不少招式，至今沿用。而且盾士不就是学习如何凝聚、稳定内力的吗！如果是他的话，说不定真的可以。

薛成武上前一步，目光灼灼地盯着秦林山，激动得说不出话来。

秦林山打了个哆嗦，吐出一口白烟："小子，别这个眼神，怪恶心的。"

薛成武鞠躬说："前辈，请您帮我的朋友看一看！他以前的内力不是这么容易混乱的，后来开始渐渐不稳定，是不是功法修炼得不对？"

秦林山这才将目光转向一直沉默的卢阙。

"卢阙是吧？"秦林山朝他招手，"你过来我看看。"

卢阙乖巧上前，站到他的面前。

秦林山高傲地伸出手，将烟递到旁边，示意他们先接着。

开云说："你不都叼嘴里的吗？怎么还突然起范儿了呢？"

薛成武立即狗腿上前："我来，我来！"

秦林山松了松手指，将双手搭上卢阙的肩膀，表情认真起来。

他把内力缓缓地输到卢阙的身上，顺着他的经脉走遍全身。

卢阙这才觉得，不愧是从前惊才绝艳的联盟第一盾，他的内力几乎没有任何威胁性，自己竟没感受到丝毫的不适，甚至内力所过之处，那些蠢蠢欲动的狂躁还被安抚了下去。

原本僵硬的肩膀和疲惫的肌肉，开始慢慢放松。

他已经很久没有这样的感觉了。

秦林山对着满脸严肃的薛成武抬了下下巴，问道："你朋友啊？"

卢阙淡淡地"嗯"了一声。

薛成武反倒被这个"嗯"弄得愣住了。

秦林山说："朋友很难得的。"

卢阙又很给面子地"嗯"了一声。

秦林山收回手，从薛成武的手里将烟夹回来，用力吸了一口过瘾。

众人都在等他开口，他却恶趣味地悠悠道："我确实有一套可以暂时压制内力暴动的功法，这是我在星际游历的时候，从一个黑市商人的手里买过来的。"

卢阙问："要钱？"

秦林山瞥了他一眼，示意小孩子不要插话。

"这套功法对于内力不稳定的人来说很有效，但它治标不治本。如果你以后不能平稳好自己的内力，它的效果只会越来越差。就跟耐药一样的意思吧。所以本质来说，它不能帮你治好你的暴动，只能暂时缓解。你可以借助那种感觉，慢慢克服自己的暴动。"

卢阙听他这样说，神情缓和，信了七八分。

别说是能缓解，就算只有一次有效，也很值得。

对于学武的人来说，哪一次暴动不是顶着死亡的风险？

"我可以教给你，不是什么大事情。这个也好学，只是一种调息方式而已，你们有基础，很快就能上手。"秦林山指着开云说："你也给我跟着学，就当是强身健体了。如果出了意外，能及时应对。"

随即秦林山将功法的几个要点说了一遍，听起来确实很简单，然后让三人当着他的面按照法门进行运气，他从背后进行引导，领着他们的内力顺畅走一遍，使身体能更快速地记住那种感觉，以免日后出错。

不得不说，有一位经验丰富的教练在一旁手把手地指导，尤其是秦林山这种的，手把手都不止，是内力牵引着内力进行教学，用事半功倍来形容可是一点都不虚。

薛成武自认不是什么天才，不能同卢阙和开云相比，但在这样试了两次之后，竟然已经能自主地、磕磕绊绊地进行下去了。

这绝对是他学得最快的一套运功功法。

而开云做什么都很快，运功也是。在秦林山还在指导卢阙的时候，她的内力已经飞速完成了环体三周半，跟火箭一样嗖嗖直蹿。

秦林山捶了下她的脑袋，觉得她是在搞事，但之后就没再管她了。

开云的师父以前确实没教过她类似的功法，初次学习后，效果的确很显著，仿佛将身体里的杂质都清扫出去，整个人变得耳聪目明，身体像被水彻底清洗过一样。

环境中的细节都被放大了一倍，全身的注意力都集中到自己的五感上。

开云向四周扫了一圈，也很困惑为何草儿是那样绿。

然而……开云觉得并没什么用。

她的内力依旧很澎湃，像匹脱缰的小马驹尽情在经脉里奔驰着，没有任何被压制下去的感觉。

而一旦停止了运息，那种洞悉环境的观察力会同时丧失。

她还不熟练，不能像秦林山一样，时刻让身体运行着这套功法。那打架的时候，总不能先运一遍，砍一刀，再运一遍吧？

开云悄悄把眼睛睁开一条缝观察周围，想看看大家的反应，结果发现卢阙练得无比认真，并没察觉出什么异常，薛成武也是一脸感叹的惊喜。

难道是她没弄对？还是他们两个有滤镜？

因为第二天早上就要开始新一轮的联赛，确认记住功法之后，两个人就回去了。

秦林山放松下来，又开始坐到一旁一根接一根地抽老烟。

明明联盟有更先进的电子烟，技术改进后对身体伤害也少了，可他就是喜欢淘这些又贵又呛的东西。

秦林山放空表情，虚虚望着远处。开云敏锐地问道："你是不是在骗他们啊？"

秦林山冲着她的脸喷了口白烟，斥责道："心灵导师的事，能叫骗人吗？真是不会说话的娃。"

开云说："那我觉得不行的话，还是提早告诉他们比较好。"

"他这是心病，你知道吗？什么叫心病？就是得用心药医。"秦林山摇了摇手，一缕白烟向上飘去，"没有人能救得了他，除了他自己。"

开云不着痕迹地吹捧道："这不还有你吗？"

"你没经历过狂暴，所以你不懂。有些人的狂暴根本不是因为功法出了错，也不是因为什么修炼得太过火，是自己不安心。精神压力太大的人，会给身体造成过大的负荷。"秦林山说，"其实他心底就觉得自己会控制不住，他的内力几乎每时每刻都处在紧绷的状态。想想，你要是每时每刻都要提心吊胆，你也得疯。"

开云说："可是他们不是说，是因为基因吗？"

秦林山不屑地道："那照你这么说，你秦叔我这样的基因该练出什么样的内力？你这样的小身板又该是什么样的内力啊？你不知道什么叫反差萌吗？"

开云："……"

这人太强了，她真的无法反驳。

秦林山说："你放心吧，我教给他的功法，就是现阶段最适合他的。只要他相信我，那就没有问题。当然，如果他的精神出现病理性的问题，那我也没办法了。"

开云："哦。"

秦林山挥挥手道："你也回去休息吧。"

开云准备走了，想想又多问了一句："你没有什么想叮嘱我的吗？"

秦林山挑着眉毛道："叮嘱你什么？"

开云："就是比赛的注意事项什么的。不是说教练都会讲的吗？"

"你打得挺好的啊。"秦林山说，"别听别人瞎讲，打出你自己的风格来就行了！"

开云再次道："哦。"

"欸，等等！"秦林山突然想起来，一面招她回来，一面将烟摁灭，说道，"我教你一个大招，简单、好学，特别适合你！别人都用不起来，只有你可以！"

开云兴奋道："大招？"

秦林山也兴奋道："对！到时候吓死他们！从根本上瓦解敌人！"

第十章
队伍分裂

第二天早晨九点，军校联赛第三场如期开始。开云依旧提早赶往考场，前去报到。

今天她也是个有队友的人了！

开云在门口又遇到了那个熟悉的监考官。

"来了啊。"监考官看见她出现，立即笑得一脸慈祥，远远就站了起来，招手道，"不要急，慢慢来，时间还早。早饭吃了吗？"

开云受宠若惊地点了下头。

监考官拿过她的卡，在机子上一刷，说道："第三考场，入口二层右转第一间。好好比赛。平常心态就可以了，你一定没有问题的。"

开云突然有点心慌慌的。

除了第一次见面的时候表现正常，后面每次见他都觉得他像被夺舍过一样，这难道是联军不外传的绝技——变脸吗？

她小步往考场走去，中途回头一看，监考官还在对着她热情挥手。开云一溜烟地冲进了走道。

还是模拟系统里比较有安全感。

完整的队伍名单跟考场安排，早在昨天就已经出来了。但因为开云一个也不认识，就将这份重任交给了自己的队友，等他们向自己解说。

这就是安全感啊。

开云登入场景，队伍中的其他几人都已经就位。与以往不同的是，这一次登录入口只有他们一支队伍，不再是公共准备区。

卢阙跟叶洒背对着背各自占据一边，而江途正在和薛成武小声商量比赛事宜，雷铠定不正常地站到了一旁，两手插兜，姿态冷清。

开云想跟他们打招呼，发现都没地儿下手。

江途主动靠近，跟她讲解说："我们这一次考试，三天好像请了专门的解说。除了我们之外，还有一支很强力的队伍。如果没有意外，今天就是我们两支队伍之间的角逐。"

开云："解说啊？"

还在预选赛就聘请解说，足以说明三天对他们这个赛场的关注。

江途点了下头，继续道："我们这个地图的地形，你也看见了，是山路地区。"

一共是三条路，中间用高耸的山壁进行隔离。路面都已被踩平，不难行走。但靠近山壁的那一部分道路，就变得复杂陡峭起来。

每隔一段距离，就会有一条连通三条主路的小道，让考生可以更换路径。

这个地图格局非常简单，基本就是三条大路直通到底，路面上不设置障碍。因为路两侧植被繁茂，伏击战也是大有可为。

三天的考场地图设计员就差明晃晃地在众人耳边低吼："打起来啊！你们快打起来啊！"

江途说："这个考场的上场时间是不一样的。我刚刚代表我们队伍去抽了下签，排在第十六位。"

这意味着先出发的队伍可以先进行埋伏，是一种莫大的优势。

第十六支队伍，已经在后面的部分了。

江途无奈地笑了下："我的手气不大好。"

开云说："没关系。"

那几个包袱比山还重的人估计根本不在乎这件事。

此时直播间内，已经开始热场。

专业解说就画面上的内容介绍队伍。

"好！我们现在可以看见，又一支队伍的人员到齐了！这里面都是我们熟悉的选手。卢阙！去年的十强之一。叶洒，一位职业赏金猎人，他的实力跟颜值一样出名！再就是我们今年的几位新秀！"

解说卖力地喊话，以表示自己的激动。

"这支队伍里的选手实力都非常强劲，他们来自不同的学校，走的是不同的风格，真是一支颇具包容性的队伍！目前队伍名义上的队长是那位名叫江途的剑客，他的性格显得非常温和，可能就是这样才能协调好队伍中个性过于突出的选手！他们之前还没有很好地合作过，互相会擦出什么样的火花呢？让我们拭目以待！"

江途见六人之间的气氛无比尴尬，想推进一下，问了一句能让他后悔一辈子的话。

"对了，我们要走哪条路？"

开云、叶洒、卢阙齐齐抬手，指向不同的方向。

江途："……"

开云马上说："遇事不决走左边，狭路相逢左边胜。当然是走左边啊！"

卢阙简短道："直行才是最短距离。"

叶洒振振有词："我的直觉告诉我右边全是积分。"

场面再次恢复死寂，江途的额头上落下一滴冷汗。

这三个人都不像是会跟在别人屁股后面走的性格。

解说："好的，他们的队伍现在似乎出现了分歧，最后会采取谁的意见呢？这个时候就要看队长怎么处理了。"

江途："要不我们……"

开云顺着他的腔调接道："各走各的？"

雷铠定闻言呕血。那你组队还有什么意义啊？就为了队友间那个聊天群吗？！

叶洒为了表示自己的正确，坚定道："反正我走右边。"

卢阙阴恻恻地盯住中路。

意味明显。

一山不容二虎。

薛成武主动站队说："那我跟卢阙走中路。"

江途求救般地望向雷铠定，希望他能反驳群众，敲醒他们沉睡的心灵。

雷铠定左看右看，忽然发现到自己站队的时候了！他兴奋了下，立马开始头脑风暴。

跟着卢阙，他肯定会沦落成一个跟班。如果跟着开云，很可能会出现跟上场一样的处境，对此他是拒绝的。为了能够彻底摆脱开云的魔咒，他只有……

雷铠定点头说："我也觉得右路比较好看。"

江途："……"

到底为什么会变成这个样子？

解说："好的，这支队伍在开场之前就散掉了！他们散！掉！了！！"

这番神操作一出，直播间的观众片刻间涌现在评论区：

"看见这个画面我竟然不觉得惊讶？"

"孤狼人设不倒。很好。"

"蚯蚓一般才断两节，你们还想搞三面包抄？"

"妈妈，你快看这支队伍的人要上天了！可以举报吗？"

134

"三位大佬别这样，看都把雷雷吓成什么样子了，考虑一下弟弟的感受吧。"

"想知道这个考场的考生现在是种什么感觉。担惊受怕了一整天，结果对手内部瓦解了，哈哈哈。"

时间很快过去，抽签出的第一支队伍应该已经出发了，离他们出场的时间也越来越近。

江途真的不赞成分开行动，他们队伍早就被人关注，属于众矢之的，如果遇到群战，光刷脸就会首当其冲成为炮灰，个人实力再强，也终究寡不敌众啊。

可是，整个地图明晃晃的就三条路，怎么可能凑不上群架呢？

江途还想着从中斡旋，让三人回心转意，但自从三路进击的决定敲定之后，那三个人之间的气氛就变得更僵硬了，互相暗暗较劲，连空气中都隐隐像有暴风雨在吹打。

薛成武根本没原则，雷铠定又唯恐天下不乱。江途突然觉得整个队伍里的正常人只有自己。

前路艰难。

所以他们当初为什么要凑到一支队伍里？

江途还在犹豫中，前方光屏突然消失，比赛正式开始的指引出现在右上角。

开云举手说："我要出发了！挚友，来跟我走！"

他还没开口，另外四个人已经飞蹿而出，冲向各自的道路。

江途："……"那就这样吧，反正他在预选赛被淘汰是常事，他们五个才是血亏。

解说："他们执意选择分成三个小队，这可就糟糕了啊……希望这场比赛不会成为今年最大的冷门！"

开云领着江途往左侧道路走去。

此时地图中的光芒调得较暗，时间属于清晨。淡色的日光从地平线透出，空中还带着点灰蒙蒙的雾气，林间湿气很重。

二人从贴着山壁的位置小心前进，走了一段路，都没看见人影。

开云低下头，小心观察周围路况。路边有不少行人走动过的痕迹，虽然稍有清理，且脚印不深，可折弯的野草、被踢开的石头的凹陷，仍出现了不少次。

野兽的直觉告诉她这条路不对。她抬手示意，让江途先停下，自己在道路两边跑了一遍，确认两侧都存在类似的痕迹，且从开场位置一直蔓延到深处。

这说明选择这条路的学生不少，那为什么一直都没听见打斗冲突的声音

呢？他们可是第十六组，那些先行出发的学生，早该打几个来回了。

这片林子那么安静，就是最诡异的地方。

开云定在原地，用秦林山新教授的那套功法进行运气。五感随着内力的流动而变得发达，她隐隐听到了一些除却虫鸣与风吹之外的杂音，还瞄见了前方不远处一道快速晃过的人影。

开云收势，呼出口气。

江途见她神色凝重，紧张地问道："这条路怎么了？"

"哦……"开云的惊叹声都不敢太大，"这条路有诈。前面埋伏了不少人。"

江途："不少人是多少人？"

开云摇了摇头："无法准确估测，七八个吧。"

"七八个人？"江途说，"一支队伍不是六个人吗？"

开云："不，我是说有七八个队伍。"

江途："啊？"

直播激动道："是的，没错！但不是七八支队伍，而是一共十四支队伍全部都在这里！考场里的所有考生为了胜利选择抱团！他们确立了共同的敌人，准备先将本赛场中两支霸王队伍淘汰！"

一口气太长，他稍稍顿了下：

"开云的感觉很敏锐，不愧是在荒芜星生活过的人类！她应该明白了，这个时候分化队伍是非常不妥当的行为，开云或者队长会联系他们的队友前来集合吗？前提是他们能够支撑到那个时候！他们现在遇到了史上最大危机！究竟是会提前告别联赛，还是力挽狂澜呢？"

先批所有到达的学生，此时都挤在左路。

如果一挑一的话，他们自知没有与之一战的能力，为了避免不必要的伤亡，他们团结到了一起，集结群众力量，对抗那两支不合群的队伍。

反正开云等人想要刷分，就必须得到左路来。而所有的队伍，都会在此处整装待发。

逃不掉正面对决，那就尽情把场面搅得更混乱一点吧！

江途的第一反应也是赶紧呼叫队友，他抬手去翻通信器。

"等一等！"

开云却叫停了他。

江途惊道："还等？"

开云分析说："这边的七支队伍能安稳地埋伏，就说明另外一支王霸队伍不在这里，那么现在三条路上很可能是七支、七支、王霸这样的埋伏。所以现在三条路都很危险！"

江途："所以赶紧叫他们回来啊！"

开云说："那你叫回来的就不只是队友了，还有敌人。"

江途被她一说，突然觉得很有道理。

二对五十，和四对一百没有差别啊，因为队友间根本没有默契。而且凭他们那三个人的默契，真聚到一起打架，说不定还会觉得对方是个妨碍。

单选路这一点已经把问题暴露得很严重了。

江途虚心求教："那我们现在应该怎么办？"

开云抽出背后的刀："等他们向我们求救！"

开云小国王绝不认输！

江途："……"

开云内心战意澎湃："我们先去刷几个人头，不要到时候给他们带去太大的负担。挚友，男生在外，保护好自己，千万别让他们近身！"

江途：危险度最高的人恐怕就是你……

解说喷血道："很遗憾开云猜错了！现在最危险的人就是你！希望她能很快认识到这个错误并及时补救！"

他第一次见到命都悬在刀上了还要别人求她逃命的家伙！

此时直播画面转向中路，屏幕中的一支队伍，正大咧咧地横在路中间，神情随意轻松，静待对手前来。

解说："出现了！这是二军的队伍！也是本场备受关注的实力队伍之一，他们由闫边贺带领，是一支队员实力非常均衡且配合默契的队伍。闫边贺还是去年联赛的二十强选手，他的武器也是刀，不过他是长柄刀中的偃月刀，也就是大家熟悉的关刀。按照目前形势，他们将会正面迎上——卢阙与薛成武！"

他的话干了一点："这可真是一场好戏，但是以卢阙的性格应该不会自认弱势而向队友求救，希望薛成武能当机立断，促进队员统一！"

他从没有这么一次强烈地想在解说途中大唱"团结就是力量"，因为他觉得，这支队伍可能没有这玩意儿。

此时二军队伍的成员正在惬意聊天。

"运气还挺不错的。分配到其他队伍可能有点麻烦，分配到卢阙简直笑都要笑醒了！"

"如果能在他们刷到分之前就淘汰了他们，我们是不是还算功臣了？"

"我听说他们队伍里有个喜欢在赛场上做饭的女生。如果这次她还敢带那些东西，正好可以把她捉来给我们做饭。"

"一个喜欢做饭的女生来打什么联赛？还荒芜星招收国民？简直是对其他学生努力的侮辱。"

"我觉得他们全员小品出道一定是 C 位。"

解说喊道："开云可能没有办法给你们做饭了！她现在正在面对将近一个考场的考生！"

这时候卢阙在视线的尽头处出现了，他跟薛成武也是直接在宽阔的主路上走动，虽然互相还隔着百米多远，但身形已经被对面看见。

二军的队伍立即停止了谈话，摆出严肃的姿态。中间的一长段，都宛若冰河。

闫边贺确认来的只有两个人，用力舔了舔口腔，发出一声意味不明的闷哼。

众人都在等待卢阙的反应，是战还是逃。

卢阙在原地停了片刻，最后脚步迈动，向前迎了上去。

解说以一腔"我果然已经是绝症晚期"的复杂心情道："好的，果然出现了这样的一幕！卢阙大概不喜欢后发制人、隐迹潜踪一类的战术。虽然己方只有两个人，但他还是不大意地应敌了！"

这时画面又转到了右边的路。

完全不一样的场景，显得和谐而安详。

解说深吸一口气："我们的叶洒跟雷雷正悠闲地走在这条宁静的路上，叶洒在开场的时候说这里有积分的味道，很可惜他的嗅觉出现了错误。不过他们应该很快就能发现不对劲，并且赶去别路支援，希望他们能在开云阵亡之前抵达！"

画面中两个人走得还算小心，雷铠定不停地左右张望，观察敌情。

二人之间是诡异的沉默，中间长达半米的距离仿佛清楚地写着"我们不熟"四个大字。

这时雷铠定鼻子动了动，说道："这条路上竟然一点人迹都没有，怎么可能？呵，做得太过，以为我会相信吗？一定是二军的那群家伙，他们先到了这里，清理了这里的环境，然后埋伏在深处。你可能不清楚，二军那群人一向的风格就是阴险，尤其是他们队长，脸上就挂着'奸邪'两个字。"

叶洒克制地受教："是吗？"

雷铠定突然一跳，指着远处一个丛林道："前面好像有动静！是不是他们的埋伏？！"

解说几乎是吼出声："没有埋伏！是你的心在动！"

观众觉得他下一句紧跟着就是"你个铁憨憨"。解说很崩溃，而他们很想笑，所以评论区中全是一片"哈哈哈"。

雷铠定跑过去看了一眼，发现没有人。

哦！原来是风在动！

但是他不回头，也不放弃，坚持道："二军的人一向忌妒我们一军的人比他们优秀，我觉得他们这是在玩诱敌深入。到时候我们后面队伍的考生也赶过来，正好可以利用他们形成两面夹击之势，把我们堵在中间，任意施为。"

叶洒："嗯。"

解说："不要你觉得！我要……可惜他们听不到我的话！"

频道中出现了片刻的安静，随后传来解说大声喝水的声音，以及一声忧伤的长叹。

解说："希望叶洒跟雷铠定能快点发现这边的不寻常，因为开云那边很可能会支撑不住啊！不过也希望开云能给队伍发去求救信号，这样六人还有机会重新聚首。"

视角调到上空，将三条路的赛况都收入其中。

那极端的对战场景，让画面显得有些滑稽。

解说："这真是一场看点十足的比赛……"

简直就是小学生赌气打架。

解说："我当然希望他们能够撑到结局，给观众看到更多的闪光之处。"

现在看来简直就是奇迹。

解说："让我们开始倒计时，看看他们还要多长时间，才能重新集合！"

放过他吧！

镜头重新转回到左路，众人从解说重重倒抽的一口气上，感受到了他深深的疲惫。

"这个解说不错，他把我想吐槽的都说了，我的内心得到了极大的舒缓，现在我很快乐！"

"我还在等着开云创造奇迹！"

"如果开云不幸阵亡了，希望大家不要浪费她的背包。不知道她今天带了什么菜，我真的是太好奇了！"

监考官扫了眼评论区，对里面的消极言论不甚赞同，哼了一声点下屏蔽。

以往能带给他快乐的评论区，已经不是从前的评论区了，它被乌云遮住了。

等开云变身，再让他们知道她的厉害。

在众人的吵闹争辩中，开云那边出现了进展。

所有人都是一震，连带着解说都紧张起来。

要是一不小心，人就死了，没来得及感叹可怎么办？

画面中，开云不出意外地迎来了她的第一拨敌人。

虽然左路共有十四支队伍，但他们并不是聚集在一起，而是均匀地分布在整条路上。因为这个地图的通道过于狭窄，人一多就容易乱，一旦自乱阵脚，就给了开云浑水摸鱼的机会。

再者，他们不希望从一开始就因人数过多而将开云吓跑，她的轻功众人可是见识过的，还真没有十足的把握将一个想离开的她留下。

只有诱敌深入，在她以为自己已经逃出生天的时候，出其不意地杀出来，将失去体力的她斩于树下，这才是最完美也最痛快的战术。

解说："好的，守在第一个关卡处的，是两支队伍共十二人！按照最初的计划，他们会故意示弱，将开云等人引到深处。但是现在开云的队伍只来了两个人，想要不着痕迹地示弱看来不是那么简单。开云会上当吗？"

埋伏的小伙伴们显然也蒙了，互相用眼神交流了一番，心中出现了些许动摇。

如果只有两个人的话……直接杀掉好像也无不可？需要走什么战术吗？

开云在裤子上擦干手心的汗，再重新将刀柄握紧，目视着前方道："挚友，注意开大。"

江途从紧张中回神："啊？"

开云："用大范围攻击，小心他们近身。"

江途凝重点头："你不用担心我。"虽然他帮不上什么忙，但也不希望拖开云太大的后腿。

开云扭了下脖子，小步往前跑了两下，然后突然开始攻击。

她的军靴蹬在山道的泥地上，将原本已经被踩得坚实的土地扬起一层黄尘，整个人如离弦之箭一样飞了出去。

对面埋伏的学生立即喊道："戒备戒备！互相掩护！快远程牵制一下她的速度！"

弓弩中的箭支瞬间射出，朝着她的位置追去，但是没能跟上她的速度，接连两次都偏失了方向。

十二人迅速调整，分散站位等待时机。

怎么会有一个主司近战的侠客，有胆量来一挑十二呢？她哪里来的那么大胆子？向大海借的海胆吗？

解说嘶声喊道："开云跑上去了！不愧是以轻功见长的人，她真的太快了！简直就要化成一阵风！她会像龙傲天的主角一样，横扫一切吗？"

解说握拳："她顺利躲过了箭袭!

"好的，她一个漂亮的急刹，急转向树后，成功抓住了对面的一个考生! 她试着砍了一刀! "

解说遗憾地叫了一声："没有砍中! 对方及时后撤躲过去了!

"不妙! 她似乎落入了圈套，对面趁着她攻击的时候，赶过来调整了站位，现在已经完全地将她包围了! 开云现在是四面楚歌，她要怎么脱困?! "

"啊……"解说嘴巴干涩，"她跑了! 好的，她想用她出色的轻功直接突围! "

画面又是一转，解说一时不知道是想抽自己一巴掌，还是去抽开云一巴掌，连忙改口道："哦不……她又停住了! 她朝着对方的远程职业过去了! "

以解说多年的经验都没反应过来，场上的真实情况自然更加险象环生，身处其中的几个学生虽然人多势众，却并没有多少安全感。他们一刻不敢分神地盯紧开云，想要推测出她的下一步举动。

然而很难。

她的攻击、撤退，抑或防御，完全没有章法。出刀的时候像是佯攻，撤退的时候又会突然转向，而那嘴角始终噙着的浅淡微笑，总让他们有一种自己正在被戏耍的错觉，进而怀疑下一步的布局。

就是那么短短两个回合的攻防交换，让他们深刻认识到了一句话：女人心，海底针……他们真的好难。

"不要慌，不要受骗! 注意走位! 优势在我们这里! "

他们竟然没有一个人想着去偷袭江途，绑架他作为人质，而江途也完全插不上手，怕自己贸然攻击会乱了开云的节奏。

战局以开云为中心朝着里侧转移。

开云开场只是小试一下，一击脱战，没想到效果极佳，瞬间就动摇了对方的军心。

她趁机确认好对方的站位，然后毫不犹豫地朝着那个在树后放暗器的刺客冲去。

对方并不忙乱，顺手又朝她抛了一把飞刀。

开云见状举起手中武器，朝半空的位置用力砍了下去。

内力带来的疾风呼啸作响，将地上的残叶都吹乱，也将袭来的飞刀一一打落在地。那铿锵清脆的撞击声，在这环境里悦耳动听。

对面几人皱眉。

不惜用开大的内力，去挡一枚暗器，未免太过奢侈，她明明是有办法躲开的。

这样的打法，她能坚持几次？

开云落地，再次掉转了行动方向，在坎坷的斜坡上翻滚了一圈。看动作似乎是捡起了什么东西，但因为速度太快，无法确定。

还没分析出她这样做的原因是什么，随即，众人觉得队伍的追击节奏放慢了一拍。

镜头立即往前倒，拍到了一个毫无防备、额头被飞刀射中当场弹出系统的男生。

哗！

她难道会使用暗器？

就那么一刻的震惊，队伍露出了破绽。

开云狞笑着追上了刺客，朝他展示自己的刀口。

刺客被正面近身的话，战斗力显然比不过开云一个近战，他下意识地转身想跑。

队友当即提醒："别跑！你跑不过她的！不要把后背对准她！"

刺客闻言又是一个卡顿，想转回身去已经晚了。

开云一刀抹向他的脖子，再变转了刀锋，将他身上的包带砍断，拎走他存放暗器的军用背包。

接连损失两位队友，对面的考生简直无比心痛。然而开云就跟装了电动马达似的，不知疲惫，从杀入战局开始，始终保持在冲刺的状态。

几番转向、攻击、追逃，都没有露出破绽，众人能完整追上她的只有那双眼睛。

而现在，他们还多了一种不祥的预感。

前面开云终于停了一下，转过身，对着他们邪魅一笑："我没有说过吗？我什么武器都学过一点，只是刀法学得最多而已。"

她将夺来的飞刀在手指间快速旋转，熟练的把玩姿势证明她不是第一次接触，刚才的命中也不是一个意外。

开云说："虽然都只学得马马虎虎，但是好像还够用的样子。"

话音未落，指尖与手臂同时发力，开云以迅雷不及掩耳之势，将飞刀投掷了出去。

她原本力气就大，身上内力又蛮横，破空而去的飞刀，竟比原先那个专业的刺客还要刁钻！还要迅敏！

她只是为了威慑，而不是攻击，那把飞刀最后刺入了她前方不远处的地面。

而刺入泥地的那声沉闷的"咚"，足以证明它的杀伤力。

这样一来，飞刀的攻击范围无法准确判断，众人不敢再贸然上前了。

开云摸出几把新的刀，分别塞在腰侧和兜里，朝着他们笑了下，真诚道："谢谢你们送的礼物，我特别喜欢。"

几人面面相觑，满脸都写着蒙："这是开玩笑的吧？"

解说："什么？"

"不是。"他自知失言，连忙"呸"道，"我是说，这一把刀，插得真好！"

观众正在走程序震惊，都没注意到他的失态。

监考官连忙重新打开评论区。

看！他的快乐源泉，又回来了！

"她到底点亮了几个技能点？她的技能树是不是长得跟我们不一样啊？"

"这世上的天才真的是太可恨了！"

"开云：只要我的操作够狠，你们一定猜不到我的战术。"

"开云：猜不到没关系，能打死就行。"

"你们人多啊！别忘了你们开场时的自信！上啊少年们！"

然而对方不动，开云却不能不动。她想要趁着其余队伍还没反应过来，多拿下几个人头。

开云现在有飞刀在手，对敌方来说是一个大大的牵制。远近皆可强攻，且国王之气全开，反围歼战竟然让她掌握了主动权，在几人的包围之中狂妄跑动。

解说鼓掌道："放得一手好风筝。是开云这位选手让我们明白，轻功也可以成为一门新的职业！她另类诠释了'天下武功，唯快不破'这句话。但是她能坚持下去吗？后面的队伍也即将赶到，她真正要面对的，可是有一百多个人！"

解说刚刚展望完未来，开云正飞在半空准备展翅，镜头就切到了右路。

雷雷跟叶洒还在这条颇有意境的道路上行走。

此时太阳已经在地平线上冒出了半个圆，叶片上的水珠反射着晶莹的光芒，静谧中处处透露着"空无一人"四个大字。

雷铠定愤愤不平道："二军那群人真的是太无耻了！他们这是在消磨我们的耐心，瓦解我们的警惕性！你能相信一个考场里只有三条路，却有一整条的路都是空着的吗？不！这明显是空城计啊。我们一定要'明知山有虎，偏向虎山行'！等我斩下二军那帮人的狗头，告诉他们什么叫厉害！"

叶洒始终闷声不说话。

解说还沉浸在刚才的反转之中，对这两位兄弟简直一句话都不想多给。

"好的，他们现在错过了第一个可以转向中路的岔口，他们选择继续向前！虽然前面什么也没有。祝福他们，虽然他们目前的安全度可能并不需要我的祝福。"

紧跟着镜头切到中路，快速转了两个角度才稳定下来，可见直播管理员真的很忙，忙到快要崩溃。

解说端过桌上的茶杯赶紧猛灌一口。

节奏那么快，他的嗓子也快要报废了，重要的是他还要转换情绪，面对中路的战局。

这跟他以往的任务量完全不同。像这种一战场多激战点位的，一般需要多个解说互相配合才行。

他太亏了！

他定睛一看，发现中路二对六的战况同样非常激烈，酝酿了半晌，最后只冒出了一个"哦"……

搞什么呢？连续剧插播好歹也有个前情提要，你这上来直接就是高能片段，让他怎么讲？

这是在为难他解说！

连解说都卡了一段，观众就更是如此，他们无法将状态调整过来，心急如焚，简直痛不欲生。

众人因此大为不满，在评论区哀号狂呼，结果又跟其余考生的部分粉丝起了冲突，评论区一时硝烟弥漫：

　　"我还要看开云啊！就这样戛然而止是人干的事吗？"
　　"我正快活呢，你居然切屏？"
　　"一到关键处就没有了？直播管理员不做人！"
　　"如果开云一不小心死了，我没看见那个普天同庆的画面，我就每天去总部投诉你！"
　　"开云一定会笑到最后，谢谢。是谁在这里暗戳戳地放诅咒？"
　　"我要看二军！"
　　"我男神被雷雷那个二货带着在右路怀疑人生，我说什么了吗？凭什么不能上镜！"
　　"当我们雷雷、阙阙没粉丝？"

直播管理员也是吐血。

他怎么知道这支队伍还会分身之术啊？！

他也想找准入手的机会，可是现实不允许。开云好歹露过脸了，他怕自己稍晚一步，观众只能看见一条"卢阙，阵亡！"的消息，那他一定会被全网撕成碎片。

不过，中路的场面的确太混乱了。

这里的乱不单单是指战斗情况，更多是指画面。

地上的泥被刨得坑坑洼洼，留下或短或长的凹陷，路边的树也倒了两棵，被抽落的残叶随着来自各个方向的内力不断在空中翻飞，配合着飞沙走石模糊了整个画面，叫人一看就知道此处的战斗非常激烈。

不同于开云用轻功引导敌队放风筝的那种刺激，这里是完全的血与血、肉与肉的碰撞。

……以及大型以多欺少现场。

卢阙的武器是铁爪，而薛成武的武器是鞭，恰好一远一近。

薛成武随身携带各种不同长度的铁鞭或皮鞭，以帮卢阙弥补远程攻击的劣势。卢阙为他扫平所有近身的敌人，让他可以安全发挥。

照常理来说，他们两个人是最佳拍档，在二对二的情况下，他们完全有能力横扫全场。

然而现在是二对六，组合的平衡被无情打破了。

解说观察了片刻，终于摸到了比赛的风向，也观察好了目前的形势，在脑海中囫囵描绘出过程，组织语言，争取将它给观众说明白。

"卢阙这一路的情况，不是非常好，从背景我们可以看出，这里已经进行过一场激烈的正面交锋。二军的队伍明显要比卢阙这支杂牌军成熟得多，队长闫边贺还是去年的二十强，本身就是实力非常强劲的对手！他们队伍配置齐了长柄刀、鞭、剑、斧、暗器五种兵器，远近可攻，防御紧密，没有弱点！"

解说突然又是一声惊呼："咦，这位成员的剑似乎选的是软剑，看来是特意为了卢阙做出的改变！以柔克刚，非常有效果！卢阙的铁爪又被他的剑卡住了！

"二军的作战方针可以说是直白明确，他们的目标就是——薛成武！是的，他们六人集体前去围攻薛成武，似乎想要先行将他拿下。卢阙要在六人围攻中救出自己的兄弟，看起来并不简单！"

卢阙个人实力再出色，也终究逆不了天。

薛成武被对方一整个队伍的人围在中间，艰难自救。他手中的鞭已经换成了一把硬鞭，在双手间舞得虎虎生风，可对方简直就像调查过他们似的，特意设计了一个完全压制他们的队形。

他的短鞭在力量上比不过斧，灵活上比不过暗器，杀伤力上比不过长柄刀，能活到现在，完全是因为卢阙在为他疯狂撕开防御，牵制敌人。

解说看了一会儿，就知道地面上那些坑坑洼洼的痕迹，究竟是谁弄出来的了。

二军的队伍仗着人多，几乎都没有用大招，一进一退地互相配合，来争取保留实力。卢阙却只能火力全开，靠自己磅礴的内力去为薛成武争来一点点喘息的机会。

可是卢阙终究双拳难敌四手，他要顾得上薛成武，就顾不上自己。二军的人就是看准了这一点，一面挑衅似的攻击着薛成武，一面又趁着卢阙分神的时候，对后者进行偷袭。

对方控制长鞭的选手直接腾出手来，开始针对卢阙。他专门挑着卢阙开大招无法打断的时候，肆无忌惮地站在远处挥动长鞭抽击。

鞭上安了倒刺，没多时，卢阙的后背上已经布满横竖斑驳的伤口。

解说："卢阙可能想不到，有一天让他无从下手的，竟然是他熟悉的鞭子。曾经他的兄弟用长鞭为他牵制了多少对手，今天他应该深刻感受到那种无力了！"

解说说着突然沉默下去。

观众还奇怪地在评论区打了个"？"，这一直解说的声音突然停下去，还真有点不大习惯，嗯？

可时间持续了一会儿，慢慢地，连吃瓜群众也看出不对劲来。

开场的镜头是在开云那边，但卢阙这里的战况其实是同步进行的。二军一共六人的队伍，真的无法在这段时间内杀死卢阙吗？

看直播管理员如此紧急地切屏，连个轻功的时间都不给开云，就证明不一定吧？

卢阙面对的状况和开云那里的可是完全不一样。

一个是肉眼可见的游刃有余，开云本身实力成谜，突然露出一招，对手只能跟观众一样惊呼愣神。

一个是明明白白、清清楚楚、彻彻底底的压制！

那么长时间的抽打——

要消耗，够了。

要试探，也够了。

唯一不够的，恐怕只有打击和羞辱。

解说叹了口气，不忍道："这大概就是所谓强者的尊严吧，虽知不敌，但绝不后退！在这个赛场里的这一个战场上，我对卢阙的战意是欣赏的。

"当然二军的实力毋庸置疑。胜利者应当拥有属于他们的赞誉。"

评论区里已经彻底炸翻了天，历来在武学的世界里，有两派争论不休，那就是，武侠究竟是以"武"为主，还是以"侠"为先，换句话说就是：打架的时候，要不要讲江湖道义。

"雷雷有一点说得对，二军的人真的很无耻。他肯定是深受其害，在本场彻底爆发。感谢三天给他一个控诉的机会。"

"雷雷，你的弟弟在这里，快来捶爆他的狗头！"

"比赛而已，我慕强。卢阙不懂合作是事实，早晚要栽跟头的，这是他自己的错，不能怪对手不仁慈。"

"我以为侠者讲究的是公正的强，对敌是在尊重的基础上追求胜利。原来不是吗？"

"画面有点引起我的不适。"

"我终于知道虐粉的流程是什么样的了，连我一个卢阙路人黑，都忍不住要对他怜爱起来。"

"我一直以为卢阙是匹孤狼，但就现在的表现来看，一他不逃避，二他不自私，三他没有刻意为了展现自己的实力去折磨对方，他确实可以用一个褒义上的'狼'来形容。希望他能渡过这个难关。"

"圣母可滚出吧，武学就是一个看实力的世界，没有什么卑不卑鄙、无不无耻的。弱肉强食，强者为尊！其余狗屁不都是弱者的自我洗白？"

"现实跟正确是两码事！我以为在注重道德素质的星际时代，美德是每个人都有的东西，原来还有人敢这么明目张胆地在网上表现自己的缺德，并引以为傲。"

"二军跟卢阙的旧怨而已。粉丝憋屈久了现在觉得爽快，没什么吧？卢阙杀人的时候你们不也说，谁让你们弱呢？送还给你们，可别双标。"

"粉丝吵那么凶，估计连卢阙自己都不认同什么美德怜爱，他可不是个需要同情的人。你们忘了卢阙是谁吗？"

"既然是一场竞技，那就纯粹一点地比强弱。我跟你说实力，你跟我讲人情？"

"以多欺少的实力？"

"团队赛，谢谢。"

解说忍不住道："其实在这种情况下，卢阙完全可以拼着让薛成武牺牲的风险，先集中杀掉对方一名成员，破掉这个僵局。我相信以卢阙的实力，二军的人想要无损伤地击败他，还是不行的。可是他没有，所以我不认同用'孤狼'来称呼他，他是有队友的。"

"哦对了！"解说突然想起来，惊道，"卢阙好像还有其他队友？"

这个"好像"和这个疑问的语气真是用得太妙了，不被他提醒，众人都默认了开云等人分别是三支队伍。原来他们是一体的！

这队伍真的有毒！

直播管理员为了表示队伍的真实存在，又将画面切回了右路，给大家放松一下心情。

此时右路的气氛非常尴尬，他们正站在第三条可以通往中路的岔口上。

雷铠定捏着下巴，沉吟道："我觉得就是……这一切并不简单。"

叶洒默默地盯着他，目光中带着幽怨、冷笑，还有对自己无尽的悔恨，那微微颤动的喉头，似乎正有一口老血等待喷到雷铠定的脸上——如果他还敢再乱讲一句的话。

雷铠定一个吞咽，识趣地将原本的话都收了回去。

他弱弱地道："其实我也觉得有点不大对劲。"

叶洒木然着脸，心里闪过三句话。

叶洒：最不对劲的就是我居然没捶爆你的狗头。

叶洒：社会在我身上的捶打还是不够疼痛不够深，所以我才会如此天真地信了你的鬼话并且给你一次又一次的机会。

叶洒：雷铠定太误我。

现在就是后悔，特别后悔，他应该坚持自己的孤狼人设。

一切都是秦林山的错。

叶洒决绝扭头，率先跑向了通往中路的岔路。雷铠定不死心，又往深处看了一眼，最后艰难下了结论：

"这个考场里的都是神经病吧？"

怎么可以这么坑人呢？一点套路都不讲。

观众的统一心声：只有你是！

解说精神一振，容光焕发："现在的学员真的变聪明了！才走了半个多小时就发现这条路上根本没！有！人！他们现在决定转中路，那他们会遇上卢阙的队伍吗？"

解说说着顿了一下，又想起他们两个在一起的时候群体智商由较低的那一位决定，这一点对他们来说可能有点艰难，于是改口道："加油叶洒，不要忘记你是一位职业的赏金猎人！我希望他们能够记起他们的手中还有通信器这个东西！"

观众闻言大笑。镜头每次一转换到雷铠定，这个竞技场就仿佛进入了中场休息，紧张跟郁气一扫而空。

只是苦了叶洒这次做陪演。

　　"解说恶意嘲讽我们洒哥，举报了。"

　　"已截图发叶洒的私信。解说别忘了我们洒洒是赏金猎人，溜门撬锁什么的很会的。"

　　"雷雷刚刚展示了他的头脑风暴，想证明他可以走军事路线，连叶洒都给忽悠住了。结果事实证明他还是不行。"

　　"雷雷：我的逻辑和分析明明很正确的，可他们竟然不照着我的剧本走，这能是我的错吗？"

　　"开云就很机智，一早看穿了雷雷的本质，所以她是个炸雷的人。"

解说补救道："是考场学生的抱团形势影响了他们的发挥，准确地说，叶洒他们刚刚已经承包了右边的小道！他们打下了这三分之一的江山！"

观众："？"

难，他们做解说的真的太难了。

直播管理员一时不知道该把画面切到开云那边，还是切到卢阙那边，再或

者直接跟着叶洒走，为他们争取一点出镜时长，顺便看看还能不能触发联赛史上的乌龙奇迹。他给解说发了条消息，希望能得到一点指引。

解说百忙之中给他回了一个字。

"滚！"

直播管理员只能自救，他想了想，最后还是将镜头还给卢阙，毕竟他的中路，很可能会遇上赶来的叶洒二人，画面又比叶洒的镜头要更刺激。

可是，看目前场面的话，铁人卢阙也快要支撑不住了。

飞溅的沙石和鲜血，如雷霆般响动的撞击与沉闷的呼吸，薛成武手中的短鞭变得有千斤般重。

他低头看向胸口的通信器，心中已经不单单是犹豫，更多的是彷徨，明明只是一个很简单的句子，却不知道为什么，在他这里，说不出口。

他们这条路，只有二军一支队伍，那说明另外两条路上，有着超过十四支队伍，随着后面入场的人数越来越多，左、右两边的二人队伍面临的挑战会越来越艰难。可是到目前为止，通信器中还是一片安静，所有人都保持着一致的默契，不给对方添麻烦，或者说……

是与他们撇清关系？

是的，这支队伍在最开始的时候，就没有任何团队该有的模样。强大，同时分崩、混乱，比起合作，明显是对抗的意味更加明显。

他告诉自己开云不是那样的人，可是一想到开云现在的处境或许比他们还危险，又觉得难以保证，害怕会听见拒绝且带着埋怨的话语。

他跟卢阙，实在不算是受欢迎的两个人。

一次次……

"好烦。""又惹麻烦。""让他独自风光吧，我跟他打不了配合。""不是他乱发求救影响我们节奏的话，我们已经赢了！"……

诸如此类的话语。

让他明白，并不是所有带"友"字的关系，都可以让人依靠。

他知道以卢阙的性格，这辈子最害怕，也最不会做的事情可能就是——示弱。

薛成武一个分神，被身后的闫边贺踢了一脚，身形歪倒，卸了防御，随即眼前天旋地转地一翻，后背感觉到疼痛时，人已经被踩到地上。

薛成武大声喊道："卢阙，你先走！你一个人扛不住的。够了，别管我了！"

卢阙恍若未闻。

就算他对薛成武的态度再冷淡，但无论在模拟场里，还是在现实中，都没有任何一次，置他于危险之中，自己独自离开。

薛成武五味杂陈道："你救了我我也不能帮你什么，你觉得我们两个人能逃出多远？他们这根本就是故意的啊！"

秦林山看着屏幕中的画面，叼着烟笑了一下。

周围有一群人在狂欢，嬉闹、畅饮，聊着昨夜发生的艳遇，像这个世界上没有所谓烦恼这种东西。

然而他知道，每个人心里都或多或少藏着一些不为人道的苦闷。

很多人以为强者无所不能，什么事情抬手就能解决。其实恰恰相反，凡是敏感脆弱的人，最忌讳让别人看见自己的弱小，展露出来的都是所谓的世俗的强大。

秦林山吐出白雾。

可是你自己都不伸出手呼救的话，别人又要怎么帮你呢？

他相信如果卢阙的内力狂暴有治好的那一天，应该就是他开始变得"脆弱"的时候。

年轻人啊，总是把尊严看得太重，其实它比毛都没用。

解说看着被彻底制服的薛成武，遗憾叹道："看来是要见分晓了。闫边贺会直接杀了薛成武吗？"

闫边贺没有直接动手，他羞辱性地一脚踩住了薛成武的头，将刀插在旁边，他笑说："卢阙，要不这样，我对待强者，向来都是有优待的。今天你们只有两个人，确实比我们少，我给你们一个全身而退的机会怎么样？"

卢阙的眼神连一丝都没有赏给他。

闫边贺讥笑道："只要你向我认输，就在这儿，跪下道个歉，那我们以前的恩怨从此一笔勾销，我以后也不会再追着你打了。"

旁边的队友跟腔道："我还以为传说中的卢阙是个多厉害的人，结果一点挑战性都没有。你这样的人也敢顶着前十的名号，未免有点太败坏联赛风评了。"

"卢阙，你这种疯子真的不适合玩兄弟情深。你现在的表现让我觉得有点恶心。"闫边贺说，"既然如此，你不如让我更恶心一点。办法给你了，认输，我就放了你兄弟。来啊。"

"要不你暴一个，给我们来点挑战性？"

"'暴'一个，你当他是爆米花啊？"

"是鸡米花，弱鸡的鸡！"

蜷缩的五指收拢，指甲中嵌入了大把的沙砾，手背上的骨节一根根暴起。

薛成武低垂着头，脸埋在土里，瓮声瓮气地说了一句："卢阙，认输真的很难吗？"

卢阙愣了下。

闫边贺也没想到，松开脚，在那边大笑出声："看吧！连你最亲爱的朋友都这么说了！薛成武，没想到你倒是挺识时务的。"

薛成武用力抬起头，半张脸混着污血跟泥沙，嘶哑地吼道："认输有那么难吗！你宁愿被这些无耻臭虫恶心得酸水泛滥，让他们小人得志地踩在你的头顶跳动，也不肯求助你的队友！卢阙！让他们来救我啊！"

闫边贺咬牙，怒而又踩了一脚。

薛成武固执地不肯低下头，继续用力喊道："让他们来救我！好过我们都死在这里却没有人知道！你试一次，你再试一次……我求你了卢阙！"

卢阙喉结滚动，眼神中有些许的闪烁。他不再犹豫地伸手按住通信器，指尖扣住开关，酝酿了片刻，却只是简单地说道："中路……需要救援。遇到二军的一支队伍。"

"你的队友会来帮你？他们不拿你当麻烦就不错了，还会冒着危险过来救你？"

闫边贺笑了出来，揉动着自己的手指道："他们现在应该是自顾不暇才对吧？整个考场的人都计划好了围攻他们，他们没给你传任何的消息不就是因为不信任你吗？而且就算他们过来了，也要先掂量掂量自己能不能打得过我们。你跟薛成武都废了，他们四个里有几个能打的？"

结果下一秒，开云中气十足的声音从通信器里传来："兄弟等我，我这就飞奔过去！叫他们有胆量站着别走，趁着这时间想好死的姿势是什么！欺负开云小国王的队友，还让我们失了排面的人，都要拿积分来偿还！"

紧跟着她又补了一句："'坚持住我的朋友！'江途托我转告你的，他现在有点不大方便说话。"

背景音中还有很多的怒吼，可见她身边不止一个人。

开云："听见了吗，我给你带来了小伙伴！"

江途气喘吁吁道："快——"

开云："瞧，我的挚友已经迫不及待地想要去见你了！"

背景音："冲啊！杀了他们！"

开云激动道："大家都很亢奋！我们正在朝着你的方向狂奔！哦，你还没告诉我具体的位置！"

闫边贺明显被唬住了，因为开云说得太正直，太理所当然，他根本无法想象一个被追击的人，能大言不惭地用这种语气说出这样的话。

除非它就是真相。

闫边贺立即跟自己的队友交换了一下眼神。

真的假的？

不知道。

先杀了撤走，以绝后患？

我同意。

闫边贺见形势不对，决定不再耽误，他举起了手中的长柄刀，决定先结果薛成武，再快速围杀卢阙，然后将这两个人的尸体留给浩浩荡荡而来的开云作为礼物。

然而他的刀还未落下，空中一道银光闪过，重重敲在他的刀刃上。

"叮——"的一声，还因为刀身的震动带了一点回音。

闫边贺的刀锋竟然就这样轻易地被打歪了，擦过薛成武，险些刺中附近队友的脚尖。

二军成员瞬间惊醒，如临大敌地散开，寻找偷袭人的所在。

不等几人环顾完四周，叶洒自己从树后冲了出来。

他从腰间抽出一把折扇，就着奔跑的姿势，用手指推开扇面，水平地朝前方一扫，扇底的位置，顺势飞出一排银针，混在扬起的沙土中，肉眼难以捕捉。

闫边贺等人察觉不妙，为求安全，只能大动作地躲开，正好将原来的位置让了出来。

叶洒趁机站到薛成武的身前，将人护在自己身后。

"你太慢了。"

叶洒收回折扇，得意地笑了一下，对着通信器道："这次是我先到的！"

"卑鄙！"开云愤怒道，"你一定是悄悄躲在旁边，等着收获卢阙的友谊！这不公平！"

叶洒悠悠地说："赏金猎人，只要赶在最关键的时刻出场就可以了。"

薛成武刚刚燃起的感动与激情瞬间打了个折扣。

他们这群人就不能稍微成熟一点吗？

叶洒面色一凛，变得正经起来，说道："欺负我的队友，就是不给我面子。赏金猎人的原则是——睚眦必报。"

在卢阙开启了通信器，发出第一道声音之后，频道内就变得热闹起来，连带着周围的气氛都变得轻快许多。叶洒有了种大松一口气的感觉。

几人原本都有些担心自己的突然通信会分散其他人的注意力，影响彼此的状态，其实暗地里都急切地需要一群可以陪聊的小伙伴来慰藉一下打斗（闲逛）中的寂寞与尴尬。

现在终于快乐了。

插科打诨，低级玩笑，这样的队伍氛围分明是很融洽的，透露在细节处的随意与信任，瞬间让卢阙跟薛成武冷静下来。

解说爽朗笑道："都是一群好孩……高手！现在赛场的大部队可能要在中路集合了，但是我很困惑开云要怎么才能解救出卢阙与薛成武，毕竟她身后跟着的家伙们，在我看来要比二军的选手危险得多。这难道不是饮鸩止渴吗？"

他说着一个大喘气，继续说："不过开云这位选手从第一次亮相开始，就多次展示了不走寻常路的手段。我对她实在不敢再进行过于武断的预测了。"

闫边贺却不能任由他们会合。

现在还是二军的队伍占据绝对优势，但如果再加两个人，或者索性是一群人，那就完全不一样了。

几人交换了眼神，直接群起而攻。

叶洒神色不变，似乎对这样的场面见怪不怪，将扇子在手中转了一圈，在贴近地面的位置用力扫了一道。

先前被卢阙打得松散的沙土，以及落到地上的残叶，立即打着旋儿飘了起来。

叶洒反过手，快速又接上一次，这次是朝着斜上方的角度扇去。

空中的风声已经多了些刺耳的震动感。

叶洒再次扇动起手中的折扇。

这次的风中带上了细刃般的凌厉内力，半浮在空中的杂质也染上了其中的杀气，速度增快十倍不止，带着肃杀之气，势不可当地朝前方席卷而去。

这些细碎的沙砾，配合上强风，简直就是一种新型暗器。这样大范围的横扫，瞬间打乱了闫边贺等人的节奏，他们放弃了原先的攻击方式，朝着侧面奔逃进行躲闪。

这些沙砾其实未必有多大的杀伤力，尤其是当距离拉开之后，或许只能在脸上留下小小的划痕而已。但是强风对准眼睛与口鼻的刺激感，实在很难招架，那种直冲眼球的压迫力，会牵动本能影响他们的动作，进而留出偷袭的机会，所以他们宁逃不战。

总归，他不可能一直使用这样的大招。

解说目不转睛，甚至都不敢呼吸，生怕错过了就来不及补上了，语速飞快地描述着目前的场景。

"好的！闫边贺现在正带领着队伍从不同的角度包抄过去，试图分散叶洒的注意力。但我觉得可能难以成功，因为叶洒并不是一个普通的选手，他被网友戏称为'一个可以远攻的近战盾士、可以正面对抗的暗器刺客，以及可以群攻的单体战士'，他的扇子绝对不是一把普通的扇子，他的本体其实是暗器！千万不要忘了，他最擅长、最难对付的，是牵制对手！"

是的，叶洒身上藏着各种奇奇怪怪的细小暗器，最多的是方便携带的银针。你也不知道他究竟把东西存放在什么地方，反正因为体积小，供应可以无限多。

这些细针重量轻，寻常难以施力，直接投掷的话极其消耗内力还无法保证造成伤害，但是在叶洒手中那把折扇的风力助攻下，完全弥补了这一缺点。

因为它轻，可以乘风破浪。

因为它细，肉眼难以捕捉。

白天黑夜，你都看不见它。

恐怕年轻一辈里，再没有使扇子比他更好的人了。

这是所谓的远攻跟群攻。近战的话就更可怕了。

叶洒能借用折扇的掩饰，挡住银针的出针踪迹，等对手发现的时候，暗器已经近在眼前，避无可避。

所以即便跟他正面 Battle，也会发现自己无缘无故被扎成了刺猬。

……哦对了，叶洒打人，专门打脸。

解说站了起来，面红耳赤地喷着口水："我真的很好奇叶洒究竟把暗器都藏在什么地方！真的是太神奇了！看！他彻底地牵制住了二军，对面现在完全不敢上前！"

"唰唰唰！"

空中的银针如烟花绽开的余烬，不停闪现。二军已经接连有几位选手中招。问题是他们根本摸不着叶洒会在什么时候出招。

这个地图的地形对他来说太有优势了，简直就是为他量身打造的。

二军众人心生悔意。

早知道就不跟卢阙玩那么长的时间，将整个地面都给弄毁。如果先前能干脆点一刀杀了他，也不会生出这么多的变故。

一名队员忍受不住，先行躲到树上，清理身上所中的暗器。

闫边贺被打出了怒气，转动起手中的长刀，发力朝前。

偃月刀大开大合，不乏狂扫之力。他利用内力将银针弹开，快速逼近了叶洒。

叶洒淡淡扫他一眼，并不躲避。

闫边贺觉得机会到来，武器招式一转，凶狠地突刺向前。

"他大意了！"解说喊道，"闫边贺的这一下攻击过于直白，他可能忘了，叶洒本质来说……其实是一位近战选手！"

叶洒非但不躲，还反向迎身向前，脚下轻点，用一个漂亮的踏轻燕飞了起来，踩在闫边贺的刀身上，然后放低重心，用身体的重量往下施压，趁着闫边贺努力把控武器的时机，挥动扇子，用外沿的铁边朝着他的脖子抹去。

闫边贺顿时大惊，连忙收刀后退。叶洒也顺势向后一跳，再次落地，并不追击。

闫边贺还想将叶洒引走，再让其他人过去拿下薛成武跟卢阙的人头，然而叶洒并不上当，他站在离薛成武一米的地方，坚定地不动摇。

他的意思非常明显：身后这两个人，我保了。

一个擅长使暗器又擅长应对近战的人，果然不好对付。尤其是他还头脑清晰，主次分明，不受挑衅。

棘手。

闫边贺咬紧了后槽牙。

"叶洒：我的兄弟，由我来保护。恭喜你不是孤狼了，今天你找了狼群啊，叶哥！"

"我叶哥不愧是我叶哥！顺便 slay（秒杀）全场！"

"叶洒：我会精分，就问你怕不怕？"

"看看，可把我叶哥憋坏了。"

"我可能关注点不对……但是雷雷呢？他怎么还不出现？难道已经被洒哥灭口了吗？"

评论区稍一念叨，雷铠定就出现了。

这憨憨跑得整张脸都发白了，大声叫道："叶洒，你跑得也太快了！你们都不说在哪里，老子还去了入口！"

叶洒听见有架打时的表情，怕不是比捡到钱还要开心。

等他一眼看清状况，立马明白当前的局势，面对战斗，雷铠定一向是警觉的。他快速站到叶洒的背面，为他分担走一半的压力。

卢阙正盘腿坐在地上，慢慢调整内力。

闫边贺看见他那副安然的模样，就觉得心里不爽快，阴恻恻地说道："卢阙不错啊，除了薛成武，你竟然还交到别的队友了。不过也只能靠着他们天真了。"

雷铠定"呵"了一声。

面对卢阙他不敢放脏话，毕竟卢阙声名在外，搞事的话最终会搞到自己头上。可是对二军这帮家伙，他们一军的嘴炮技能可是贴身设计，代代相传！

他撸起袖子，深吸一口气——

用武之地来了！

雷铠定当即对着通信器叫道："那个一脸衰像的家伙竟然嘲笑卢阙没有队友！"

开云虽然人还没来，但是精神已在。

……与雷铠定共存。

她的声音立即从通信器里传出："什么？他们嘲笑我们不是人？！"

雷铠定再接再厉："他们还唾骂你的无耻。"

开云："他们卑劣的人品怎么能明白我的正直！"

雷铠定："他们还说你哗众取宠只会做饭！"

闫边贺忍无可忍，在那边怒吼道："你造谣！我什么时候说了？！"

雷铠定朝他比心："我听见了你心里的声音。"

开云那边顿了片刻，悠悠说道："雷雷，我好像也听见了你心里的声音。"

背景音里似有人山人海在怒吼："有本事站着别跑！"

开云："听！他们在为我打抱不平！"

雷铠定缩了下脖子。

此时隐隐可以听见远处纷至沓来的脚步声，以及各种混在风中的怒吼。光听动静，也可以想象得出那阵仗绝对不是开玩笑的。

解说用力拍桌："她来了她来了！她带着敌人跑来了！让我们拭目以待，开云的出场！"

那震动声越来越响，闫边贺等人心中渐虚，准备暂时撤走，结果刚掉了个头，发现另外一面竟然也传出了类似的动静。

竟然还是两面夹击？

闫边贺等人当下都以为开云带救兵来的事情是真的，手脚都出了层冷汗，表情远不似之前从容，握紧手中武器，想找机会随时突围。

雷铠定有了天下为我撑腰的狂傲感，叉着腰放声大笑。

未几。

漫漫黄沙中，人影出现了。

率先抵达战场中心的，是两三支特质的箭矢。

众人还想着这箭是什么意思，难道是礼炮？开云的声音刺破长空：

"一支穿云箭，千军万马来相见。两副忠义胆，刀山火海提命现！"

通信器里的声音与风中的传音混合在一起，汇成一道颇具气势的呼喊：

"你们的正义使者来了！"

开云来了！

她的大刀垂向地下，借着摩擦的阻力帮她减缓冲势，最后准准地停在队友身边。

她偏过头，朝几人粲然一笑，挑眉道："久等！"

众人正觉得她帅气，被她刺到眼，身后大部队的怒吼声再次传来，这回由于距离近，他们听清楚了。

喊的分明是："开云——受死吧——！"

雷铠定："？"

薛成武深吸一口气，僵硬地扭过头。

这后面浩浩荡荡、满脸怒容的队伍……到底是来救人的还是来催命的？

开云抵达之后不多时，江途也从另外一面跑了过来。

他明显没有开云的那种闲情跟淡定，那惨白的脸色告诉众人，他此刻更想捶爆开云的脑袋。

太惨了。溜风筝根本不是他的本职，何况他完全是被迫逃命。

江途冲到人堆里，都没认出闫边贺是敌人，径直略过他们，跑到了自己的队伍中。

雷铠定仿佛看见了曾经的自己，出于对难友的同情，主动扶了他一把。

江途抬起头，用力回握住他的手，二人交叠的双手有轻微的颤抖。

一切尽在不言中！

这一路上，多少艰难跟险阻……

开云朝他敬礼："挚友，辛苦了！"

解说："现在是……距离开场已经过了一小时十一分钟，恭喜江途的队伍在中路重新集合！这比我想象的要顺利多了！不过接下去的局面，可能就不那么顺利了！我想知道开云的其他队友，现在是一种什么样的心情！"

不管别人是一种什么样的心情，反正解说跟直播管理员是一种很愉悦的心情。

统一才是人间正道！

双方，不，是不明多少方的人，暂时保持了冷静，谁也不想在状况没搞清楚之前，因为自己的一个冲动，提前点燃战火，终结生命。

一方看着无数攒动的人头，那感觉当然是震撼的。

一方回头看着被自己人堵住的后路，以及面前十二个从地狱走出来的魔鬼，那感觉也是震撼的。

都怪道路太拥挤，装不下他们的野心。

叶洒眺望远处，认识到了一个孤独人类的卑微，沉默半响，问道："你现在还回得去吗？"

"回不去了。"开云沉声摇头，"我不能抛弃你们！"

雷铠定头发都要参起来："我呸！你个臭不要脸！"

开云："你考虑过卢阙的感受吗？我可是他叫来的！"

正在一旁打坐的卢阙睁开眼睛，斜斜朝她望去。

雷铠定："你要是早说叫你过来还得倒贴，那我们也不能叫啊！"

开云顶向他的头："你怎么回事？"

雷铠定不甘示弱："这话应该是我说才对！"

开云似乎生气了，提着自己的大刀，哼了一声，决绝道："行！那这件事情我自己解决！"

雷铠定听她这样说，气焰顿消，瞬间就尿了，忙想去拉住她，说："没有……我不是那个意思，谁让你老跟我杠啊？我们都是队友，本来也不能放着你被追不管。喂，开云！"

开云绝情地转过身，站到大部队的前方，目光灼灼地盯着他们。

前排男生们如临大敌，齐齐举起武器。叶洒与雷铠定等人掉转了枪口，准备随时策应。

开云在万众瞩目中，抬起了自己的手……朝后一指，字正腔圆地道："看清楚，我们这里现在是十二个人！"

闫边贺："？"谁跟你成"们"了？

开云说："大敌当前，会一致对外，你们现在采取进攻，就是逼着我跟他们团结！"

闫边贺："？"我同意了吗？

开云沉痛道："这是我不愿意的！"

闫边贺戗声："我也不愿意啊！你有没有搞错！"

开云没理会他，指向前方，继续大声道："当然你们的车轮战术或许真的能将我们两支队伍堵死在中路，但是，想咬我的人，我必然也会狠狠反咬一口！豁出性命也没有关系，到时候双方的伤亡都无法避免，可在这么短的距离下，这么窄的山道中，被误伤更严重的，肯定是你们！"

雷铠定："……"

以为她是去就义的，结果她是去谈判的。

……她刚刚是不是又要了他？

开云以誓师般的气势向他们说道："虽然一条性命都是三分，但是三分跟三分的价值是相等的吗？不！是血亏的！你们要用多少的牺牲，才能拿到我们的三分？而我们的一条三分，可以带走多少陪葬的朋友？也许到最后，我们还是能晋级，而前排的你们，都在被利用之后淘汰了！是谁在策划这一切？"

开云指向队伍深处："——是躲在你们背后的那些小机灵鬼！"

众人顺势望去。

因为追击速度不够快而被甩在后面的小机灵鬼们疯狂摇头，表示否认。

对面的一个男生高声喊道："你别想分化我们，我们军校生都是团结的！我们的目标非常明确，不怕牺牲，但是一定要死得有价值！"

开云斥责说："不要把死挂在嘴边，珍惜你们的生命！团结不代表智慧！群体的智商有多么低下？看看，傻子都知道'鹬蚌相争，渔翁得利'的道理，你们却还是那么肤浅。我要是你们，就先让两支队伍之间进行一个内部 Battle，等我们被消耗，他们阵亡……"

闫边贺："你说谁阵亡！你这一次次的够了啊！"

开云继续说："到时候你们再出手，不是更好吗？为什么非拼着血上来给我们赚积分？"

男生弱弱地问道："你们要 Battle 吗？"

"如果你们不追着我们的话，我们已经开始 Battle 了！"开云说，"我们之间有血海深仇。"

旁边一人高喊："不要相信他们！他们只是希望我们内部消耗，给他们留一条活路！一切都是阴谋！"

然而气势却没有开场的时候那么足了。

解说看出了大部队的蠢蠢欲动，失笑道："看来他们的阵营要瓦解了！"

瓦解是正常的事，可瓦解得那么迅速，就实在是有点好笑了。

他们不仅没有开始，还给开云倒贴了几个人头。

那这一切的策划都是为了什么呀？

开云困惑地问道："内部消耗不好吗？"

众人："啊？"

开云："实力相当的人，就应该去跟实力相当的人对决。我要是你们，现在马上后退，直走，去门口找其他人对决，先在他们身上拿到足够晋级的分数，再来找我们决战紫禁之巅。否则直接在前期冲锋中死了，就没有继续的机会了。"

众人顺着一想，突然觉得也是啊。

以往他们都是从弱鸡下手，为什么这次非要从大佬开始下手呢？

"我相信大家聚集在这里，都是因为想要迈向更高更远的地方，但是越级，只能碰瓷，不算竞争。你们真正的竞争对手，其实在你们身边！你们冒着危险，走了一条本末倒置的远路，为什么？"开云再次指向队伍后排，"因为那群躲在后面等着你们牺牲的小机灵鬼啊！"

雷铠定深以为然，在后面握拳，给她助势。

"兄弟们！妄图直接淘汰 Boss（老板）是不现实的！刷 Boss 之前谁不先刷点小怪？ Boss 还会爆装备，所以大家可以去冒险，可我们只有三分而已啊！放我们晋级，大家双赢很难吗？！"

一群人被她说动了。

一面想要坚定立场，一面又觉得她说得很有道理。

坚定的利益目标被动摇，人心已经散了。

"你不要以为说得冠冕堂皇我们就会相信你！没那么简单！"

他们叫嚣着，脚步却不断地在往后退。

"我们先回去商量一下。你等着我们的报复！"

人群慢慢朝后退去，给他们两支队伍留下了一片空间，随后消失在岔口处。不知道是再次内部协商，等待伏击，还是盟约破碎，准备照着开云的方法先来一拨内部厮杀。

一群有着利益冲突的陌生人组成的联盟，怎么可能长久得了？

解说啼笑皆非道："恭喜他们，竟然真的成功了！我想这会成为一个经典场面，告诉所有的军校生，在打不过之前，或许你可以聊聊！"

开云转过身，得意道："怎么样？！"

江途友谊性鼓掌。

雷铠定酸溜溜道："你的正常发挥。"

闫边贺看他们关系融洽，忍不住道："我说你们是不是忘了还有我们啊？"

雷铠定对待二军，嘴炮技能从来都是被动锁定模式，立即喷道："一片干净的土地上站着六个垃圾还是非常显眼的，你放心，我马上就去收了你！"

"垃圾"两个字似乎刺激到了闫边贺，他的表情犹如冰封，瞬间拉长了脸，语气中满带着耿耿于怀："就你们这群虾兵蟹将也敢叫别人垃圾？"

雷铠定："说大话的时候记得把嘴巴闭紧，风太大小心闪了舌头。毕竟你浑身上下战斗力最强的就是你的舌头了！"

闫边贺骂不过他，嘴巴张张合合，快要失控，身后的队友用力按着他的肩膀，跟他摇头。

别跟一军的对骂——是自虐。

开云深深叹了口气，将刀托在自己的手上，叹了一句。

"我错了。"

众人诧异地看向她，连雷铠定一时都忘了继续辱骂对手。

闫边贺讯讽笑道："现在后悔了？晚了！这次我不会再给你机会！"

开云瞥向他："你先不要说话，我不是在跟你说话。"

闫边贺表情一僵。

开云深刻反思说："我错了。我不应该在开场的时候说什么去左路，左路一点也不美丽，全是人。这样的坚持毫无意义。"

叶洒淡淡跟了一句："嗯。"

开云甩过头，不满地说："你嗯什么？我不是在给你道歉，你有话自己说出来，为什么要蹭我的道歉！"

叶洒怒了，对着她吼道："对！我觉得你说得对！右路根本没有积分的味道！中路挺好的！"

薛成武："……"

他无奈地抬手捂住脸。

解说嘴角抽了抽："还真是很有他们小队的风格。我希望这个小队这一次的寿命，能稍微长久一点，不是每一次独行，都能有这一次的运气。"

江途正想让他们两个冷静，结果他二人却一起抬起武器，共同指向了二军的队伍，眼中是已点燃的汹涌战意。

开云沉声道："你不仅伤害了我们队友的身体，还伤害了他的精神，精神损失费、医药费、沉没成本费，反正这些损失你都要给我留下，不过我看你一无所有的样子，身上只有三点积分还算值钱。今天就让你见识一下我们的队魂！"

队长江途大感欣慰。

"开云！"

场外解说茫然发问："……你们还有那东西吗？"

第十二章
崭新未来

开云所谓的队魂是未解之谜，但是那显然不重要，观众的解读一向是到位且深刻的：

> "说这么多，其实我两个字就能概括了——打劫。"
>
> "是索赔，合法索赔哦亲亲……"
>
> "开云这边，卢阙跟薛成武都重伤了，剩下四个人里面好像只有两个能打的样子，真的没有问题？"
>
> "叶洒的针看起来很厉害但是杀伤力不强。他能牵制住对手，但是这样的话队友也没办法靠近，毕竟是……"
>
> "所以最后还是二对六？实惨。"
>
> "所以你们看闫边贺的表情，他根本没有在怕的。"
>
> "我的天！他们队长真是肉眼可见的紧张！这样是要完吧？"

镜头带过了江途，直播管理员本来是想看江途身为队长，能不能给队员制定战术，协调一下这个完全"散装"的队伍，结果发现他完全没有进入状态，赶紧将镜头切开了。

江途的确很紧张，这样的实战场景显然不适合他，一想到自己无法为队友出力，甚至可能会因为不够灵敏的反应导致队友受制，就无比地束手束脚。那是一种长久以来对战斗形成的本能恐惧。

在这个战场上，恐怕没有人能理解他，包括他自己。他觉得自己撑着的这股气，实在是太过可笑。

解说看评论区已经有人提到了，就打了个圆场："江途身为队长，看来压力很大啊。压住一群大魔王，可不是一件简单的事情。"

他话音未落，叶洒率先杀了出去。他没跟队友打招呼，依旧走的是单打独斗的风格。

解说再次振奋起来："叶洒这边的风格就是，一句话不说，上去就干！看来他们知道反派死于话多！"

解说："他缠上了对面的剑客！"

那使软剑的剑客见叶洒逼近，想到了之前满脸的针，下意识地退了一步。

闫边贺吼道："一群虾兵蟹将，怕他们做什么？上！三对一都能磨死他们！"

开云老神在在地道："赢了再来骂别人虾兵蟹将，否则到时候输了未免太不光彩。"

闫边贺挂着自己的长柄刀，大马金刀地指道："能打的就两个人也敢说大话！"

雷铠定不满被忽略："嘲讽谁呢？是谁给你的本事！"

"你够本事，那就别怪我们以多欺少！"

闫边贺横过刀身，在身前画了一个半圆，"唰"地舞出一道冷光，同时朝队友下令道："老韩先缠住叶洒，所有人围攻开云！只要先将她送出场，对面的队伍就是翻不了身的咸鱼！杀！"

其余队友："杀！"

被点名的剑客深感压力巨大，但还是点了下头，应道："明白！"

叶洒趁机一扇子呼了过去："瞻前顾后。"

两伙人快速厮杀在一起，场面极其混乱。

江途在一侧旁观，想要从旁协助，却发现根本难以下手。双方的移动跟走位都很迅速，贸然出手只会误伤队友。

别说是他了，就连已经凑热闹赶到战局中心的雷铠定，都给开云添了麻烦。

开云是个刀客，她向来习惯单人进阵厮杀，一把大刀可以舞得毫无顾忌，所到之处伤的全是敌人。

现在她的对面是五个敌人，原本可以三百六十度自由旋转上天，但是现在雷铠定站在了她的身后，不仅没有给她带来安全感，还让她特别担心自己最喜欢的一招"抢圆了斩"会因为动作幅度太大而伤到雷雷那本来就不大灵光的脑袋。如此一来，多了一个队友，反而让她的动作没了那种潇洒跟连贯。

这风向可以说是非常明显，开云一个惯来喜欢暴力突破、多地游走的刀客，此时竟然只能困在原地、疲于防备，而她的防御水平又实在是……不怎么样。

解说遗憾地说："看来他们的成员还没有适应什么叫合作！开云简直就像被折断了翅膀的小鸟，继续这样下去的话，我觉得不行！难道孤狼真的只能单走吗？"

评论区里在激烈争论究竟哪方会获得胜利，有人干脆开了个投票，二军的票数呈直线上升，气晕了一干"孤狼"队的粉丝。

"也不过如此！"闫边贺一刀刀晃到开云的眼睛前方，那擦着眼球而过的寒光，简直是在削着对方的自尊心。

闫边贺："口气那么大，半桶水都没打满吧！"

开云怒了。

这人怎么可以在观众面前嘲笑她？

国之威严何在？

"你死定了。"开云说，"我要倾尽全国之力来封杀你！"

解说沉吟半晌，说道："……如果我没有记错的话，开云荒芜星的登记居民，目前只有她一个人？"

眼看着评论区中有人威胁要投诉他，解说立即改口："但是这样的说法真的是太霸气了！我也希望有一天在被谁欺负的时候，可以大言不惭地这样宣誓！我的身后，就是祖国的支持！开云选手现在还有粉丝的支持！"

"雷铠定退开，我要开大了！"开云主动与雷铠定拉开了距离，"今天我一定给卢阙和我的国家报仇！"

雷铠定脱口而出："你开什么大？不会是大玩笑吧？"

开云历来的招式，都是由简单的基础刀法构成的，还真没见她用过什么复杂的大招，只觉得那与她风格不符。

开云震声："超级大！"

雷铠定该死地感兴趣，主动退到后方。

场外秦林山叼着烟，饶有兴趣地"哦"了一声。

终于来了！

就该让他们见识一下，开云真正的天分究竟是什么。

二军成员闻言皆是一脸如临大敌，但怕她只是在虚张声势，依旧没有放缓自己的攻击。

就见开云两手持刀，还是与先前一样的握刀方式，一样的出刀方向。

"横扫千军——"

观众："？"

解说蒙道："这不是枪客的招式吗？"

磅礴的内力从刀刃上斩出，却没打出跟长枪一样的气势，它更像一把直冲地面而去的短刀，是一种近距离的高伤害。

但这也只是枪法中的基础招式而已。

从使用这招需要耗费的内力来折算，实在太亏了，简直是个连新手都不会

犯的错。

闫边贺嗤笑道："我当是什么，荒芜星也太落后了，连这种招……"

他声音还含糊地卡在喉咙里，又是一招"横扫千军"跟了过来。

闫边贺再次后退。

他还未站稳脚跟，开云已经左右手变转刀锋，又是一记新的横扫袭来。

二军五人连连后退，正想拉开距离，暂避锋芒，闫边贺不信邪地制止道："别分散队形，她这样的攻击坚持不了多久！不要落了她的圈套！我们就是要群攻！"

几人一听觉得也是。

横扫千军这招式不说多难，就是用内力不停外推而已，可是别说他们只是军校学生，就算正规的救援军，也耐不住不停地使用横扫千军。

结果开云的攻击非但没有停止，还不曾减缓，简直就跟复制、粘贴一样，动作标准且强势地重复。

第二次的时候众人还是不赞同地摇头。

第四次的时候已经是叹气。

到了第六次的时候，因为不知该如何表述，场面冰冻了起来。

而开云还在继续！

二军的队伍在她连续的攻击之中被渐渐逼向边缘的位置。这条小道毕竟狭窄，过了中间的平坦部分，后面全是障碍，脚下也不方便站稳。

等这个时候，二军再想拉开距离进行躲避，发现已经难了，身边全是树木，而开云的攻招一下接着一下，根本不给他们调整节奏的机会。

"横扫千军进化版！"开云重新报招名，"横扫千次军！"

闫边贺脸上终于有了异色："这怎么可能！"

这根本就是外挂本挂吧！

观众更是瞠目结舌，化作一声长长的惊叹。

解说："出现了永动机开云！虽然迟到但不会缺席！她那令人惊讶的、简直没有尽头的内力，究竟是怎么锻炼的？就目前来看，它甚至比大家想象的还要没有边际！闫边贺……当然这不能算他大意，因为这完全出人意料！"

评论区里满是争议，各种表示心情的标点符号在上面乱飞。

此时开云刀锋一转，放弃针对闫边贺，突然转刀刺向角落的鞭客。

那一直保持着距离偷偷摸摸搞破坏的鞭客见状立即后撤。他可不是一个近战选手，因为太过慌乱，忘了自己背后就是一棵大树，撞上之后身形一歪，险些栽倒。

紧跟着开云的刀锋扫至。

现在就是神仙也救不了他。

就是你!

开云怒道:"忏悔吧!"

卢阙身上那七七八八的鞭痕,就是他的罪证!

凭什么来欺负他们的人?

开云:"雷铠定!"

雷铠定精神一振,从开云的背后跳了出来,迅速与她完成交替。

开云退到他的身后,替他牵制住另外四人,而雷铠定则尽情地展示着自己的拳道。

"千疮百孔拳!

"我左勾拳!

"我右勾拳!

"我还你智商拳!

"你还敢抽我,怎么没想到我会抽你,这种感觉现在快不快乐?以多欺少你很骄傲啊?我这就送你上西天——"

拳风的威力,让他面前那棵树剧烈地晃动,隐隐有倒下之意。

无数的闷声之中,混杂着树干断裂的咔嚓声。

众人这才发现,好强劲的拳法!

"轰!"

密集的拳法攻击中,鞭客被彻底捶翻在地,确定弹出系统。

"呼。"雷铠定吹了下自己的拳头,"完美。"

解说:"雷铠定与开云合力,成功折损二军一位队友!这真是种别具一格的合作!"

观众在他的提醒声中才回过神来,瞬间忘记了什么"不合理""参数错误出 Bug"。

"雷雷忘记自己的高冷霸总人设了。"

"雷雷变厉害啦!"

"雷雷你长大了!"

"他赶紧忘掉这个人设吧,我觉得他现在帅多了!"

"差点都忘了我们雷雷也是个很厉害的拳手了。雷雷啊,你是怎么混到今天这个地步的?"

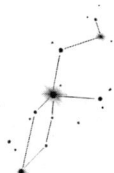

正在他们惊叹时，叶洒那边也成功拿下一血！

他用扇骨卡住了对方的软剑，而后彻底带走了对方的节奏，最终一扇封喉。并不意外！

解说赶紧补了一句："双杀！之前未定的局面现在变得更加扑朔迷离了！二军的优势顷刻间被削弱。现在他们要怎么办呢？是否继续强杀？还是暂退休整队形？"

闫边贺的队友都停下了手，等待队长的新指令。

他们身上也还没有积分，如果继续跟开云等人对峙，很可能会爆冷，直接在本场被淘汰。

一旦心生退意，整个队伍的颓势就再也掩不住了，可以说在他们互相用眼神试探的时候，败率已经加了三成。

开云扭动着脖子道："所以我说，大话不要说太早。你看看，前车之鉴都站在这里呢。"

被她指住的雷铠定立即从自我满足的傻笑状态中脱离，不满地叫道："喂！"

闫边贺瞥向卢阙，心中的不满大肆膨胀。他觉得不服，凭什么卢阙这样的人还能被保护？还一次次地击败他，一次次地靠着取巧！

闫边贺忍不住说道："卢阙他已经被联赛除名了！你们还帮他，不觉得很可笑吗？"

雷铠定侧过耳朵："你说什么？！"

开云说："他在分散你的注意力，你被骗了。"

雷铠定暴怒："是他过于无耻！居然利用我的善良！"

"向来以包容为主的联赛组委会，以及向来以护短出名的联盟大学，都同意了将卢阙除名，他就算是赢了预选赛，也会在实战前宣布退出，这已经足够说明问题！"闫边贺说，"他没有告诉你们，说明也不是很信任你们，还什么队友情什么队魂，简直好笑，你们问他一句他会答应吗？一群人自作多情而已！"

卢阙的脸上是看不出表情的。开云望向薛成武，后者抿着唇角避开目光，似是默认。

卢阙嘴张了张，说道："没错。我不会参加实战赛，所以被淘汰也没什么关系。"

被联赛除名，无疑是一件相当严重的事情。这等于卢阙的身上被打上了"危险"的标签，今后无论出现在哪里，都会被限制行动自由。

尤其他还那么出名，几乎所有喜欢看军校联赛的人，都认识他的脸。

开云阴沉着脸："你骗我。"

雷铠定皱眉。

闫边贺冷笑："一群傻帽儿。"

开云对着闫边贺骂道："他愿意把联赛最后的组队机会交给我们，陪着我们打一场没有结果的比赛，不正是因为把我们当朋友吗？你脑子是不是不大好使啊？"

雷铠定顺着一想。

哎呀，好有道理啊！

闫边贺被开云气到快要昏厥："你脑子没毛病吧？被联赛除名的意思你懂不懂？联赛举办了那么多届，除名的都是些什么人？别说联赛，如果他不是幸运地出生在联盟，联盟也不会想要他！"

薛成武："你够了！"

"他本来就是一个危险分子！一两句话就可以理智失控，联赛怎么可能放任这样一个精神病患者去参加实战？其余的学生家长也不可能同意！他就是被除名了！"闫边贺喊道，"不过是卖联盟大学一个面子才让他参加最后的预选赛！还跟他交朋友？他可是随时随地会把刀砍向你们的凶手！谁敢在战场上把自己的后背交给这种人？"

解说后知后觉地跟了一句："卢阙竟然要被联赛除名了？"

他憋了憋，其实自己也觉得很有道理，如果卢阙参加实战的话，实在难以让人放心。

狂暴是一件很严重的事情，对别人，对卢阙自己，都是。

只是他很惋惜，卢阙有足够的天分，也足够努力，最终却没能走上救援军的道路。

解说语气严肃地道："祝福他。但是这一份错误不应该归到他的身上。这是对风险的控制，不是对人品的质疑。在这件事情上，我觉得卢阙只是一个不那么幸运的人而已。希望大家不要再给他压力了。"

解说是为卢阙说话，评论区中也有不少人替闫边贺解释。

对危险的恐惧，毕竟是人类的本能。

然而闫边贺越补充，开云的表情就越凝重。终于，她摇了摇头示意对方闭嘴，说道："你真的是太卑劣了。如果你忌妒他，你可以明明白白地战；如果你瞧不起他，你可以堂堂正正地胜。可是你哪个都不，我才不会放心把自己后背交托给你这样的人，谁知道什么时候，连习武者最基本的侠义都违背了。"

"说得冠冕堂皇，你的侠义又是什么？"闫边贺说，"对一个危险人物表示慷慨就是你的侠义了？你知不知道这个人连自己的母亲都可以逼死，他就是在那样的环境里成长起来的，现在再来谈拯救早就晚了！"

薛成武大声申辩道:"不是的!你懂什么!你胡说!你凭什么把这样的标签钉在他身上!"

薛成武想要站起来,但是系统判定他的身体已经是重伤状态,还好江途眼疾手快,托住了他的身体。

薛成武怒其不争:"卢阙,你说话啊!"

联盟各大军校的人,大概都听过类似的传闻。正是因为这些"众所周知""确信无疑""熟人爆料",才将卢阙跟"疯子"两字紧紧地绑在一起。在他出名的那一刻起,伴随着他的就是无数的质疑。

卢阙从来没有为此解释过……或许也从来没有人这样问过他。

现场大概只有开云和叶洒不清楚这件事情,薛成武不知为何,很在意他们的态度。

叶洒挑了下眉,是浑不在意的表情,小声地嘟囔了一句:"功法练得那么多,脑子却变傻了。"

对于赏金猎人来说,所谓流言,是最不可信的东西,而对于所谓凶手或他人恶意的猜测,就更加无稽。众人所关注的要点,早就不在善恶是非上了。

开云显然也是不相信的。如果卢阙从一开始就是个危险分子,那联盟也不会让他参加之前的联赛,这次的决定,明显跟开云的那一场意外有关。

"如果你要问,我的侠义是什么,我的确不能明确地告诉你。"开云朗声道,"但是你要问,我的身份是什么,我是从小在荒芜星长大的人。"

开云:"荒芜星,本来是人类的旧土,它是被人类遗忘的过去。你们可以抛弃它、忘记它,然后更轻松、更坦然地去过自己的人生,这是对未来跟希望的追求,我理解。但是作为过去,一直没有消失。我们也只是在用更艰难的努力、更微小的努力,追求可以重新开始的一天。

"我的国家欢迎每一个想要努力生活,又被现实打击的人,就算只是想暂时的逃避也没有关系。荒芜星能够给他机会,让他好好想清楚,然后再勇敢地活下去,这就是我想要振兴它的理由。不然怎么办呢?总要有一个地方给被这个社会逼得无法喘息的人避风,毕竟不是所有人都跟你一样,从出生起就什么都不用背负,也不用理解他人的痛苦!"

开云指着自己,神色无比认真地道:"我,国王,代表我的星球,如果卢阙有一天想要离开联盟,我的国家愿意欢迎他的到来!我不会歧视他,不会羞辱他,不会刻意用他最隐讳的秘密去伤害他,讽刺他,然后看着他狂暴的样子再扬扬得意地去指责他的不理智!这不是什么侠义,这只是我为人的基本准则!"

薛成武不胜心酸又万般感动:"开云!"

队伍中的几人笑了出来。

应该说果然如此，还是不愧是开云？

叶洒心说，这支队伍里的人，确实还挺有趣的。

此时沉默了许久的卢阙站了起来，他的情况比薛成武看着还要糟糕许多。

雷铠定也想去扶他，被卢阙拒绝了。

"我自己来。"

他在众人注视中，一步一步向前走去，最后站到了队伍的最前面。

众人都以为，他该出来解释两句，卢阙却指着闫边贺道："我跟你打。一对一。"

闫边贺嗤笑了声："你这个样子，确定要跟我一对一？别到时候又说我胜之不武！"

雷铠定本来就觉得卢阙不过是在逞强，当下立即戗道："好话坏话都让你说了，你这人怎么无耻得那么表象呢？不知道修饰一下吗？"

闫边贺朝他怒骂："你闭嘴！"

叶洒故意别开视线，看着半空，说了一句："那边的队友，你不出手也没关系，只要付钱，我可以把他绑到你面前，活的死的任选。"

雷铠定跃跃欲试："我出手不要钱！"

开云跟注："我还可以买一赠三！"

叶洒愤怒了。

卢阙抬起眼皮，声音如沉重的风箱般从喉咙里滚出："我要亲手杀了他。"

闫边贺朝他勾了勾手指。

卢阙不知从哪里爆发出的力气，瞬间肌肉紧绷，杀将过去。

他背后那些原本已经停止出血的伤口又重新崩开，内力随着血液一起流出，像雾气一样围绕在他的身边。

疼痛没有影响他动作的灵活度，那股誓要燃烧生命的意志反而让他的攻击变得愈加凌厉。

闫边贺先是单手接了一招，结果半只手臂立即被震得发麻。他神色一凛，不敢再大意，改成两手握刀。

卢阙的铁爪套在手上，要比所有的刀具显得更加灵活，一旦贴身，闫边贺的处境就变得大为不利。

刀锋对撞的火星不停在空中闪现，而卢阙已经稳稳拿到了优势，只要给他一个小小的机会，他的利刃无疑会刺破对方的咽喉。

可是开云等人并未因此放心。

叶洒围观片刻，察觉出些许异常，横步跳到开云身边，歪过脑袋小声道："他这个样子，是不是还正常？"

开云也很困惑，摸着下巴说："正常人可能是开挂，但是我不知道他这算不算正常。"

薛成武急说："那当然是——不正常啊！"

卢阙身边环绕的内力越发浓厚，且流向混乱，那令人熟悉的窒息感觉——根本就是狂暴的前兆啊！

"这孩子不是要走火入魔了吧？"

秦林山身后突然传出一道声音，他回头一看，发现十几个端着大酒杯的中年男人，都躲在他的身后，伸长了脖子蹭他的光脑。

秦林山将屏幕推远了一点，咬着一根没点火的烟道："年轻人面前的坎儿，跨过去就好了。你说他是走火入魔，说不定是百炼成钢呢？"

他身后的男人像是听到了什么好笑的事："靠走火入魔来百炼成钢？得先变得千疮百孔吧？"

"他这不已经是了吗？"秦林山说，"狂暴多了也是一种经验。什么经验都不容小觑啊，说不定就是成钢的途径呢？"

"卢阙的情况似乎不对！监考官会叫停吗？"解说顿了下，道，"好的，联盟大学的反馈是，专业的人员已经在模拟舱外等候。如果这次再出现问题的话，可能卢阙真的要就此与联赛告别了。"

薛成武看了片刻，对这一幕实在不忍围观，上前拉住开云的手，请求道："算了，开云，你去拦住他吧。别让他那么落魄地结束这一届的联赛。"

开云目视着前方，说道："他的攻击还有套路跟章法，走位也很灵活，说明他现在很清醒。"

薛成武："可现在是现在，之后就不一定了！"

开云说："他现在很清醒，可以向你求助。如果没有，说明他不想。"

薛成武愣了下。

闫边贺听见了两句，叫道："喂！我说你们不会真的放任他不管吧？这算什么信任？你们是盼着他死吧？难道你们也疯了吗？"

开云不理，扣着自己的刀，游走到战局的边缘。二军的几位队友同样如此。双方都在蠢蠢欲动，准备随时上场。

解说声音发沉，带着不赞同的语气："狂暴一旦开始，最起码需要精心调息，如果还不阻止他的战斗……恐怕不行。一旦恶化，卢阙同学将会面临很大的危险，我觉得他的队友此时最应该做的，是阻止他。"

评论中也全是指责，道开云等人不知分寸，用着所谓的信任去博取信任：

"这样的信任只会害人，真以为中二可以拯救世界吗？"
"这跟相信得了绝症的人能自愈的傻子有什么区别？"

卢阙心里知道自己在做什么，他的意识无比清晰，只是渐渐有一股疲惫感在侵蚀他的大脑，他压下，又反复腾起。

卢阙喉结滚动，放缓了攻击的频率，在丹田处一遍遍地运转秦林山教他的那套功法。

运转一周身，毫无用处。

他静下心，继续调动内力。

在不知道进行到第几次的时候，眼前的内力暗沉沉地蒙住他的眼睛，他终于感受到了变化，经脉中犹如浇了一盆清凉的冰水，躁动的内力慢慢停滞，朝着一个方向缓缓移动。

有用！他可以控制了！

卢阙眼睛猛地睁大。

他贪婪地想，或许这是自己最后的机会，跨过这道天堑的机会！

视线重新变得清明，外放的内力渐渐朝着他的手掌汇流。

他听见自己的身后传来了好几声惊讶的感叹，但是烫！太烫了！那是一种手掌在被烈火炙烤一样的痛苦，以往身上所受的所有痛苦，现在都凝聚在了这一只手上。

他觉得再这样下去，他的手就要失去知觉。于是他顺从本意，将手中的气团丢了出去。

那团平平无奇的白色内力在离开他的双手之后，立即开始膨胀，如飓风一样爆炸开来，在旋转的推进下，快速向前弹去。

闫边贺只来得及将刀横在胸前，然而没有丝毫的用处，他甚至来不及说出一个字，人已经倒飞出去四五米远，狠狠地撞上一棵巨树。

开云："哇——！"

叶洒往前跑了两步，可惜奇景已经消失了，前方此时是一片死寂的平静。

叶洒："？"刚刚那是啥玩意儿？

雷铠定傻眼："啊？"

那是他们拳师要学的凝气功法吗？得有多庞大的内力，多精准的控制度，才能在手上具化，然后还给抛出去？

卢阙不是主修铁爪的吗？！

开云惊喜呼道："原来龟派气功是真的！"

解说弱弱道："新……新招式？"

卢阙身上狂暴的内力，全部随着刚才那一招而消失殆尽，哪里还有半点先前的混乱？

这样的话，的确可以称之为新招式。

只不过……用完这一招之后，卢阙立即虚脱地半蹲下了。他几乎将身上所有的内力都打了出去，而后背崩开的伤口，开始强调它们的存在感，血液如注地涌出，沁湿了他的外衣。

开云第一时间跳上前，想给那个闫边贺补个刀，结果刚刚凑近，发现对方已经死了。也是，那样强力且近距离的攻击，就算是专业的盾士也抵挡不住啊。

这个喜欢叨叨的人，最终连句"拜拜"都没留下。

薛成武扶起卢阙，让卢阙搭着自己的肩膀站立，他回头找军用背包，想给卢阙包扎伤口。

薛成武低头翻找止血药的时候，眼眶不住发热，道："卢阙，你做到了！"

卢阙看着自己的手，手心是一片不正常的红肿，但他此时内心洋溢着的，是不知所措、刻意压制的狂喜，还有一种复杂得难以形容的情感。这太叫他陌生了。

也许依旧不会有人相信，但是他终于有能力跟过去的自己告一段落。

今天是结束，也是开始。

薛成武忍了忍，举着手里的药剂，先用力抱住他："卢阙！"

雷铠定提醒说："朋友，他已经是重伤状态了，我看他正在弹出的边缘，你现在对他的疼爱应该是把手放开。"

薛成武连忙松开。

解说终于迎来了技术性分析的机会，尽职尽责地拆解卢阙的动作。

"我相信此刻的大家，都是非常感动的！这一笔峰回路转，重新书写了格局，可以说是已经定下了胜利的基调！先让我们为卢阙的成功与闫边贺的离去送上掌声。

"卢阙的招式，目前感觉更像是同归于尽，因为他没有办法支撑起后续的防御攻击。可是能借此将狂暴的内力稳定下来，绝对是突破性的进展！虽然稳定度还无法确定，可是如大家所见，效果极佳！"

直播间中安静了数秒，解说才重新回来。

"好的，我又在后台重新翻看了几遍刚才的录像，目前可以确定的是，这是一套高级的、还没有大范围普及的运功心法，但它也只是一套运功心法而已，所以这个招式或许不适用于其他侠士。我觉得，卢阙之所以能成功，是他意志力超强，且多次经历类似的情况，所以在狂暴的前期还能保有理智运行功法，普通人绝对做不到这一点。关于后续我们会继续关注研究，让我们先将目光放回比赛！"

虽然他是这样说的，但观众已经完全忘记了这是一场比赛。

能成功克制内力狂暴的新招式掀起的风浪与震撼绝对是地震级别的。哪怕只是一点点的微弱希望，所有学武的侠士都不会错过。

他们急着录制视频，重新剪辑，然后转载传播，去找专家分析。他们给卢阙的既定标签已经不是"危险"，而是"创造'奇迹'的新希望"。

"这是找到了克制狂暴的法门？能通用吗？"

"我觉得需要看概率。如果稳定的话，薛成武现在也不会那么激动了。"

"那是不是可以证明，卢阙的危险性没有那么高？可以参加实战赛了？"

"危险性这种东西，是很难排除的……"

"这是不是说明，中二真的可以改变世界？"

无论哪一方都在震撼，赛场中的人却跟他们是完全不一样的心情。

这边是温情时刻，那边开云迫不及待地提着刀追击对面的残余部队。

解说精神抖擞，想将关注点重新拉回去，大声道："原本是六对二，没想到这么快就反转成三对六了！虽然卢阙跟薛成武重伤，但是现在他们只要坐着看看，就能等到胜利的果实！"

胜利的果实那是无疑的。

开云、叶洒、雷铠定一起上前。开、叶二人自觉地去追那两个轻功好的选手，将使斧头的男生留给了雷铠定。

镜头在他们三人之间穿梭，想把画面拍得气势恢宏一点，后来发现都没什么好看的，最后还是把镜头给了卢阙这边，看薛成武和江途给他上药，打温情牌。

谁也没想到，军校联赛的宝贵镜头会长期定格在一个伤员的救护上，评论区的反应还极其良好，众人都饶有兴致地在观察卢阙有没有什么不良反应。

直播管理员大发慈悲，终于想起这不是开云等人的专场，在某两条小道上，还活着百余名考生。于是镜头一扫而过，给他们一点表现的机会。

不出预料……考场中的学子们中了开云的套路，正在进行内部厮杀。

看着满地的鲜血和尸体，直播管理员同情地咋舌了两声。

随后确认，二军的队伍被全体淘汰。

解说依旧高昂着情绪说："爆冷了！上一届的二十强选手带领的固定队伍，竟然在预选赛的时候，以'0'积分的结果，被确认淘汰！让我们记住他们的名字！二军的朋友们回去以后请好好调整休息，明年再接再厉！"

的确是大爆冷，但评论区好像没什么人关注，连二军的粉丝也不敢冒头，恨不得镜头就那么过去，当无事发生才好。

连死亡都不能引起观众的注意了，二军的队伍去得好没有价值。

解说张了张嘴，无言。

他真的好难。

那边结束了战斗的开云将刀背回身上，跑回队伍中，展颜笑了出来。

解说握拳："好的！现在开云露出了魔王的笑容！考场里又有谁要遭殃了呢？"

开云掂了掂自己的包，说："趁着现在左右无人，风景正好……"

雷铠定激动地说："吃饭吗？"

开云："不吃。"

雷铠定笑容一僵。

开云从包里提出一个袋子。

"但是可以吃面。"

叶洒好奇："真的有东西吃？"

薛成武也停下了动作。

上次他没有吃到，可是他始终觉得，在战场里吃东西……有种过于别样的风情，皮不自觉地发痒，感觉会被抽。

雷铠定在包里掏啊掏，掏出一个大铁碗，朝着开云嘿嘿嘿直笑。

开云赞赏说："都会自带餐具了！"

叶洒飞快接了一句："我没有。"

开云："我带了。"

叶洒露出一副明显安下心的表情。

叶洒问："吃什么？"

"我就随便选了点儿。六个人的东西有点多，怕塞不下。"开云说，"青菜鸡蛋面。怎么样？"

叶洒点了点头，盘腿坐下，一脸"我等开饭"的严肃表情。

对奔波的赏金猎人来说，吃饭也是一件很神圣的事情。

雷铠定自觉过去捡来石头和枯柴，在路中间搭了个小灶。

六人围绕着一团刚刚生出火的火堆环坐，整齐一致地看着开云将锅架到火堆上。

这画面显得滑稽而温馨，六人之间的关系立即就亲切了起来。

虽然青菜鸡蛋面很简单，但是因为只有一个锅，等水烧开的时间，还是有点漫长。

薛成武用力捏着自己的手，用余光瞥了眼卢阙，还是迟疑着开口道："那个……之前闫边贺说的事情……"

雷铠定拍了拍他的肩膀，安慰说："他人好不容易不在了，你还把他的话记在心里，你是受虐狂吗？根本没有人在意的！"

薛成武抬起头，深吸一口气，还是忍不住道："虽然这个时候说了大家可能会扫兴，但是，但是卢阿姨的死，真的跟卢阙没有关系。"

卢阙平静道："别说了。"

叶洒怂恿："说。"

开云："误会为什么不澄清？我吃饭的时候经常上镜，就趁着现在说，说不定好多人能看见。"

薛成武干脆一鼓作气道："其实没什么特别的原因。社会的非议、孤身抚养一个年幼的儿子、找不到任何工作、来自受害人的无尽指责，以及社会和家庭环境里永远充斥着的咒骂，一段永远没有办法结束的惩罚……而卢阿姨是一个很温柔又很脆弱的女性。"

"别说了。"卢阙冷声道，"是我的错。"

薛成武："卢阙那个时候也才上一年级，打架的时候打伤了一个同学的鼻子，被对方家长追去了家里。卢阿姨很害怕，她压力太大了……"

"薛成武！"卢阙说，"别说了。没必要！"

薛成武："是因为我！他只是帮我打了欺负我的人，明明是对面的人先动的手。"

薛成武怆然泪下，他觉得一切都是从自己的无能开始的，然后朝着一个无可挽回的悲剧不断发展，最后受伤最深的却成了最无辜的卢阙。

大家似乎一定要把最沉重的责任归结到卢阙的身上，只要他感到痛苦，一切的错误就得到了解决。

水开了，顶得锅盖"扑腾扑腾"作响。

开云将锅盖掀开，白色的雾气立即蹿起老高。

她把面条下进去，又往里面加了点盐，拿筷子搅散，开着盖烹煮，等待面条转熟。

视线里白雾升腾的模样，让卢阙突然想起了很久以前。

同样的白色雾气，弥漫在狭小的屋子里，妇人拿着一个小碗，往里面夹了几根面条，端到他的面前。

那个跟他相依为命的温柔女人，也会歇斯底里地告诉他：

"卢阙，你不正常！

"卢阙，你为什么不明白？你跟别人不一样！你有什么资格打别人？"

这两个问题一直深埋在他的心底，他想要反抗这两句魔咒，所以进入了军校。可他内心始终无法脱离，所以变成了今天这个样子。

他心里的矛盾，是伴随着性格而生的。

"一切错误的开始是我父亲。他的的确确是个疯子，杀了人。"卢阙说，"身为他的家人，被指责是不可避免的。"

一碗面突然递到他的面前，卢阙没有马上去接，碗又递得更近了一点，摇了摇，示意他赶紧。

鸡蛋是炒过的，重新加水，烧开后放入青菜和煮熟的面条。

虽然简单，但是面汤闻着特别香浓。

卢阙伸手接过筷子和碗，看着汤面上的点点油花，动了筷子。

筋道的口感，清爽的味道，配上炒鸡蛋特有的香醇，汇成一种丰富鲜美的口感。

几人捧起碗大口喝汤，周围都是"呼噜呼噜"的声音。

开云问道："好吃吧？"

卢阙点了点头。

确实很好吃，一种特别又熟悉的味道。

开云低着头说："无论从法律意义上，还是从事实根据上，你都是无辜的。因为自己痛苦，所以想要看看有关联但是又无辜的人比自己更痛苦，这样还是不对的吧？仇恨跟痛苦又不是什么值得传承的好东西。

"道歉的话说无数次都可以，但是要彻底赔上人生的话，就是不可以。我师父说，生命本身太神奇又太宝贵，所以自我一点也不会是错，毕竟在追寻是谁赋予了自己生命之前，你已经成为一个独立的自己了。卢阙，带着自己的名字，重新开始吧。"

雷铠定捧着碗朝她在虚空一敬："好鸡汤！"

178

叶洒点头，蹭他的表扬。

开云得意地露齿一笑。

一口铁锅煮的面，六人各自只能分到一小碗而已。

不知道是联盟代码编得太完美，还是几人的心理暗示太强烈，一碗面吃得浑身暖洋洋的，连先前系统设定在身上的疲劳参数都感觉降低了不少。

闲云朵朵，隔着一片山脉，传来了其余考生厮杀怒吼的声音。

几人吃到一半的时候，开云的碗率先空了。她拍了下脑袋，反手在包里掏啊掏，掏出来几包榨菜，丢给几人。

"哇——"雷铠定叫道，"你好奢侈哦！"

叶洒看着只剩下一点面汤兜底的碗，有点遗憾，又有点惆怅，拆了包装，一口榨菜一口汤地吃喝着。

说实话，有点咸。

叶洒纠结了许久，正想说下次如果还是一起组队，自己可以帮她多带个锅，一扭头，发现开云不见了。

他立即环顾四周，才发现开云去了路边，正扯着一块白布，挂到两棵树中间。上面依旧写着：

"招收国民——重建荒芜星！"

第十三章
石破天惊

一行大字正对着卢阙的方向，意有所指。

卢阙抬起头，对着那块布看了会儿，又垂下视线。

叶洒也是从荒芜星里出来的，只是他没有加入联盟，不能算真正意义上的守财奴。他看着布上的字有略微的失神，很快调整了回来，将碗放下。

这时薛成武出声道："下线吧。"

卢阙跟他现在都是重伤状态，没有办法继续留在考场里刷分，尤其是卢阙，他的内力都在刚才耗费殆尽，需要下线接受检查治疗。

薛成武的视线虚虚从几人脸上转过："那后面的就麻烦你们了。"

几人无所谓地点头。

虽然队伍已经经历了大战，可是他们击杀分数还不够，想要晋级，后半场他们四个还要继续努力。

薛成武抱拳道："谢了。"

二人与队友告别，选择退出系统。

厚重的模拟舱门朝两侧推开，卢阙从里面走了出来。

他的脚踩落到考场铺设的石砖上，身形歪了一下，搭住舱门，才勉强站稳。他腿部的肌肉不住地震颤，显然是脱力后的反应，他抬手神情不悦地捶了一下，很不满自己此时的无力。

随即一群人围了上来，高大的身影遮住了他眼前的光，连呼吸的空气都因人群的密集而变得沉闷。卢阙抬起头，苍白的脸色配合着冷漠的表情显得更加阴鸷。

单兵作战系的院长刚想开口，对上他的脸又卡壳了。院长有种强烈的预感，那就是面前这位少年会不给他面子，于是院长转过头，嫌弃地对两侧的教职员工轰赶道：

"干什么呢？都退开！考场内部闲人不能随意走动，小心被组委会投诉我们联盟大学的考场不合规则，快都散开散开！"

辅导员说："院长啊，外面现在都是那些媒体……"

院长说："什么媒体？关我们什么事？对大学来说当然是学生最重要！没看见卢阙同学刚刚结束比赛，现在还不想说话吗？这种时候接受采访，实在太不体贴了！"

辅导员脑袋一晃，机灵地接道："是，既然卢阙同学身体不好，我们的医疗团队就等在外面，不如先去做个检查吧？"

"当然是要的。"院长点头，对着卢阙慈祥又不失威严道："卢阙同学，你跟着你们辅导员先去做检查，然后好好休息，其他的事情不用担心。这场比赛你辛苦了。"

卢阙："……"

难道他看起来像是很好忽悠的样子吗？

院长转过身，朝辅导员使了个眼色，示意这份重任就交到他的身上，务必要问出那套内功心法的来历。

辅导员接收到信号，苦涩地笑了一下。

这年头拿份工资好难哦。

院长怕自己的存在会让卢阙生出戒备，马上带着周围一众凑热闹赶过来的教练跟教授退到墙边等候。医疗团队的人上前拥着卢阙，快速前往检查室。

卢阙对于检查非常配合，最后得出的结果跟众人预料的相似：内息已经平稳，数据一切正常，经脉里残留着内力剧烈活跃过后所造成的些许损伤。

医务室按照正常程序给他治疗，并给他隔了个单间，让他先躺着休息，然后把报告丢出去，让那群人自己分析。

辅导员特意跑去买了午饭，小心地拎到卢阙的面前。

他一路上想了好几个开头，越想越觉得有点心虚。

联盟大学同意联赛将卢阙除名，这种行为几乎是撕破脸了的，而卢阙在联盟大学的日常生活也绝对称不上愉快，关怀和理解都很缺乏。当然这不能完全算是联盟大学的错，可毕竟是在学校里发生的事，如果换作他，肯定对此意难平。

加上他对卢阙惯有的阴沉印象，下意识地认为对方会借此要挟打击。

辅导员扯了下自己的衣角，说道："卢阙同学啊，日常生活……"

"别拐弯抹角的。"卢阙听他这个开头脑袋都大了，半躺半靠着不耐道，"我没空跟你们在这里打太极，看你们的虚假表演也不觉得哪里有趣。有事就说，然后出去。"

辅导员怔了下，索性就问了出来："我想问一下，你的内功心法是从哪里学的？为什么可以控制狂暴？你以前实验过吗？成功率高吗？"

卢阙统一回答："不知道。秦林山教的。"

"秦林山？"辅导员惊呼，"你怎么会认识秦林山呢？"

秦林山是联军的人，跟他们联大没多少渊源，而且早在好几年前就成了个神龙见首不见尾的人，只偶尔在星球救援的任务列表上出现，官方几次想要招揽，都被他无视。

听说他最近已经金盆洗手，待在某个小地方潇洒度日，难道是回首都星了？

卢阙面无表情地斜视着他。

辅导员又连忙问："那套功法的来历，你知道吗？"

"不知道。"卢阙不等他问，先说了一句，"他教我的功法，没有他的同意，我不可能告诉你。"

辅导员点头说："我明白。毕竟这可能是他们联军的秘密，或者是秦林山多年的底蕴……"

他说完埋头出去了一趟，没过几分钟，又夹着腿，一副压力甚大的模样走回来，一屁股坐到卢阙的对面，亲切地问道："那请问你有秦林山的联系方式吗？"

卢阙面露怀疑地看着他。

"不要这样好不好！"辅导员满脸冷汗道，"我们难道能把他怎么样吗？"秦林山可是个魔鬼啊！

卢阙认真说："你们能烦死他。"

辅导员差点哭了出来，他有那么讨厌吗？

卢阙还是拿出光脑，编辑了一句话。

他想了想，在发送前又加了个敬称。

"秦前辈，联盟大学想要您的联系方式。"

卢阙已经很久没这么小心措辞了。

对面也很快回复，简简单单的一个字："哦。"

卢阙于是将光脑号传给了辅导员，辅导员如获至宝一样地捧着出去，交给其他的教练，让他们过去联系秦林山。

另外一面，秦林山也笑嘻嘻地把酒馆的地址发了过去。

这种躺着赚钱的机会，他要快乐得不行了，卢阙真是一个完美代言人。

他可没有进行虚假广告啊，他什么也没说，是对方主动找的人！

在等几所大学负责人前来的时间里，秦林山继续观看比赛。

之前围在他身后的人，现在都跑去搜索什么劳什子的"防暴功法"了，周

围还不停有声音在抱怨为什么这次媒体的动作那么慢，卢阙都下线那么久了，他的心法居然还没被挖出来。

堕落了。

秦林山抬手点了杯酒，悠闲地坐着。

"这小魔头。"秦林山"呵"了一声，"这不是挺有主意的吗？"

考场上，经过一番内部厮杀，许多队伍都已经被打零散了。为了保证优势，不同队伍的学生主动联合在一起，抵御外敌，同时收割积分。

开云瞄准的就是这些人。

他们的队伍，从最先的中路的岔口处开始，慢慢向外转移，随后朝着前方一路追击，这已经是他们在路上遇到的第三个相对较大的团体了。

几人停了下来，开云回头招手："挚友！"

江途自觉道："开大是吧？"

开云："对对！"

解说："好的，现在江途的视线内又出现了一支新的队伍，这应该就是他们的新目标。他们似乎还是要用相同的套路，当然这个套路屡试不爽。"

他们队伍一共还剩四个人，对比其他团队的十多人不具优势，想要早点解决，还得来点套路。

先丢江途去开大，再丢雷铠定出去吓人，这个时候就能直白地从对方的站位跟配合上，看出他们有哪几个是配合过的固定队伍、哪几个是临时组来的盟友。

开云跟叶洒躲在暗处悄悄观察，敲定了要薅的羊毛，一同提起武器冲了出去。

选羊的方法还是很简单的。

不管对面的杂兵团是由几支队伍组成的，他们的宗旨就是只薅同一支队伍的羊毛。

一家人，就是要去得整整齐齐。

而在这个临时拼凑出来的大团队里，一般队友都会站在一起，以获取足够的安全感，同时确保可以随时反击。

这样的站位，正好给了开云等人机会。

开云冲出来后，手指一圈，画定了范围，喊道："打这边三个！"

四人同时调集火力，朝着她指定的位置开始狂风暴雨般地密集攻击。

解说叫道："很好，他们用的依旧是少数包围多数的反包抄队形！怎么说呢？也许这也算是一种战术？反正只要能帮助他们拿到分数就并无不可。但还是希望他们在互相了解之后，能配合得更加紧密！"

开云这支队伍的配合还算默契——各打各的那种默契。

他们似乎根本无法一起合作，别说互相托付后背了，队友给他们的感觉更像是背后灵，只要存在，就会严重降低他们各自的实力，影响他们的深厚友谊。

这种奇异的不信任，催生出了一种新型的队伍合作，名字可以申请专利，叫——莫挨老子！

将镜头调高的话，可以看见开云队伍的站位是这样的：江途在敌方正中间开大，雷铠定冲到最前面进行拦截，开云守在雷铠定的正对面，而叶洒则根据羊毛的站位，选择是挂在左侧还是右侧的山道上。

明明只有四个人，可对于处在包围圈中的学生来说，却好似受到十万火力的群攻，毕竟谁能受得了叶洒连绵的暗器、开云时不时闪现的飞刀，还有江途密不透风的剑阵？

连同阵营的塑料团友都看蒙了。

被围攻的学生怒喊盟友："你们在看什么？快点过来帮忙啊！"

其余的考生顿时有点犹豫。

毕竟只是塑料情而已，开云等人的架势看着实在太过恐怖，是冒着风险上去救人，还是趁魔王腾不出手的时候，先行逃跑？

他们迟疑片刻后，见无人出头，选择了后者。

高贵的头颅决绝地转了过去，只留下一道道无情的背影，和被围攻的几人说再见。

被抛弃的队友在后面痛声大骂：

"我们人多啊，你们跑个屁啊！你们没有一点侠士的尊严吗？尽情地杠啊！"

空中传回考生振振有词的反驳："二军人也多啊，你看看他们的结果！尊严能比命重要吗？你死得也很没有尊严啊！"

被留下的三人一瞬间受到身心重创。

解说喜闻乐见："大型友谊破碎现场！这个考场里处处重现着这一幕，它告诉我们，男人的嘴，真的是骗人的鬼；而盟友的嘴，连鬼都骗。"

这种临时阵营真的不可靠。都不用大难，小分歧来时就可以各自飞，还有各种因为积分分配而引发的内讧，喜好玩碟中谍戏码的考生队伍，以及各种稀奇古怪的互撕场面。塑料起码还能维持，他们之间的关系只能算是蛋壳，一敲就碎。

解说补了一句："当然，开云的嘴，就叫通关宝典。没有能逃得过的人，因为她说得真的很有道理！"

当那三个小可爱落到了孤立无援的地步，开云对着他们笑道："放弃抵抗！我去追他们给你们报仇！"

雷铠定熟练跟腔："你们的结果已经无法改变了，但是你们可以改变他们的结果！你们还是很有影响力的选手！"

开云："减少一个竞争对手，通往胜利的大门就多了一扇。"

江途现实道："一招毙命的尸体，可以好看一点。"

叶洒说："食堂要开饭了。"

那三人渐渐失去斗志，手下动作慢了，轻轻叹了口气，脸上带着失望又慷慨赴死的神情。

开云迅速贴身上前，不费力地破了他们的防御，一刀拿下，信守承诺，给他们留了个体面的姿势。

解说拖着长音，夸张地叹了口气："果然如此，又是这样的结果。"

观众终于见惯了大场面，是经得起社会捶打的孩子了，他们已经可以成熟地抽着烟、抖着腿，评价这一场的比赛：

"干得不错。拍肩。"

"'食堂开饭了'，这完全像是开云的台词啊。"

"叶哥的潜台词是刚刚他没吃饱。你以为他是说给对面听的吗？不，他是说给开云听的。"

"距离通关应该不远了。人越少他们越有优势啊。"

解决了这三人之后，开云挥了下手，队伍又马不停蹄地向前。

叶洒原本跟开云走在道路的两边。叶洒目视前方，状似无意地慢慢朝中间靠近，随后停在了离开云一米远左右的位置。

他的转变太过突然，从刚才起就不大对劲，好像在硬憋着什么事情一样。如果他不是自己的队友，开云都要以为他是别有所图。

开云扭过头，主动问道："你干什么呢？"

叶洒没头没脑地说了一句："能在荒芜星上活下去的，都是强者。"普通人无法对抗荒芜星的复杂环境。

"我知道啊。"开云说，"所以我来军校联赛招人。"

叶洒说："联盟的人怎么可能跟着你去荒芜星？联盟什么没有？在荒芜星拼死拼活几千年，也变不成联盟那样，有人会愿意离开理想国吗？"

"荒芜星也有理想啊。还特别有成就感。"开云说，"基建狂魔去了不快乐吗？"

叶洒摇头："那不一样。"

他张了张口，还想再说，前面江途回头，做了个嘘声的手势，示意前方有

人。江途用手指比了个"三"，表示前方应该是刚刚结束过一场战斗的残缺队伍。

开云跟叶洒立即躲到树上埋伏，由江途跟雷铠定前去诱敌。

叶洒攀到开云隔壁的那棵树上，过了会儿，又来跟开云搭话："你为什么要去流动大学？"

开云问："那你又是为什么？"

叶洒："流动大学方便，给钱就上。几年级任选。"正规军校光一堆手续就能把人烦死。

叶洒问："你也是为了参加军校联赛？"

"我不是欸。"开云说，"我是被联军拒绝的。"

叶洒说："这怎么可能？就算是荒芜星的人，你也好进去的。"

"大概是因为……"开云不确定地说了一句，"我是稀有能源免疫？"

石破天惊。

叶洒一个趔趄，差点从树上掉下去。

"噗——"

酒馆内的秦林山一口酒喷了出来，他大骂一声，同解说、叶洒的声音完美地融合在一起，发出了灵魂的质问："什么稀有能源免疫？"

"就是免疫啊。一般的高阶武器用不了的意思。我们荒芜星只有一把祖传的刀，我也是来了你们联盟之后，才感觉到你们这里的武器跟我们家的完全不一样。"开云说，"应该是因为这个吧。"

叶洒脸如酱色，许久后冒出一句不知道算不算鼓励的话："……这个你可以说得自信一点。"

开云："哦，那就是。"

叶洒沉默了，扭过了头，紧紧抱住身边的大树，大概是在独自震撼。

秦林山抹了把嘴，急道："你倒是接着问啊！怎么会有人稀有能源免疫呢？这个玩意儿谁听说过啊！"

过了没多久，按捺不住的叶洒又扭过头问了一句："真的吗？"

"真的啊。"开云说，"这很难得吗？"

叶洒："……难得。"

他这辈子还是第一次听说。

叶洒从没觉得自己这么八卦过，忐忑中带着试探，小心翼翼地问："那免疫到什么程度啊？"

"免疫不就是完全吗？"开云坦诚地说，"体检报告上就写的免疫，每年都是。我本来还想换把称心的武器，结果去你们训练大楼试了下，发现都还没我原来的刀好用。"

叶洒手指动了动，将树抱得更紧了一点。

"没人告诉你这是什么意思吗？你就跟着学了那么久的武？"

开云说："我学武跟这个有什么关系？我师父说喜欢就学啊！"

叶洒："……哦。"

二人的对话零零散散。

秦林山真想冲进屏幕，先一脑袋撞开叶洒，再一脑袋撞晕开云，一切都可以结束了。

片刻后，叶洒再次开口说："你也不要难过……"

开云茫然："我难过什么？我觉得不算事儿。所谓'天生我材必有用'，我抽出刀来，也能吓死他们。"

"就……"叶洒发现对着开云，自己的同情无处施放，最后只跟了一句，"秦林山挺坑的。"竟然都不告诉她。

秦林山怒而拍桌："关老子屁事啊！"

这孩子又不是他教出来的！他才刚捡进门来！

开云问："真的吗？"

叶洒郑重点头："真的。都是因为他太不负责任。"

开云以为他在说秦林山以前的事迹，皱眉道："那太坏了。都没看出来。"

"你……"叶洒冒出了一句名言，"你挺天真的。"

不远处雷铠定打了个喷嚏，回头看了两圈。

哇，有种自己的难兄难弟就在不远处的错觉。

秦林山抓着头发要疯了，用头"哐哐"撞着桌面，引得周围一干顾客都惊讶地盯着他。老板吓了一跳，迟疑着要不要报警。

考场中恢复了诡异的安静。

叶洒抱着大树不知道该说什么，开云也顺势发起呆来。镜头变得无措，不知道该落在谁的身上。

好在观众现在也无心探讨直播的技术，评论区里几乎吵翻天了。开云一句"免疫"，引起了轩然大波：

> "我怎么觉得她是在唬叶洒玩儿的？"
>
> "稀有能源免疫？是不是弄错了？那个还能免疫吗？不是有内力就可以感应驱动了吗？"
>
> "秦林山？是她师父吗？脑子有坑的一个货吧？怎么可以这样！"

"听语气有些人竟然连秦林山都不知道？他说的是喜欢就学，有什么问题？开云可是荒芜星的人，住那里不学武等死吗？好歹人家现在比你厉害啊。"

"叶哥不愧是叶哥，还能保持那么冷静。"

"太可惜了吧，开云那么深厚的内力，如果配合上高阶武器，我的天哪，可以逆天的啊！劈山斩海都不在话下吧？"

"突然有种索然无味的虚无感。是因为久居荒芜星而产生的基因变异吗？那谁敢去啊？"

"但是她在这场联赛的分成收益已经是许多人一辈子都赚不到的了。如果她在开场的时候就打出这个噱头，说不定能赚上亿。换作我是她，我也学，可惜的是我不免疫。"

"提醒我了，顺便打赏一下吧。给开云的。小姑娘不容易。"

解说特意抓住了那个名字，着重提了一下："刚才两个人都提到了秦林山，似乎很熟稔，不知道他跟开云是什么关系。说起来秦林山当年也是从联军毕业的，三人之间的确有段渊源。不过据我的了解，开云的招式以及作战风格，并不像秦林山，秦林山是一位精通防御、后手为主的侠士，一位传奇般的人物！"

只要是联赛的多年老粉，恐怕没有人会不知道这个名字。

解说："我刚刚翻了开云的资料，稀有能源免疫应该是作为机密信息被隐藏的。我相信大家都很震惊，震惊之余也觉得惋惜。开云如今的优秀，与她曾经的努力脱不了关系，可惜命运却在她的房子外面筑上了水泥，扼断了她的成长！她或许还意识不到高阶武器对于个人战力的影响，希望她未来好运，能够继续保持今天的乐观！"

三夭那边看见了爆点，快速将各种资料送到解说的手上。

虽然赛场上陷入了战局分散毫无爆点的冷局面，可是本届军校联赛却迎来了最高潮！

无论卢阙的狂暴压制，还是秦林山的突然出镜，再或者是稀有能源免疫的扼腕天才，都可以作为明天的头版头条进行大肆推广。

三个连在一起，好比天上突然下起金刚石，痛到极乐。

解说激动地道："刚刚得知的消息！卢阙的那一套内功心法就是秦林山前辈教授给他的！看来是开云为他引荐了这位半隐退的高手，也说明开云与秦先生关系匪浅！"

没有匪浅，其实也就见了几面而已。

188

秦林山叹了口气，没有了看比赛的心情。

这种感觉是怎么回事？比失恋还要让人惆怅，比失眠还要让人无力，比男人不行还要……不，这个他还没感受过。

反正心里现在一点动力都没有了。

唐话那老贼是怎么回事？跑就跑了吧，尽留一地烂瓜。

背不背锅其实都是其次，他心痛的是，不知道以后该怎么对待开云。

秦林山颓丧着，手指在三夭的论坛界面输入了一行字——"稀有能源免疫的治疗方法"。

就算是盛产奇葩的三夭论坛，也没有人问过这样的问题。

于是他自己创建了一个帖子。

很快有人在下面回复道：

"重新投胎？"

"这怎么可能？不要浪费论坛资源好吧？"

"楼主病了？"

"别问，问就是绝症。"

秦林山觉得自己傻了，他竟然在论坛上问诊，于是重新创建了一个帖子。

#稀有能源免疫的话，你们还会带她学武吗？天花板在哪里？怎么教导？#

底下的网友暴躁评论：

"你神经病吧？干点什么不好？非逼着人孩子将来寻死是不是？"

"绝对是在为家暴找借口，举报了。"

"作为兴趣可以，作为本职不行。而且救援军虽然光荣但也是很危险的，现在联盟选择那么多，文职也很不错啊。"

"楼上为什么都这么真情实意？前提就不可能成立啊。"

秦林山叹了口气。

这个确实。从稀有能源被发现开始，就没听说有人会对它免疫。

他当初太兴奋了，都忘了多问一句开云被联军拒绝的原因。

现在能怎么办？他这颗刚稳定下来的阿爸心啊，真的承受不住。

秦林山点了下刷新，发现无数人跟着涌进了论坛，首页数秒间跳出了几十条新帖子，全都跟开云有关：

#开云稀有能源免疫。#

#世界上竟然有人免疫高阶武器！#

#世界未解之谜突然解开！联军蒙冤，拒绝招收开云理由充分！#

#我一直以为雷雷是个铁憨憨，今天才发现开云和她师父也是。#

#难得出了一位女侠士，还没起飞就夭折了。论武学界对女生有多苛刻？#

#止步预选赛无疑！可怜被开云淘汰的选手们！#

秦林山骤然发怒。

怎么就出了一群看不起她的人？尤其是说联军拒收的那个帖子下面，一群人遗憾附议，对什么对？搞得好像开云没人要似的！

稀有能源免疫很了不起的好吗！古往今来就她一个，她可是要被写进教科书里的人！

秦林山见不惯自己孩子被欺负，惆怅没有了，撸起袖子，正要上去大干一场，挂在酒馆门上的风铃传来一阵响动，同时酒馆的老板大声喊道：

"老秦，有人找！"

秦林山抬起头，见是联盟大学的人来了，他立即板起脸，往嘴里叼了根烟，靠到椅背上，一副高冷的模样，迎接几人。

来的共有三个：一位教练、一位律师，还有一位财务。

其实联盟大学恨不得出动一队的智囊过来，因为怕秦林山死坑。可是他们更怕失了礼仪，惹恼了这尊真神，所以只来了三个人。

律师两手将名片递过去，尊敬笑道："你好，我们是联盟大学的……"

秦林山抹了把脸，打断他说："废话不多说，可以卖。先坐。"

三人在他对面端正坐好。

会计小哥拿出了光脑："那请问您的标价是多少？"

秦林山斜叼着烟，看向玻璃窗，说："我不要钱。"

对面的教练倒抽一口气。

这不科学！

会计小哥也倒抽了一口气。

万恶的资本家们告诉他，免费的才是最贵的！

那边秦林山翻出了光脑画面，指着上面的人影，用力说："我要你们给我招她！大范围宣传，求贤若渴的那种招！拿出你们对待联盟第一高手的那种殷勤，不用抬着八抬大轿过去迎接，但也要有礼花跟炮仗的气势！"

三人凑近脑袋，看清了上面的人，顿时面面相觑。

教练低声说："刚刚路上我看见了推送的新闻，是那位出自荒芜星的学生吗？请问秦先生跟她是什么关系？"

秦林山眯着眼睛说："我女儿。"

三人陡然一惊。

秦林山加了一句："未来的。"

三人："……"

这怎么还带时态的呢？

"唉……"秦林山悠悠一叹，"她是我战友的徒弟。我兄弟已经不在了，我不能看着她受委屈，还被网友瞧不起。"

三人顿时了然。

像秦林山这种走在生死边缘线上的救援军，能称得上战友的都是可以互相交托性命的亲人。行业里默认的规矩就是，队友牺牲之后，幸存的人要照顾对方的家人。

四舍五入，是可以算他女儿了。

教练迟疑了下，说道："可是，我们学校没有针对她设置的课程啊，怕会误人子弟。"

秦林山说："人家也未必要去你们学校啊！"

三人蒙了。

会计："那……那您刚才是什么意思？"

"她要不要去是她的事情，你们要不要招是你们的事情，但是选择权必须在她身上！"秦林山重音道，"必须！"

秦林山说："我要她非常受欢迎，感受到这个社会的关爱！"

他能给她的，必须不能比唐话给的少！

三人茫茫然地点头。

秦林山吐出有碍他发挥的烟蒂，说道："我知道你们在评价这件事上是专业的，就针对这场比赛，请给我出一份精确的、高级的彩虹屁报告，不能让网友和开云看出任何的端倪。"

吹！给我使劲地吹！

秦林山问："明天我就要看到，可以吗？"

"如果功法是免费的话……"反应过来的教练也很激动，立下誓言道，"今天晚上就可以！"

秦林山与他握手。

"好！"秦林山忙碌道，"几位慢走，我先联系一下其他的军校。"

第十四章
离别赠言

随后，秦林山又见了几位有意向的军校的负责人，意向非常坚定，今天就是要把这面子争了。

他着重提醒了，说这功法有没有用不担保，反正对卢阙来说有用。

众人自然是明白的。

如果真有一套万能的、可以压制狂暴的内功心法，想必秦林山早就拿出来了，毕竟他也知道这东西的重要性。但即便只是求一个心理安慰，他们也想要。

怎么说呢？别的学校都有了，他们怎么可以没有？那传出去还要面子吗？而且秦林山声名在外，他给的心法，绝对不会是个坏东西。不过几段礼节性的吹捧而已，谁不会呢？上万字、带修辞手法且不重复、加盖领导章的都能给你整一套出来。

事情进行得非常顺利，各方都愿意卖他一个面子。

一直到几所知名学校的代表人都会见完毕，秦林山才觉得心里舒服一点。

开云啊，你在前面随便打，秦叔在后面给你搞定后勤。

他这心态不一样了，就有心情重新去看论坛了。他高傲地用手指在屏幕上滑动，对里面的各种幸灾乐祸或是同情可怜的言论，不屑地哼了一声。

愚蠢。

秦林山关掉论坛页面，转去比赛的直播间，发现此时开云队伍的积分已经可以确保晋级。

本场考核也临近尾声了。

叶洒在关键时刻还是很靠谱的，毕竟他的临危经验比那帮小崽子丰富得多。而开云的轻功也不用担心，整个考场恐怕都很难找出一个跑得过她的人。所以秦林山对开云的晋级并不觉得意外。

然而在他们确保晋级之后，评论里多了一帮叫嚣着荒芜星出现劣等基因的

匿名账号，众人讨论的也不再与比赛有关，各种屏蔽词组成的骂战看得让人心生不快。

秦林山索性关掉了界面，决定去联军看看开云，正好直接带她去吃个饭，以免她走出考场后被其他人影响了心情。

秦林山起身付钱，出了酒馆之后，才将刚才叼在嘴里的烟点了。

他狠狠吸一口，顿时觉得全身上下都舒爽了起来，但在用力吸了两口后，又到旁边摁灭，然后丢进了垃圾桶。

老将还得出山，不容易，年纪大了经不起造，要先禁烟才行。

开云打完比赛的时候，是傍晚。

后半场叶洒的热情空前强烈，整个人沉浸在格斗之中无法自拔，谁和他抢他就跟谁急，一路大开杀戒，流血无数。

雷铠定跟江途不停给开云使眼色，问她是怎么回事，开云只能耸耸肩膀表示不知。

她真的不是很懂叶洒的心情。

开云迈出模拟舱，顺手摸出光脑打开，在联通信号的一瞬间，账号里涌入了数百条信息。

信息"叮叮叮"不断闪现过去，如果不是她的光脑够新够贵，怕是都反应不过来。

开云扫了两眼，发现什么乱七八糟的都有，她没看明白。暂时将陌生的号码隐藏之后，首先显示出卢阙的留言。

卢阙言简意赅地发了两个字："结束？"

开云回说："顺利晋级，没有问题。"

卢阙很快回复："其实不用保我晋级，我已经确认除名，打完最后一场就退赛了。"

开云说："你不要骗我哇！不在乎的话为什么还要参加？就是想才会去啊。不用不好意思，我懂。"

卢阙似乎放弃和她解释，又简单回了两个字："谢了。"

开云举着光脑，在原地蹲下。

她需要好好思考，慢慢规划。她觉得卢阙正在朝着荒芜星国民的道路跃跃欲试。对比联盟的苛刻，她对他简直是太大方了！

看！还会带他打比赛！带他晋级！给他上分！为他报仇！简直是完美服务！他会不会动摇？

开云斟酌许久，发过去一条：

"今年过节不收礼呀，收礼只收活的人……"

卢阙没回，可能是被噎到了，但是薛成武回了。

他发了一大段文字过来，显然斟酌了许久。

开云找了个稳当的姿势，才点开信息。

薛成武："开云，我知道你们荒芜星现在正严重缺人，我很佩服你的志气，也很感激你的帮助，但我只是一个普通人，我想简单地跟你谈一谈这件事情，从利益的角度。

"卢阙被联赛除名以后，不可能再从事任何联盟官方的军事活动。但是每一个侠士，都有成为救援军的梦想。卢阙那么好的天赋，那么高傲的性格，不会允许自己就这样屈服于命运。他心底其实很想用实力来证明自己，也想要得到别人的尊重。而且这对他来说很重要。

"我能想象到他会因此走上一条多艰难又多孤独的道路，而我根本没有办法阻止他。

"如果想从事私人佣兵星际救援的工作，他只能去一个新的环境，找一支新的队伍。但是在没有人担保的情况下，他很可能连许可证明都拿不到，更不要说找到能信任他的队友。

"诚然，我知道卢阙的处境非常尴尬，他的选择道路异常狭窄。所以在知道你是荒芜星的旧人类居民的时候，我心底暗暗高兴，觉得或许这是一条新的道路，比他一个人磕磕绊绊要好得多……"

开云激动了，勾着唇角笑了出来，然后发现后面紧跟着的就是"但是"。

……她讨厌"但是"！

薛成武："但是，你的荒芜星一无所有，我想你明白它跟联盟的差距。这个其实没有关系，国民没有强制要求定居荒芜星的规定，我们关注的也不是星球福利。我看了今天的比赛，我没想到你……竟然是稀有能源免疫。"

开云急切地纠正他："荒芜星一无所有，除了钱。"

开云不甘地问道："稀有能源免疫算个事儿吗？"

薛成武也被她问得不确定了，弱弱道："能吧？"

开云："我很厉害的！"

薛成武："好的。其实我想问的是，如果卢阙加入荒芜星的话，他还有机会继续自己的武学之路吗？你能为他凑齐一支强悍的队伍吗？你能拿到星际的资格证吗？我想这些你也无法保证。对不起，我没有冒犯的意思。"

开云觉得后面还要再跟一个"但是"，因为如果决定不来的话，薛成武没必

要发这一长串的东西。

果然，一条以"但是"为开头的信息又出现在她的账号最前方。

开云深吸一口气。

她喜欢"但是"！

薛成武："但是，卢阙已经决定加入你的荒芜星建设，所以我的这些利益谋算都没能派上用场，你就当是我的卑劣吧。你们两个人做事情比我潇洒得多，或许这就是所谓侠义的冲动。"

开云仔仔细细看了两遍，从地上跳了起来。

薛成武："最后只有我一个私人的，不，自私的请求。如果卢阙最终后悔了，能不能允许他离开？"

开云眼睛中有光芒在闪烁。

她明白也理解薛成武的顾虑，他的要求完全可以答应。

开云想了想，觉得不放心，又给卢阙发了个红包，红包上面的标题是："荒芜星国民福利！"

下面补上一行字：

征收福利：小国王的欣赏 ×N，帮助 ×N，友谊 × 诚挚。

她目不转睛地盯着，目光聚焦在那行小字上，视线开始渐渐发花。

过了一两分钟，对面终于点了领取。

尘埃落定。

开云兴奋难耐地叫道："哇——！"

首位！

荒芜星成员！

是真的！

他们要起航了！

开云的脑海中燃放起无数的烟花，善良、温暖，又有点呛鼻。

她急切地想出去跑一跑，想把这件事情告诉师父，想将这一幕铭记下来，可是感动之余，又不知道该如何下手。

开云一个大幅转身，发现身后站着叶洒。

对方不知在那儿站了多久，脸上是一副看二傻子的表情。

开云大步冲过去，抓住他的手，用力地上下晃了两次。

温热的手感让叶洒的脸白了一层，他立即想将手抽回来，结果开云硬生生地拽住了他。

叶洒瞪眼。

开云郑重道："谢谢你今天的配合！今天是值得纪念的一天，改天我请你们吃饭！从今往后，你也是我的朋友了！"

叶洒还没反应过来，开云又松开了他的手，撒丫子往门外飞奔，释放快乐。

叶洒："……"

怎么好端端的就疯了？不会是被网上的留言气疯了吧？

开云才冲出考场，就看见秦林山站在人群中等候。他高大的身形特别引人注目，尤其是还穿着一身与军校不符的衣服。

秦林山抖得腿都要抽筋了，见她奔出来，不满地叫道："老子在外面等你很久了！你怎么才出来啊！"

开云当即扑过去抱住了他，叫道："秦叔！"

秦林山愣了下，气焰顿消，嗯嗯啊啊了一阵，才手脚僵硬地拍着她说："好了好了。没事儿啊。别生气了。"

开云松开手，感受到了频道的不对接，怀疑地观察起秦林山的表情。

"做什么？"秦林山被她看得窘迫，以为她要质疑自己的关怀，赶紧挥手说了句，"请你吃饭。"

开云："哦——"

"……不是，你这姑娘是什么意思？"秦林山突然想起来道，"你跟叶洒当着镜头和那么多人的面黑我，你说得过去吗？我都没跟你算账！"

开云推锅："那些都不是我说的！"

秦林山："你没点自觉？他就是因为你才说的！"

开云说："不关我的事！是他主动提起你的，我没给他起头！"

二人附近还站着其他考生。他们的目光从开云身上飘过，带有各种复杂的意味，大概是因为太过明显，开云忍不住顺着回望过去，沉默地盯住他们。

对方受不了开云那种坦荡无畏的逼视，选择默默走开，秦林山跟着噤了声。

他以为开云会不高兴，但仔细分析她的脸色，好像没有异常，瞪赢了对方，似乎还有点小得意。

唉，听说守财奴都特别受人非议，这孩子那么习惯，小时候肯定过得特别苦。

太惨了，真的。

秦林山振了振精神，觉得自己该收起这一套暴脾气，今天就和她好好说话，于是大手揽过开云的肩膀往外带，说道："走走走！秦叔对首都星最熟，带你去好好吃上一顿！"

197

开云其实还想回去整整荒芜星的公告，但不忍拒绝秦林山的好意，于是没有反抗。只是秦林山身材太高太壮，这样的姿势，她感觉自己正像鸡崽一样被拖着走。

她不要面子的啊？

最终秦林山带开云去了一间学校附近的餐厅，二人选了个靠窗的位置，把菜单上的几个招牌菜都点了一遍。

服务机器人一趟接一趟地送菜。秦林山烟瘾上来，没食欲吃饭，只是干叼着烟，远远看着她用餐，说道："多吃点，我看你在联赛里还挺能吃的。"

开云说："那联赛里面可不一样，又没有饱腹感。"

不过她的确是挺能吃的，毕竟平时运动量大。一般学武的人都能吃，平时运行内力需要耗费大量的热量，不会吃的人是要被行业淘汰的。

说到联赛，秦林山夸奖了一句："干得不错。学到的东西都用了。"

"是吧！"开云挺起胸膛，骄傲地说，"虽然我师父说我资质一般，但是我一向很努力。每次他想找理由罚我，我都没让他逮着。"

秦林山看她这模样不免觉得心酸，本来就不知道该怎么给她科普高阶武器对学武之人的重要性，这下更是郁郁开不了口。果然他不适合做恶人。

暗地里又骂了唐话那个浑球两声，手下自觉拿过菜单挡在脸前，手指在上面点了点："那这个，再点两盘。凉拌牛肉也可以再来一份，看你挺喜欢吃的。"

开云的筷子停了下来，迟疑着说道："这也是最后的晚餐？吃完饭你要干什么去？"

"我呸！"秦林山说，"你师父都教了你一些什么鬼东西？该教的不教，不该教的乱七八糟！"

"没有。以前就师父陪我吃饭，后来他不见了，又成了我一个人吃饭。"开云说，"荒芜星跟联盟不能联网，我只能看中心数据库的电视剧，要有点声儿，不然家里实在太安静了。"

秦林山没料到是这样的回答。

是，要换成是他一个人住在冰冷萧瑟的荒芜星上，他恐怕不等自己长大，会先结果了自己的小命。

秦林山放下菜单，小心地问道："他是怎么不见的？"

"就突然不见了。"开云叹说，"我已经很努力了，可能他还是觉得累了。"

秦林山眼眶一热，安慰说："他那人，就那样，不辞而别是他的风格跟传统，不负责任是他的本性和传承，跟你没关系，下次见到揍他就行。我们这边一帮人也都当他已经死了十几年，谁想到他还苟着……"

秦林山抬起头一瞥，骤然发现开云的眼神不对，止了话头。

秦林山："你干什么？"

开云嘿嘿笑道："我以为你要哭出来了。"

秦林山："……"

我今天不打死你……我能气死我自己！

他拍着桌子道："吃吃吃！给我堵上你的嘴，别逼我在大庭广众之下动手打你！"

开云已经吃到半饱了，打了个哈欠，需要消化片刻。

她拿出光脑，取消屏蔽，发现收到的陌生信息数量成倍地翻了上来。她随机抽了两条，读得不知所云，因为光脑还在不停地振动提示，她觉得麻烦，就重新开了屏蔽。

开云用纸巾擦干净嘴巴，打开个人账号页面。后台的数据显示，评论数跟点赞数已经超过了"10 万 +"条未读。

要知道，开云可只发了一条招募国民的信息。

军校联赛的热度果然是恐怖如斯！

开云快乐地打开主界面，发现被顶到最前面的一条热评写的是："去了你的荒芜星，会因为辐射和环境变异成你这个样子吗？"

底下的评论一半责骂他过于恶毒，一半说他问的是事实关键。

他们振振有词地说，已经被联盟判定为"无法居住"的星球再招国民，就是哗众取宠，不过之前看她是个女生，而且势头正盛，就没有站出来。现在网上有了争议，才出声表个态。

"嗯？"开云捏着光脑惊疑一声。

秦林山两手环胸，问道："怎么了？"

开云："他们竟然说去了我的荒芜星，就会跟我一样发生变异，然后免疫稀有能源！"

秦林山尴尬，正想着要如何安慰她，又听开云哼哼两声道："美得他们！像我一样这么厉害，他们不得乐疯了？"

秦林山："……"

好的呢。

开云绝对是唐话亲生的，怎么能一模一样的？

开云继续往下看。

后面紧跟着的一条是："这个破地方如果能招得到人，我现场表演一个吞剑。"

出现了，虽迟到，但总有些人喜欢玩大的。

开云乐呵呵地点了评论并转发:"等待你的人'剑'合一表演,一定所向披靡。"

紧跟着发了一条:"欢迎卢阙朋友加入荒芜星!"

退出国籍的手续是很简单的,毕竟要走的人强留不住,留着还可能多生事端。但是离开之后,想再回到联盟,就很难了。

联盟一贯的高姿态是,不允许你在我的世界里进进出出。

果不其然,她刚发出这条消息,评论里就有一排人大呼惊讶,然而更多的是心疼卢阙:

"还真的有人去?这是被洗脑了还是被威胁了?在联盟捡垃圾也比去荒芜星做亲王要好吧?"

"卢阙是那个被联赛除名的考生吗?就你们还蛮搭吧。"

"非傻即疯,诚不我欺。"

"可闭嘴吧你们!拿着所谓的正义当自己施暴的工具,都把人家逼到这个地步了还不放过,不用吞剑就已经人剑合一了,收着点吧,小心'剑'死了!"

"我觉得卢阙已经很强大了,受了那么多的偏见,挨了那么多的骂,还因为母亲的死留下了巨大的心理阴影,都没真的发疯。现在被联赛不公正除名,被逼去荒芜星,又要被嘲讽。他又没因为他爸享受过什么福利,你们都做个人吧。"

"大家说得好像卢阙要跳火坑一样,但是别忘了开云就是在这个火坑里长大的……"

对面秦林山的光脑振了两下,他瞄了眼,看见特别关注的列表里出现了信息提示。

秦林山咳了一声,状似无意地侧过身体,开始刷起光脑。

当他看见卢阙要加入荒芜星的时候,皱了下眉,看见底下评论骂人的时候,又皱了下眉,等看完几条热评之后已经在恨恨咬牙了。

看看这群憨憨都做了什么!当面表演脑门被驴踢了吗?

秦林山说:"这些人都是忌妒!忌妒你懂吧!"

开云郑重道:"我懂!"

开云还没来得及做什么,光脑上又收到了好几条信息,是江途、薛成武等人发来的信息,还有联军跟赛委会发送的通知。

大致意思都是让她不要受网络舆论的影响，现在的评论风向不代表社会观点，里面有组织性的群体控评行为。

最好是关掉社交软件，休息一会儿，给三夭的工作人员一点时间去举报删除，并表示赛委会跟三夭，都已经关注到这件事情了。

从联赛的预选赛开始到现在，已经淘汰了不少选手，一大拨心态失衡的粉丝正无处发泄，在网上各种找人干架。

往年也是这样。一般以女生和二年级新人为主要受害群体。

关注度高了，乌烟瘴气的事情总是不可避免，毕竟傻子年年都有。大家有空的会去帮忙撑撑，学校也会提前给你做好思想工作，实在不高兴还能申请赛委会协助，所以影响不大。

而这一届临近预赛终场，冷不丁冒出一个开云，集邮一样地集齐了全部的关键词：女生、新人、slay，还兼具"守财奴"跟"稀有能源免疫"这两个新兴词，瞬间刺激得那批粉丝的PTSD高度恶化，全聚集到了这里在线魔舞。

众人看见开云不仅上号了，还特意给评论做了回复，才猛然想起来，荒芜星的这位小朋友可能没见识过他们联盟的腥风血雨，也没接受过锻炼脸皮铜墙铁壁化的教育，弱小的心灵可能会因此受到伤害，于是赶紧跳出来挡在前面。

秦林山愤愤点了刷新，见页面中带脏话的评论已经被全部删除，评论也临时增加了验证码和特殊限制，而那些鼓励开云的评论全部被提到了前面，还以每秒钟两三条的速度不断增加。

说明是有人在管了。

他见赛委会反应还算快，终于放下心来。

联赛期间的选手就跟高考的考生一样，那可全是大宝贝儿，任何影响他们比赛状态的人都是不正义的。何况军校生本身就是国家铁拳的预备役，承受着更多的危险，就要享受更多的尊重。这是无数前辈带给他们的荣誉和尊严。

类似的事情早就打过招呼，会做特别处理。

在这种问题上他相信赛委会的绝对专业，不用担心他们不够无耻，毕竟他们全是从一群无耻者之中脱颖而出的胜利者。

秦林山松了口气，抬起头，见开云还在刷光脑，怕她难过，连忙道："别看了，一点都不好看！"

"好看啊！"开云笑了出来，"一刷新就有一个彩虹屁。我就喜欢看他们想骂我却骂不到我，还只能看着别人夸我的样子。"

秦林山："……"

这个孩子到底是怎么回事？

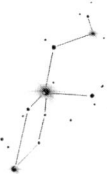

秦林山端过桌上的碗，颤抖地喝了一口清汤。

手边光脑又是一振，屏幕中显示着开云刚发布的消息：

"为什么要骂我？我的家不可以吗？不要骂我，也不要骂卢阙了。"

后面还跟了个委屈巴巴的丧气表情。

秦林山嘴角抽搐，抬手捂住了脸。

根本不需要他多管闲事，开云自己就是个站在巅峰的魔鬼。

委屈了他的独门功法。

他真的太惨了。

赛委会跟三天估计是当场打了十斤鸡血。评论区以更疯狂的速度开始刷新，从抱抱亲亲举高高的画风，变成一致将枪口对准刚才嘲讽的黑子们：

"因为他们有病啊！就是在忌妒你！"

"重建荒芜星是一个多么伟大的志愿啊！卑劣的人因为自己的无耻感到惶恐而已！"

"恭喜卢阙加入荒芜星！强强联手重建家园！期待荒芜星展露新面貌！"

"没有你努力又打不过你，只能骂你了啊，谁让你们那么棒？"

"转起来！支持重建荒芜星！"

"欠卢阙一个道歉，对不起。"

"重建荒芜星"的 tag（标签）直接上了热搜，下面是一水的支持鼓励，还有不少路人前来打卡。

官方控评，才最为致命。

开云默默端起奶茶，咻溜了两口，然后朝着秦林山淡淡一笑。

快看！全联盟的人都在欢迎卢阙加入她的荒芜星！

秦林山扭过头。

别对他笑。害怕。

雷铠定是下了比赛，好好休整、沐浴、换衣、祷告、吃素过后，才去网上看自己的彩虹屁。

他觉得自己这次肯定能行，身为队伍前锋，露面机会绝对不少，全场表现也没有意外，还有几个预定的名场面，人设把握应该没有再出现偏差。

他，雷铠定，一军的黑马，隐藏的王牌，终于要在预选赛迟来地崭露锋芒了！

202

雷铠定打开论坛，来到首页，视线快速一扫，捕捉关键词。

……全是开云。

他噘起嘴，还没来得及悲伤，又被另外一些字眼打得不知所措。

每个字他都认识，但是组合在一起，信息量大得他不能接受。身为当事人的朋友，他的情绪已经失去管理。

雷铠定用两根手指提住自己的眼皮，瞪大眼睛又点了遍刷新，仔细盯着屏幕，验证自己是不是进入了异次元。

重复度极高的帖子彰显着刚才的一切都是事实，而这次的刷新直接将一条帖子顶到了前面：

“吹得再牛又怎么样？三夭控评又怎么样？事实就是联军不要她，她只是个流动军校的异类而已。稀有能源免疫不是劣等退化又是什么？真是欲盖弥彰。”

雷铠定怒了，抓着那人就在下面大骂：

“我退化你妹啊！

“我变异你弟！

“你全家都是异类！”

没等他多说两句，帖子已经被删掉了。

雷铠定遗憾心痛。

如果三夭论坛都是这个样子的话，不知道开云的账号里又会是什么状况。应该是黑云压城城欲摧了吧。

雷铠定轻叹。

现在他对开云的那点微不足道的埋怨都没有了。开云是忍受着怎样的压力，才会来参加军校联赛？被联军拒绝的时候，又该是怎样大受打击？自己还几次三番问她为什么联军会拒绝她，嘴怎么那么欠哪？她还得表现出一副强大的样子，不让别人看笑话，内心肯定特别痛苦。

难怪她对卢阙的经历感同身受，对卢阙的不公待遇大为恼怒。而她也只是一个刚刚成年、初出家园的半大孩子而已，简直承受了太多。

雷铠定回忆起来，简直想抽自己一巴掌。他用拳头抵着额头，准备去安慰一下开云，手指习惯性地又点了下刷新，发现几条官方的帖子标红飘了上来，

被三夭置挂在首页。

是联盟大学的帖子。

联大直接发了两条，全都是声明。

雷铠定打开仔细查看，想着如果里面也有一些阴阳怪气的语句，他一定要叫上兄弟去黑了联军的官网。

针对网上不实谣言，本校现做出严肃回应！拒绝网络暴力，拒绝非正义之名！

卢阙永远是我联盟大学的优秀学子，他的名字会永远记在我校名人堂之上，他的荣耀会传至后辈所有的联盟学子。

在校近四年，卢阙遵守校训，践行武训，曾跟随联盟大学处理突发暴力事件十五次，执行外出实践任务十六次，协助各方警员参加救灾五十一次，救援人数近千人，面临危险无数次，获得奖章三十一枚，取得军校联赛第七名。清贫刻苦，心怀大义！未堕联盟大学先辈英武之名！

对学生转出联盟国籍的行为，我校持不予支持态度，但是对他在校期间所受的不公正待遇，本校深感愧疚。这些本不该是他应得到的回报。也望网友能不为谣言所困，诚心善言。

最后，致卢阙同学：联盟大学未能为你护航，有失公允，望你能重新起航，扬帆远行！不忘侠义，再闯风云！

祝福。珍重！

声明的末尾附着一张图片，是卢阙身穿军装、目光淡然地看着镜头的画面，旁边写着他的名字，以及他入校时的日期和他在联盟大学期间做出的贡献。

评论中是一片郑重的回应：

"致敬，珍重。"

"对不起。"

"以前说过不好的话，在此道歉。"

雷铠定蒙了。

他又看了一遍，不由得泪目，然后抬手擦了把眼睛。

卢阙在离开的这一天，终于等到了属于他的荣誉，等到了联盟大学为他声讨的正义，也等到了多年来缺失的一句道歉。

雷铠定觉得自己的眼睛要不行了，进了砖头，磕着疼，这才一直流眼泪。

对于一所利益盘根错节的名校来说，能为某位学生所牵涉的私人恩怨而发布官方的特别声明，是一件前所未有的事情。尤其这所谓的恩怨，是历来就难有定论的，对死刑罪犯家属的社会性惩罚相关的争议。

身为军校，对类似的敏感话题向来是唯恐避之不及。联盟大学当初肯招收饱受争议的卢阙入校，已经顶住了巨大压力。后来为他定制武器、减免学费、提供奖学金，甚至引进名人堂……一系列尽心尽力地培养，都能看出他们对卢阙的重视与信任。

大三就能获得军校联赛的第七名，卢阙也无疑是联大的新一代希望。

真的只差最后一步，就能看着卢阙步入救援军的坦途，可惜功败垂成。这是谁都不忍看见的惨痛结局。

但联盟大学最后还是放下身段推了他一把，送他离开。

众人不知道的是，这本来是联盟大学为卢阙提前准备的获奖祝词，没想到最后成了离别赠言。

第十五章
争抢生源

雷铠定哭了一会儿，突然回过神来。

卢阙……不是，卢阙又没死，下场比赛还在呢，他哭什么啊？

卢阙也不需要他的祝福，那尊赛场杀神，他有空还不如多祝福一下自己。

雷铠定心说都是骗人的！还骗了他的感情！

他把脸抹干净，关掉了这则声明页面，准备点击下一个。

雷铠定做好心理准备，觉得自己已经免疫了，再没有什么惊得到他。

本来就是联盟大学内部的事，跟他有什么关系？

他冷酷无情地点了进去，就见红艳艳的一排大字挂在第一行：

　　热烈欢迎开云加入我校！

雷铠定："？"

　　在本次军校联赛的考试环节中，我校招生办发现了一位出色的考生。她对战局的预判、对基础的掌握、对招式的运用，无疑都是同辈人之中最出色的。她为我们展示了一场精彩纷呈的比赛。以下是我校招生办做出的分析报告：
　　……

后面跟着的直播中的视频截图，全方位地对开云的招式做出了分析，还给了普通学生的数据作为对比，拆解了她的连套动作，判断了难度，甚至给出了极高的评价，以此证明她在武学道路上的艰辛。

同时对她坚韧不拔的性格以及高义薄云的品格，做出了全面表扬。

全文措辞非常书面，但能从各种变换花样不重复的褒义词中，脑补出文案作者一本正经的夸奖表情。

从高阶武器广泛运用开始，到现在的数百年期间，我校还没有接收过稀有能源免疫的学生。但是联盟大学本着求知、求新的态度，追寻着武学的新发展方式。开云潜力出众，期待我们可以共同进步！

所有人："？"

什么情况？人家把你的学生带走了，你又要把她招进来？这算是要曲线救国吗？

"如果不是这篇小论文字数那么长而且搜不到同款，我会以为这是你们为了打脸网友故意拿出来的东西。"

"我迷茫了，开云真的那么厉害吗？"

"想要反驳，可是分析得有理有据……"

"我提着一口气看完第一句，然后又提着这口气看完了最后一句，这口气还是没发出来。联盟大学疯了吗？"

"这是不是三天的营销？三天什么时候手伸得那么长了，还管得到联盟大学？"

"之前没爆出来的时候不招，现在确定是稀有能源免疫反而招了，为什么？联盟大学是有什么霸道总裁的癖好，专门喜欢颜色不一样的烟火？还是爱好玩养成啊？"

"实不相瞒，其实所有的大学都喜欢玩养成。"

"求你们别铺垫了！我有种不祥的预感！"

雷铠定跟随着众人，缓缓地在下面打出一个问号，然后退出了界面，再次用手指提住自己的眼皮，盯紧屏幕，点击刷新。

雷铠定瞳孔中的屏幕光色变化，许久后他吐出一个能代表自己心情的词："……我去！"

好嘛，不仅联盟大学的声明没消失，还跳出了另外两所大学的置顶声明。

不会吧？

不可能那么多大学突然集体发声明啊。

雷铠定颤颤巍巍地点了进去。

联盟第二军事大学，诚挚欢迎开云同学加入我校！

哇二军！你校的学生刚被开云教训得脸都没有了，你还要招她进去干吗？让她帮你们操练学生的精神抗压力吗？！你小心弹簧反弹弹死你们啊！

后面也是一连串的数据分析，但二军的用词比联大激情得多。

……从大批量的感叹号中就可以看出来：

我校在比赛中看见开云对于武学的纯粹热爱，那种一往无前、勇攀高峰的不屈精神，恰恰符合我二军的校风！以她在预选赛中的优秀表现，相信她可以跨过自身的不足，挑战传统的极限，创造新的风貌！我二军从不吝给热血学子筑梦之巢。再次欢迎开云同学加入二军！

呸！

一往无前、勇攀高峰是他们一军的人！

雷铠定退出往下一看，又是一句脏话。

不知道是不是对他的报复，他居然看见了他们一军的帖子。

雷铠定不信邪地点开！

联盟第一军事大学，事至不惧，坚韧不拔！诚挚邀请开云加入我校！

雷铠定一口老血要喷薄出来，缓了好一阵，才继续看下去。

后面是惯例走流程的分析步骤。

不知道是不是几所大学为了攀比，分析部分的正文越来越长。为了表示自己的篇幅足够长，各校都添加了大量的图片作为佐证。

雷铠定上下滑了一遍，好一会儿才到头。

他已经没心情细看里面的内容了，他的母校当着他的面吹捧别的学生，他只能是忍受着心脏的刺痛，上上下下不停滑，无意间瞄到了几个词。

看看，上面写了什么？还团队协作能力……她有那玩意儿？这叫虚假广告！校领导戴的都不是美瞳，是开到最大比率的美颜相机吧？

雷铠定差点"嗷"的一声哭出来。

这不公平，他亲教练都没给他做过这种分析，每次最多不超过两百字，一律以"还不会，我捶你小子的狗头信不信？"为结尾。

温柔？不存在的。

自荒芜星确认废弃已有三百余年，而今星球仅剩一位居民。开云以破釜沉舟之觉悟来到联盟，为星球改名"重建荒芜星"，可见其决心！一军向来以"知其不可而为之"的壮阔胸怀教授学子。希望开云亦能为我校带来新的面貌和风气。

　　雷铠定心说你们清醒一点！开云带来的新面貌叫"要完"啊！
　　评论区的学子们显然也不在乎里面说了什么，都不管一军给开云什么吹捧，时时刻刻为学校的地位担忧。
　　下方充斥着类似风格的评论：

　　　　"一军的帖子绝对不能让二军的人压住，给我冲啊！到前面去！压死他们！"

　　雷铠定一面顶帖一面悲戚。
　　他跟开云势不两立！！

　　开云的手指不停地点动刷新。
　　紧跟联盟大学之后，一军、二军等七八所大学都对开云发布了招生邀请。各式声明红艳艳地占据了三禾的首页，以及各社交软件的热度话题榜首。
　　能被知名军校破格录取，还是多所军校，且皆自带不同角度的长篇小论文，壮观场面简直空前绝后。
　　实在是……这拨操作太像有水军出没的痕迹。一贯高贵的军校连高傲都不要了，净对着一个学生大肆吹捧，画面魔幻无比，堪比几大神探齐齐崩塌。
　　这种场面写进小说都是要被刷负的。
　　可是他们又不敢相信有人能买通这几所大学的水军，就算是联盟政府也不行。那种纠结、矛盾、挣扎的复杂感情，最后交织成了一股释然。
　　行了，总不可能大家一起瞎，说明稀有能源免疫就是一件没什么大不了的事情嘛！如果大得了，更说明开云的实力不得了！
　　一切都不是问题。专业人士已经走在前方，他们吃瓜群众跟着一起吹就得了。还在跳脚的人不是蠢就是坏，刻意打压一小姑娘，简直居心叵测。
　　开云看着短时间内网上风气开始定向。原先那些让她滚出联赛圈的网友，从高傲到难以置信，到崩溃，最后彻底疯魔，陷入抑郁，再也掀不起水花。而开云的名字后面自带起"前途无量"四个金光大字，想必是能载入联赛史册的人。

秦林山嘴里叼着根吸管，用余光打量她，见她笑得傻兮兮的，于是瓮声瓮气地含糊道："怎么了？看什么呢？"

开云抬起头问："是不是你啊？"

秦林山立即说："别什么都给我甩锅啊！"

开云又低头看了会儿，然后抬起头说："那不可能啊，怎么突然冒出来那么多人呢？还是在这场联赛结束了之后。他们明明没可能的。"

秦林山拍桌道："那是他们幡然醒悟，看见了你的潜力和你的魄力。现在的年轻人经历的锤炼还不够严酷，就没几个能打的。你当然从中脱颖而出了知道吗？！"

"哦——"开云煞有介事地点头说，"我还什么都没说，你又知道了。"

秦林山："……"

开云："你知道几所大学要招我了吗？"

秦林山抓起了刀叉，恶狠狠地看着她道："我年轻的时候也是首都星一霸，我信奉的教育准则是棍棒底下出孝子，知道了没有？适可而止啊！"

开云心说，难怪叶洒被打得挺惨的。

秦林山："怕了没有？"

"怕！"开云对他竖起拇指，高兴地夸赞道，"秦叔你也太厉害了吧！"

秦林山突然一愣，似乎听到脑海中响起一道清脆的提示音：

小国王的赏识 +1 ！

是这样你倒是早说啊！

秦林山陪她闹了一阵，又严肃起来，他看开云已经吃得差不多了，才问道："卢阙还没有转国籍吧？"

开云："还没。"

秦林山用手虚托着下巴："你知道招收国民代表的意义吗？这可不是开玩笑的，不是一时兴起，也不可以随时放弃。如果半途而废，不如从一开始就没有过。"

开云点头："我明白。我是很认真的！"

秦林山又强调了一遍："一旦你把人家招进你的国家，你就要负责任。改国籍可不是过家家，没有后悔的余地。对国民的利益保障、工作分配、人生安排，全都是难题。小到出行签证，琐碎到法规条例，全是要面临的现实。这些不能丢给他自己去解决，而是要国家首领先去解决。如果人越来越多，你也不能再凭自己高兴就说了算。"

"我知道啊！"开云信誓旦旦道，"中央主控里都给我写好了，我可是正经读过书的人。功在当代，利在千秋。我想让荒芜星振兴起来，难又怎么样？总要有人去做！这个人就是我！"

他们荒芜星，就剩她一个人了！

秦林山沉默下来。

可是开云在他眼里，还是个连自己都拾掇不好的人，又怎能为其他人的人生负责？

命运的重量是难以承担的，而且它只会越来越沉重。

从进入联盟开始，她只经历过胜利，还没体会到自己的渺小，所以还认识不到问题的严重性。

而且……招谁都好说，卢阙实在是太危险了。

秦林山不想在这个地方跟她争辩，引她不快，思忖片刻，站起来说："好了，明天带你去一个地方。你先回去休息。"

开云抬起头："什么地方？"

秦林山："去了你就知道了。早起啊。"

开云："哦。"

天空有些灰暗，开云回到宿舍，正在兜里翻找门禁卡的时候，对面的门被打开了。

开云一个激灵，快速扭过头，撞上了穿着拖鞋刚好走出来的叶洒。

开云惊了。

她起先一直以为这栋宿舍楼里就住着她一个人，后来才知道还有个叶洒。于是一直以为叶洒住在某个僻静的角落，没想到他竟然一直住在自己的对面。

二人四目相对，眼神在空中"噼里啪啦"地撞了两下，无奈都没能从对方带着探究和深意的眼神中读出什么。

脑电波对接宣告失败。

叶洒眼珠转了一下，大概是想委婉点地切入主题，就问了一句："你今天傍晚 5 点 32 分的时候在干什么？"

开云："……"

5 点 32 分的时候，她转发了自己账号下面的一条评论。

开云手一抖，从他这句诡异的问话中成功读出了他想表达的信息。

自己又发了一条消息后，就没有再出现了。网上虽然闹得很凶，还有几所大学联合发表了招录邀请，但是自那之后她的账号一直沉寂，没有任何表示，不免让人怀疑她是不是已经断网隔离了世界。

开云一向是比赛结束就回房间，可这次在外面拖延了好几个小时，所以叶

洒是因为担心，才终于打破自己神隐的规则，在听到声音的时候走出来，想要看看她？

哇！这位大兄弟可真是一个人才！

开云感受到他的善意，又有些受宠若惊，于是一半解释，一半想让他安心，说道："是秦叔带我去吃饭了。"

结果叶洒听完后表情一个崩裂，缓慢地缩了回去，用门遮挡住半张脸，同时抓住门框，准备进去。

开云："……"

啊，秦叔怎么可以这样！他伤害了一位青葱少年！

"你不要难过！"开云马上说，"他让我给你打包回来了！"

叶洒不无幽怨道："我不要。"

"虽然不是什么好东西，但好歹也是一点心意。"开云说，"他找我吃饭只是为了说事情，他是叫我明天跟他出去一趟……"

叶洒合上了门。

开云："……"

怎么会变成这个样子！

开云趴到他的门上，拍门道："你听我解释，不是你想的那样！他不是偷偷找我出去玩！我尊敬的朋友，你给我一个机会！"

她尊敬的朋友应该是在房间里开了静音，没有理她。

这导致第二天开云早起的时候，整个人都有点恹恹的。

秦林山看着她疲惫的神情，挠了把自己的头发，想问她昨天晚上去哪里、做了什么来丰富自己的夜生活，但最后只是叹道："算了，跟我走吧。"

年轻人管多了是会叛逆的，要给她自由。

开云走在他的身侧，幽幽地说了一句："不要带我出去玩。"

秦林山低头看了她一眼，喝道："还想得挺美。玩儿？你这么逍遥的吗？"

开云松了口气，引得秦林山再三扭头看她。

这孩子真的没毛病吧？

二人一路步行出了校门。

开云埋头走路，随后忍不住问道："秦叔，叶洒是你儿子吗？"

"啊我呸！别胡说啊！"秦林山吓了一跳，"我哪儿来那么大的儿子？"

开云落到他身后，打量了他的背影片刻，跑回来说："秦叔你这年纪应该是够的。"按联盟法定年龄来，还能超不少。

秦林山心口中了一箭，愤怒道："你够了啊！我现在才正值青壮年！"

开云："那叶洒跟你是什么关系？"

秦林山想了想，才回答道："算我半个弟子吧。"

显然他自己都不是很肯定。

秦林山说："我带他入的门，大家都在道上混，碰上了就帮一下。但是他有自己的路子，跟我学的不一样。"

开云意味深长道："长徒如子啊……"

秦林山见她立志于要给自己弄个儿子，心想就没见过这样的人，又"呸"了一声："压根儿没听过你这玩意儿！"

开云振振有词道："那怎么说'一日为师，终身为父'，都让徒弟认爸爸，怎么爸爸就可以不认儿子？你们男人这样真的不可以。"

秦林山被她噎得无话可说，支支吾吾半晌，才冒出一句："就是……我的天？"

开云坦荡又求知地看着他。

秦林山："……"

我的天，怎么会变成这个样子？

开云很遗憾地叹了口气，然后大度地揭过了这件事情。秦林山心里却很不好受，好像自己被迫渣了。

渣得不明不白。

因为气氛太尴尬，怕秦林山下不来台，开云好心地又问了一句："那今天到底是要干什么？"

秦林山郁闷说："你先跟我走着。"

秦林山领着她在街上穿梭，随后上了辆车，坐了十五分钟后又走了下来。

开云来到联盟之后，还没好好逛过。

荒芜星的地表路况很简单，从很久以前，人类的活动区域就转到了地下城，地表建筑已经被破坏得所剩无几，短短三百年间，在各种天灾的作用下，已经看不出原先高科技的社会遗迹。虽然后来重新搭建了一部分保护区，但因为人力有限，也只有很小的一块而已。

开云觉得联盟的地形太复杂了，一路过去，完全没认清哪里是哪里。她寸步不离地跟在秦林山身后，以防自己中途迷路。

秦林山应该是怕她再语出惊人，一路走得很快。

不久，秦林山终于停下。他突然想起自己还带了个人，猛然回头，确认开云在不在，见人晃着脑袋乖乖地跟在后面，才舒了口气，将她拎到前面。

开云抬起头，发现头顶挂着一块牌匾，表明这是一家武馆。

位置比较偏僻，周围都是没什么人气的小道，建筑物高度也偏低矮，不像

是商业楼。

秦林山示意她进去。

二人推门而入，沿着指示一路向前，坐电梯去了地下二层。

电梯外等着两位穿西装的服务生，尊敬鞠躬，秦林山上前刷卡开门，进了内部场馆。

推开那扇大门，才知道里面别有洞天。

场馆内吵吵闹闹的，正有不少人聚集，从后面看过去，黑压压的一片。墙上挂着一个大屏幕，投射着人群中间的画面，周围大大小小，竟然有近百个摄像头。

原来是在比武打擂。

擂台很大，划出了足有一千来平方米的范围。但是有一半的位置都贴着红纸，表示非格斗区域，应该是为了防止武斗的过程中会误伤到围观群众而拉出的安全距离。

开云来不及惊奇，已经被秦林山拎着，挤开周围的观众，来到了擂台的最前面。

他像座大山一样卡在开云的身后，帮她挡开人群，示意她朝前面看着。

开云问："这是什么啊？"

"流动的武馆擂台。你也可以当是民间真人联赛，嘘，看热闹就好了。"秦林山说，"长眼啊，这地方格外多。今天就只让你见识一下。"

开云不明白他是什么意思，扒着擂台的边缘凝神看。

开云迟疑片刻，问道："合法的吗？"

秦林山身边的人笑了出来。

"想什么呢！"秦林山严肃道，"我觉得你对我有很大的误解。"

开云悻悻道："哦。"

这地方太像传说中的黑市了，非搞得那么神神秘秘。

周围欢呼声不断，场上打得正酣，摄像头不停地扫来扫去，还有解说在沙哑着喉咙奋力嘶吼。

开云还没看两眼，又听秦林山道："这地方最容易发生的事情是什么，你知道吗？"

开云还没开口，旁边的人抢答道："内力狂暴啊！"

开云："为什么？"

"因为总有选手会走偏门，偷吃违禁药啊。要么就是心急求胜，过度耗空内力压榨身体。在赛场上不是那么容易控制得住自己情绪的。"那人搓了搓两指，表示，"钱令智昏。这个地方，赢一场比赛，能赚很多很多的钱！"

开云仰起头，又被秦林山摁了下去。

秦林山说："现实跟模拟系统可不一样，它不给你重来的机会。一旦出现任何危险，它就真的很危险。"

似乎是为了印证他的话，话音未落，场上一个光膀子的男人大叫了一声，肌肉以可怖的强度开始绷紧涨红，青筋暴出，内力紊乱四窜。

开云瞪眼："暴了！"

秦林山两手插兜，表情残酷地说："这就是现实里的内力狂暴。这种擂台，周围有专门的武力人员看守，他们手上拿的也只是仿制武器，情况还算可控。但真正在战场上，大家手里拿的都是高阶武器……"

开云直接跳入场内。

秦林山一句话说完："一般我们的建议是能跑多远就跑多远。"

秦林山："……"

旁边的人对着他大声提醒道："你们家孩子刚刚跳进去了！"

为了防止观众在过于激动的情况下贸然入内，擂台边缘其实是有防护的。在隔离区内有一道两米多高的透明玻璃墙，还有安保人员随时注意周遭情况，防止熊孩子随意攀爬。

但是开云冲得太快，身手又过于潇洒，保安还没反应过来，她已经跑进去了。现在几人正茫然无措地互相对视，犹豫着要不要追进去。

好像是追不上的样子。

紧跟着秦林山也冲了过来，他那么大的个头，几人终于看见了。他们跑过去拦到他前面，阻止道："不得入内！"

秦林山脚下不停，手中运气，怒容满面道："怎么不见你们对她说呢？都给我让开！没看见我们家孩子跑进去了吗？"

那几个保安直接被他一掌轰开，七倒八歪地扑到地上，一个能扛的都没有。

秦林山伸手抓住防护墙准备上去，刚一触及，手心闪过噼里啪啦的一阵蓝光，直接将他电了下来。

保安顽强爬起，扶正自己的帽子，倔强地举起手中的武器，说："防护墙已经通电了！游客不得入内！"

秦林山的肌肉抽搐，张开嘴，吐出一缕灰烟。

电流还没消散，而他的神经紧绷到了极点。

保安完全没有意识到自己的危险，不要命地说："把他给我架出去！"

一群人雄赳赳、气昂昂地朝他走近。

秦林山肩膀抖动，阴恻恻地笑了两声，抬手用力地揉搓脸部，挥开之后，露出一张阴云满布的脸。

保安终于感受到他的情绪，脚步稍稍停顿。然而已经晚了，看起来平平无奇的秦林山身上，突然爆发出一股强大的内力，肉眼可见地炸开来，保安撞上之后，像是被一双坚硬的大手狠狠推搡了一把，等摔到地上，肌肉才后知后觉地开始疼痛。

秦林山越过一地保安快速上前，用内力顶在脚下隔离电击，踩着防护墙，直接跳了过去。

会场周围的扩音器里，传来解说的声音："场馆内跑进来一个人！看起来年纪还很小。这是谁家的孩子，快点出去！狂暴的范围内高度危险，不是你可以表现的地方！不要靠近！快出去！保安！"

然而他的声音已经被淹没在嘈杂的环境中，只有隐隐约约的一点余音。不过就算观众听得见，也没有空管他在说什么。

场馆内的形势现在非常混乱，在那个青年出现狂暴的症状之后，噪声直升了两个档次，配合着灯光，营造出一种疯狂至极的氛围。

高价紧缺的门票，加上现场格斗的危险隐患，吸引的就是一批热爱激战的非普通群众。一部分人唯恐天下不乱，看见选手内力狂暴，反而变得更加兴奋，还有人吹着口哨，欢呼似的振臂声援。

各式吼叫声响得几乎能将耳膜震破，严重影响选手的情绪跟判断，他们难以从环境中获取有用的信息。

解说："这个孩子跑得还挺快，跟只兔子一样。她的家长呢？怎么回事！这是能冒险的事情吗？"

镜头扫过了边界处，将随后而来的秦林山拍了进来。

"好的，她的家长好像也跑进来了！这可真是……"解说询问："保安呢？场边保安都去哪里了？赶紧维护现场的秩序！"

镜头再次扫向边界，将躺在地上痛号的一地保安拍了进来。

解说："……"

是他的嘴太毒还是怎的？

跑在后面的秦林山放出狮吼，想让开云停下，但因为开云与他拉开了一段距离，周围干扰的声音又太多，他的声音没能成功地传进她的耳朵。

秦林山暗骂一声该死，见开云已经越发逼近，又将目光落到远处的青年身上。

躁动的氛围以及空气中夹杂的恶意，明显催化了那名侠士的狂暴。原先还有些许理智残存的选手，随着眼球不断充血，正处在崩溃的边缘。

他放肆地攻击身边的一切，想将那股内力从经脉中发泄出去，以减轻自己的痛苦。可他越激动，内力就越强烈地进行反抗，短短数息之间，手臂与额头处的经脉已经接连破裂，血液透过皮肤缓缓渗出，看着颇为恐怖。

现实就是残酷在这一点，它根本不会给你好好冷静的机会。

只能祈祷这名选手没吃什么违禁品，否则就算神仙在世也救不了他。

而在狂暴选手的不远处，坐着他本场擂台赛的对手，一个同样是三十岁上下的青年，那人腰间系着与他颜色不同的蓝色腰带。

张修林面色惨白，低头看了下自己的腿，腿骨不正常的扭曲，让他无法灵活逃离。

身为武馆大师兄，他只是跟往常一样，代表武馆前来参加比武而已。

对手狂暴的时候，他们两个已经缠斗了许久，自己被打得视线模糊，所以没能在第一时间发现对方的不对劲，等回过神来，腿已经被打断了。

张修林知道自己的处境很危险，没人会在这时候冒着风险过来救他，所以哪怕剧痛在不断侵蚀着他的神经，疼得他满脸冷汗，也不敢叫出声来，求生的欲望让他努力将自己的存在感缩到最小，强撑着朝侧面移动。

可惜，这样的逃跑速度实在太慢了，而他偏偏又是距离狂暴选手最近的一个人。

下一秒，让他最恐惧的事情还是发生了。

他的对手，那位系着红腰带的狂暴侠士，突然转过身，将空洞的眼睛对准了他——里面充满着嗜血和暴戾，看着他犹如在看一样食物。

张修林心说自己完了。

就算他做过千百次的心理建设，真到了这个时候，还是无法坦然接受。

生命宝贵，他不想死。他来打这场比赛，也只是为了能好好活着而已。

身披血光的巨人朝他走近一步，那膨胀了似的身躯，已经看不出人形。

张修林避无可避，只能仰着头木然发愣。

解说见这局势，也没空再关心突然入场的秦、开二人组，紧张道："糟糕！情况看起来不妙！医疗队的人做好准备了吗？请马上采取措施！不要再等候！"

守在旁边的医疗团队显然也是这样想的，比起一个已经狂暴了的危险分子，他们更关注还活着的张修林，于是顾不上可能会对狂暴者产生的伤害，对着场馆内部打去十几针安定剂。

因为有张修林吸引注意力，药剂顺利注入狂暴者的身体，可是额外加重的剂量，也只是让侠士稍稍放缓了速度而已，药品尚未进入他的血脉，就先一步

被内力推出体外。

毫无作用！

解说急道："真的很糟糕！快想别的办法！"

观众大喊：

"戾货快跑！你要死了！"

"动起来！"

"又要出人命？完了，预感这破比赛要被禁。"

张修林大喜又大悲，无力抵抗，干脆闭上眼睛，等待着死亡的到来。恐惧与凄凉一同涌上来，配合着周围的欢呼，让他眼角流下一行清泪。

为什么会变成这么荒诞的结局？

镜头仓促离开，想要避开这个血腥暴力的画面，突然，画面中闯入一个陌生的人影。众人这才注意到先前那个被他们忽略的开云，竟然已经到了这个位置。

还没想明白她要做什么，那双白皙的手一把抓住张修林的腰带。

狂暴者的拳头捶落在地，在特制的地板上留下了蛛网一样的裂痕，但张修林躲了过去！

张修林睁开眼睛，发现入目的是天旋地转的天花板，自己正飞在空中，随后身体失重，被人硬生生抛了出去，等重新落地，翻滚两圈，已经停在了一个相对安全的位置。

解说拍桌而起："好大的力气！这个女生看起来又小又瘦还特别年轻，但是她居然一双手抓起了张修林！得救了！张修林得救了！"

张修林疼得合不上嘴，顾不上腿部的二次重伤，口水混着眼泪直流，拼命朝前爬去。附近的保安冲进来，帮了他一把，赶紧把他拖出场外。

武馆师兄弟都等在出口处，此刻围住他大喊他的名字。

张修林绝境得生，半瘫在地上，用唯一还能活动的手挥了两把，示意众人都让开。

重新开阔的视野中，那个穿着黑色武袍的女生，替换了他的位置，站在狂暴者的前面。

张修林张了张嘴，做了个"跑"的口型，可是出不了声。

"姑娘小心！"解说喊道，"他的拳套是一个仿制武器，虽然储量不多，但确实还有稀有能源！千万不要被他击中！"

解说的话筒音量被调大，终于压过了现场观众的声音，然而欢呼的浪潮也因刚才的险象环生而变得更加热烈。

开云觉得耳膜发疼，如果声波再剧烈一点，她丝毫不怀疑这座地下场馆会被震塌。

狂暴者收回拳头，环顾一圈，果然转移了攻击目标，改而冲向开云。

开云摆开架势，还没应对，地面先传来一阵巨震。

就见秦林山憋着口气冲过来，重重起跳后一拳砸向地面。

这一拳的威力，竟然比狂暴者的那一拳还要厉害，直接打出一条裂缝，下盘不稳的血人，被顺势掀翻在地。

开云正要夸夸秦叔，脑袋上被秦林山用力一摁，夹到手臂下扛走了。

解说："又出现了一位高手！刚才的招式都没有看清楚，镜头能不能拉近一点？这位侠士的装扮有点狂野，似乎是个爆炸头？"

秦林山开场被电了一下，现在都没缓过神来，发型全毁了不说，皮肤表面还有微弱的电流。

秦林山怒骂道："你这熊孩子怎么回事！一句话都听不完的吗？一声不吭地就跳进去，找死啊！'安分'两个字会不会写！"

开云弱弱说："我以为你是要考验我来着。"

秦林山无语凝噎。

开云还多问了一句："难道不是吗？那你带我来这里干什么？还跟我说狂暴什么的。"

"我求求你别说了！"秦林山说，"我的错，是我的错还不行吗？！"

自从认识了开云，他的退休生活就结束了，短短几天之内不知道寿命短了多少岁。

开云别过头，视线内有人影晃动，她艰难地指道："秦叔秦叔，他追上来了！"

秦林山说："老子知道！"

他回过头，将蓄势好的掌风拍了出去。

白色的巨大手掌出现在空中，将贴近的狂暴者倒击出三四米远，双方重新拉开了距离。

"是秦林山！！"

看见那一招，解说无比肯定地喊道："八风不动稳如山！一位学院派的专业高手！大神一出手果然不同凡响，连狂暴者都无法近身！这个女生也真是命大，秦林山竟然恰好就在现场！天哪，这位大神竟然悄无声息地回了首都星，这一定是个能让所有人都为之振奋的消息！"

周围掌声雷动。

武馆间的真人擂台，从规模上来讲，不小，但从选手实力上来评判，真的只能算业余。

真正的高手都跑去接星际救援的任务了，谁会来打这样的比赛？

能在民间真人擂台上看到联盟顶尖高手，可谓彩蛋中的金蛋。

开云无法动弹，对着镜头挥了下还自由的手。

不是恰好，他们是绑定着过来的。

眼看着二人就要到达安全处，场馆内突然亮起红灯，从地面升起数排金属墙壁，将擂台封成了一个完全密闭的隔离空间。

"糟了。"解说色变，"防卫系统自动启动，门锁了！"

为了保证观众的安全，在检测到场地内出现波动过大的内力的时候，防卫系统就会自动启动。

那人刚狂暴的时候，还没能触发这个系统，但是秦林山刚才的一击，反而弄巧成拙，将自己封死在擂台中。

秦林山这下是真的爆了粗口。

他给忘了这一茬。

解说忙说："技术人员正在人工解除，请稍作坚持！"

秦林山临时转了个方向。

这下他们不得不面对那个僵尸一样却又不能打死的狂暴者了。

开云叹说："可惜了，我的刀不在。"

秦林山克制了多年的臭脾气被她激得要复发，讥讽道："要是你的刀在，你还想上天了是吗！"

"没有小翅膀。"开云诚实地说，"飞不起来的。"

听起来她还挺遗憾，就是客观条件不允许。

秦林山说："你一免疫，拿着刀有什么用？"

"有用啊。"开云说，"我师父说只是我不会用，学学就会了。"

秦林山无情道："他骗你！"

开云又是一叹："你真是爱无理取闹。"

秦林山："……"

他不用小翅膀也能上天，天国的天，而且一定是开云送他上去的。

擂台场被彻底封闭之后，内部反而难得地安静下来，开云终于可以用正常的音量说话了。

开云向他介绍自己的刀，说："我的刀是防御型的，对付狂暴的人正好是完克。就是还没试过，怕他们被反杀就什么都没得咯。"

"刀？你说刀？"秦林山脑袋上的问号都能装一麻袋，"你说的是盾吧？"

"就是刀啊。"开云说，"高阶武器的神奇之处就是因人而异啊！"

秦林山："你确定那是个高阶武器？你一免疫怎么用？"

开云："所以我说，要学了才会，我现在还不怎么会。"

秦林山："……"这娃脑子不好使。

但现在不是聊天的时候，秦林山将她放开："自己找路子跑！"

开云的轻功比他还要好，自己硬带着她反而是拖后腿。

开云被他松开后，立马像脱了缰的小马驹一样朝旁边逃开，生怕再被他摁住。

秦林山心力交瘁地叮嘱说："给我保持距离，听见了没有！别嘚瑟！"

开云在远处淡淡扫了他一眼。

这种眼神，每次都让秦林山忍不住浑身一颤。

暴风雨来临前的预告。

开云悻悻回了一句："哦。"

"小心一点！"秦林山指着对面的狂暴人士说，"他可是易碎物品！"

解说闻言啼笑皆非，毫无原则地吹捧道："大概也只有在大神的眼里，狂暴者才是易碎物品！看来他们应该没什么问题。"

但要说狂暴的人脆弱，也是真的脆弱。

一旦狂暴，五脏六腑都会受到伤害，就如同面前这人一样，经脉碎裂，血液狂飙。目前看着是战斗力爆表，天下无敌，可一旦内力耗尽，所有的伤势都会加重，成为催命符。

联盟可没有击杀狂暴侠士不算杀人的法规，要是一不小心动手把人打出致命伤，就惹了大麻烦。

他们两个是中途自己冲上来的，没签赛前免责声明，所以秦林山才不敢贸然出手。

开云围着那人横步跳跃活动，说："我知道！"

秦林山想将狂暴者引走，自己带着拖延时间，结果那边开云一动，对方就朝着开云追去了。

秦林山："……"

想他堂堂一个大神，仇恨拉得还没有开云稳。

果然欠揍这种事情，是要看天赋的。

凭开云的轻功，就算引着那人遛个十场应该都不成问题，怕就怕那个人突然使用手中的仿制武器。在内力狂暴的情况下，配上稀有能源，其威力可不是开玩笑的。

所谓稀有能源，就是灌注到高阶武器中，能够将受到的内力变化形态、成倍放大的一种稀缺能源。

如果普通的刀气能够打到一米，那么有稀有能源辅佐的刀斩能够砍出起码三米的刀气，具体要看每位使用者自己的情况。

但是打出去的"气"，其实就是内力的形态。

如同火遇上氢气，火会燃烧得更剧烈，它还是火，但氢气会变成水。这也是稀有能源昂贵的原因，它不仅少，还是个一次性消耗品。

开云领着狂暴者开始在擂台场内游走，镜头跟着她的身影不断转动。

起先镜头用的是特写，后来发现特写竟然……追不上她！

秦林山也察觉出来了，开云的轻功，在地形复杂的地方，表现出来的是灵活，而在平地上，则是快。

脚下生风，风生爪，用力抓在地面上，下盘稳当，且速度惊人。

这真的是用内力在奔跑，可以算作她独一无二的绝技。

秦林山暗想，如果……如果开云能挖掘身上的内力。只要足够庞大，那是不是不需要用高阶武器，也能抵抗得住对手的攻击？就算不够，配合她的轻功，走猥琐流也不是不可以。

解说："她的轻功真是优秀得出人意料！只要后面的人想不起来使用手里的武器，应该可以坚持下去。我们的门锁还有三分钟的时间就能打开！"

说什么来什么，狂暴者似乎是不满一直追逐的方式，狂吼一声，终于驱动了手中的拳套。

内力狂暴，几乎将他一生以及下辈子所有的潜能都压榨了出来。拳头上凝聚起飓风状的内力，加上稀有能源，连空气都被撕扯到扭曲。

内力随着他出拳，像花洒一样喷射开来。

秦林山紧张起来，正要过去，前方开云竟然猛地掉转方向，反朝着狂暴者的位置冲刺。

秦林山："开云！"

开云喊道："让你见识一下稀有能源免疫者的愤怒！"

秦林山一愣。

难道，难道所谓的稀有能源免疫是指……

开云一声大叫，紧跟着就没了身影。秦林山大惊，还在寻找她去了哪里时，低头一看，才发现她双膝前屈，身体向后倾倒，以贴着地面的方式，朝前滑动，同时将双手交于胸前，抵挡多余的内力。

就那样正面擦过拳风，强行躲过，最后停在对方的脚下。

秦林山暴喝："你这样很危险的知道吗？！"

开云不理，利用狂暴者不灵活、反应不及时的特点，两手抓住了他的脚踝，然后——

抡了起来。

"啊——"解说大叫着道，"他上天了！"

狂暴者被开云抡在空中转了两圈，因为失力，无法再使用武器，正在桀桀怪叫。

秦林山吓得三魂出窍："千万别丢！！"这丢出去人就死了！

"哈——"开云还是将人抛了出去，"秦叔接着！"

秦林山那个慌啊。他跑过去，一把抓住对方的左腿，然后有样学样地转了两圈。

可是这手里接了个炸弹，他不敢停也不敢放，问道："然后呢？"

开云在对面招手："丢给我，丢给我！"

秦林山吼："你当丢个球啊？！"

开云说："你再转下去他要吐了！"

秦林山真不敢继续，又给甩了出去。

开云冲过去，再次将人接回来，脚跟点地，快乐地转了一圈，又给秦林山那边丢了过去。

一直喧哗的观众席竟然安静了下来。

这辈子都没见过这样的操作，但是看着好像很有用的样子，而且再也不用担心狂暴者会突然开大了。

秦林山还是不放心，说："快快三夭一下，甩人会把人甩死吗？"

然而观众都在三夭上忙着发帖，传播奇迹。

秦林山一见开云出手就要疯："你轻一点！"

开云不满地说："我很强，但是我很温柔！"

这时，擂台的封闭大门终于打开，医疗团队跟保安们站在边缘防护区仰望着他们。

"打扰了。"为首的医生弱弱道，"能不能把他……还给我们？"

第十六章

从心之战

医生都这么说了，那当然是要还给人家了。

秦林山嫌开云笨手笨脚，那丫头简直就不知道什么是"度"，他赶紧上前给狂暴者最后的关怀。

二人一前一后将他拖到医生面前。

可能是被转晕了，狂暴者竟然没有反抗，顺利地被众人按上病床，绑紧，然后紧急运走。

医务人员觉得这简直是个奇迹，狂暴者竟然还能感受到环境里的危机。也许这就是……爱的魔力。

医疗人员闷头火速将人送走，那边解说满怀欣慰道："危机解除，没有人员伤亡！看来我们这个节目还能继续开展下去！感谢秦林山与小姑娘的帮助！"

"天哪，我知道她是谁了！这位美丽的英雄，也是一个名人！她是本届军校联赛的参赛选手开云！今年十八岁，来自荒芜星，因为没有穿联军的制服，所以我没有认出来！感谢观众的提醒！"解说激动地介绍道，"不久前关于她的另外一则新闻几乎传遍了联盟，没错，开云就是那位被七所知名军校共同招揽的天才！"

解说快要语无伦次："虽然她是一位稀有能源免疫者，但是从她刚才躲避的动作，以及对抗中展现出来的魄力来看，即使她不能使用高阶武器，也丝毫不逊色于普通的军校学生！我们在她身上看见了无穷的潜力，证明各大军校的眼光没有错！让那些只会质疑的人都独自神伤去吧！开云，从今天开始，我就是你的粉丝！"

众人起身鼓掌。

还有人大喊着开云跟秦林山的名字，有节奏的欢呼声响彻场馆。

事实证明，这群人对于强者是毫无理由地拥护。

开云跟秦林山对视两眼，决定赶紧离开。场地先前被打碎了一块，那位狂暴者也不知道情况怎么样，他们怕待下去会遭遇索赔。

二人蹑手蹑脚地跟在工作人员身后，溜往场外。

摄像头将他们仓促离去的背影留在了画面中。

解说见状遗憾道："他们走了，如同无名英雄行侠仗义后悄无声息地离去一样。我还以为能让他们留下一两句感言呢。"

解说说完又振奋起来："但是他们会在这里出现，就说明我们的比赛足够精彩，能让他们在联赛的紧要关头还亲自到现场进行观看。现在让我们继续欢迎下一组的选手！"

开云跟秦林山出了武馆大门，重新站到外面那条荒无人烟的小道上，才觉得生命得到了救赎。

沉默是金，破产于真人擂台。

不知道是不是因为小心灵受了伤，二人站在大街上，仿佛还能听见里面的狂躁欢呼声。

秦林山反思自我，觉得自己一定是因为脑子进水，才会带开云来真人擂台的现场，结果脑积水跟着声波一起发生了共振，才会陪着开云玩了一把现场投球运动。

他正准备叨叨，对开云展开家庭教育时，身后的门再次打开，一群人从里面艰难地追出。

他们都穿着武馆的衣服，为首的男人被两位兄弟搀扶着，另外五六人则小心地跟在他们身后。

"等一下！"那位丧失了行走能力的男人喊道，"二位请慢！"

开云不认识他，困惑道："你是哪位？"

"我就是刚刚被你救了的人。我叫张修林。"张修林做了个投掷的动作示意，说，"我当时腿受伤了跑不了，如果不是你，我可能就死在里面了。千钧一发，死地得生，我都不知道要说什么才能表达我的心情。"

开云点头说："没事，我懂。虽然对我来说只是举手之劳，但对你来说，那可是一条命啊！"

张修林没发觉她的话有哪里不对，正红了眼睛，动情说："实不相瞒，我是这家武馆的大师兄。我们武馆已经传了两百多年，好不容易到这一代，生意却渐渐萧条，好几个师兄弟都被别的对手挖走了，师父被气病，下面的弟子年纪又还小。我参加这一次的擂台，就是赌口气，抱着最后拼一次的机会！"

他擦了把眼泪："我本来想着死也要赢，结果真到要死的时候，才发现活着比什么都重要。鬼门关上走一回，我才终于想明白！我活着是为了什么啊？还不是为了那两个破钱！习武也不是为了用生命去给别人表演！我真是在糟蹋自己！还差点带坏了我的师弟们。"

后面的兄弟跟着热泪："大师兄！"

张修林说："谢谢你点醒我，你不仅救了我的命，还散了我的心魔。否则下一次狂暴的人，说不定就是我了！"

开云："虽然不明白你在说什么，但对你来说，这可是一次心灵的点拨啊！"

张修林："救命之恩没齿难忘，只是我也没什么能感谢你的……"

开云突然冒出一句："只能以身相许？"

张修林："？"

秦林山一巴掌摁在她的后脑勺上："不会说话你就别说话！"

开云摸了摸脑袋，叹说："我这里没什么缺的，就是缺人。"

张修林和一众兄弟一时转换不了情绪，一个鼻涕泡挂在嘴边，打也不是，不打也不是，目光里全都是仿若上了贼船的不安。

秦林山骂说："挟恩图报君子不为！你这人不能那么无耻，知道吗？"

开云抬头看了他一眼，大声应和说："对！秦叔你说得对！你今天特意带我过来教育我，我切实感受到了你的良苦用心。从福利待遇跟城市建设上来讲，荒芜星的待遇怎么可能比得上联盟？我不能光靠着忽悠来招收国民！"

秦林山诧异。

开云眼睛发亮地对张修林说："但是我们可以有旅游签、暂住签、双国籍签。除此之外，还可以有工作签、学生签、以武会友签……我可以开个三个月的试用期，你们先去干活儿，觉得累了，再反悔嘛！"

张修林："？"

秦林山："……"我信了你的邪哦！

他黑着脸，用手臂勾住开云的脖子，直接将人拖走。

开云对张修林等人挥手道："联系我！我等你们联系我！我可以付工资的，还有五险一金！长工的跟我，露水姻缘的不要，我……唔……"

秦林山一把将她甩上路边的车，再将车门关死。

联盟太危险了，居然出现了开云这样的人。

与此同时，三天上冒出一个新的帖子，标题起得无比霸气，写着：

治疗狂暴新方法（已验证，可行）

内容只有一段视频。

视频显然是二次拍摄的，拍的是墙上的大型高清屏幕，所以画面并不是很清晰。

镜头从上方照下，从开云正面迎击对方的暴拳开始。

为了增加比赛的观赏性与画面感，擂台赛的摄像头使用了特殊的技术，能够捕捉内力的存在与变动，并且加深它的颜色，再投映到屏幕上。

在开云与现场观众的眼中，只是狂暴者打出了一拳，将周身一圈的空气扭曲起来，然后拳风向前挥动。开云能从正面躲过去，是一件在主观意识上知道非常惊险，但在客观意识上不怎么能感受出来的英勇操作。

但在这个屏幕中，它变得直观、清晰。

那内力的可见度增加了四倍以上，白色的雾气几乎阻隔了视线，形成一个巨大的旋涡，挡在狂暴者的身前。毫无疑问，只要进入那个旋涡的攻击范围，就会被撕扯成重伤。

开云却干脆果决地靠近，从下方突围，擦着旋涡的边界，靠近了狂暴者。在众人都为她捏了把汗的时候，她却淡定地抱起了对方的脚。

那魄力、那精准度、那敏感度，就算是换成专业的军人，也未必做得到！

……还有那抛球的标准姿势，换成军人，是真的做不到。

"哟，这不是我们开云吗！"

"又是开云，她是治疗狂暴小能手吗？去看真人擂台是为实战做准备？"

"我感受到了狂暴者的崩溃。这样来看，卢阙的待遇实在是太好了。"

"我全程围观！这个 7 台在播，现在还在回放。我看着都要吓死了，她真的是非一般地淡定。"

"她一点都不怕人狂暴？胆子也太大了吧，手无寸铁就那么冲过去了。"

"开云还是做孤狼比较好，要是给她一个队友，其他人就太惨了。"

更多人关注的，却是开云在实践中战胜狂暴者这件事背后所代表的意义。

"所以稀有能源免疫，对上普通学生，有什么不行的吗？看起来好像没什么变化啊。狂暴了的人照样打不过她。可别说是对方菜，对方也是一个打到武馆联赛决赛的高手。"

"我们教官说，对于一个侠士来讲，还是作战的意识最重要。军校是不是也这么考虑的？"

面对生死的追逐，作战的意识更多是天生的。而决定最终存亡的，恰恰就在那么一线之间。

"讲真的，高阶武器增强的是攻击和防御，但开云最优秀的，明明是走位啊！到目前为止，还没有一个专门的轻功职业，我有点看好。"

"轻功无法成为独立职业是有原因的。三天模拟走一拨，我站桩和你打，你就知道只会轻功真的不行。"

"大佬们觉得行就可以了，我等渣渣的意见又不重要。所以开云到底要去哪所军校？"

正在网上众人纷纷压盘开云的去向时，之前一直被@，又一直保持沉默的联军，正在进行一场内部会议讨论。

屏幕上开云的滑行动作播放了一遍又一遍，坐在桌子两侧的招生组就那样目不转睛地看着，谁也不愿意先开口打破这一份寂静。

终于，在确定继续僵持毫无用处之后，为首的人按下了暂停。

"投票吧。"

是否要特招开云入校。

不需要多说什么，众人都很清楚这个决定的顾虑是什么。

重新招纳一个联军曾经拒绝的学生，无疑是一种自我打脸的行为。而这位学生身上还背负着社会的争议，又是一个巨大的风险。

关键就在于，开云身上的潜力，是否足够让他们承担这样的风险。

坐在右手侧第二位的中年男人率先开口道："驳回！"

他还想说什么，被校长压了下去，联军校长抬起下巴，淡淡道："其他人的意见呢？"

"驳回。"

"我觉得或许可以试试。"

"开云也不一定会愿意来我们学校吧？联军也是有自己的骄傲的。"

"所谓的骄傲只是就结果而言的一种修饰而已。只要结果对了，那就是一段佳话。"

"我们能为她开二次讨论会，已经足够说明问题。我同意。"

双方各自摇起了鲜明的旗帜。

最后的结果，竟然是平票。

那个带着提议过来，说要做公正裁判的人，自己悄悄地投了一票。

众人眯着眼睛看过去。

联军校长："嗯……"

招生组的人正想说，校长你不是这里的，少了你的就是正确的结果。就听联军校长说："我一个人的票，算两票吧。毕竟你们都投错过一次，但是我还没有。"

众人："……"

"为了避免不必要的争端，保证领导层的团结，这件事就这样决定了。"联军校长起身说，"之后我会去与她谈招生的条件。感谢各位的选票。"

众人默默看着他无耻离去，却没有出声阻拦。

适合训练开云的教练几乎没有，非要算的话，应该就是秦林山吧。单就能招揽秦林山入校这一条，他们就没必要强行拒绝。

留下的人坐在会议室里大眼瞪小眼。

事情已成定局，似乎没有再纠结的必要，但是招生声明还是可以发一发的，他们不能比别的学校排面差。

"那么……我们要怎么拟稿？"

秦林山跟开云坐在回校的车上。

他身心疲惫，但还是感受到了凝聚在他身上的视线。

起先他以为是擂台场的事情发酵了，毕竟武馆联赛的收视率不低，而他也是个掀起过风浪的英豪，在街上被注视两眼简直太过正常。

直到他一转身，在身后的玻璃窗上，看见了自己高耸挺立的头发。

……凹凸不平、奇形怪状的爆炸头。

秦林山顿了两秒，然后疯了，转身揪住开云疯狂地摇晃并质问道："你为什么不提醒我？"

开云抬头一瞥，说："我以为你挺喜欢的。"

"啊我呸！"

秦林山饱受她的摧残，对她绝望了，将外套脱下来，罩到自己的头上，然后背过身，不理她了。

开云用手杵了杵他："秦叔，别生气嘛。"

秦林山哼了一声，肩膀一耸，示意她走开。

开云拉着他的衣角，发现兜里的光脑还在不停振动，就摸出来看了一眼。

跟先前几乎是一样的盛况，账号里涌进了无数的信息。

开云打开，才发现是万众瞩目的联军也出声明了。

联军的这份声明一出，众人才察觉到了先前的不对劲。

它没有大篇幅的吹捧，只写了要特殊招收开云的最终意见、联军能给予的福利待遇，以及学校所拥有的特殊资源。

走最官方的道路，标准朴素，却诚意满满。

众人一想，欸，联大、一军他们不对啊，不谈钱的招揽可不就是耍流氓？

于是网友们帮着开云@各大军校，让他们出来再发一则声明。

正当众人喜闻乐见地等待各大军校撕破脸皮争抢生源的时候，开云悄无声息地转发了联军的声明并回复了一条：

"谢谢，但没必要。别问，问就是都不约。"

这算什么意思？

全都不去？还是只回绝了联军？

这条消息明显震惊了所有人，秦林山也将头上的衣服扯了下来。

他正要开口，车辆停下，开云偏头示意，率先跳下去。

秦林山跟在她的身后，看不出她究竟在想什么，脚步很轻快，也不像是在赌气。

在她走进校门的时候，秦林山终于忍不住问道："你不上军校？你之前不是想去联军吗？"

"一般般嘛。"开云说，"在流动大学也能交朋友的。"

秦林山："那不一样。打完比赛你就要回流动大学了，那里的生源素质跟联军能比吗？"

开云："那我在他们那里就是王炸！"

秦林山："你在联军也可以是王炸啊！"

开云淡淡地说："人家明明拿我当赠品的。那我当然不给送了。"

秦林山语塞。他没想到开云竟然会那么敏锐，弱弱说了一句："你想太多了。"

联军招生办的人也急了。他们正准备出来找人，一出教务楼就看见了大摇大摆从正门口走来的两个人。

两路人在主路上相遇。

招生办的领导开口就问："开云同学你好！是不是因为之前联军拒绝过你，所以你才需要再次考虑？"

开云说："不用再次考虑，就是不要。"

招生办的人急道："那你想去哪所学校呢？你觉得他们是诚心招你的吗？"

秦林山不满说："怎么就不诚心啦？很诚心的好吗？"

招生办对着开云介绍说："你知道加入军校有哪些好处吗？联军是基于你的实情而做出的决定。我保证，我们联军会公正对待每一个学生，虽然你是稀有能源……"

开云打断他说："你们都不是冲我来的，我又不笨。"

不如享受一下让你们求而不得、高攀不起的快乐。

"那怎么样才叫冲你来的？"招生办额头猛冒汗，"我们给你的招生声明还不够有诚意吗？事不过三，我们联军是绝对不会给第三次招纳机会的！请你考虑清楚。"

他就差直白地说出"你一定会后悔的"。

开云直勾勾地看着他，平静地说了句："等什么时候，我拒绝你，你觉得遗憾而不是惊讶，那时候就是诚心来招我了。"

招生办的人愣了下，下意识地说了句："怎么可能！"

多的是天才想要报考他们联军。

开云指向他："那就等着！"

招生办的人看向秦林山，示意他快点管管。

如果是刚认识，秦林山一定会劝她年轻人要冷静一点。但是经过这充满风波的一天，他觉得开云的这个决定简直没有任何毛病，符合她的风格，而且没搞事。

家长就是应该给孩子足够的自由，因为她也许不能上天，但是她可以送别人上天。

秦林山直接搭过开云的肩膀说："既然她这么想，那就算了吧。"

招生办："秦先生，你就这样让她待在流动大学吗？"

"叶洒不也待在流动大学吗？他俩正好做个伴。"秦林山不以为意地说，"反正他们荒芜星也不比学历，对吧？"

招生办众人："……"那你之前不是故意遛我们吗？

二人走到开云的宿舍楼楼下，秦林山才猛然想起自己的头发，赶紧把她丢下，跑回自己家去洗头。

叶洒从玻璃门后走出来，悠悠地说了一句："他还为你去做头发了啊？"

开云："……"

讲真，烫发可能烫不出那样自然的效果。

开云往前走了两步，其实她没有想获得"秦林山的宠爱"一类的东西，但叶洒对她好像有很大的误会。

结果她刚靠近，叶洒甩了下头，又像什么都没发生过一样，说："刚才江途来过，他说想告诉你预选赛最终场的赛制规则，怕你不知道。"

开云："我知道！"

这个开云真的看过。

预选赛最终场的赛制，被学生们戏称为"大逃杀"。与先前几场的规则完全不同，简单整理一下，大概是以下五点：

1. 同样是阵营战，阵营分配为小阵营：一支队伍（6 人）；大阵营：十二支队伍（72 人）。仅击杀敌对阵营的学生可获得积分。

2. 大阵营方击杀敌对：3 分；小阵营方击杀敌对：6 分。

3. 死亡不会马上弹出，扣除 30 分之后，在地图中随机位置复活。

4. 比赛无法中途退出，必须打满 24 小时。提前登出视为弃权。

5. 队伍积分不共享，死亡仅扣除学生个人分数。

这个赛制下有一句至理名言，被学生奉为圭臬——

苟一时风平浪静，莽一次积分清零。

死一次 30 分的代价实在太惨重了，在这个赛场中基本没有补回来的可能。有多少学生就是因为不够低调，而被凶残屠回解放前，直接失去决赛资格。

叶洒说："基本上本校学生会被分进一个阵营，所以这是一个有冤报冤、有仇报仇的场次。"

想想，当 6 个不可一世的一军学生，面对 72 个磨刀霍霍的二军学生，他们的嘴炮再厉害，也不得不尿。

叶洒："但也是一个逆袭反超的绝佳机会。"

如果被分配到小阵营的那一方，虽然人数处于劣势，但是击杀分数直接翻倍。个人实力够强的话，那就是掉进了一个金矿。

叶洒："我跟你应该会在一个考场。"

流动大学的参赛学生没有几个，能打到最终场的，貌似就他们俩，无疑他们会被绑定到一起。问题只在于，会被分配到哪个阵营。

"从前几场比赛的积分来看，我们能晋级。所以江途让我转告你，好好活着。"叶洒又在后面添了一句，"但是我想去刷分，所以我就不陪你了。"

没有办法，他的辉煌人生没有"低调"两个字，莽就对了。

开云说："我也想刷分。那我可以陪你。"

叶洒也不知道怎么开云换个说法，就成她勉为其难地陪自己了。

不过这不重要，即便是塑料情，也需要暂时维持下去。到了决赛阶段，说不定他们就要分道扬镳。

预选赛的场次安排时间很紧，等第二天叶洒知道秦林山带着开云去看了真人擂台的时候，已经错失了最佳的问询机会。他连抑郁的时间都没有，直接迎来了预选赛的终场。

本场比赛是早晨9点截止报到。

选手们陆续登录，然后传送到统一的等待区。所有备考的学员，都聚集在这个地方。

这一次的考生名单，一直要到最终正式开考之后才会公布，所以众人还不知道自己的队友是谁，阵营又是什么，甚至连自己所在的考场号也不知道。现在正坐在一起闲聊，同时小心观察对手，等待比赛正式开始。

等候区最前方的大屏幕上，挂着预选赛开始到现在，所有考生的积分排名。金色的大字浮在半空，尤为显眼。而列在最上方的几个名字，都已经是联赛中的熟面孔，他们站在自己学校的人群正中，对那些时不时从他们身上掠过的眼神漠不关心。

果然高冷才是高手的统一人设——希望雷雷意会。

开云背着包走动，终于在茫茫人海中发现了叶洒。

叶洒正在挑选背包装备，用手托着感受武器的重量和位置。开云跑了过去，问道："你的包还有空的位置吗？放了大碗之后我就带不了太多水了。"

叶洒转过头，茫然地看着她，然后上前去扒她的背包。

搜了一会儿，发现里面全是……他还蛮喜欢吃的东西。

叶洒将锅跟碗拿了出来，直接取消，因为场景中可以轻易找到替代物品，然后多加了两捆面和一袋肉。

……24小时呢，可累人了。

他替开云分担了一半的食材，又遵从她的意见，往她空下来的地方塞了不少便携武器。

武器全部折叠整齐，各种形状的暗器连几处边边角角的地方都没放过。

开云看得一愣一愣的。

一直觉得军用背包小，原来是她技术渣。她第一次对自己的尺有所短感到心服口服。

叶洒看她一副没见过世面的样子，说道："秦林山都没告诉你要带什么吗？"

"没有。"开云摇头说，"我问了，他说我打得特别好。"

叶洒再一次叹道："他真的是太不负责任了。"

开云无条件支持他："你说得对！"

开云本来还想去看看卢阙跟江途，结果等叶洒将背包整理好，准备时间已经结束了。

本考场没有起点，所有考生入场后被随机分配到不同位置。先行入场的是小阵营的选手，好给他们一些隐藏身形和制定战略的时间，约五分钟后，大阵营的考生一齐入场。

开云眼前一晃，发现自己站在一处半荒废的城区，就知道自己是被分到了提前入场的小阵营。

视线右上角用血红色的数字，写着开战倒计时。

预选赛终场，每个考场都配备了一个解说。

这次的解说明显是个看热闹不嫌事儿大的主，在开云登入之后，他立即朗声道："出现了！这位选手我相信大家都听说过，没错！她就是拒绝了七大……不，现在是八大军校招生的明星考生！这种所有军校生都梦寐以求的事情，她却毫不犹豫地拒绝了！难道是因为她看不上我们联盟的军校？"

果然激起评论中的一圈骂战。

解说浑然不在意，继续道："让我们看看另外几位考生！原来是联军的学生！"

几个人被分到地图的不同位置，正在附近快速寻找躲藏地点。

队伍频道中传来一人弱弱的询问声：

"朋友们，从心吗？"

很快有人回应："我的心灵如此美丽不得不从。"

"先从一会儿，有机会再通知你们。"

一般会选择从心的，都是积分已经足够，苟一阵就有机会进决赛的学生。

果然三天会按照排名来分配阵容，分数靠前的学生，有更大的可能被分入小阵营。

这时一位男生遗憾地说道："看来都是大佬，对不起，我给你们拖后腿了。我的积分不够保险，队伍里还有没有人跟我一样不屈命运，准备去揭竿起义的？"

终选赛的队友之间积分不共享，想要刷分，只能自己上。

"祝福你，我的兄弟。顺便请告知一声哪里可以有一堵安全的心墙，不要带窗的那种。"

"这年头大家的心灵都是千疮百孔，要求不能太高，重要的是见机行事。我们可以先找个地方聚一聚，人多了有安全感，到时候能互相帮把手。如果出现什么好的机会，我们也能随时联动，让对方适当见识一下我们的铁拳。"

"我觉得安全起见，既然选择了从心，那最好还是从一而终，你们不知道去年的队伍有多么恶心，他们会搞钓鱼执法。钓鱼执法也就算了，一群丑陋的人还妄图搞美男计，简直就是对我等军校生的羞辱！"

看来大家的"二"都是相通的。

同道中人的交流方式瞬间拉近了众人的距离，这证明队伍中的人都是可以交流的，毕竟谁也不希望在说话的时候，突然出现个扫兴的家伙。

气氛活跃了一点。

几人认亲道：

"哦，原来是学长啊！"

"原来是学弟们啊，真是后生可畏。过了这一关，我们就能看见新天地了。"

"请问学长，实战好玩吗？"

"非常好玩。虽然危险了一点，但比模拟赛要真诚多了。没有套路和欺骗，简直是美好人间。"

几位学弟被他说得心向往之。

开云冒出一句："我想去刷点分。"

队伍频道顿了一下，然后响起几句明显压抑着兴奋的话语。

"怎么是个女生？"

"我知道了，是开云对不对？传说中的模拟战王者！原来调到我们队伍里来了。欢迎欢迎！"

频道里传来了几声压抑的掌声，是他们最大限度的热情。

"妹妹……虽然这个时候说不大合适，但比赛结束之后，想要几张你的签名。如果是签在你的自拍上那就更好了。"

"我可以不要签名，但是我想要照片。"

"说出来你可能不相信，我全家都是你的粉丝，因为你，我那不学无术的妹妹终于放弃考军校了。"

"为什么？"

"因为她发现直男多的地方傻 × 也多，女生太苦了。"

众人沉默了下来。

之前那个想要揭竿起义的男生又兴奋道："我的兄弟……哦不是，我亲爱的朋友，你想要怎么刷？"

开云："见人就刷啊！"

男生沉默了下去。

赶投胎不是他的 Style（风格）啊。

先前的那位学长请求道："开云妹妹，你的征伐道路能不能主动避开我们的位置？我们只是一些不想被暴雨打翻的浮萍。"

开云："好说好说。"

那位妄图起义君不放弃地问道："开云在的话，那剩下的一个人应该就是叶洒吧？叶哥想怎么刷？"

叶洒说："我跟着她刷。"

起义君犹豫了，迟疑片刻后，他不死心地又问道："请问兄弟们，你们觉得，如果我跟着叶哥和妹妹刷的话，能有机会实现逆袭反超吗？"

"一路走好，我的弟弟。"

"24 小时对你来说可能有一点点短暂，但是创造联赛史上最低分应该不成问题。加油！"

"去吧，给我们这几个封闭了心灵的人找点乐子。给我们好好地上一课！"

起义君："……"

他怎么会分到这个队伍？

开云鼓励说："就随便刷刷嘛。趁着对面传送进来的时候是分散站位，正好捡漏。杀到五个就不亏了。"

后腿君："……"

五个很好刷吗？你当是切瓜吗？

开云呼叫战友："叶洒叶洒！我在最高的那栋楼下面等你！"

叶洒说："我就在附近。"

四位队友着实被他们的对话震惊了，嘀咕了两声，决定不参与。

观众也都以为他们是在说笑。直到时间一分一秒地过去，倒计时进入最后的十秒钟，他们两个还是光明正大地站在大楼底下。

解说："额……Amazing（惊奇）！"

随后白光闪过。

二人的前方不远处，刷新出了一位穿着二军制服的男生。

那个男生出现之后，先左右张望了一圈，然后接通队友的通信，语气中带着兴奋道：

"这是第五考场？我刚刚看见分到这个考场的是流动大学和联军的那几个家伙。

"快过来集体行动！这个考场好像没什么醒目的图标，我在大楼下面等你！

"哈哈，遇到开云和叶洒不是正好？我觉得他们根本不知道低调是什么。600多分算什么？杀他们个66次，让他们知道什么叫666（厉害）！

"好！我先看看我是在大楼哪个出口……"

男生说着终于转了个身，想起要看自己的身后。

三双大眼睛互相眨了眨。

开云提醒说："没有见鬼。我就是你的666。快乐吗？"

那么近的距离，男生在抵抗和逃跑之间犹豫了片刻，本能先一步让他转身逃跑。

然而比轻功，他怎么可能比得上开云？从露出后背的那一刻起，就注定他选择了一条死得更快的道路。

先是一阵风伴随着刺痛袭上他的后背，让他奔跑的动作猛地一滞，还没来得及回头，眼前已经出现了三夭自带的死亡色，屏蔽了他的痛觉。

一秒钟之后，他在另外一个地点刷新，睁开眼睛，还带着被砍杀时的惊魂未定。

他拉出系统，看着上面扣掉的30分，忍不住叫出了声："天啊！"

他辛辛苦苦拿老命搏来的荣耀啊！在他们两个刀下都没撑过一分钟！

这下真的与决赛无缘了。

男生说不出的心痛，然后一个激灵，开始重新环顾四周，里里外外瞧了好几遍，确认没有埋伏之后，才向自己的队友汇报情况。

"你们一定要小心自己的背后，我已经挂了一次了！就是开云跟叶洒，他们两个组合在一起很强！"

频道中的队友纷纷安慰，痛诉开云和叶洒的无耻。

"居然埋伏在大楼附近，卑鄙啊！"

"我说你怎么突然就没声儿了，没想到居然真的那么倒霉。"

"那我还往大楼那边去吗？大家要不要先在远处集合一下？单人遇到他们很危险吧？"

"他们应该已经走了吧？埋伏都是打一枪换一个地方。"

"他们走了那更危险，不知道是往哪个方向走的。大家先不要动，注意四周，随时汇报情况。我们人多，信息健全就是我们的优势！"

男生顿了顿，把正准备脱口而出的后半句话吞下去。

该怎么告诉他们，是自己蠢得忘了看身后？

正在众人因为猜测开云的行踪和计划而有点不敢向前的时候，开云也的确正跟叶洒商量着要换个位置捕猎。

开云随意指了个方向，说："这条路向前，S形风骚走位，见一个杀一个！"

叶洒点头表示可以。

他确认了一遍身上暗器的位置，保证储备充足，然后跟在开云的身后，迎风奔跑了起来。

现在所有考生都刚刚传送完毕，还在了解地形，无法马上会合，是他们刷分的绝佳时机。

如果能在开场挫败对手的心理、分散对手的队形，很大程度可以影响后面的战局氛围。

这样排好队等他们薅羊毛的机会可真是不多。

开云非常快乐。

解说看热闹不嫌事大："一个漂亮的开场首杀！赛场中弥漫的火药味我已经能闻到了！就让我们拭目以待，看看究竟今天是谁让谁变成666！目前开云的击杀人数是1！"

另外四名队友都选择从了美丽心灵，开云和叶洒就是今天的绝对焦点。

解说："现在东风已备，这场暴风雨能汹涌起来吗？！"

第十七章
十八般武艺

反正目前赛场中是晴空万里。

开云与叶洒的妖娆走位，顺利让他们在不远处遇到了两个正在深情对望的二军学生。

开云本来想悄悄靠近杀个措手不及，不想那两个人虽然看起来有些马虎，但戒备心却很强，没等她靠近就察觉出不对劲，转了个身，摆出作战姿态。

这对兄弟心悸过后对视一眼，立即做了决定，没有转身撤逃，而是快速低头对着通信器道：

"报告，我们发现了开云！大楼北面速来支援！两个人！危急！"

队频中很快有多人回应："坚持住，我们马上就来！"

听声音似有千军万马在朝他们这边会聚。

两个人对着开云勾唇一笑，说："对不住了。"

看表情完全没有对不住的意思，倒是因为底气十足而略显骄傲。

"道歉不要说得太早。"开云放缓速度停在他们身前，"浪费了我们也不还的。"

对面男生喊道："客气了！你还是安心收下吧！"

他们二人中，应该有一个是刺客，还有一个是盾士，搭配在一起，正好是远近无敌。

难怪他们事至不惧。

疑似盾士的男生侧跨一步，两手在胸前交替，迅速打了两个招式，运气成盾，交织在前面。

他声音低沉，道："我来挡叶洒的暗器，你见机行事，一定要拦住他们！"

队友郑重点头。

二人计划中，开云是个近战的刀客，只要用暗器牵制住她的动作，保持好双方距离，就不成问题，这个艰巨的任务可以交给刺客。盾士负责盯紧叶洒，

防备他突然发难。

对面叶洒抽出武器，潇洒地抖了一下，打开扇面。

盾士从鼻子里哼出粗气，掌风中又补上了一层内力。

结果叶洒淡淡地摇着扇子，看他的眼神中带着一点怜爱和同情，却光站着不动手。

盾士被他的不屑神情激怒，愤怒道："他竟然诈我！"

而在刺客的目光中，开云将右手的刀突然丢向了左手。

可她分明是个右利手！

刺客跟着伤心道："她羞辱我！"

他们两个简直欺人太甚！

这时叶洒突然发难，反手抓着扇骨用力一挥。

盾士不敢大意，紧盯着他死角处射出的暗器。

开云也从军用背包的底下抽出一条软鞭，先在空中甩了一下，将它舒展开，再朝着前方无情卷去。

盾士察觉到了一丝危机，但是他正提气，不便移动，突然脚踝上一紧，似被什么东西缠住，然后整个人就飞了起来。

什么下盘，什么气盾，都被瞬间打散。

盾士睁大眼睛，无辜又茫然。

鞭子？

怎么会有鞭子呢？

没等他想明白，身体已经靠近了开云。

盾士的反应还是很机敏的，他在空中努力翻了半个身，将自己调整成不那么被动的姿势，然后握指成拳，试图朝着开云攻去，打破僵局！

如果是一般的鞭客，此时肯定要做出应对，只要稍许的退让，就能让他乘胜追击。但开云她……她只是举起了自己左手的刀，将刀尖对准了盾士飞翔的方向。

然后盾士就那么惨烈地去了，只剩下他身后的刺客。

一个毫无隐蔽大刺刺站在你面前的刺客，那是什么？

对，那是白斩鸡啊！连根毛都没有！

叶洒直接两扇子呼了过去，将刺客吹得眯起了眼，紧跟着开云的鞭子又是一抽。

场景重现。

稍一晃眼，刚刚认完亲的两位兄弟，已经重新分散在地图的不知名处。

场外仰着头看大屏幕的秦林山被自己的口水噎得猛咳嗽。

开云那么热衷于送人上天的吗？做一双小翅膀真是委屈她了。

盾士壮烈重生，来不及捶地痛心，先行向队友们通报道："开云有鞭子，大家要小心！她带了第二种武器！"

果然二军的学生闻言都是哗然。

"鞭子跟刀也差得太多了吧？她怎么连这个都会？鞭子使得厉害吗？还是只有初学的水准？"

"死得太快没试出来。主要是完全没防备！但鞭子应该不是轻易好上手的！"

"之前都没见她带别的武器啊，这次是不带吃的了吗？"

"这场考试24小时，还没有死亡弹出，无法削减人数，我估计她也是觉得找不到时间吃饭，所以不带了。又不是什么地图都能让她浪。"

"别忘了她会暗器！这次特意带了长鞭的话，肯定还会带暗器！"

"那大家都提高戒备！拿她当和叶洒一样的全能型选手来对待！"

"真的要这样吗？感觉这样好累啊……"

"同志们都有点志气好吧？会个鞭子会点暗器而已，我们二军也有全面发展的学生！只要人多，还怕克不住她吗！"

"她也就能靠出其不意赢几分，到后面就没那么容易了啊。让他们见识一下我们二军的威严！"

"先确定好开云的位置，去打探一下她还在不在那里！"

二军的人在自我安慰，小阵营的队伍则在慢慢动摇。

一人弱弱问道："我们这样是不是太尿？看妹妹刷分好像很简单的样子？"

"是从心，谢谢，不要说出那个禁忌的字！"学长严肃说，"你知道这一场比赛，多数人失败的关键在什么地方吗？"

学弟说："请指教！"

学长："不知道自己的斤两。"

开云忍不住插了一句："其实还可以，你看我都可以。我师父说，我只有他当年一半的水平，跟你们应该差不多。"

"你不要欺骗我。"学长坚定道，"我是个见过世面的人！"

看着镜头中开云二人正在转移战场去往别的路线，解说激动道："到现在为止，开场还不到十分钟，小阵营方已经拿下了三个有效击杀分！而完成任务的两位都是流动大学的学生，这是联赛开办至今从未发生过的事情！开云跟叶洒真是一对胆大又出色的组合！他们比我想象的要更加不可思议！期待以他们为名书写的传奇！"

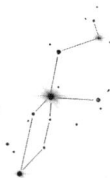

虽然离开了刚才的位置，开云却从之前的皮鞭攻击上获得了灵感。因为她发现自己忽然变换武器，对面的两个人就犹如木桩一样毫无防备，甚至比寻常的时候更加迟钝。

先入为主的误解，为开云增加了额外的战斗力。

她明明好几次隐晦地提到过，说自己会的不只有刀，别的也都学过一点，可大家都不是很放在心上，仿佛群体性失忆一样。

虽然她师父偶尔喜欢吹吹牛，可她真的是很老实的一个人。

叶洒心里吐槽道，你自己说的一点点，正常人哪里知道你们用的是两个不同的词库？

他语气高深地说："大国博弈告诉我们，大招握在手里没放出去的时候，才是杀伤力最大的时候。"

开云求证道："真的吗？"

学长插话说："猥琐流的精髓之中，有一招叫作'我就吓吓你'。用好这一招，真的特别快乐。"

开云舔了舔嘴唇："听起来真叫人欲罢不能。"

叶洒："……"这时候怎么就不记得自己的正直了呢？

几人正聊着，视线中又出现了几个学生。大阵营人数过多，撞上的概率真的太大了。不过这次不是一个，也不是两个，而是足足四个。

两倍的人数差距让他们有了安全感，不再脸带仓皇地走小路，而是大摇大摆地走在正中的街道上。

开云的战歌在脑海中澎湃而起，她朝着叶洒使了个眼色，纵身上前。

叶洒根本没明白她那个眼神是什么意思，学着歪了下头。

不懂。

他们两个人的队伍能配合到现在，真的是一个奇迹。

等叶洒跟着开云追出来，就明白她是什么意思了。

她的意思应该是：我一对一，那边三个你先帮我圈在一起。

难。

他二人一出现，对面四个立即分开站位，转向外圈包围，以防被他们一网打尽。

开云直冲着对面的剑客而去，叶洒只能挡在她的身后，帮她吸引火力，分散攻击。

还好对面有所顾忌，局面暂时按他们设想的那样稳定下来。

那剑客见开云朝他袭来，下意识地跟她拉开距离。开云现在右手握的是长刀，在没有更换软鞭的情况下，攻击距离总是有限的。

二人一远一近，保持住了这个节奏。

见此，剑客反而有了种如临大敌的危机感。

开云竟然不急着逼近他？凭她的实力，是可以做到的吧？

他神色一凛，默念队友的叮嘱，不敢让武器脱离防御状态，要处于可以随时抽回格挡暗器的范围，所以将动作幅度都刻意减小了。

这时开云突然喊了一声："看飞镖！"

剑客心道果然如此！他条件反射地抬起长剑，抖了个剑花，将胸前的一片空气都搅出波浪。

……然而无事发生。

剑客睁大眼睛，似受了伤害："你这也太无耻了吧？你有没有一点大神的自觉？说出去要面子的吗？"

开云说："我就吓吓你。"

剑客："你有完没完啊？"

开云严肃喊道："那就再来一次看飞镖！"

开云喊的是看飞镖，做的动作却是横刀直砍，还特意大步跨前，想以此拉近二人距离。

剑客按下了回防的动作，想着这次自己不会继续上当。他脚下朝着队友的方向快速撤退，眼睛则一动不动地盯着开云的长刀，估测她的攻击距离。

安全。

……？

他眼皮突地跳了下。

就在黑色刀身空砍之后，竟然还有一把黑色的飞刀，从下方射了出来。

由于长刀虚影的遮挡，等他发现真的有暗器的时候，已经来不及了。小飞刀擦着他的剑身而过，在他侧身的动作下，打在了一个不致命的部位，然而突然中招，还是让他身形猛地停顿了一下。

开云手往拉开了缝隙的背包边上一摸，手指随意钩到什么，直接丢了出去，同时飞速上前，对那剑客完成近身攻击。

叶洒正观察着她，看到这招一怔，险些忘了自己手下的动作。

这种掩护性暗器的攻击方式，是他最拿得出手的招式。

不是说有多高的难度，而是那种隐蔽的手法配合他的武器，才能发挥出最大的功效，这几乎已经是他的代表作之一。别人想要掌握，起码得钻研一番。

他只在开云的面前放过寥寥几次，角度也算刁钻，竟然被她学去了。纵然

细节处还不够稳定，速度和频率也比不上他，但的的确确学到了他的精髓。

他相信不会是秦林山教她的，因为秦林山没跟他打过招呼。所以应该是她自己钻研的。

就跟随手捡个钱一样简单。

这个认知，扔到谁的头上，恐怕都有点难以接受。

叶洒下意识地压住了自己的下一招攻击，抬起眼皮幽怨扫去。

敌对三人不知道他怎么突然阴沉了下来，跟着绷起肌肉。

解说见状，暧昧地跟了一句："这不是叶洒的招式吗？看来跟叶洒做朋友真的不错，他不仅能帮你刷分，还能将自己的独门绝技教给你！各大军校里还能找到那么贴心的陪练吗？！"

这话一出，无疑惹怒了叶洒的一众女粉丝，投诉解说的信息又迎来了一拨新的高峰。

解说不以为意，他就是靠着嘴贱为卖点，如果心理不强大，怎么混这一行？

那名被近身的剑客也是怒了。他抓着手中长剑，不再试探，也不再等待，直接运起周身内力，抽出两道长影。

"暴雨梨花！"

暴雨梨花，是开云第一次跟江途组队时，看着江途开过的一次大招。

江途的暴雨梨花施展得好看，就是字面意思上的漂亮，斜斜的内力白雾中，滑过闪闪的银光，简直就是教科书一样的表演招式。

但这位剑客的大招明显要肃杀很多。他的剑气不那么规整，内力的屏障也不是密不透风，却在交替中互相弥补，将其中咆哮的杀气增强了十倍不止。

这才是雨夜中的杀机，掩藏不住的那样浓烈。

他们剑系学子的三大杀招，哪里是那么好冒犯的？！

开云接连退了两次，还是被他忽长忽短的剑气伤到了。侧脸以及胸口，都留下了两道划痕。

所幸开云反手用刀格挡了下，伤口还不算深。

叶洒听见动静又侧过头看了她一眼。

开云抬手擦脸，手指上留下抹花了的血痕。

几名队友见状振奋起来：

"就是这样！冲啊！我今天就算不保存体力，也要跟你玉石俱焚！"

"让她知道我们二军学子30分的重量！"

"开云不会开大！我们干脆直接大招带走，丢几次分她就不敢了！"

"有镜头有价值！我就是进不了决赛，我也拿得到流量钱，不亏！个人打赏

244

快走一拨！"

开云感觉自己受到了极其严重的挑衅，怒道："谁说我不会开大？"

叶洒挑眉。

你还会开大啊？难道又是上次那个横扫千次军吗？

还拿大刀使枪客的招式，可破不了剑客的这个大招。

有人质疑她的排面，开云一脸要带他们见识见识的表情，后撤两步，握着刀柄直直冲上前。

"抡圆了斩！"

这一招是真的抡得很圆。从脚开始发力，腰部、手臂，将力气全都灌注到这一刀上，所以架势摆得大，砍出去的效果也相当惊人。

刀身与剑光猛地撞击，发出一道刺耳的摩擦声，然后铁刃被无情弹开。

开云因为靠得太近，手臂上又留下了一道血印。她却好似浑然不觉，再次斩了下去。

"抡圆了连环斩！

"抡圆了无影斩！！

"一力降十会，一招吃遍天！我打的招就是大招！"

剑客没想到她会硬碰硬，也没想到她的硬是这样的硬，虽然抵挡住了，但每一下都仿佛敲在他的骨头上。

咚！咚！

一力降十会这话是对的，他觉得自己仿佛在攻击一块无法移动的磐石，而那块磐石还在不断地朝他攻击。

剑气所向，开云不躲不避。

她不会疼的吗？

开云不疼……他快疼死了啊！

剑客感觉自己的手臂要被废了，再坚持下去，他就要提前宣告退出了。刚有了退意，手指一松，他手中的剑竟然飞了出去。

高挂的烈日下，银刃反射出一点一点灼眼的日光。

战斗戛然而止。

剑客蒙住了，开云却没有。她随手将刀一丢，以比剑客更快的速度捡起了那把剑，然后单手叉腰大笑了起来。

众人："？"

没走过这种流程啊，系统自带的垃圾冷兵器而已，怎么还带抢的啊？

她是疯了吗？

开云将袖子往上一撸，再把剑高举过头顶，召唤似的喝了一声："暴雨梨花！"而后像被按下了什么开关，以带着虚影的手速，迅速在胸前交错挥舞。

凌乱的内力气流，狂暴的银色剑气，直接在她周身爆炸开来。

如果之前是斜风细雨杀意暗露，现在就是一场无差别伤害的暴风雨！

二军众人："！"

叶洒不察，还看得入神，也被她的剑风扫到，骂了一声，自觉逃到旁边。

她太秀，这片舞台容不下他。

退到第三方的视角，叶洒确定了。

一样是不伦不类，仿效了外形轮廓的剑术大招，只有三分精髓。可因为继承了开云的愤怒，以及她舞刀时的习惯，竟然发挥出别样的杀伤力来。

无疑是她临时偷学的。

二军几人见状不对已经一哄而散，根本不敢靠近，留开云一人独舞。

一男生声嘶力竭地叫了声："是谁赐予她的力量？"

开云打了会儿，也发现这个新大招的方向没找对，于是顺势停下动作，用两根手指拭着自己手中的长剑，哼道："我有十八般武艺！今天就让你们一一见识一番！"

二军众人顿时惊到了，她竟如此深藏不露！

叶洒也惊到了，她包里的东西哪里够她施展十八般？砸对方一脑袋豆腐算吗？

因为刚才抢武器开大的操作太过震撼，开云随意放大了吹的一个"虚"词，竟然有效打击了对方的积极性。

……他们不是很想一一见识。

叶洒也不是很想，他甚至不想在开云面前开大了。那种挫败感不是一两句可以说得清的，偏偏还不能跟她生气。

他看着二军几个学生震撼非常的表情，不由得觉得他们可怜。他们恐怕连输都不知道原因是什么。

直播间里，一群观众都被开云的宣言镇住了，评论区全是对此的发散猜测。

喜欢遍地开坑的学生不是没有，可能做到遍地开花的还真是没有。不同武器所适合的体质是不一样的，且个人精力实在有限，别说十八般武艺，哪怕只超过五样，都会被认为学得杂了。

开云目前能拿得出手撑排面的，已经有四个职业，众人毫不怀疑她手中还按着没用出来的底牌。她这分明就不科学啊！

解说语速奇快，显然也是在关注评论区中的话题，长句一股脑儿地蹦了出来："我相信很多人跟我一样好奇荒芜星的课程。我一直以为荒芜星是一个闭塞落后的地方，毕竟不与联盟网络同步，起码在教育资源上是完全无法跟联盟相比的！而开云初期所使用的招式也恰好证明了这一点，除了轻功，她用的全都是基础招式，没有难度，没有传承，明显是草根出身。但是她现在竟然用出了一个剑术大招！"

解说喘了口气，说出自己的结论："暴雨梨花虽然是军校课程，但它并不是一个公开课程，所以开云的师父，应该是在联盟某所军校上过学的人。"

评论区众人表示将信将疑。

没过多久，应该是去翻看录像结束，解说又说："我还是坚持我原有的观点！开云的暴雨梨花是完全的四不像，可见教她这一招的老师也只是个半吊子水准。开云能在荒芜星学到这个水平，完全是依靠她四肢的协调天赋，她的基本功非常扎实，但也仅此而已！我想她的师父，应该只是联盟某位不知名的军校毕业生吧！"

有理有据，难以反驳。

观众都开始有些动摇。

解说说完后自己深信不疑，并开始同情起开云："开云拒绝各大军校的邀请实在是太可惜了，她不知道她错过了了解广阔社会的绝佳机会！希望这场比赛结束之后，看到我的解说她能回心转意，也希望各大军校还没有后悔地收回自己的特招。"

秦林山用力"呸"了一声，直想把光脑砸到那个解说的脑袋上。

"哪里来的半吊子解说？接工作之前不看看新闻吗？都看见老子我了还认不出她师父是谁。你全家都不知名吧！你这蠢货！"

唐话穿过的沾了脚气的鞋都比他厉害！鞋还能拍死蟑螂，他只会带节奏！

赛场中，争锋还在继续。

开云不顾众人震惊，发现剑招群伤无法快速实现之后，又猛然扭头，将目标转向那个失去了武器的剑客。

剑客浑身一个激灵，空荡荡的双手让他无所适从，左看右看，决定去捡开云丢掉的那把刀以增加一点安全感。他一个鱼跃扑过去，还没碰到刀，就听空中开云暴喝一声，连劈数道剑气朝他飞来。

他真的是死也没想到，本场首次失分，竟然是死在自己的剑下。

开云跑过去把自己的刀拾了回来，背到身上，宣告道："我的东西我都要！"

果然还是刀比较好用。

二军学生："……"你敢不敢更霸道？

剩下的三人站位更加分散了，显然谁都不想成为开云的下一个目标。他们眼神闪躲，犹豫着要不要先进行战术性撤退。

这时叶洒突然出声："援军来了。"

几人眺望远处。

果然数道身影正在远处上下跳跃，并逐渐靠近，应该是听到通信器中的求助，火速赶来支援的队友。

二军学生喜形于色。这次救援的速度可以啊，人数好像也不少。这样还怕开云做什么？会十八般兵器又怎么样？总不能还长出三头六臂吧？

浪了这么久，终于要翻船了。

三人立即重燃希望，脚步坚定起来，不再后退。

换成开云神色惊变，叫道："叶洒快跑，我掩护你！"

叶洒："？"

开云背过身，想要朝着援军的反方向撤逃，二军的学生当即一个飞镖射了过来，怒目赤睛道："没那么容易！"

开云咬牙，又跳到叶洒身边，用力推了他一把："你快走，我掩护你！"

叶洒："……"

他试探性地跳了一步。

开云挥手说："不要管我，你快走！磨磨蹭蹭地干什么呢！"

二军的人激动坏了，开场到现在就缺这么一个表现的机会。

"今天谁都走不了！30分就得用30分来还，少一分都不行！"

"拦住她，截住后路，胜利是我们的！我们可以包围！"

开云的小脑袋前后一转，似乎觉得不行，又换了个方向，往侧面跑动起来，还不忘吩咐战友叶洒道："不要让他们包围，叶洒快走！我刚刚拿了四个击杀，死了只是小亏！等我再联系你！"

几人当即被她激怒，也觉得一次性要围住他们两个不大靠谱，决定先逮着开云报仇。

叶洒被留在原地。

他走到高处，趴在破碎的窗户口，低头看着渐行渐远的人影。

就见二军两队成功会合，开云身后跟了十来个人，她几次被打得脚步趔趄，但都稳住了，围着障碍物左左右右地跑动，将身后队伍收拾整齐……

然后回身就是一个"暴雨梨花"。

从高处看暴雨梨花，真是壮观，尤其带有某种鲜红的液体做点缀，增强了画面的色彩感。

隔得那么远，他还能听到几声夹在其中的怒骂。

人物被判定死亡后会立即刷新，只是一眨眼的工夫，十来个人的小团体只剩下四个人。

那四人转身就跑，奔向了不同的方向，不带半点犹豫，不知道表情是什么样的。

又是一桩惨案。

开云刚刚学会的还无法控制的群伤大招，终于派上了用场。

她现在一定很快乐。

叶洒重新跳下去，跟回来的开云碰头。

二军的队频内此时全是哭号。刚刚"复活"的几人抱着通信器不肯撒手，为自己莫名其妙逝去的30分叫冤。

"真的不要相信女人啊朋友们，她刚刚骗人！怎么还带演的呢？"

"报告报告！开云她会大剑招！"

"开云说她会十八般武艺！"

"她是妖怪成精的吧？"

"怎么办？叶洒那种一菜三吃还好，开云直接换食材啊。这是作弊啊！怎么撑？"

"……啊，我的天！我的剑被她抢走了，我刷新后竟然没跟过来。我现在手上没东西了！咋办啊？谁给我蹭蹭？"

队伍中沉默了下。

一般武器掉落在地而人物又死亡—复活的话，是会跟着一起刷新的。但现在那把剑在开云的手上啊，被她无耻侵占了。她如果不选择丢弃，剑客恐怕就拿不回他的武器。

剑客如果没有剑的话……跟咸鱼有什么区别？

……好歹毒，她真的好歹毒！竟然是这样的打算！

"大家一定要保护好自己的武器！尤其是用长鞭、袖刀之类的学生。'云过拔毛'啊，这一切都是她的阴谋，她是想瓦解我们的武装力量！"

"啊，还可以这样的吗？怎么以前没听说过？"

"以前猥琐流的人也没有她这样猥琐啊，三夭这设定根本是 bug 吧？"

"同志们记住，死可以，但是千万不要放开你的武器！从现在开始，武器的

地位高于一切！"

因为地图上没有定位，二军的学生还在茫然寻求大部队的怀抱。但凡听到一点开云和叶洒的动向，都要先确定自己有没有误入那两位大魔王的征伐道路，然后小心翼翼地绕开可疑地点。

而开云和叶洒的行动又毫无规律可循，导致二军草木皆兵，精神疲惫。

这种局面大大拖延了阵营的战术实施和大团圆。开云跟叶洒因此偶遇了不少落单的学生。

在开场大吉的 10 个击杀之后的两个小时里，两个人又合作拿下了 11 个人头。

那可是 21 个人头啊！

慢节奏的考场里，这都可以成为全考场学生的指标了！

尤其是那0∶21的刺眼数据，完完全全是一种羞辱，细想一遍，都能将牙龈咬出血来。

被杀死的 21 个学生根本就是死不瞑目。

"她说'我是你的 666'，什么意思啊？"

"她问我'你快乐吗'，"队频中的那人语气里带着对这个世界的怀疑，"我说'我不快乐，我想活着'，她说'那我送你去往西方极乐解放自我'。我去？"

"这是什么暗号，还是她已经疯了？"

"这是她的战术啊！朋友们，她在摧残我们的心灵！不要再跟着她的节奏想了！"

"就是问一句让你愣一下的战术而已吧？"

"我看她第一场比赛的视频还觉得她好单纯、好可爱，怎么那么快就变成这个样子了？联军是个什么样的大染缸啊？"

"我觉得肯定是联军的学长在指导她！这么有经验的心理战，不像她能做得出的事情！她可是在荒芜星长大的啊！"

"自己不敢出面，就去怂恿一个小姑娘，那么无耻的吗？"

眼看话题又要跑偏，频道中响起不容置疑的命令声：

"都听我指挥！别再管什么开云什么叶洒了，别忘了对面有六个人！我们现在完全被对面带跑了节奏！全部人大楼集合，我们要分派小队搜索地图，先把另外四个人逼出来！"

正当大阵营的考生决定绕开这个滑铁卢，将目光落到另外四人身上的时候，开云也在队伍频道中悠悠叫了一声。

"学长啊，你睡了吗？"

"妹妹啊。"学长叹气说，"不要以为我们这些人躲着很简单，你不知道我时时刻刻都被头顶传来的脚步声牵动心神，大脑每分每秒都在分析他们的战术分布。我们很难的。"

开云："头顶？你们躲在地下？"

学长："那肯定是要比外面安全的。凭他们的智商，能想到我敢把自己埋了吗？"

叶洒："？"这么机智的人儿，一般人都比不上啊。

开云顿时敬佩道："学长不愧是学长！我也没有想到！"

学长谦虚地说："哪里哪里，都是经验和教训而已。我只是为了保住我的胜利果实，毕竟来都来了，怎么能不进场决赛呢？你能理解吧？"

开云："理解！"

队伍中的后腿君悲伤道："那我咋办？我积分不够，还跟着缩在角落。现在二军都熟悉完地图开始集合了吧？我更不敢出去了。"

学长："你要这样想，死得壮烈，不如活得轻松。反正都进不了决赛，与其出去送分，不如静看对面疯魔。"

开云说："说不定我多淘汰几个，你就能进了呢？"

后腿君心情复杂道："……我谢谢你们啊。"

镜头第一次从开云的上方离开，移动到了她队友的位置。然而画面中沙沙的一片，什么都看不清楚。只有浅浅的呼吸声，证明这个地方真的有人。

众人恍然，原来这就是毒鸡汤导师·学长的隐秘藏身之所！

观众惊呆了：

> "看看，这就是站在积分顶端的男人面对敌军时的样子！"
>
> "能屈能伸，联军的教官可真是个人才。"
>
> "我相信他是凭借自己实力打到最终场的，这么强大的环境适应力，明显经验丰富，是个高手啊！"
>
> "原来攻略是对的，我当年失败只是因为我苟得还不够深，不够认真！"

队频中，学长突然又说了一句："以我的经验，二军开始集合了，之后应该就是整队。"

"对的。"开云想说他真的是神了，"二军的人正在往大楼集合。"

学长说："嗯。我听到了去往同一方向的脚步声。"

学长分析说："他们应该开始分派小队，按照等距行军的方式排查地图，目的是找到我们四个。这样的话你们两个也不好打了，因为一旦碰到一支队伍，马上会有其他援军进行四面包围。这个大逃杀的地图是无限刷新的，子子孙孙无穷尽，不好突围。"

开云坦诚地说："其实从一小时前开始就不大好刷了。他们开始抱团走，戒备心也强，就是救援的速度慢，我们成功跑了好几次。"

学长"嗯"了一声，感慨地说："二军真的是我遇到的反应最慢的一个阵营，我估计他们教练正守在考场外，等他们考完第一时间去撕了他们。他们现在想刷分的决心，你肯定体会不到。"

开云的确不理解，因为她可是胜利者！

原先她的联赛总积分排名还在金榜之外，未进前百，但是在其余考场积分几乎停滞的情况下，这番惊天动地的神操作成功将她送进了光荣榜。现在各个考场的学生，都能看见她的大名，以及她名字后面挂着的"流动大学"这个标志。

积分变动榜上，她也是实实在在的第一名。

等考生们注意到的时候，只能啧啧称奇，无法想象他们考场的人都遭遇了些什么。

开云问："学长，哪里还有安全的心墙？我也决定躲一躲。"

后面还有二十几个小时的征程，必须合理分配好精力。对方现在情绪上头，正大力开展反扑事业，他们是时候功成身退了。

等二军众人心力交瘁，大家再慢慢交流感情。

学长："都说了要看自己的情况。隐藏是一门很高深的学问。"

学弟们纷纷应和。

"好几次有人在我身边走过，我都以为他们发现我了。"

"我感觉他们走动频率变高了，简直是在折磨我自己。"

后腿君惴惴不安道："如果我暴露了的话怎么办？死亡刷新很可能还在他们的视线里，是不是就完了？"

"展示你联军的铁拳啊！"学长说，"你记住了，露脸的时候必须帅！"

后腿君："……"强人所难。

观众正觉得好笑，解说又不合时宜地说了一句："不管怎么修饰从心，这其实就是怂啊！开云和叶洒好歹还厮杀过，另外四位队友真的准备苟到最后吗？希望他们能勇敢一次，让战场精彩起来！"

此言论立即引来众人的不满。虽然苟着的战局的确不好看，但是要知道，"苟"可是传承了几千年的战术精华，也是大逃杀地图中的核心战术，他这么说，是想侮辱谁啊？

身为一个解说说出这样的话，未免太过失格。

解说对评论区的责骂嘿嘿笑着不以为意，正准备继续，突然发现自己被系统发了个红牌：

> "被举报次数过多，经核实举报内容属实，请注意言辞。打赏扣除50%，记过一次。"

解说："……"

他愣了下，觉得不可能啊。

他的话虽然欠揍了一些，但尺度卡得很准，并没有态度肯定的错误结论，哪里到要发红牌的地步？

难道他嘴瓢了？

解说正在查看系统判定的具体原因，发现后台写的是对开云师父的猜测有离谱错误，且带有主观性羞辱。

怎么可能？能离谱到哪里去？

他还没弄明白，又一张黄牌发了下来：

> "长期沉默，消极直播，请注意解说节奏。打赏扣除20%，记过一次。"

解说："我去！"

他下意识地脱口而出之后，赶紧捂住嘴巴。

果然，三夭管理员正盯着他，紧跟着又一张骂脏话的黄牌发了出来。

三条处罚信息在评论区被置顶，红红黄黄的尤为显眼，一时竟然盖过了比赛的热点。

观众集体叫好，鼓励三夭。

解说心里闪过了八百条骂人的话，又不敢继续沉默，赶紧看向画面，找了两个话题进行闲聊。

这次终于被教训乖了，虽然语气干巴巴的，却不敢再嘴贱。

解说："我们看见，开云和叶洒也躲进了一个坑里，只留下一个通风口。二

军队伍初次排查……并没有发现！"

正准备一展拳脚、报仇雪恨的二军众人，突然发现对手都不见了。

连开云也不见了，犹如人间蒸发。

他们分散在地图的各个角落，再次陷入凌乱。

那个指挥挠头问："你们都认真找了吗？"

"找了啊！"

指挥斩钉截铁道："不可能！汇报开云最后消失的地点！那么隐蔽，他们肯定都躲在一起。我们就缩小范围，进行精细搜查。注意树梢、高层、断墙背后！必须打乱他们的节奏，否则我们太被动了！"

对二军学生来说，如果开场的前两个小时，是面对死亡的痛心疾首，那么接下去的两个小时，就是犹如面对附骨之疽的无可奈何。

千言万语汇成两个字——人呢？

他们满考场地跑动，将几乎所有能翻的地方都翻了一遍，所有能骂的话都骂了一遍，然而一无所获。这个时候考生们才深刻体会到，原来比被按着打更难受的，是被打过一顿之后，好不容易叫来了帮手，对方却悄悄跑了。

这口气憋着，可不得把自己闷坏了吗？

镜头从各个角度，拍到了二军学子怒极攻心的模样。他们像无头苍蝇一样地在考场中乱窜，一次次地与开云等人擦肩而过，直至耐心消磨殆尽。

第十八章
强势逆袭

虽然解说不够优秀，但是没关系，这一届的观众很优秀，他们已经学会了自娱自乐。

时间慢慢过去，二军的学生在长期的精神紧绷中，开始慢慢感受到疲惫。尤其是不断积攒的挫败感，正在影响他们的判断力。

视线右上角的数字，终于又跳到了一个整数，标注着开场已经四个小时。

他们需要休息，否则无法支撑起之后的场面，这是一场不能懈怠的比赛。

二军的指挥也意识到不行，在地图排查到第三遍还是没有结果的时候，他选择了暂时叫停。

"所有人，重新在大楼前面集合！"

二军考生纷纷掉头，赶往大楼。

他们知道自己开场表现不佳，担心教官正在场外观看，所以表现得特别有军校生的纪律性，想从风貌上进行弥补，连坐在地上休息的时候，都是排着整齐队列、挺着高傲小胸的姿态。

二军指挥手掌向下一压，示意他们安静，先激励了一下众人，说道："我不相信他们能上天遁地！三夭规则在这里，他们肯定藏身在这个地图的某个角落。我们缺的只是一个机会，我相信，只要他们露出一点马脚，后面的节奏就会掌握在我们手里。"

众人大声回应，将自己年轻朝气的小脸露出来："好！"

"从现在开始，我们要分成两组人。一组人原地休息，一组人轮换巡逻。"指挥挥舞着大手，"我们三次排查，都没有发现他们的踪迹，证明他们就是躲在我们看不见的地方。也许有什么暗道暗门，我们没有找到，没关系，直接给我推图！"

他说道："无论矮墙、地面、老树，看着觉得不顺眼的，都给我炸！内力告

罄的学生回来调息，其余学生顶上，2点之前，我们必须看到成果！"

"是！"

一般来说，考生是不会大肆破坏地图的，因为对地图的利用是双方的，这等于他们放弃了打埋伏的战术。而且摧毁地图需要大量的内力，是一件很不"合算"的事情。

当然这些顾虑，现在通通都不是关键问题。

二军的战术调整很快被小阵营方的人发现。

学长说："他们累了。"

开云："我感受到了。"

他们躲藏的位置，能更加清晰地听到周围的脚步声，进而从中分析对方往返跑动的频率。

刚才所有人往大楼的方向过去，之后再出来行动的人数明显减少，可以猜到二军的人是分批次休息去了。

只不过，从刚才起，就一直有很奇怪的声音。

叶洒说："好像变得暴躁了。"

开云感慨道："年轻人哦……不行。"

撞击声越来越近，二人甚至能够感受到地面轻微的震颤。这样的事情他们已经经历过好几次，但每次都是有惊无险地擦肩而过，这一次二人也是放平心态沉住气——直到某棵树轰然砸在他们前方不远处。

土遁术不行！

开云可不想被二军歪打正着地一击命中，直接归西，当下忍不住，提起内力轰开身上的土层和用来遮掩的垃圾，手臂一撑，跳了出来。

二军的学生正背对着她，手执武器，检查地形。这一片泥地已经被他们打得坑坑洼洼，几棵秃了的枯树也不可避免地被推翻在地，一眼望去，路上全是残骸，较之开场的冷清又多了几分破败。

毫无疑问，再稍等片刻，开云所在的位置也会被纳入攻击范围。

那几人听到动静后反应不一。有两位下意识地扭过头，正好迎来了开云封喉的一刀，他们带着不可置信的表情在地图别处刷新，眼神中还满是怔忪。还有两个拔腿就跑，根本不管身后是人是鬼。

她的出现，让二军队频再次恢复了热闹。

"他们诈尸了！我们又死了！"

"能不能说清楚？这种时候别玩梗！"

"他们藏在地下！藏在松软的那种土里！大家快去搜寻周围的荒地或者废弃

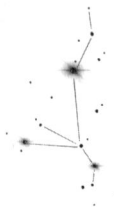

的绿化带，虚掩的大石头也别放过，所有能挖坑的地方都跳进去试试。"

"还真的飞天遁地，联军的人也太阴险了吧！"

"兄弟们应该都知道该怎么做了，上啊！"

开云抹了把脸，将脸都擦黑了，看着远处集结而来的二军大部队，知道情况不算很妙，转身就跑。

等她抬眼一看，才发现叶洒早已经跑远了。

可真是个机智的男孩儿。

这时频道里面，学长问道："妹妹，你们是已经暴露了吧？"

开云："对！"

"那顺便帮我个忙。"学长说，"以大楼正面为北，我在它西南方约1.2公里的地方。一个绿色招牌的位置，这边有一队人正在挖坑，我快暴露了，你把他们引走。"

学弟："那妹妹，顺便一下？不过我这儿是哪儿来着？"

开云说："他们知道我们躲在地下了，你们应该也躲不了多久！"

"狡兔三窟啊，一个窝当然苟不了24小时。"学长说，"但是快要下雨了。"

开云："什么？"

叶洒解释说："应该从下午2点开始下雨，下12个小时。为了考验学生的适应能力，大逃杀都是一半天气晴一半天气雨。"

"高山地图一般是暴雨，伴随着泥石流和山体坍塌。现代废弃城区则是下酸雨，所有淋雨的学生附带内力削减的负面状态。"学长说，"还有半个多小时吧，他们不可能在雨里长期驰骋的，肯定跑不过我。"

开云惊呼："原来还有这种好事！"

"你有我有大家都有。"学长说，"这种负面状态也叫好事？"

开云："应该还好吧？"她的内力一向多得没地方用。

他们正在聊，后腿君突然低声说道："完蛋，他们狂轰滥炸的感觉像是在我坟头蹦迪。真的能躲得过去吗？"

学长说："嗯？我已经换地方了。"

后腿君大惊："什么！"

另外几位学弟跟着道："都知道暴露了，肯定换个地方藏啊。"

"他们搜地下我们就藏高层呗。妹妹跟叶哥都主动帮我们吸引仇恨了，我们也得学会随机应变啊。"

后腿君："……"是世界欺骗了他吗？

开云叹说："你蠢蠢的样子太像我一个朋友了。"

后腿君："谢谢啊。"他不是很想知道。

后腿君明白现在需要自求多福，他和开云对了一下双方的位置，准备暴起之后跑过去找开云，跟她会合，壮大声势。

那边开云跟叶洒也到了学长所报的区域。

开云远远就看见五六个学生正在路边刨土，一路搜得特别认真。那些人看见她之后，停下手里的动作，一起前来包围二人。

叶洒已经跑得有点呼吸急促，因为控制追兵的重任都压在他的身上，他需要不停地调用内力，使用暗器跟折扇，来为二人找到突围的缝口。

身后追兵数量还在稳定递增，他的攻击频率也跟着一路爬升，忙着干活，无法说话，只能听队伍里的几个人聊天。

叶洒再次打开扇子，学长适时出声道："往前，楼下再逛一圈，将人全部引走。等下雨之后，就不会有大批的人来搜这栋楼，我就可以再待一会儿了。"

叶洒干脆地抬手，一扇子朝侧面呼了过去，将路边铲松的泥土都扬了起来，再侧过身，换了只手，又一扇子反向扇到后方。

黄尘漫天，瞬间遮住了追击部队的视线。

一群人"呸呸"地吐着嘴里的沙土，等用内力将沙子挥开之后，双方的距离已经被再次拉开。

开云问："你躲在楼里？"

"对。"学长说，"妹妹，看左边三层。"

开云跟叶洒一起扭头去看，就见三楼的窗户口，闪过一道人影。

因为距离太远，看不大清五官，只知道皮肤很白。阳光透过破碎的玻璃，在他脸上打下了一道斑驳彩色的光影。

学长两指在额上一点，跟他们打了个招呼，又迅速缩了回去。

直播间的评论区瞬间炸了：

> "我就说这声音怎么有点耳熟，原来是大公子！"
>
> "又装 ×，举报了。"
>
> "参见大公子！"
>
> "大公子你冷静一点啊！露脸帅又怎么样？大家还是忘不掉你埋土里的样子啊！"
>
> "苟得那么彻底，你说你对得起总榜积分前三的荣耀吗？！"
>
> "大神要有大神的样子啊！"
>
> "我就说，能分到小阵营的人不可能那么反！有一个连决赛都进不

了的选手，就肯定有一个压轴的大佬！"

"从心而已，一切都是大公子的战术。联赛种子选手教你玩转大逃杀！"

"看！连躲藏的方式和位置都选得那么有灵气，这当然是大神才能做到的事情啊！"

叶洒和开云都不认识他，只扫了一眼，就立即将视线收了回来，担心被身后的人察觉出异常。

太阳正好飘到了一片厚重云层的背后，天色几乎是在几秒内迅速暗了下来。

众人抬头，才发现不知道什么时候，云层已经变黑，并在快速聚拢。

真的要下雨了。

不久之后，天空开始淅淅沥沥地下起雨来。画面中烟雨蒙蒙，天地间披上的银纱瞬间为这肃杀的战场添上了几分柔和。

一道紫色的雷光响彻云层，标志着酸雨环节正式开启。

第一滴雨落在开云的脸颊上，刚刚滴落又被瞬间弹开，同时一条红色的警告出现在众人视线正中：

> 天空突然开始下起雨来，你似乎闻到了一股刺鼻的工业味，轻微泛红的皮肤告诉你，这是一场酸雨。为了避免伤害，你立即驱动起内力将酸雨挡在皮肤外层……

这条警告闪了两下之后，缩到视线的左上角。

与此同时，开云发现身上的内力正在自发地向外流逝。感觉虽然不算强烈，但如果长时间的话，恐怕真的能掏空一个人的身体。

二军的队伍开始产生骚动。他们放缓了速度，迟疑不定，不知道是趁机先杀一次开云报仇好，还是先去找个地方躲雨好。

纠结之间，大好时机就这么被他们蹉跎过去了，开云到底是跟谁学的逃跑的功夫？

雨水落到旁边的泥土里，空气中慢慢多了一股腐臭的腥味。

开云鼻子动了动，正想是不是自己的错觉，又一条提示跳了出来：

> 工业区用来非法埋藏污染物的土壤被翻出，与酸雨反应后产生了有毒气体并散播到空中，你发现周围的环境里出现了有毒的屏障，已

被你吸入身体，一旦使用内力，就会成倍损耗。

随后提示框同样缩到左上角，而众人内力的流逝速度也增加了一倍。

二军学子："……"

开云回过神，底气十足地指责道："看看你们都干了什么好事！"

追兵们骂了两声，不再迟疑，转身就跑。

内力成倍损耗的话，随便放几个大招，基本就见底了。开云的内力明显比他们深厚，他们再追也不一定有成效。而且他们有六个人，不能单因为开云和叶洒两个，将这一拨人全部牺牲。

他们已经在开云的身上栽过太多次，既然填不了这个坑，还是及时止损，跳过去吧。

一般下酸雨之后，比赛节奏都会步入暂缓阶段。没必要在雨里消耗无谓的内力，何况这次还有毒瘴的加持，而且现在已经开场五个小时，两个阵营的选手都需要暂时的休息，张弛无度可不行。

系统的这场雨，是双方默认的和平时段。

直播间的观众也起身稍作休息，或在评论区轻松地聊了起来：

> "想想这个考场的考生真的太惨了。别的考场的大佬都在带着小弟们刷分，而大公子则带着他们学习怎么'苟'。"
>
> "大公子你再不爬起来，就要掉出前三了啊！"
>
> "好过我们叶哥，辛辛苦苦刷了全场，一个人头都没得，全是助攻分。"
>
> "话说大公子在干什么？"

镜头如众人期待的那样，转到了学长的位置。

就见他在背包里摸啊摸，掏出了一把折叠伞，撑开后放到自己背后，以挡住从破碎窗户飘进来的细雨，然后躺下睡觉了。

众人："……"

> "我竟不觉得惊讶。大公子人设不崩。"
>
> "考点——打大逃杀一定要带伞。"
>
> "机智的人儿，你说得太对了！"

260

这边还弥漫着一股慵懒温馨的气息，镜头猛地拉向窗外，背景里同时传出一阵吼叫与刀风的声音。

观众都是一惊，赶紧将声音调小了些。

此时镜头的视角有些不对，画面中全是凌乱的内力，还有飞散的、不断朝着镜头打来的细雨。

光芒炸裂，伴随着不断飞溅的血花，空中出现了半道淡色的彩虹。

直播管理员立即将画面拉远，众人才得以看清，原来正在开大的是开云和叶洒。

……他们两个人正在强势屠杀！

开云的发难几乎是在瞬间，毫无预兆，而且从她举刀开始，就没有停下，始终保持着密集的节奏，一下接一下地连斩。

刀气顺着她的刀刃不断向外飞旋，气流带动着酸雨一道向敌军扫过去，肉眼看去，像闪着白光的月盘，杀伤力竟然有特别的提升。

可是，那密集又炫目的刀法连招，从来没见她用过，也没听说哪个刀法是这样野蛮不合理的，几乎是压榨着刀客的极限在进行攻击。

解说看了片刻，才不确定地开口道："有点像剑招暴雨梨花？"

观众恍然大悟。

的确像是用刀法砍出的暴雨梨花！但这已经不是梨花了，刀这种武器本来就要比剑刚硬，她这样的打法，更是打出了万夫莫开的气势。

是山崩地裂！是虎啸龙吟！

雨中的刀式暴雨梨花，竟然强悍至此！难怪二军瞬间溃败，明明人多势众，却没有抵挡的余地。

这是她自创的招式？还是她压在手中的底牌？

"不对。"解说没头没脑地说了句，"是叶洒的配合！压住了二军的反抗！"

众人这才注意到，开云身前的雨，都是斜向坠落的，这阵风不是地图自带的，而是叶洒在旁边配合。

因为细雨的掩护，叶洒射出的银针几乎难以捕捉到踪迹，他一把又一把从手上甩出，为开云开疆辟土，让她势不可当地上前。

二军众人先被扑面而来的细雨眯了眼睛不说，又被针扎了一身，紧跟着就是开云的刀气，他们忙不迭地提起内力挡在身前，没挨两下，内力就有了大幅削减的征兆。

仿佛大家不是同一个次元的人。

"这不科学！"二军的学生大喊道，"他们两个是不是有状态免疫？大家一

起淋的雨，凭什么我们就要减内力？"

开云："我也有的好吗！"

二军学生齐齐叫道："你骗人！唬谁呢？！"

薛成武和卢阙坐在干燥的大楼一层避雨。

薛成武刷着榜单，想从积分的变动来判断其余几个考场的战事情况。他手指滑啊滑，突然顿住，然后叫了声："不会吧？"

卢阙斜瞥了他一眼。

薛成武站起来说："开云是开挂了吗？怎么回事！"

卢阙听到这个名字，挑眉道："怎么？！"

薛成武激动地指着虚空说："前两个小时毫无动静，掉到了98名。刚刚瞬间加了24分，到了94名。看！又是6分！"

卢阙也调出系统里的积分总榜。

不用怎么找，按照积分变动来排序，现在开云就在第一位。

就在点个刷新的工夫，他看见开云又拿下了两个人头，骤然增加的12分，成功将她送到了前九十。

"这杀了几个人？"薛成武掰着手指数了数，"她肯定是小阵营的吧？那怎么人头都在她身上？难道对面排着队给她杀？还是他们地图又搞出了大爆炸？三夭之前不是发声明取消训练大楼的爆炸设定了吗？"

说话的工夫，开云的数据又往上跳了两位。

薛成武听到队伍频道中有人叫了声："不可能！绝对是bug！"

薛成武也龇牙倒抽了一口凉气。

被分到大阵营，他以为自己已经很勤奋、很高光了，但也只拿到了一个人头。跟开云一比，这算什么啊？毛都不算！

薛成武说："照这样的趋势，难道开云可以冲击前二十？不，或许，前十？天哪，流动大学，18岁……她简直是天才里的天才！"

联盟里不乏天才，但是他可以大胆地说，九成五以上都会聚集在军校联赛。其余的是像叶洒那样的另类。而这一届，另类不也来参加联赛了吗？

"不对！"薛成武在震撼中抬起头，自言自语道，"其他人刷分的速度也很快。被分到小阵营的几个种子选手，积分都在稳定爬升……比如我们考场。后排好升，但是想挤到上游部队就太难了。除非这些人自相残杀，突然掉分。"

目前总分榜第二的那个学生，不就在他们考场吗？

地图太大，薛成武和卢阙跟着情报刷了几个人头，没有去刻意寻找，缘分也没让双方相遇，所以还没撞上，但对方已经趁机拿下了好几个人头。开云要超他可不容易。

旁边卢阙低头，扭动了一下右手手套，铁爪前端的刀刃立即刺出，带着股凶悍的杀气。

薛成武感受到他的变化，扭过头喊："卢阙？"

卢阙起身，准备走入雨幕。

薛成武连忙跟上，叫道："卢阙，你去哪里？"

卢阙沉声说："做件有意思的事。"反正是最后一场比赛了。

"也不算白来一场。"把她送到胜利巅峰，续写传奇，那背后是不是也会有一个他的名字？

薛成武："我陪你去！"

"不用。"卢阙目光看向远处，"杀两个人而已。"

开云一路反杀过去。

刀在她的手心发烫，灼烧了她的武魂，她感受到一股前所未有的畅快。

宣泄！释放！然后变强！

顷刻之间，场上已经是与之前完全不同的局面。

原先追在开云后面的二军人数不少，开云接连的几个大招，他们完全吃不消，在内力告罄之后，连轻功都变得不灵活了。

众人被打得嗷嗷直叫，但脑子还算灵活，快速展开了自救，推出几人，想要诱使开云放空内力。

开云极其配合，依旧保持着大招毫不退却。二军献上队友的人头，却发现什么都没改变，才改变策略转身逃命。

到最后，他们依旧在用自己沙哑的声音大声喊着："这不科学！"

什么科学不科学的，都已经这样了，科学还重要吗？

开云跟叶洒一路朝着前方狂奔，追击了好几个敌军，具体人数已经数不清楚。

叶洒始终站在辅佐位，将最后的击杀留给她，这样明显，还察觉不出来，才是真的瞎了眼。

开云偏过头，发现叶洒的脸色已经有些苍白，问道："你为什么一直在给我助攻，你不拿击杀分？"

叶洒说："给你补补。"

后腿君在频道里听着快要哭了，说道："叶哥，我严重营养不良了。我是咱们队里最瘦的一只崽！"

"加油。"叶洒面无表情地说，"猥琐发育，慢慢浪。"

后腿君："……"这跟说好的不一样。

开云刚将目光收回，叶洒那边就用余光悄悄打量起开云。

开云刚才的招式，明显是她临时发挥的。她需要一个大招，于是就用出来了，恐怕连她自己都没意识到这通操作里的可怕。

从学习、改编、融会贯通，只要一场比赛的时间，这是怎样的另类天赋？

如果不是亲眼见到，他不相信这世上可以有这样的人。

叶洒暗暗沉思。

不过，或许也确实只有开云可以，因为其他人都没有她的资质。

许多人可能瞧不起开云那全是单招构成的武学套路，却不知道它的可怕之处。

普通人从一开始就学习风格强烈的高级武术，很容易受到招式创造者的影响。所有的招式，都有自己的风格，当然找到适合自己的风格，未必是一件坏事，登高望远，也能让武者更快速地进步。可就是这种飞速的提升，容易给初学者带来一种先入为主的模糊概念，如果变一种风格的招式，就容易看不透了。

而开云，她起点的道路比所有人都踩得坚实，每一个单招都熟练得仿佛刻在灵魂里，那些招式在她心中，犹如细碎的零件，只要需要，可以随时拼接。

所以她可以清晰明确地观察别人的招式，所以才会有如此变态的分析拆解以及组合再构能力。

换一个人，都不行。

叶洒不由得说了一句："你的师父一定很厉害。"知道她的特点与缺陷，为她选择了这样一条与众不同的路。一定是用了极其艰难的方式，才将开云教到了如此卓越的水准。

开云闻言重重点头："嗯！"

她朝着叶洒友善一笑，露出自己雪白的牙齿，同时心照不宣地扬了扬眉毛。

这是第一个夸她师父的人！

叶洒："……"变脸未免太快。

叶洒深吸一口气，主动放慢了速度。

酸雨的负面效果严重影响着他的状态，刚才的那一战几乎耗空了他的内力，此刻他已经感到力不从心，如果再重复一次刚才的乱战，他恐怕会先坚持不住。

叶洒招了下手："开云，等等。"

如果说前期是叶洒撑住了身后的追兵，那后期的消耗绝对是开云更为庞大，且庞大许多！

她的暴雨梨花根本就是对内力的挥霍，堆叠上负面效果的影响，已经是难以想象的内力输出，按照常理，早该到极限了才对，怎么还像无事发生一样？

叶洒本来是撑着自尊心，想等开云先示弱，没想到这人不同寻常，貌似等不到那一刻，才忍不住问道："你不难受吗？"

开云停在他身边，问道："应该哪里难受？你是说酸雨打过的感觉吗？"

叶洒指了指自己的腹部："丹田位置，枯竭一般地绞痛，好像有手在里面撕扯，血液快要被吸干。"

开云沉默了。

叶洒期待地问："有没有？"

"这不是痛经吗？"开云怀疑地看着他，"你一个男生为什么这么懂？"

叶洒："……"我杀了你。

开云细心感受了下，说："就是有点热热的。之前放大招的时候，气血开始上涌，手脚的血液都在加速流动，现在也没有别的感觉。丹田嘛，在燃烧。"

叶洒发现她说热，可能是真的热。她额头上的水珠尤为密集，不知道究竟是雨还是汗，脸颊有轻微不正常的发红。

不过眼睛依旧有神。

叶洒迟疑片刻，试探性地去摸了下开云的额头，即便被雨打湿，依旧是滚烫的。叶洒惊道："你这不是发烧了吗？"

"我很健康！"开云说，"难道淋三天的雨也会感冒吗？"

那当然是不会。

叶洒皱眉。如果是生病，的确不应该是突然暴发，那就只有……

叶洒严肃道："你内力狂暴了。"

开云愣了下，说："没有吧？"不过症状确实很像。除了内力没有外泄涌出，也没有失控。

叶洒："你刚才那么多的大招放出去，丹田不枯竭才不正常！"

开云反驳："我天赋异禀，内力深厚。"

叶洒才不信她，不管是真是假都必须防备，说道："停下！找个地方先休息一会儿。"

开云本来想拒绝，但是看叶洒已经是一副精疲力竭的模样，就顺从着他点头。二人进了隔壁的一栋废弃建筑，暂作休息。

后腿君悲催道："我刚向你们奔来，你们的征途就已经结束了吗？"

开云安慰说："没关系，雨得下 12 个小时呢。"

叶洒："我的征途永无止境！"

开云附和："我兄弟说得对！"

叶洒催促说："你打坐调息吧。"

开云应了声。

开云终于去休息了，直播间里众人的反应，奇异得都是松了口气。

解说佩服道："虽然听说过开云永动机的名号，但第一次见证还是吓了一跳。如果她的内力真的无穷无尽的话，或许能用这种气势冲到前十名！还好，她还是知道疲倦的！"

他低头看了眼数据："到目前为止，开云已经在考场中击杀了36人！二军能在比赛结束之前报仇雪恨吗？哪怕一次也好！"

评论区的观众显然也正为此困惑，开云的内力已经成了一个不可绕过的谜团：

"叶洒都明显不行了吧，可我怎么感觉开云还能再战二百回合？"

"悄悄告诉我，开云是不是有什么回内力的心法？"

"我对开云的感情很复杂。想慕强站她，但是想到她稀有能源免疫，又怕被打脸。"

"叶哥这是在给开云让C位吗？他俩到底是什么关系啊？难道只有我好奇？"

秦林山捏着下巴许久不动，紧盯着屏幕察看开云的神情。

他也不知道开云身体里的那股内力化用之后会变成什么样子，他从没见过这样的事。但看开云目前的状态，应该是没有危险。

开云的经脉非常坚韧，比同龄人的要高上两三倍，简直像经过千锤百炼一样。可如果真的狂暴，就不一样了，保险起见，是该休息一下。

秦林山欣慰点头。叶洒，还学会体贴了，没让你秦叔失望啊。

开云只打坐了一会儿，就又想出去。

丹田处的内力还剩多少她感知不到，就是觉得四肢百骸，全都蕴藏着内力，打坐调息没有用处。

这种感觉很陌生，但是不坏。

她说了，叶洒沉默了。两个人肩并肩坐着，侧过头面面相觑。

学长突然问道："妹妹那么努力，是不是想拿第一啊？"

后腿君的第一反应是，这怎么可能？初期分数差太多了。

开云抽了抽鼻子，随意道："拿第一好啊，我师父当年就是第一。"听唐话讲起来倍有面子。

学长闻言睁开眼，坐起来舒展了一下四肢，说："那学长也来帮帮你。"

听几人开始惦记起初赛冠军的位置，还像谈论日常一样简单，围观的人都惊住了。

解说："大公子自己拿第一不是更快吗？开云与榜首的距离，虽然不及天跟地的距离，但也有着一道不可逾越的鸿沟吧？"

这话说得不假。

一般各校的种子选手，从第一场比赛开始，就有完整的队伍配置，协助他们进行刷分，即便在大逃杀的地图里，依旧保持活跃。

开云多数时候单打独斗，队友配合基本没有，还有几场比赛是半路退出，能打到现在的成绩，已经是个奇迹。面对这样的分差，还要展望冠军，难免会被人说是自视过高外加轻视对手。

虽然二军开场的表现戏剧了一点，但他们也不是吃干饭的，总不能一直被她牵着鼻子走。

然而，既然创造过奇迹，为什么不能继续创造下去呢？

评论区陷入了脑残粉和理智粉之间的争执，双方在"这个道理究竟有没有道理"的玄幻问题上展开了激烈的争论。

解说看了会儿，觉得那是自己无法理解的异次元，只好干巴巴地转过话题道："二军刚刚连失多名队友的积分，让我们先看看他们那边又要怎么应对。"

直播管理员顺势将镜头转了过去。

二军内部的气氛此时异常凝重。

天空中黑云密布，加上楼道墙壁的遮挡，光色暗了一层不止。

他们聚集在大楼的一层躲雨，黑暗掩盖了他们的面容，他们各自阴沉地坐着。有人从别处回来，也是放轻了脚步，悄悄回归队伍。

二军指挥暗哑道："再不反攻，后果是什么，大家都知道吧？"

二军一众学生喉结滚动，十分畏惧地吞了口唾沫，然后点头。

他们的教官会让他们明白，生与死的距离，其实只在一线之间。想到教官们脸上那狰狞的笑容和虚伪的问候，他们就忍不住打了个寒战。

生命无法承受之重。

"时间已经过去了四分之一，再不补救，我们就没有机会了。"指挥的眼睛暗沉沉地望着外面的雨幕，"大家都反省一下，现在还有回头路吗？"

众人摇头。

指挥说："死亡不可怕！"

二军学子的目光坚定起来！

指挥一个急转："但是死亡的前夜会非常可怕！"

众人："……"

指挥站起来，用拳头按着自己的胸口，说："但是我们必须克服！所以，我们要清楚地认识目前我方的优劣势。现在摆在我们面前的问题有两个：一是个人负面状态的影响究竟有多大。"

指挥低下头踱步两圈，说："开云的情况有别于普通的考生，但是既然三天系统没出具声明，我们就必须接受这个不利的现实。干脆一点，从最坏也最不可能的情况考虑，就当她是个永动机，放弃所有引诱战、拖延战的战术！"

比起抱着希望小心试探，不如从一开始就破釜沉舟。

"二是队伍的分配。"指挥严肃起来，"我们必须确保，将足够的人数送入决赛！虽然非常遗憾，但还是不得不说，有部分兄弟已经注定无缘决赛了。从现在开始，我们直接按照积分进行分队，组成一批冲锋队，还有一批保级队。大家明白我的意思吗？"

众人点头。

这也是大逃杀里，将同一所军校的学生分到一个阵营的原因。为了团队的胜利，必须有人做出利益牺牲。

指挥抿着唇，张开手臂，指向两侧，分别说："冲锋，保级。"

众人起身，分别去往两个方向。

排好队伍后，分处于两种命运道路的学生，对隔着中间一条狭窄的走道，互相抱拳，情谊深重地交托信念：

"多谢了兄弟，后面的比赛就拜托你们了！"

"好说，二军的荣誉，也拜托你们了！我们一定将你们护航到终点！"

"决赛见。"

"保重！"

指挥忍辱负重道："被区区六个人逼到这种程度，是我的失算。这一次，是真的真的要翻盘了！所有的兄弟都是功臣！所有的荣耀共属于二军！现在选派队长，分配任务，即刻出发！"

第十九章
钟御出山

指挥话音刚落，解说忍不住为他纠正了一下："其实是只有区区两个人。"另外四个都光荣地苟着呢。

但这不重要，解说兴奋难耐道："二军虽然初期战略出现错误，但调整得非常及时，现在他们已经决定要跟开云等人决一死战了。我着实非常好奇，在这样的情况下，开云还能保持着不死的纪录，继续大额刷分吗？我个人觉得非常困难！"

他凑近了收音器，大声道："开云想要剑指巅峰，前面却崛起了一座会将她重新推到百名之外的大山！哈哈，结果如何，让我们拭目以待吧！"

评论区的人显然不给他面子：

"他好像很想看开云翻车，可是他忘了大公子也要出山了吗？！"
"本来我还挺担心开云的，但这解说一说，我就安心了。他说的全是 flag（套路），现在三张罚牌还挂在上面呢。"
"话说大公子呢？"

大公子整理了一下背包，现在刚刚出门。

他单手插兜站在雨中，辨认了一下两侧方向，错开开云的位置，朝着大楼那边走去。镜头从斜上方只能拍到他那把蓝色的雨伞，以及修长的双腿。

众人疑惑，他说的要帮开云，难道不是去跟开云会合吗？总不可能是单枪匹马直捣黄龙吧？

学长没去跟开云等人会合，后腿君倒是终于赶到了开云所在的位置。

他坐在两个人的身后，看他们静静打坐调息，摸了把脑袋，也跟着坐下。

不知道为什么，这场比赛特别祥和，跟他预想的画面完全不同。大逃杀里，竟然完全没有"杀"。

虽然这样很快乐，但是作为一名积分略有欠缺的选手，他有点高兴不起来。

暴风雨就不用了，能不能稍微来点斜风细雨？

他的念头刚这样一动，前面开云和叶洒同时站了起来，冲到窗边。

二人一左一右把着窗台，看向街道。

后腿君跟着屏息侧听，可因为雨太大，落在外面的金属板上，"嗒嗒"作响，他听不见什么奇怪的动静。

开云突然回过头，认真地看着他，问道："你祷告了吗？"

后腿君脸色一白，疯狂摇头，支支吾吾说："我……我就是想刷个分，脑海中一闪而过，不能算祷告吧？我平时嘴不灵的，我是个'非洲人'（运气不好的人）！"

"那你确实挺'非'的。"开云朝他敬礼，"我是说，祝你平安！"

后腿君急忙跑到窗边，发现前方的街道上，真的出现了二军的学生。

他们排列整齐，带着武器，从远处靠近。黑色的军靴踩在积攒了雨水的低洼里，踏起无数水花，为队伍带上了乘风破浪的气势。

后腿君又换了扇窗户，到另外一面查看。

同样有一支队伍，从侧面进行围攻。

两边加起来，人数起码在三十以上。半数的二军学生，一比十的悬殊比例。

后腿君欲哭无泪。

谁能相信，他还是一个宝宝？

后腿君冷汗直下，又想起开云的壮举，忐忑问道："你们还能打吗？"

叶洒挑了挑眉示意。

调息过后，他大概恢复了三成的内力，但要让他撑天撑地，科学不答应。

开云说："我能。"

后腿君露出笑容。

叶洒泼他冷水："她能起来，自己人都杀。"对孤狼型的选手，瞎抱什么希望？

后腿君："……"

大雨中，越发靠近的脚步声，终于打破了这一片宁静。

一群身上披着细雨的青年，踏入了这座废弃的建筑，他们站在各个出口以及窗边，用因为疲惫而泛着微红的眼睛，虎视眈眈地盯着三人。

原本就昏暗的楼层，连最后的光线都被隔绝在外。

此时是 15 点 32 分。距离开场，已经过去六个半小时。

开云将身后的刀提到身前，视线在前后分别转了一圈。

后腿君弱弱念了一句："学……学长啊……我可以拥有支援吗？"

学长安慰说："自求多福啊。眼睛一闭一睁，其实很快的。"

后腿君："……"他怎么会被分到这样的队？

这边已经吹响了大战的前哨，学长那边同样不遑多让。

直播管理员纠结了许久，最后还是在开云提刀的时候，将镜头切到了大楼楼下。

二军的保级队，此时都聚集在这里。所有学员之间保持了固定的距离，保证可以随时支援，又不会影响发挥。

他们一律坐着休息，好让自己始终处在最佳状态，以应对各种意外情况。

……虽然他们心底有足够的自信，这样的阵容与人数，不会再有任何的意外。

不少人都低着头，等待接收队频中兄弟们的进击反馈。相似的场景，相同的境遇。

指挥皱眉冷声提醒："有人。"

雨水的落地声中，还有军靴重重踩破水面的沉闷杂音。那富有节奏的缓慢脚步声，给二军指挥带来了极其强烈的熟悉感。在人还未正式出现之前，他先行喊了出来："钟御？！"

随后青年撑着蓝色的伞在拐角出现。

如此熟悉的骚包风格，指挥跟着就是一句"我去"脱口而出。

二军的精英们受不了，跟着叫道："天啊！"

所有人如临大敌，从地上跳了起来。

指挥按住腰后侧的两把短刀，说道："你竟然在这个考场？"

学长说："你们不是要找我吗？"

指挥憋了憋，说道："不找了，你回吧。睡觉自埋都可以。圈个地，我允许你承包。"

伞面向后晃去，露出他的脸来。

钟御客气道："别呀。来都来了。"

二军指挥咋舌一声。

遇到谁不好？遇到钟御，他是很不乐意的。

三夭的阵营分配，是根据考生能力来的。

小阵营有排名前三的高手，大阵营同样会有叫得上号的侠士。何况二军身

为知名军校，怎么可能没几个排名前列的优秀考生？

所以发现钟御也在，他不是怕，而是单纯的讨厌。

总榜排名前三的考生，再去对实力分个三六九等，就没有意思了。毕竟预选赛的比赛方式都是团队赛，名次所反映的并不只是个人实力水准，更是军校整体的实力。

如果让他来排名——联赛最讨厌遇到的对手，好的，钟御第一，卢阙第二，所有正常人，才是第三。

自古联赛出变态，不是说说的。有人变态在资质，有人变态在表面，有人变态在合二为一，如卢阙。像钟御这种，他自己看起来不变态，但是能把你逼成变态，将恐怖提升到了一个新的境界，是无人可以超越的存在。

他们能怎么办？他们对钟御装 × 的方式过敏。

解说沉吟片刻，才说道："联军的大公子，一个非常特别的存在。我一直找不到一个合适的词语去形容他，他的风格很多变，可以阴狠，可以果决，也可以像本场一样极致地隐忍。没有人能猜到他究竟想做哪种选择，也预料不到他何时切换自己的状态。这或许跟联军校长的教导有关，毕竟父亲是名校校长，要面对许多不同的学生，所以也影响了大公子的成长。毫无疑问的是，他现在是联军单兵系的中流砥柱。让我们期待他的出场！"

这个时候他的嘴倒是不毒了，可惜还是说错了。钟御如果听见，一定要反驳他，钟御的中心思想一直很明确，找点乐子而已。

学武那么枯燥，没点要求，还混什么？

联赛他已经参加过两届了，荣誉、赞赏，什么都不缺。全真模拟战斗，听起来就是一件乏味的事情，哪有别人的气急败坏来得好看？

钟御手中的雨伞转了一圈，水滴顺着伞沿朝四周飞速旋转开来。

雨点似乎突然密集了起来。

钟御双手离开伞柄，雨伞朝上飞去。众人眨了下眼，就见钟御的手摸向了身后的背包。

指挥当即喊了一句："小心他的武器！"

钟御的武器所有人都知道，是一双铜。

铜这种冷兵器，原本流行于马上对战，是一种杀伤力十分强大的兵器，使用方式与刀或剑相似，只是它没有刃，尖端也没有锋，断面成方形。

铜重量重，力气大的人才能运用自如。他的铜偏长，有将近一米。每次碰撞的时候，那力道能震得对手全身的肉跟着抖三抖。

钟御直直靠近了过来，右手从后腰处抽出一条银色的物体，原本看似柔软

的兵器，朝前一甩，瞬间绷直。

铜的形状与铁鞭相似，但是原本无节，之后出现了新材料，就有了改造的铜，为了便于携带，同时便于隐藏，做出了有节的构造，在抽出之后，才会固定成长长的形状。

这个改装也着实"有效"，每次钟御抽武器的那一瞬间，都能让人跟着提心吊胆。死在他铜下的亡魂，数不胜数。

钟御从正中的方向冲进了大楼，二军指挥偏头示意，让队伍里排名前列的高手向前。

高分选手的对决，没有那么多的顾虑，简单一句话，有资本，死得起。杀一个，赚一个。

他不明白钟御这种突然求死的做法是为什么，可是既然来了，他们就不客气地接收了。

二军的指挥原本以为钟御敢直捣黄龙，应该是要玩点战术，但他就那么坦坦荡荡地朝自己过来了。

没错，是朝着自己！

指挥不解地朝后跳了一步。

钟御单铜在手，在二军众人还在试探观望的时候，以迅雷不及掩耳之势逼近了他们的指挥。

指挥瞳孔放大，然后眼睛中迸发出狠意。

他用的是双刀，同样是双手流的武艺，却被钟御处处压着一手，这么多年了，总归不是那么一件愉快的事情。任何职业，聚光处站着的，只会有一个人。此时见对方毫不犹豫地朝自己过来，他感受到了分明的挑衅和轻视。

怎么？觉得自己最好杀吗？

你怕不是瞎了吧？！

指挥两手上下摆开招式，半防半攻，对着靠近的钟御做出应对，准确朝着对方空着的左手削去。

他本以为这样可以牵制钟御的速度，让他被动做出格挡，或是侧身躲避，然后兄弟们趁他防御一起近身，拿下他的狗头。

然而钟御来势不减，就那么冲上来了。

短刀砍断钟御的手臂时，指挥不可避免地愣了一下，就那么片刻的迟疑，钟御手中的铜甩到了他的脖子上。

指挥带着不可置信的表情，先一步在原地消失。

二军众人也蒙了。

273

变故永远只在瞬息之间。

有的人用来发愣，有的人则用来找陪葬。

飞出的断臂还没掉落在地，头发上甩出的水珠在空中破碎。

钟御像是不知疼痛，反手抽铜，回身一击，脱手而出的重铜，直接击中身后一人的咽喉，又带走了一位学生。

这种攻击方式，所有人都再熟悉不过，就是大名鼎鼎的杀手铜。

所谓杀手铜，其实原名叫"撒手铜"，就是关键时刻，出其不意，回身一甩，一招制敌。

需要力量，也需要技巧。

钟御的这一撒手，可谓非常具有灵魂。

钟御的右手手背上是因用力而暴凸的青筋。他的手速极快，几乎就着甩手的姿势，再次摸向了自己的腰后，然后又抽出一条铜，朝侧面甩了出去。

这一次，二军的人反应过来了。被钟御瞄准的那个学生，抬起手中长刀挡了一下。

"咚"的一声金属撞击，带着沉闷的回音。

事实证明，用横向遮挡的方式，去挡一根竖着的棍子，其实不大有效。

铜身歪斜，上半段正好撞上那位学生的脑门，沉重的质量配上巨大的力道，成功造成致命伤害，伴随着未出口的骂声，该青年光荣地在原地消失。

钟御朝前走了一步，最终因为手臂的伤势，也被系统判定为伤亡。

他的残肢终于落地，然而就在那一瞬间，跟着钟御一同消失。

震响之后的宁静，让滴答的雨声响彻大楼，再次开始强调它们的存在。

大楼一层，只留下一群脑袋上冒着问号的二军学子。他们沉默地转动着眼珠，观察周围人的表情。

是他们出现幻觉了吗？啊？这都啥玩意儿？

解说拍掌，叫好道："一换三！不，准确来说是 12 分换 87 分，钟御死亡扣 30 分但是拿到了 18 分的回击杀，而对面只有 3 分！"

他斩钉截铁道："不到十秒的对决，不亏！"

何止不亏？这么算的话简直是大赚！

前后发生得太快，其实观众也没反应过来。而且镜头跟得太远，只拍到了钟御半个侧面，看不清具体的动作。但他们只要知道结果就可以了，此刻二军众人的表情完美取悦了他们：

"大公子：我这是莫得（没有）感情的'撒手'。"

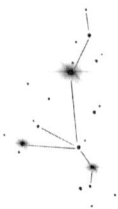

274

"想不到吧？大公子居然不是来给自己刷分的！"

"我的妈，二军实惨！"

"二军指挥：我以为自己机关算尽，结果还是算不清对面的人心。"

"二军指挥还说：'这次我们真的真的要翻盘了！'你清醒一点，没机会的，你们的盘早就已经被砸了。"

"放弃吧兄弟！这一场所有的套路跟战术都不适用啊！不如跟着对面的节奏狂野起来！"

"仿佛是命运的注定，我竟不觉得稀奇。一路走好。"

直播管理员非常上道地将画面转到了三个被一拨带走的二军学生那边，毕竟短短数秒的上镜时长，实在对不起他们的精彩表现。

二军的指挥正跪在滂沱的大雨中，周围是空旷的街道，他被雨水打湿了头发。

"为什么？"

他大声吼了两声，然后用拳头用力地捶击地面，隔着屏幕都能感受到他对这个世界的疑问。

解说大笑道："他想问的为什么，究竟是'既生瑜，何生亮'的那种为什么，还是别的为什么呢？"

是为什么这样见鬼的那个为什么！

镜头又闪到另外两个人身上。

一个正骂骂咧咧地重新往大楼赶，另一个还四十五度仰着头，完全状况外地忧郁着。

其余回过神的二军众人，正在努力安慰他们的指挥，希望他可以振作起来。可惜所有鼓励的话语，都有些失色。

解说喊道："大公子的杀伤力果然很强大！"

他不只杀人，还能自带诛心加持。

虽然不知道究竟是不是修炼出来的，反正无往不利。

最后镜头才给到钟御身上。这位始作俑者在另外一个地点刷新，淡定地活动了一下左手手臂，在队频中问道："妹妹，你们那边打得怎么样了？"

回答他的是分辨不清的嘈杂声。说明对面还在打，也说明开云仍旧活着。

稍稍放松了的气氛，瞬间又紧绷了起来。

她的生命力难道真的那么顽强？

片刻后，频道中响起后腿君小心翼翼的声音："打着呢。"

钟御问："你眼睛一睁一闭过了吗？"

"没有。"后腿君弱弱道，"我又苟着了。开云让我等等再出来捡漏。"

同一时间，另外一个考场。

绵绵阴雨中，二人在街道上一前一后地追逐。

前方的学生始终甩不掉。

无奈，青年回过头，忍不住臭骂道："我去，卢阙你有病是不是？发疯了吗？追着我打干什么呢？我招你惹你了？这都第几次了啊？还有完没完了？"

雨水顺着卢阙的铁爪的尖刃不断流下，他冷着脸，没有回答，只是用不停歇的脚步表明他的态度。

阴鸷的眼神如影随形地跟在青年的身后，让青年仿佛受到了来自地狱的凝视。

"我招你惹你了？我以前对你还不够尊重吗？"那青年快要被逼疯了，"我警告你，不要欺负老实人！联赛里出个我这样正直的正常人，容易吗？你说！"

卢阙还是不回答。

青年仰天大吼："你自己想死可以，但是别找我帮你！找我帮你也可以，你倒是站桩啊！你是因为进不了决赛，来找我报仇是不是？大家在一条道上混，我刷个榜容易吗？！"

他问："你告诉我，我哪里错了？我改！你不就是想让我叫你大爷？"

卢阙终于出声了，大度道："不用，你死就可以了。"

青年喷他："我死你大爷！"

雷铠定托着下巴，看着面前的积分榜，眼神渐渐无光。

他根本找不到，找不到任何的敌军。

对面只有六个，实在是太少了。每一次他都能完美地错开，然后听着自己的队友在频道中通报自己在隔壁的街道又斩杀了几个人头。

为什么他是大阵营的选手呢？

队友推着他说："老雷，你这积分已经保晋级了，开心一点行不？"

雷铠定摇头。

他不明白。他到底是开启了什么被动低调的特技？跟开云在一起的时候全是犯二镜头，离开开云之后，干脆连镜头都没了。

"你看，"雷铠定指着虚空位置说，"总榜前二十的排名，从刚才开始就疯狂变动，尤其是二军这一个，一路下滑，说明什么？"

队友："什么？"

雷铠定痛心疾首道："说明大家都在上中央镜头啊！"

队友："……"

"我们再不努力，跟咸鱼有什么区别！"雷铠定站起来，呼吁队友道，"雨天就能阻挡我们奋发进击的脚步吗？不！那些说着休息的优等生，其实都在趁机刷分啊！"

众人扭头看了他一眼，又转了回去，当无事发生。

疯了快七个小时，病还没好，真是太可怜了。

不过，此时的中央镜头，确确实实在开云的身上。准确地说，本场已经多次将视线聚焦在她的位置，因为在大逃杀中，她是最精彩，也最令人意外的一个。

踩着二军的积分，开云让自己屹立在了联赛的舞台正中。

中央直播间请来的高级解说明显要沉稳很多，评价不带感情，走的是解密路线。

"我们刚刚跟几位专家讨论了一下，目前不知道她身上的内力如此深厚是否跟她的稀有能源免疫有关，但就开云在本场所展现出来的学习能力，确实很让人震惊。嗯对，我们几位重新翻看了之前的录像，得出一致的结论是，她所谓的大招，应该是现学的。

"虽然很不可思议，但细节表明，确实如此。"

观众只听到了解说给出的最终结论，听他说话的语气，如同在阅读课本中间极其平淡的一句陈述句一样。却不知道，这是一大帮专业解说在经过激情辩论、撕破老脸、赌上资质，最后经历了震惊、沉默、纠结等复杂情绪，跨越了漫长的心理路程，才得出的结论。

此时后台还开着几十台光脑，有二十多人凑着脑袋，在托着下巴看比赛。三夭工作人员则拿着毛巾在一旁猛擦冷汗，生怕他们再次发飙，引发真人搏斗。

大概是经历了太多，房间中的几人现在竟然能感受到风雨后那种珍贵的平静，虽然他们的内心依旧澎湃。

然而比他们内心戏更加激烈的，还是现场。

时间需要稍稍往回倒拨，引线是在 15 点 32 分被点燃的，在这个特殊的时间，开云三人与二军的冲锋队伍正式开启了战斗。

当时第五考场直播间选择播放钟御的视角，可是直播管理员不愿意错过这么精彩的画面，于是又为开云特别申请了中央直播间。

开云那边的战场人数差距大，话题也多，申请瞬间被通过，开场即高能。

中央直播间里有多位解说一同待命，都是请的专业教练，有的在职、有的已经退役，也有的是专走学术派的心法教授。这些流派不同的大佬，共同的特点是吃过无数盐，走过无数桥。三夭请他们过来，就是为了能够应对不同考场里各种不同风格的学生，让各自的经验能进行互补，好及时纠正错误。

本场是 24 小时的长时段直播，中间会安排两次轮替交换，基本每六个小时就会更换一次解说。

15 点开始，接班的几位解说已经到位，但因为正在进行的这场战局过于激烈无法中断，所以他们先坐到一旁的空位上，戴好设备，静心等待，顺便让自己慢慢进入状态。

终于，眼看那场战局的高潮已经过去，中央直播间的管理员干脆地切换了画面，来到第五考场。

于是接班解说们准备上位。

一人接过话题道："好的，现在我们可以看见，画面切到了第五考场，从后方提供的数据来看，目前的场上局势，是小阵营的三人，对抗大阵营的三十七人！人数上已经超过了1∶12的数据差！可以说是压倒性的优势，究竟，这三位能够顺利逃脱吗？！"

这时画面中，开云说了一句："兄弟，要不你去楼上再苟一阵，给我腾个场地？"

后腿君自觉回头，一脸正义道："我怎么能丢下你逃跑？都已经这样了，当然是要一致对敌！现在内力最充沛的人应该是我，你放心，非打不可的话，我还是能撑住的！"

开云说："不是，这楼层面积太小，你留在这儿我不好发挥。"

后腿君幽怨地压下了唇角，能不能给他一点社会的关怀？

二军为首的青年冷厉道："开云，恩怨到头必须了断，别怪我们以多欺少。兄弟们的命，你也是时候该赔了！今天无论如何，你必须死一次！"

解说困惑，总觉得双方的反应，好像没有在走正常流程。

他拉开左上角的数据统计，发现目前阵营的击杀比例是36∶0。

他没瞎，的确是36∶0。

猝不及防地，解说被自己的口水呛得咳嗽了起来。

直播间的观众发出一致的疑问。

这是何方妖孽？他们是不是在打表演赛？

解说很快调整过来，告诉自己要保持专业。他按着自己的胸口，又扫了一遍数据，发现左上角有两个黄色的感叹号警示。

"咦？这个考场上有两个负面状态。"

他点开看了一下。

毒瘴的影响，远比酸雨要大得多。这个考场的情况不能跟其他的类比。

"如果是这样的话，基本排除了使用大招的战术，否则无法保证续航。"解说道，"对面只有三个人，堵住各个出口，再用普通的招式耗光他们的内力，应该是没有问题的。"

他面带疑惑，难道还能有什么意外吗？

他的话音刚落，二军这边的队伍，立即不大意地放出了一个大招。

是鞭客的落叶飞花。

皮鞭在内力的牵动下飞速抖动，朝前方席卷。鞭尾快成一道虚影，那柔软的、毫无规律可循的抽动曲线，让人根本难以捕捉它的轨迹。

由于大楼一层的空间有限，鞭身不住地打在地面与天花板之上，声音交错在一起，传来堪比声声雷霆的巨响。

而开云这边，一个男生快速窜去临近的窗口，准备向上撤逃，叶洒则跳向了角落，一个隐蔽的安全位置，只留下一个开云。

解说："……"

你们是怎么回事？

中央直播间里的解说接连出错，这可是一件很少见的事情。这不是对错的问题，这是尊严的问题！

他脸上无光，不信邪地将椅子拖近了一点，想让自己从屏幕中获取未知的力量，同时道："水土不服，不好意思。我们再看看！"

正准备要离开的几位解说见状也停下脚步，又坐了回去。

没有比意外更吸引人的了，比武大会的魅力，就在于一次又一次的反转。

在他说话的时候，开云已经出招了。

落叶飞花这招鞭式，名字很美丽，非常不好破，给人的感觉只有四个字，那就是"无从下手"。

之所以挂着这个名字，是因为鞭风能将周边所有的细碎物品都卷到空中，而招式的发明者为了美观，在对外公布的时候，选了一个满地落花的地方，强烈的画面感震撼众人，使得这套杀招一举成名。

一套成功的、有杀伤力的落叶飞花，能快到让对手辨不清鞭身的攻击方式。原本就细长的武器，加速之后只剩下连成一片的黑色虚影。

即便侥幸看见了，也未必能破得了。因为鞭尾的力道已经使它如刀锋一样锋利，想要停下它的攻击，只能打在鞭身中段之前，如同打蛇七寸。可想要靠近，又要先穿过鞭尾的攻击范围。

这根本就是个充满矛盾的破招方法。

面对那狂乱的鞭影，开云竟然没有退。她握住刀身，手腕不住抖动，试探地朝前刺去。

随后一声闷响，刀刃切实地被鞭子抽中。

似饵钓到了鱼，开云的手指紧紧握住刀柄，在片刻的歪斜之后，以更大的幅度，顺着鞭子的力道，一挑一压地转了起来。

一把笨重坚硬的刀，此时灵活得像蛇一样，与鞭身相卷，借此打断了对面的攻击。

被余力甩起的鞭尾，顺势狠狠抽到她的背上，军用背包及后面挂着的武器为她化解了一部分的伤害，可她的脖子与手臂还是被击中了。连向来坚韧的军装都被割出一道划痕，更不要说衣服下的皮肉。

另外一名解说不由得称赞了一句："这刀用得真不错，说是已臻化境也不为过！短短几个压挑，透露出对细节和经验的要求，就算是老江湖也把握不住吧！稍有出错，刀已经被卷飞了！"

"开云的意志力令人震撼，这样的冲击下她竟然还能握住她的刀，这已经足够令我惊讶了。"

几人玩笑了下："不怕疼的对手，才是最可怕的对手。"

二军的鞭客一脸的难以置信，随后扯着鞭子的尾部，与开云进行拉锯。

他身边的兄弟怔了下，问道："你放水了？"

鞭客脱口而出："你放屁！"

开云突然表情凝重地说了一句："完蛋。豆腐碎了。"

二军众人："？"

角落里的叶洒悠悠出声："反正也要切碎了吃。"

开云受到了安慰，释怀道："你说得对。"

解说们："？"没头没脑的是什么意思？

边上的解说回味道："这招落叶飞花，其实用得不错。只是他的运气不大好。"

运气不大好，也不能放弃。

鞭客用力将鞭子抽紧，开云那边一个脱手，刀直接飞了出去。

鞭客喜形于色，正要骄傲，就见开云反手在自己的背包里摸出了一条鞭子。

"一把刀而已，都说了我有十八般武艺！"开云擦了下鼻子，动手之前先喊招："落叶飞花！"

众人皆是大惊。

这招式的攻击范围可不小，被扫到绝对不是开玩笑的。

他们齐齐退了几步，估算着她的距离。几名鞭客被推到了最前面，分开不同的站位，准备随时以力打力地去克制她。

开云手中的鞭子发出一道破空的风声，然后对着空中舞动，还没打出落叶飞花该有的气势，就被先前那位青年一鞭实打实的攻击抽蔫了。

双方都愣了下。

"是水货！她根本不会！"青年很快反应过来，叫道，"不要怕，直接开着内力上，她的落叶飞花就是山寨里的次品，她在吓唬我们！"

说完后他叉腰放声大笑起来，那种憋闷许久终于扬眉吐气的意气风发，让他忍不住开始话痨。

"我就说，就算你是天纵奇才也不可能通会十八般武艺！我们鞭客的大招哪里是那么好学的！这玩意儿软不拉几的，当初我上手就用了很长时间，练会这招更是用了一年多的时间！你以为刀跟鞭一样吗？两者的用法根本就是南辕北辙！鞭子用的是软力，可不是靠莽能行的！"

他抓着自己的鞭子，嘴角噙着得意的微笑："想要把内力均匀地散在这根三米多长的鞭子上，然后不停控制着内力的输出强度，像波浪一样高低起伏地输送过去，以加强鞭身的抖动幅度和攻击力度，那种细微到难以言明的手感，以及近乎本能的力道把控，你以为是一两日能培养得出来的吗？哈哈开云，你露馅了！我抓到你的漏洞了！"

开云点头，恍然大悟道："原来是这样。多谢指点！"

"还来？"青年指着她慈祥道，"别闹。没机会给你秀了。"

叶洒在角落里淡淡地望着那人。

这货一定是联军安插过去的间谍吧？

二军众人兴奋道："先打再说！"

他们不再顾忌开云，直接将武器挡在前面，朝前方冲了过去。

开云再次报招式名："这次是真的落叶飞花了！"

她旋身一跳，借助身体的力量，将手中长鞭甩了出去。

第一鞭她没控制好方向，打了个空。

鞭身击打在地面的声音，与之前那次截然不同。响亮、干脆，犹如平地惊雷！附着在鞭子上的内力隐隐可见，鞭尾处还有没消散的气流。

这不同寻常的声音，让二军众人起了戒心。

就算是外行也应该知道，这种声音的鞭子绝对不简单，不是顶着内力上就可以挡住的玩意儿。

可不等众人思考该怎样应对，开云又是一鞭抽来。

这次是冲着二军的大部队去的。

鞭尾扫到的位置，那学生提前举起武器格挡。

本来应该没有问题，谁知道鞭子上分布不均的内力流动带着鞭身突然一个急摆，竟然像鲤鱼摆尾一样，朝着另外一个方向抽去。

"啊！"

被迎面打中的青年，带着一脸红痕摔翻在地。他艰难地抬起头，鲜血顺着他的鼻子和唇角流了下来。

没有痛觉，已经被三天屏蔽了。他直接挂上了个重伤的状态。

大楼中又恢复了死一般的寂静。

开云若有所思地点头。

要将内力全覆盖在三米多长的鞭子上，确实很难，那种细微的把控她也确实理解不了。效果不大一样，碰瓷落叶飞花好像有点过分了。

"修改版！"开云大声说，"我要给它起个新名字，叫抡圆了甩！"

众人：鬼在乎它的名字！

第二十章
初生牛犊

　　先不管开云这个起名鬼才的骚操作，中央直播间里的几位专业解说都被震住了。他们已经很久没有体会到这种震撼的感受了。

　　正负责解说的那人关掉传音设备，转身问其他人："你们怎么看？"

　　几人一齐摇头。没看明白，不敢确定。

　　解说又转过身，带着迟疑打开设备，斟酌片刻后，说道："开云的这一招……杀伤力无疑很大。当然也有一个致命的缺点，那就是没法控制攻击方向，很大可能会误伤队友。不过，在眼下的情况，只要不伤到自己都没有什么大关系，毕竟她周围站着的全是敌人。"

　　解说点头说："开云的这一招，颇具孤狼的风格。"

　　准确来说应该是疯狼，无差别群伤，还会贱兮兮地转向。

　　你以为我要打你？不，我只是路过。

　　你以为我只是路过？不，我要打肿你的脸。

　　这威慑力，太强大了。

　　解说："不过，开云明显是靠着内力才打出这么高的伤害，在考场双负面状态的影响下，她能坚持多久？另外，鞭子这种武器主要还是用于牵制以配合队友，很难直接拿下人头。她此刻无疑需要队友。"

　　"她欺骗我们！"

　　片刻的惊讶过后，二军中一青年唾弃道："无耻！"

　　众人跟腔。

　　开云喊道："我没有！"

　　骗他们没什么，但是平白背锅就不高兴了。

　　"不要再相信她的鬼话！"二军众人悲愤道，"管她阴谋阳谋，再让她骗一

次我就自挂东南枝！"

她什么也没说，为什么不能相信她是个正直的人？

一位拄着长棍的男生上前，叫阵道："我不信你连棍招都会，兄弟们，我来给你们开路，大家抓住机会上！"

场地范围有限，所以并不是人越多越好，毕竟完全施展不开。一般是辅佐打头，打乱对方的节奏，然后再派输出上场助阵。

人来得多的好处就是，底气十足，一个战术不行那就再换一个，实施车轮战，相信总有耗死对方的那一刻。

"我们今天绝对不死不休！"棍客放狠话道，"有本事你就踩着我们这些人的尸体，一个个踩过去！"

他两手将铁棍在手中转了一圈，而后提气运功，内力顺着棍子蔓延开去，随着他的挥舞，汇成一扇银盘似的盾牌。

那位年轻的解说不由得叫道："又是大招！二军为什么致力于向开云放大招呢？开云的内力应该不够了才对，他们完全可以再拖延一下，然后……"

主持前半场的前辈将手搭在他的肩膀上，朝他摇了摇头。

解说用口型给了个疑问："怎么？"

前辈说："开云的外号是永动机。你觉得她内力不够了，也只是你觉得而已。"

这是二军一次次站在失败的深坑里，摸索出来的血的经验啊。事实证明，确实很有道理。如果他们还对开云抱以轻视，恐怕死亡数量早就控制不住了。

从解说的反应中也可以看出来，之前的那些失败不怪他们，真的不怪他们。

赛场中，棍客已经发难！

"这招送你！"棍客喝道，"风卷残云！"

这招式名就特别适合这里的场景。

有人称棍为"百兵之长"，它的杀伤力虽然没有刀和剑那么强，但气势却完全不输。以勇猛、刚劲为特点，进攻快速，多变，密集，还能群伤，一扫就是一片。棍梢扫过之处，所有的沙尘碎屑都被清空，前方半米的区域内，全都呼啸着铁棍的棍风。

开云此刻手里拿的是鞭，在这种受限的环境里，还真是不好对付棍客。她迟疑了下，用鞭子比量了下距离，最后还是退开一步，叫道："叶洒叶洒！"

叶洒迅速打着扇子，从后方杀出，跟开云换了个位置。

扇子这种武器，跟刀枪不同，它没有那么明确的属性，可以隐蔽，可以刚猛，同样地，也可以柔和，全看使用者的风格与理解。

正因为它的特点不够明显，使用难度才远高于其他兵器，但同样地，一旦摸透，其抵挡能力，也是高于其他兵器的。

就见叶洒高高跳起，将扇子备在身前，棍客也立即抬高手中的棍子，朝着叶洒的前胸撞去。

叶洒手腕转动，朝旁边一挥，借着风力，在空中转了个身，落到棍子的右侧。

棍客立即改攻击为侧打，叶洒大步上前，贴近了对方，又逼乱了对方的步伐。

几个来回之后，叶洒抓住棍客的节奏，用扇子的侧面抵住了棍身，一推，一转，以柔克刚，将棍子的攻势减缓下来，而后左手抱住棍身，用身体挡住他的攻击，右手将扇面朝对方的脖子挥去。

棍客大惊，想要抽回棍子，却无奈不得，只能先行松开手，后撤躲避。

叶洒抢了别人的武器，看也不看，直接将东西朝后一丢。

二军学生抬头看去，就近的一个准备去抢。

"让开！"

开云手中长鞭作响，喝退了那个学生，先一步将长棍接到手里。

众人的目光再次移到她的脸上。

那高举着长棍的骄傲模样，简直像孙悟空找到了他的金箍棒。

开云用力揉了把脸，宣告似的说道："看我棍招！"

"不可能！"棍客叫道，"我说你们有完没完啊？能不能别老抢我们的武器？还要好好打架呢！"

"哈！"

开云扎开马步，两手持棍，把端触地，眼神坚定道："我这招就叫，开云卷所有！"而后将棍身一转，什么也不管，只记住了两个要点：

内力运转起来，手臂挥舞起来！

只要动作够大，那就全是大招！

叶洒心脏被提着跳了一下，赶紧后撤，差点没躲过去。

开云这敌我不分的毛病，到底什么时候能好？！

反正现在，这问题真的不大。

她汲取了鞭客的经验，在棍身上包裹了大量的内力。于是，与棍客挥舞出的圆形银盘完全不同，她挥舞起来是个3D的刺儿头，还时不时有内力在她的操控中溜走，像流星一样飞向远处。

挥霍，这是何其挥霍的大招方式？能被他们教练摁在地上狠狠打死的程度。

然后开云完全照着棍客打过的动作，复制了一遍。

285

她不大熟练的运功方法，让她的攻击变得毫无重点，内力从棍子上不断被挥出去，竟然诡异地与棍客的风卷残云达到了一致的效果。

这下是真的还原了棍的精髓，一扫扫一片。

仗势欺人……其实是对二军的不利啊！

他们太惨了！

二军众人阵阵叫苦。他们再次将自己的包围圈扩大了一点。后退不了的学生，已经贴着墙壁瑟瑟发抖地哀伤。

这已经不是开挂的问题了，这是三夭的系统大楼都整个被黑掉了吧？就算是游戏，学技能也得先找技能书，开云她是什么情况？

"她今年是十八岁吗？"有人弱弱说了一句，"她其实是天山童姥吧？"

这个疑问特别值得深思，否则他们的心灵无法接受。

几个小队的队长正想跟总指挥汇报一下这里的情况，询问他的意见，目前要如何打破僵局，是继续冲，还是先休整。结果刚刚接通了队频，就得知指挥方才不幸阵亡的消息。

简直是个噩耗，钟御竟然也在这个考场的小阵营里！他同归于尽再刷新后，现在不知道是会去支援开云，还是要去他们的老家继续捣乱。

一想到这边的战场可能会再出现一个变态的家伙，二军冲锋队就集体变得不快乐了。

"这什么命啊都是！"

"开云到底怎么回事？难道她真的什么武器都会？"

"她拿走了我的棍子！"

"我的鞭也没了！"

"我的剑已经没了很久了！"

"不把她杀一次，我们的武器拿不回来啊！"

"这是个假命题，我们正在杀她啊，就是因为要杀她才没的武器啊！"

"不可能啊，明明我们人多！"

"人多"两个字简直成了一个魔咒，让他们连一个好用的借口都找不出来。对自我的怀疑像阴云一样笼罩在他们头顶。

二军指挥发现自己的队伍出现了不可忽视的士气问题，而他现在根本没有颓废的机会，当即一扫阴霾，强势道："大家不要自乱阵脚！开云会十八般武艺又有什么用？她十八般武艺都比不上你们啊！非要硬碰硬的话，你们说，你们会输给一个半吊子吗？一旦你们觉得自己要输了，才是失败的开始！给我提起勇气上！干死他们！"

"好！"

这已经两次了！

二军的同伴们身在山中，可能无法察觉，还只是震惊于她的涉猎广泛，知道这是学了半吊子却不可轻视的大招，观众也忙着给开云喊"666"，不自觉就跟着二军的思维走了。

只有几位解说，凭借他们多年的经验，敏锐地从其中看出了不一样的门道。

一个人细微的动作是无法骗人的，他们不相信开云有那样高超的演技，能把攻击时的生涩都表演得那么到位。

她分明是在试探，然后飞速改进，所以她的攻击，带着初生牛犊的莽撞，也带着无知者无惧的那种强大。

"前面也有一次。"主持前半场的解说突然道，"她之前也上了一次中央视频，当时用了一招暴雨梨花，同样很粗糙。第一次是拿剑使的，第二次就是用刀改编的了。杀伤力很强，但是控制力不行。"

另一人说："这样的情况，这样的问题，最容易出现在什么阶段？"

"初学者"这个答案映在他们脑海中，一下一下闪着光。

不敢想哦！

一人道："快回去翻一翻！"

于是本该离场去休息的几位解说都来了精神，打定主意不走了，打开自己的光脑，前去翻找开云之前出场的画面。其余人则继续关注当前的战局。

二军学生接连几个大招都没能放倒开云，却将自己的内力一耗而空。

他们听了指挥的意见，想上，但在跃跃欲试之间突然发现，被车轮战的可能不是开云，而是他们。

似乎已经习惯了，众人自觉忽略了开云接连放出大招的不合理之处。

然而，开云的状态并不算太好。她感受到了一阵眩晕，同时还有隐隐的困意。

她不是一个那么不负责、会在打架的时候睡觉的人，所以她意识到自己的情况不大对。

开云低头看了下手中的棍子，怀疑是自己内力用多了。果然棍子不大好，她还是需要一把刀。

开云四面环顾了一圈，最后锁定一个刀客，咧开嘴角，朝那人笑了一下。

被她盯住的刀客忍不住浑身一颤，默默后退一步。

叶洒察觉出开云的些许不对，他悄悄上前，按住开云的手背。

触感滚烫，比之前还要厉害！

果然这样的消耗，不是没有影响的。

叶洒抓住开云的手腕，皱着眉头，委婉地问道："你，还行？"

开云重重点头："还行！"

她脑子很清醒，确定不是狂暴。

二军现在士气正低，内力还在刚才被耗了许多，再没有比现在更好的刷分机会了。一旦错过，又要重新开始，到时候不利的就是他们了。

叶洒迟疑过后，也坚定起来，说道："那好啊！"就陪她再刷一拨。

之后的画面，几乎是开云跟叶洒的双人开大秀。

拿回了刀的开云，与带着暗器的叶洒，像打通了任督二脉的最佳拍档，这边"啾啾"，那边"biu biu"，送先锋队去往地图四处刷新。

这一幕感人地熟悉，与之前的区别是对比更加惨烈。由于负面状态的影响，二军的续航能力直接告罄，画面中全是普通攻击跟磅礴内力的可笑对撞。

中央直播间的解说们已经顾不上分析战局了，他们全部都在讨论开云，从各个角度给观众分析了一遍细节——变化的细节。

变化是最能看出一个人攻击想法的地方，只要将开云用过两次的大招放在一起比对，就能看出她思想跟理解的进步。

这是一个无与伦比的天才啊！她的这种惊人成长，其实都是二军的人一手促成的！

二军为自己培养出了一个可怕的对手！

纵然荒诞，可七八名解说的共同判断，还是成功说服了观众。

被点醒之后，观众再去看二军内部的哀号，就有一种上帝视角的啼笑皆非。

哟，这是怎样的一群小可怜呀？

他们以为自己是在反抗，却不知道其实自己是在喂招。简直无法想象他们重新观看比赛录像时的那种心情。

观众一面开怀大笑，一面感叹开云的逆天才能，然而到最后，还是会跟上一句：可惜是个稀有能源免疫。

这是个绕不过去的话题。

开云表现得越惊艳，这种可惜的情绪就越强烈。

如果，她只是一个普普通通的体格，那她无疑会是下一任浪潮的引领者。世间的悲剧之处就在于——没有那么多的如果。

虽然话题度很高，战局也很激烈，但当相似的画面不断重复的时候，直播管理员还是选择切换频道，先行播报其余考场的内容。

还在兴头上的观众，齐齐将界面切换到第五考场的分频道直播间。

他们刚一进来，就听第五考场的解说正含糊地、带着一丝不满的语气讲解道："果然开云的大招用起来很粗糙。教她这一招的人，应该水平一般般吧……或者是，这是特意改编过的招式，专门为开云设计的？如果是那样的话，我想不明白，为什么要改编成这样无法控制的方法呢？难道仅仅是为了杀伤力吗？"

评论区的观众大笑了出来：

"刚从中央直播间过来的我蒙了。"

"哈哈哈，又见名场面！"

"这次可以见识到比赛结束后双方解说的论文战吗？"

"告诉你一个秘密！这是开云现学现打的！就问你怕不怕！"

"果然你不能做主频道解说是有道理的，原来解说之间的差距有开云和二军那么大！"

截然不同的画风，二军的众人则在频道内痛哭。

"我疯了，我的内力那么低吗？为什么我已经枯竭了？我一直以为我是军校平均水准，同龄优秀水平啊。"

"认真调息吧，赶紧过来接班，我们这边快不行了。"

"就算她可以无限内力，行，但是我不信她可以不用睡觉。同志们耗死她，今天的夜晚还很漫长！让她感受一下我们二军顽强的生命力！"

天色已经转黑了，今夜的确还很漫长。

二军指挥那边，正被钟御搅得不得安宁。他已经连续跟钟御死斗了三次，忙于赶路，难以顾及全局，而开云这边，是势如破竹的击杀！

开云的击杀人数，从开始的36，快速爬升到40，随后就着那股冲势，一路破5！破6！

解说在频道中为她一个个数着，数到后面，已经是难以置信。

随后观众也加入了计数的大军，等待着她能创造一次奇迹。

等二军指挥注意到这边，看着排名中像坐了火箭一样飞速上蹿的开云，才反应迟缓地叫道："等一下！"

嘈杂声太大，众人都没有听见。

"她在拿我们刷分！"二军指挥猛然惊醒，喊道，"我们入套了！×！钟御陪着我们打消耗，是为了把开云送到前排去，他们这个队伍的人都是疯子！所有人停下！"

这次打上了头的二军众人听见了。

犹如被浇了一盆冷水，脑子瞬间清醒过来。

他们在干什么呢？内力不足还要搏斗，明知差距悬殊还想着用消耗战，简直像着了魔一样地在给对方送分。

清楚地知道眼前这道坎跨不过去，因为没有晋级的可能，就试图用尸体去填平，他们才是疯了。

武学里最忌讳的就是钻牛角尖，只是当大家都在钻的时候，集体陷入这个怪圈，意识不到自己的行为是什么。他们完美地示范了一次，什么叫被对方带着在沟里走。

二军指挥也是后怕，当机立断道："所有人回撤！速度回撤！不要再打了！"

命令下来，二军考生立即同潮水一般退了个干干净净，开云等人也没有动身去追。

此时是 18 点 21 分，双方默契地宣告了和平。

军靴踩在水坑里的声音一如来时那般猛烈，最后逐渐远去，留下一片空虚的寂静。

滴答的雨水从角落流下，细碎的雨花打湿了众人的军装。

这栋避雨的建筑，已经快被他们打塌了。

叶洒喘着粗气说："先不要追了，我们需要换个地方避雨，还需要休息。"

开云站在那里，手臂垂下，头不自然地点了一下，发出一声抽气的声音。

叶洒动作顿住，小心走过去，用手肘推了推她，问道："喂，你真的没事吧？"

哪知这一动作，开云顺着就倒了下去，叶洒伸手一捞，才没让她躺到地上。

叶洒慌了，他发现怀里的人体温高得烫人，叫了两声："开云！开云！"

开云没有回应，但还在呼吸，身上的内力也运转正常。

那怎么会醒不过来呢？这里可是模拟系统啊。

叶洒赶紧将她抱到了隔壁的一楼，找了个干燥的位置，放她在地上躺平。

没多久，钟御以及另外几位潜伏的队友，跟着聚集到他们这栋楼，前来查看开云的情况。

几人研究许久，互相眼神交流，最后得出一致的结论。

钟御："三夭没把她弹出，说明她体征正常，没有生命危险。系统没给我们任何提示，说明也不是狂暴。"

叶洒紧张道："所以……"

钟御："所以应该就是睡着了。发烫或许和她的体质有关。毕竟我们也没见过稀有能源免疫的人。"

另外几人一起点头。

叶洒："……"他想杀人。

"她太累了，不过能睡觉也是一种能力。"钟御揉了揉开云的脑袋，笑道，"你应该也累了。短时间内，对面应该不会过来突袭，你好好休息一下，有力气的队友，帮忙守个夜。大家轮流睡几个小时，剩下的明天早上再说。"

叶洒的确累了，可他很难在战场上睡着，这是多年来养成的职业习惯。他看了眼开云的侧脸，眼神幽怨，伸手拎过了她的包，打开后一件件地往外掏。

顿时，所有人都围了过来，脑袋瓜齐聚一堂，巴巴地看着开云的背包。

叶洒："……"

钟御怂恿说："看看她的包里都有些什么。隔夜的食材，是要扔掉的。"

学弟舔着嘴唇道："我终于要见证传说，并成为其中的一员了！"

后腿君："唉，要是她先做完饭再睡就好了。"

"五腐杂煲，"叶洒说，"我也会。"

身体灼烧的感觉让开云仿佛回到了自己的荒芜星。睡梦中的混乱思维已经让她无法分清自己是谁，又在哪里，只有"荒芜星"三个字在脑海中不断盘旋。

荒芜星白天温度高，空气灼热，宜居区域只有地下城和保护区。在保护区五十多公里以外，有一片荒漠地带。那里特别干燥，仿佛没有一点水分，风甚至能直接吹伤人的脸。

地上城市再建计划刚刚起步的时候，荒芜星上就只剩下开云一个人。

她的记忆是从保姆机器人开始的。给她喂奶、洗衣服、教她说话的，全都是一个智能 AI 机器人。可是因为星际对机器人的严格规定，不允许出现过于拟人的 AI，她的保姆机器人显得特别冰冷，永远只能做两件事情——接收命令、处理命令，不会说出任何一句感性或安慰的话。

荒芜星上的孤寂与它数据库中保存的美丽景象完全不一样，当时开云还小，靠着自己仅有的权限，致力于在荒芜星寻找其他的活人。

地下城里没有，保护区里也没有。

她不知道什么是危险，只管开着自己的玩具小车，冲出了地下城，进入荒漠。

结果最后出不来了。

开云对着胸口的救援设备大哭道："爸爸救我，妈妈救我！我不行了！"

夜幕四合，玩具车的车灯照着纷纷扬扬的黄沙，天空像在下着一场金色的细雪，玩具车被深埋了一半。

开云脸上挂着泪痕，用手抠着上面的开关，终于委屈地承认道："我没有爸爸妈妈。"

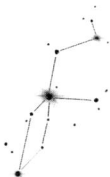

她比孙悟空还可怜，连猴子猴孙也没有，是全世界最后一个人类。

在她冷得迷迷糊糊的时候，一个男人穿过沙尘出现了。他用力将玩具车从快被掩埋的沙坑中拖了出来，砸碎了车门，然后将她抱出，按进自己的怀里，用大衣裹住。

开云第一次听到，带着温暖的心跳声。

开云努力地睁开眼，天空中透出一道光线。世界突然明晰起来。

唐话背靠着一侧的石头，他有一张英俊又略带着些狡黠的脸，眼睛认真地盯着手中的光脑。此时的他还是很年轻的，正联着荒芜星的网络，和各种智能AI打对抗游戏。

"你骗人！"

开云的手不够长，抱着一把比她人还高的刀，见唐话不理自己，躺到地上翻滚。

"根本不是这样的！你昨天教我这个今天还是教我这个，我什么时候才能成为很厉害的人？！"

唐话："你学会了就很厉害了。"

"我会了！横横竖竖，他们都是随便学学这些的，可你要我一直学。"开云说，"根本就不行！"

"你想变得很厉害就不能随便学学。"唐话抬起头说，"简单的东西学好了也能变得很厉害。"

开云爬起来，单手拖着刀，朝他走过去，拿起挂在脖子上的光脑，指给他看道："我要学这个，这个，还有这个！名字都好厉害，大招，很厉害的招！你难道没有大招吗？"

唐话放下光脑，定定看了开云一会儿，然后抬手揉了揉她的头，弯下腰，将视线与她平齐，贴着她的额头道："不要去想别人有的东西，开云，你要走自己的武道。除了自己，世上没有人能对你说'不'。"

"那……"开云打了个嗝，对他喊道，"爸爸？"

唐话神色扭曲："……不。"

开云愤怒："你骗人！"

开云转了个身，灵活地往前冲去，抱住了唐话的腿，并爬到他的身上，喊道："为什么别人都有的我却没有？为什么我没有？"

唐话抱着她，上前捡起被她丢到地上的刀。

他转动着手腕，在空中挥了两次，"嚯嚯"风声过后，刀身上镀了一层如月华般柔和的白光。那道白光转瞬即逝，像从未出现过一样，仔细看，才能看见刀身周围的空气还在扭曲。

分明是带着杀气的内力，应该失控地进行破坏以彰显它的强大，可它在刀身上的流动却如此平缓，看不出一丝躁乱。让你无法相信面前的这把刀，其实带着一种杀气。

"你觉得什么是强大？什么样的招式是最厉害的招式？"

唐话立起手中的刀，对准刚才他躺过的那块石头，手势极其随意地向下一劈。

刀刃上似有光芒闪烁，锋利的刀气已经飞了出去。

地面的黄尘被刀风退开，辟出一条通往石头的道路。

两两相撞，坚硬的石头竟从中间被劈出一道细小的裂缝，而截面处光滑如镜。

让人难以捕捉的攻速，以及无法抵挡的强势！在这样强大的攻击下，那些虚晃美丽的招式又有什么用处呢？

"浮光。"唐话将刀收了回来，眼神中透出一丝黯然。

太晚了。

"哇……"开云仰着头"嗷呜"了声，"我要学！"

唐话没答，将她放下，把刀塞回她的手里，然后抓住她腰身上的背带，直接像拎袋子一样将她提在手里，一前一后地甩着说："回了！你还早着呢！"

"五腐杂煲。"

叶洒将所有的材料都摆了出来，在地面上铺平。三夭很人性化地将几样配菜处理好，抽出空气后装在一个袋子里。

五腐指的是白豆腐、油豆腐、冻豆腐、豆腐皮，还有腐竹，除此之外，还有一些其他的配菜。配菜没有局限。开云带了些虾肉和菌菇，以及一些涮火锅常用的食材。只要能增加鲜味，又不至于喧宾夺主就可以。

"杂煲嘛。"叶洒说，"杂煲的精髓在于杂，都丢进去煮就可以了，也在于无穷无尽，吃不饱，那就继续加水。"

几名队友虎躯一震，将信将疑地看着他。

叶洒一脸坚定地点头："反正所有好吃的东西混在一起，就肯定不会难吃。"他赏金猎人的经验，是无可替代的。

后腿君不了解赏金猎人的生活，但是在叶洒的烹饪理念上，他看见了熟悉的食堂黑暗菜的缩影，忍不住迟疑地问道："叶哥，你的味觉应该是符合大众的吧？"

叶洒拒绝回答，站了起来，一身正气道："我没有让她带锅，所以我们先要

去找个锅，然后再生个火。"

"锅"好找。这个场地中不缺类似形状的器材。生火也不难，将楼里没被打湿的家具拆解了就可以用。

小阵营的五个人面对食物，终于展现出了前所未有的主动性，他们不需要分配任务，各自出去寻找工具，然后在最短的时间内回到了集合点，向叶洒展现了他们联军学子在野外生存上的高超技能。

总算到了这激动人心的时刻。

开云好像带了点油。叶洒数着手边的材料，脑海中暗暗排了一遍步骤，而后点头。

那就先炒一炒。

唐话撸起袖子，站在灶边。

他往锅中倒入油，而后放入葱蒜爆香，再加入豆腐及其他食材稍稍翻炒。

荒芜星上没有多少调味料，唐话刚买的东西，因为路途过远，快递还要在一个多月后才能收到，所以他只是往里面加了盐，以及一点酒，而后放水，小火焖煮，等待砂锅将食材原本的香味都炖煮出来。

这二十多分钟里，开云都毫无动静。

唐话盘腿坐到她旁边，用手推攘了一下，叫道："开云，吃饭了。"

"我不要！我受伤了！"开云转了个身，趴在地上，嗷嗷地大声干号。

唐话把锅端到她的面前，抓了把头发，然后道："朋友是自己交的，吃饭的人是自己找的。不是你叫我爸爸我就是你爸爸了。"

开云用力蹬腿："你骗人！荒芜星上根本就没有人！你就是我爸爸！哇——"

唐话侧身按住她不断扑腾的双手，对着她认真说："如果你到十八岁，可以离开荒芜星了，我就带你去联盟看看。"

开云的哭声猛地停住，讷讷地问了一句："联盟？"

唐话点头。

开云想了想问："你有朋友吗？"

"当然有。"唐话的眼睛中出现了不一样的神采，"他们都是我的亲人，是挚友。"

开云："你是在哪里找到他们的？"

"联军。联盟军事大学。"唐话说，"从一场军校联赛里开始。"

开云若有所思。

唐话拿过热毛巾，用力在开云的脸上抹了一把，将她的鼻涕擦干净，再把她抱起来，放在怀里，说道："吃饭了。"

他把锅盖掀开，一股浓郁的鲜香味扑了出来。

开云用力吸了口气，张着嘴巴移不开眼。

唐话盛了两碗白米饭，说："这叫五腐杂煲，也叫五福临门。吃完饭，就会有好运气的。"

"哇——"

唐话说："联盟有很多好吃的东西。"

"哇哇——"

"等你长大，我就带你去。"

"真的吗？"

骗人的。

开云眼珠转了下，鼻翼抽动。

"嗯。"唐话按着她的脑袋，"所以你要好好吃饭，好好长大。"

是骗人的！

开云猛地睁开眼睛，剧烈呼吸。

雨水密集的滴答声灌入她的耳朵，空气里除了原本的腐臭毒气，还莫名多了一股沁人的鲜香。豆子的香味混合着香菇的味道，以及各种难以分辨的食材鲜味，汇聚成淡淡的暖流，驱散了她胸口的闷意。

开云恍惚了片刻，才回过神来。

这是在联赛，她在比赛。

她早就已经长大了。

开云用手臂支撑着半坐起来，侧过头，正正对上五双无辜的眼睛。

五名青年手里各自捧着奇形怪状的木碗，保持着吃饭的姿势，僵在原地。

场面一时非常尴尬。

居然背着她吃独食。

开云用衣袖去擦额头的冷汗，感觉到体温已经降下去了。

"你们继续吃吧。"开云细声说，"不用管我，我也只是心痛而已！"

叶洒一脸黑线，从身后端出一个锅，里面堆满了各种食材。他往前一递，言简意赅道："这是你的。"

钟御用力吸溜了一口，眯着眼睛笑道："妹妹你吃肉，我们用汤煮点面就行了。"

学弟跟腔说："24个小时啊，能吃到暖和的东西就够了。我才知道战场上吃顿饱饭的重要性。"

开云愣愣地看着面前的这口锅，又陷入了漫长的出神之中。她被动地接过了叶洒塞到她手里的碗筷，又被拉到火堆边上。

叶洒拧开最后一瓶水，说："加点水，再热一下。"

开云点头。

火光映照在她的瞳孔中，眼前模糊跳跃的画面，终于让她清醒起来。

那五人坐在她的身边，静静地看着她吃饭。

开云用筷子夹起一块豆腐，顿了一下，送到了叶洒的碗里。在叶洒错愕之际，又夹起一块，送到了钟御的碗里。

开云说："我想要一起吃饭。"

二军的线报守在凄苦的酸雨中，看着眼前这温馨的一幕，跟同伴们汇报："目前对方没有暴露任何攻击意图。他们正在吃饭。"

心力交瘁的二军指挥咬牙道："吃饭？"

"嗯。好像是煮火锅，太香了。浓郁成奶白色的汤汁，炖煮着柔软的豆腐，豆腐的每一个细孔里都吸满了汤里的精华，筷子一夹……哦——"

二军指挥惊道："哇哈，他们请你进去吃饭了？"

线报吸着口水说："我靠着嗅觉想象出来的。"

二军指挥："……"我信了你的邪哦！

"开云刚刚睡了一觉，现在生龙活虎地起来，跟他们一起吃饭。他们好像已经开始煮第二锅了。"那位二军学生又加了一句，"开云还给他们夹菜了。"

二军的基地里一阵沉默。酸雨中的酸味似乎更浓烈了。

该死，他们单身狗的阵营中出现了一批叛徒！还恰好就是他们的敌人！

……真的是一败涂地。

二军指挥指责道："这些细节不用说得那么清楚！你这是在动摇军心！"

果然一位兄弟开始叹道："我也想吃饭，我需要安慰。"

"我不用吃火锅，我只想喝一口热汤。"

"别说热汤，我们连热水都没有。"

谁会在背包里放水？沉重不说，还没什么用处。结果考场里自带的水源都是被污染的，他们根本没有勇气取用。

二军指挥想赶紧跳过这个话题，说道："他们现在选择休整，对我们也有好处。在内力大幅消减的负面状态下，我们处于绝对的不利。虽然到凌晨 2 点，酸雨就要停止了，但是最关键的毒瘴会如何变化，我们还不清楚。如果运气好，毒瘴跟着消失，那我们就还有七个小时翻盘的时间……"

被打脸的次数多了，他的话语中也带上了一丝不确定。

二军指挥赶紧将心中的杂念驱除，继续道："目前，我们的队伍受到了巨大的冲击，原本总榜排在前几的几名学生，都已经退到了三十名开外，也包括我自己。而开云，现在处在第 28 位，这是我的指挥失误，对不起大家。"

他每看一次排名，就忍不住牙酸一次。

预选赛的排名不算很重要，作用只在于判断能否晋级而已。竞技界的惯例，都是只有前三有姓名，所以与前三基本无缘又确保可以晋级的他们，并没有多看重积分。

失算了。

用一个考场的力量，将开云从百名开外送到了前三十，这要传出去，他们二军的脸都没有了。

教练一定会先送他们去医务室，拧断他们的翅膀，再顺手把他们甩进急症区。如此反复，反复如此。

太惨了。

现在最关键的是，要阻挡开云的进阶之路。

"从现在开始，我们必须再一次转变策略。"二军指挥在火光中深沉地说道，"无论面对钟御，还是开云，我们都要将现在的生命当成最后一次来对待。不能死！要活着！这是我们的基本方针！"

众人点头。

然后他们开始讨论，该如何安排队伍进行防御，才可以抵挡得住对面三人的攻击。假使队伍防线依旧被撕开了裂缝，又该怎么安排，才能让自己不会死在开云的手上。

最后他们得出了一个结论——宁愿手刃血亲，也绝不给敌方任何刷分的机会！

解说和观众眼睁睁地看着这群大好青年，从最初的满腔热血，要送对手去死，到现在依旧满腔热血，但在准备着慷慨赴死，不由得觉得好笑。

他们的战术转变，书写出来，就是一部完整的屈服史。

可能他们没有察觉到，他们的膝盖，已经隐隐有了弯曲的趋势。

二军众人耐心等待着战斗的下一次打响，不再主动进击。但是经历了一个白天的精神紧绷和武力输出，他们此刻非常疲惫，浅眠式的休息没能使他们放松，反而变得更加憔悴。每一秒的时间变动，都刻在他们的脑海中。

第二十一章
英魂不朽

终于，视角界面上提示已经到了凌晨 2 点。

酸雨终于停止了。

骤停的雨水声让世界出现了静音般的沉寂。他们从未发现这个考场是那样安静。除了他们以外，没有其余的活物。

这个地方是"死亡"的。

众人顾不上思考许多，急忙前去查看另外一个毒瘴状态：

> 这场绵密的酸雨终于停止了，可是堆积的雨水并没有消散，土壤的有毒物质也还没有反应完全，想要毒瘴消失，大约要先等土地干涸吧。

后面跟了个十小时的倒计时。

啊呸！再七个小时整场比赛就结束了，谁还管它这毒瘴会怎么样？

二军众人不得不接受这个噩耗，毒瘴会持续地伴随着他们，直到考试结束。

这时，队伍中突然传来前线的报告："他们过来了！"

所有人的困意一扫而空。

二军指挥喝道："准备应对！分成三个队伍！"

线报："是六个！他们都来了！"

二军指挥大惊："他们竟然团结起来了？"那一个个打法妖娆的选手，简直不可思议！

众人飞速调整站位，立到大楼外围，围成一圈，满身杀气地望向来处。

积分在晋级边缘的考生，被安排去后勤岗位，负责打光。

他们不再节约电池，将背包中带来的所有强灯光全部打开，分别挂到大楼高处，斜斜照向地面，把整座大楼装饰成了一个人工光源。

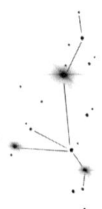

周围百米内，亮如白昼。

众人整齐一致地戴上防光镜，以免猝不及防的一个回眸，被那耀眼的灯光闪瞎自己的狗眼。

指挥心中祈祷：最好是能照瞎对面。

听说开云打比赛不喜欢带装备，希望这次也是。

可惜这次让他失望了。

暗夜。雨后的废城。

六个同样戴着黑色防光镜的学生，在万众瞩目中迈着六亲不认的步伐，从远处走来。

这场面有点滑稽，所以众人都想尽快打起来，好缓解这一份诡异。

正中的开云推了推自己的眼镜，说："纠缠了这么久，我们也是时候该有个了断了。说实话，这是我第一次和那么多人打对战，也是第一次见识到那么多的流派，受益匪浅。我其实要对你们说一声'谢谢'。"

她觉得自己升级了，梦到唐话和他的浮光就是一种证明，而退烧就是标志。

每个主角不都是这样的吗？

虽然唐话还来不及正式教她浮光就突然离开，但他曾和开云说过它的关键，开云也无数次尝试过破解。没有哪一回，她像现在一样感觉强烈。

开云说："这次是我真正的大招。就用单刀直入来决一胜负。"

虽然听起来有点中二，但她的表情极度认真，所以二军的盾士不敢大意。一道巨型防御屏障在众人身前支起。

远程攻击的学生，也备好身上的暗器，等待时机进行抢攻。

开云把刀横在手中，想象着内力平缓地在刀上游走。她闭上眼睛，追随着感觉出了第一刀。

"浮光！"

确实有一道刀气，离开了她的刀刃，但是没有光。刀气刚刚飘出，就打了个旋儿，砍在前方不到半米的位置，正好将水坑中的积水都激了起来，炸成一片水花，准准浇了六人一身。

后腿君抬手把污水抹干净，一脸黑人问号地朝她看去。

开云："……"

我们不一样，不一样。

二军众人："……"

发现了，每次她看起来正经的时候，都是在开玩笑。

叶洒忍无可忍道："你能不能不要执着于那些花拳绣腿了！"

"你不懂！"开云转了刀锋，朝前方冲去，"这招叫'我就吓吓你'。奇袭的机会来了！"

凌晨 2 点，酸雨停后，按照流程恰好是各考场新一阶段战斗的开始。许多观众跟着从被窝里爬起来，握着光脑继续追直播间的进程。

原本慢慢冷清下去的评论区又热闹起来。一群陌生人互相打着招呼。

此时聚集在这里的，一般都是军校联赛的忠实粉丝，他们互相交流着自己不在那段时间的重要剧情。

正当有人准备去各大考场里询问一下战况的时候，中央直播间将宝贵的镜头分到了第五考场——开云的画面。与此同时，一大批观众跟着涌进评论区。

"从第五考场来的，我们那边的解说真的太烂了，请求三天换个有水准的，好吗？"

"终于又上主直播间了！请解说分析一下开云刚才的那招浮光！我觉得其实不简单！"

"开云冲啊！冲上前十前三不是梦，你还有六个多小时！"

"不管最后是第几名，大逃杀的 MVP（王者）非开云莫属！要不是前几场分数太低，她现在是妥妥的模拟赛第一了！"

"之前联军想招开云，结果人家没答应，这一次大公子舍命陪她刷分，呵呵，我觉得一切都是阴谋！"

"老校长连儿子都舍得牺牲了？"

"……可大公子从来不是一个听话的宝宝啊。"

三夭后台的房间里，坐着四个悠悠喝着咖啡熬夜的解说。他们扫了眼观众的评论，又看了眼屏幕中的画面，沉默片刻，说道："现在的战局有点混乱，大家随便看看，应该都能意会。"

反正互相乱打就对了，要拆解分析他们各自的招式的话……画面跳跃太快，他们顾不过来。

左边位的解说还是用一句话总结了下："钟御同学完全是同归于尽式的打法。我们看见他的目标非常明确，都是另外几位比较眼熟的高分选手。其他人基本是逮谁打谁。目前场上的战况还是比较胶着的，毕竟人数差距难以弥补。战局整体正在慢慢向外扩张，暂时没有决定性的逆转画面。好，我们先来看一看观众提到的浮光。"

他们的语气依旧十分平淡。

随后四人翻出了之前的录像。

"浮光这个名字让我觉得有点熟悉。"

"我可以肯定的是，不在目前联盟公开的任何教程之内。"

"请再倒回去让我看一遍。"

画面再次重播。

"嗯……"一位解说沉吟道，"开云是先将内力覆盖在刀身上，然后进行攻击是吗？"

"可惜她的控制度不是那么精准。"

这时其中一人将录像关掉，把开云正在打斗的画面放大开来。

四人目不转睛地盯着。

先前混战的时候，开云时不时要来一个"大招"，就跟叶洒说的一样，花里胡哨，靠的是打对面一个措手不及。但是现在，她又恢复了自己最习惯的打法。

你去分析，大概只有两个字——简单。

她的刀总能在恰当的时机，出现在最应该出现的位置，而她的内力与力道，能帮她抵挡住那些袭到眼前的重击，再反击回去。

仅此而已。

她的刀法还不够快，反应不够敏捷，战斗意识也不够强烈，但确确实实，已经有了那个人的影子。那股不知疲倦的毅力，还略带一点玩世不恭的痞气，更是一模一样。

当年就是这种熟悉的场景，青年在所有人的震惊与不可置信中，狠狠给了他们一掌，叫他们放下所谓的尊严和骄傲，抬起头去正视，甚至仰望。

"我听说，开云跟秦林山的关系特别好。在比赛开始之前，他们还一起去看真人擂台赛了。"

几人恍然大悟。

"哦，我知道了。"

"那我也知道了。"

"你不说我也感觉出来了。"

四人都是一副我们知道但我们不说的语气，默契地结束了这个话题。

观众："？"然后呢？你们知道自己爽就完了？

四人语气难得地拔高起来。

"开云的攻防都很直白，你几乎从中找不到什么高难的搭配，甚至看的时候觉得你自己也会，为什么？因为她已经窥破了对方的招式，给你的就是一个最

终的答案。"

"我们说返璞归真、大道至简，就有那么一点这种意思。不管你的招式是大招、虚招，还是什么连环招、套招，前面舞得再漂亮，打得再隐蔽，最后用来攻击的，其实就那么一瞬间。如果你把对攻防的理解参悟到了最清晰的地步，那么你的眼睛只需要关注到那最后一招就可以。同样，你的攻击和防御，也只剩下了最简单的一个步骤。"

"有人说开云的攻击路数过于简单且过于低级，我不同意。恰恰相反，她正在往更高的位置走着。你不站到她这个高处，你就不能理解。"

"我们得承认，她是凭借着自己的实力走到这一步的。就算你觉得她不厉害，但上手了你就是打不过她。现在很多年轻人的误区也是这样，其实招式不在于高级，而在于好用。"

四人的态度都是一致夸赞。

解说："另外，开云是不是进步了？"

之前开云放大招时对内力的运用，准确形容那就是浪费。尤其是她在学习棍客的那招风卷残云时，肉眼可见地有一半的内力都在正式攻击前被她打了出去。

她内力庞大得犹如一只野兽，可她还没学会怎样掌控那种力量。

现在不一样了，能明显感受到她的打法变得内敛了。

"我觉得开云对于内力的掌握更加得心应手了。之前就是莽，现在是莽中有收。"

"是，我们说一个天才的成长是恐怖的，许多人抓到了自己的缺点，但永远在不知道怎么改进的路上，而天才可能只需要一点经验。她已经自主地在修正了。"

观众将信将疑，评论区里争吵不休，在部分人刻意的节奏影响下，画风越来越歪：

"这彩虹屁真是高端又有内涵，但是未免太夸张了一点吧？"

"开云虐杀二军六十几人是铁一般的事实。别说是在这么大的人头差距、以寡敌众的情况下拿到的积分，就让你一对一轮流挑，你能吗？一场没结束就跪着喊爸爸了吧？"

"二军学生这么垃圾，不如滚回去重新教育，我闭着眼睛也打得比他们好，都什么玩意儿啊？看得我火气都出来了！"

"二军堕落了，教练就这水平，把那么好的生源给毁成了这样。"

"有些人真是借着机会抬高自己，太不要脸了。"

部分数据流观众已经开始录像，准备在结束之后，进行建模推演重现，以证明究竟哪方的观点才是正确的。

"嗯，等一下。"其中一位解说突然冒出个想法，召唤道，"管理员小哥，麻烦把镜头完全调整成开云的视角，让观众亲身感受一下。现在是凌晨，环境应该是允许的，请想体验的观众，切换到全真观影模式。抱有质疑态度的朋友，可以在结束之后再进行辩驳。"

考生全真视角的模式其实不适合于观看，因为大家都知道，打架的时候需要眼观四路，耳听八方，展现在镜头中就是天旋地转。

不过现在，观赏度已经是其次，心里没数，才是关键。

直播管理员欣然应允，在屏幕中打下了切换视角的倒计时。

三秒过后，中央直播间从上帝视角转化成个人视角，并开启了全真观影模式。

身处在全真模式下的观众，刚睁开眼就被各种内力迷花了眼。

因为开云戴着防光镜，所以整体画面偏黑，并不大清楚。上方的位置有一道过于明亮的光源，纵然是防光镜也无法彻底消除，极大地影响了视野的清晰度。

前后左右都是晃动的人影，可以看出本人与对手都在快速移动，再定睛细看，只觉得身边暗器与长鞭齐飞，刀光与剑气一色，切换后过了许久，都没捕捉到一次准确的攻击。

唯有耳边变得清晰的撞击声在提醒着他们——我挡住了！我又挡住了！我一次抬刀，不仅挡住了暗器还挡住了前面这个人的攻击！

急促的声音变化与目不暇接的招式往来，无不显露着一个事实：环境中任何一点细节，都可能成为致命的潜伏危机，手上只要慢了一拍，就会陷入永久的被动。要是出刀不够简，手法不够快，根本无法保证攻防的速度。

他们简直不敢相信开云能身处其中并顽抗至今。

如果换成他们，甚至活不过一秒，而死的时候，也不会知道打败自己的家伙究竟是谁。

设身处地所带给他们的震撼，完全难以形容。

解说："有一定武学基础的人应该都清楚牵制招式的可怕，它会影响你的判断力。一对多所面临的情况绝对比牵制要复杂得多。面对这种目不暇接的攻击，如何在刹那间安排好一切，有人能做到吗？"

别说做到，身处其中就要窒息了。他们连对方的攻击都看不清楚，谈何分析？更妄论应对。

另外一解说道："要求做到难度太高了一些。我只想问，有几位观众可以跟

上开云的反应节奏？"

开云的招式完全没有套路可循，变化之大之快，观众连眼睛都没跟上，每个招式出去之后，可能还要想一想才明白她的意图。

这样一对比，他们真的跟木头人一样迟钝。

解说轻笑了下，说道："评论中有一个人这样说：'是二军的攻击太弱了，否则反击不至于那么轻松。所谓一力降十会，如果用十成的力，绝对能够打乱开云的节奏。二军一大帮男生的力气难道连个女生都比不过吗？那不是废又是什么？！除非是表演赛。'他是这样讲的，观众里是不是还有其他人也那么想？"

评论区中果然冒出几条类似的质疑：

"两种都有可能。"

"今天看比赛给我的感觉是，二军确实不大行了。"

"人数差距大到这种地步还打成这个样子，很难找借口了吧？"

左侧解说手指在屏幕中点动，说道："好的，管理员小哥刚才又往我们的手上递送了一份数据统计。我已经请他将参数加到视频中去了，现在请大家查看。"

屏幕重新被调回到上帝视角，观众齐齐从窒息的环境中脱离，长长松了口气，对战场的恐惧反而更加强烈了。

画面中，一个手执双刀的二军学子正在对开云进行连斩。

他死死握住手中的两把短刀，憋红了脸朝开云杀去。

二人的刀锋相撞。

一个数据从刀刃上跳了出来，显示着"762kg"，随后另外一把刀追上，刃上跳出"双连击！""745kg"。

开云的神色并不勉强，她一面招架一面用轻功后退，借由距离和速度来减缓对方的攻击力道。可是仔细观察就能发现，她的脚下是两行深深的足印。

这还不算，青年调整了姿势，借着挥舞的力道，旋身继续追击。

每一次攻击都有数据统计，直到最后一次起跳下压的劈砍，也被开云用两手撑住，才算停止。

4秒7连击！

这个数据一出来，原先质疑的人都安静了下去。

画面中开云被青年的最后一击逼得身形趔趄，正在调整时，侧面立即飞来无数的暗器，准确地瞄准她的致命穴位。

危难之际，叶洒折扇飞过，替她挡去了头部的致命伤害，开云也迅速稳住，侧过刀身扫落一片。

随后钟御一个横步，抓住叶洒的武器，再振臂一掷，给他送了回去。

这三人的配合只在数秒之间完成，如行云流水般顺畅，事先没有任何的交流，全凭默契。

二军青年见状可惜地叹了一声，甩了下头之后，又瞬间重整旗鼓。

他的眼神中没有丝毫的挫败或不甘，只有汹涌的战意与执着！

他要打败面前这几个人！

他身后的兄弟及时越位而出，跳到他的面前，接替道："我来！你先去调息！所有人接上！重伤她我们就赢了！"

观众这样细看，才发现这场比武的精彩之处。它体现在所有的细节，也体现在所有的坚持。

每个人都在全神贯注地与极限做斗争，考验他们的是信念，是团结，也是意志力。

解说继续说道："有几个观众，自认为可以在五秒之内发动七次速攻，每次力道都在七百五十公斤以上，最后一下重击可以达到一千公斤以上？有能做到的，请马上去联系各大军校，我相信知名军校都会非常乐意接收你入学。"

"如果大家不知道这样的数据是什么水平，可以前往训练大楼自行测试。私人健身场的数据可能不准确，会大幅偏高，但是没关系，你们也可以按照虚假繁荣的数据来进行比对。"

"另外，请大家不要忘记，目前是凌晨3点，他们已经拼搏了十八个小时。身上还有内力加倍损耗的负面状态。"

几位解说一唱一和地联合起来，语气中带着对某些观众的暗中嘲讽，但并没有持续下去，表达完意见后马上止住了话题。

辈分最大的解说总结道：

"联盟的军校生是在无数严苛的挑战中成长起来的，我想告诉大家，武学的世界的确是残酷的。你可以说胜利就是一切，但是请不要去否认失败者的努力。站在胜利高处的人，最清楚自己为了这个结果付出过多少血汗。正因为对手值得尊重，胜利才值得庆祝。不管怎么样，许多人可能会认为二军实力不足，但我觉得他们并没有不足，各个层面都没有。"

"进行到这种程度，无论结果如何，第五考场的这场比赛，值得掌声。"

又过了半个小时，中央直播间再次切屏。观众涌回到第五直播间等待结果。

早晨5点半，第一抹日光从地平线升起。

开云等人在二军的顽强抵抗之下，最终没能延续一往无前的神话。

开云与叶洒因为前期的伤势影响，重伤后各自死亡一次。钟御毫无心理负担，跟个人形炸弹一样，专门带着对面的精英共赴黄泉，将对面指挥杀得嗷嗷跳脚，精神衰弱，头皮都多了起来。

终于，9点的倒计时来临。

所有人结束战斗，等待传送。

开云的击杀总数定格在79人，所有考场中当之无愧的第一位。可惜由于先期劣势，还是没能达成进入前十的光荣成就。

二军众人瘫倒在地，仰头看着湛蓝的天空，眼神跟心灵都是一片空虚。

二军指挥倔强地抬起头，朝钟御竖起一根中指，钟御笑着朝他挥了挥手。

"死结。"二军指挥说，"从今天开始，我们二军的宿敌不再是一军，而是你们！"

"反正我快毕业了。"钟御遗憾地说，"不能代表学弟招待你们。"

指挥呕血："我呸！"

突然，一片白色的布扬了起来，飘到空中，霸占了他们的视线。

大字写道："航空号7682。"

下方加上一行小字："如需旅游签请联系开云官方认证账号。"

叶洒嘴角抽搐道："这都什么啊？"

"为了带我的国民回家看看，我包下了一艘飞船！"开云跟他握手，"也欢迎你来！"

叶洒："……"总觉得这趟航班是有去无回。

开云那边打开背包，再次抖开一块布。

这次是从未见过的红色的布。

她小心地把旗子展开，然后双手高举。

"为我的第一个国民升起国旗！"开云奋力张开双臂，想让所有人都能看见旗子的全貌。

"欢迎卢阙，加入荒芜星！"

军校联赛的预选赛在火热中正式结束。共有两百名考生脱颖而出。所有的名单，都在当天晚上挂到三夭的官方首页，他们的名字会以轮流显示的方式，不断在置顶的新秀名人榜上滚动。

虽然两百个人听起来似乎有些多了，但他们代表着全联盟年轻一辈最优秀的学子，是千军万马从独木桥上选出的优胜者。而三夭的榜单，也是目前最为权威的一个榜单。

再之后，还会对所有晋级选手进行单人采访。

至于决赛安排，还得在赛委会与联盟沟通之后，再作通知。因为涉及场地问题，一般中间会间隔一个月左右的时长，顺便给考生调整备战的时间。另外，由于实战赛涉及生命安全，在正式参加之前，还需要参加指定的测试。

目前最临近的是预选赛结束后的总结大会。

所谓的总结大会，主要用来答疑，顺便展望一下明星学员在决赛期的可能表现。网友们也可以在三夭论坛中提出预赛中的遗存问题，热门帖子将会在总结会中做统一回复。想搞事情的话，还可以由三夭帮忙给选手本人传话。

让无数网友无法释怀的，不是卢阙要退出决赛，不是二军的惨败，不是本届联赛第一名的辉煌，也不是开云包下飞船的豪气——而是中央直播间里几位解说欲言又止的事情。

让他们抓心挠肝，彻夜难眠：

> "我只想知道，主直播间里那几个解说没说完的话到底是什么。我反复看了几十遍都没联系出前后关系来。"
>
> "老贼们快出来！告诉我浮光是什么！"
>
> "折磨了我许久！他们从开云身上知道了啥？！"
>
> "我想知道开云的稀有能源免疫，到了决赛圈要怎么办？专业人士是怎么看的，她有希望可以突围吗？"
>
> "测试的时候是不是要带高阶武器啊？开云没有，数据能达标吗？如果过了预赛却没过赛前测试，岂不是终极尴尬？"

除了这些疑问之外，还有一群看热闹不嫌事大的问题：

> "不好意思，我偏下题，我更想知道叶哥来参加联赛还为开云助攻的原因是什么？难道是开云花钱请他来给自己保驾护航的吗？赏金猎人现在连这种业务都接？现在预约明年的还来得及吗？"
>
> "请帮我带个问题，离开开云后的雷雷，现在是什么心情？"
>
> "最后一场比赛，大公子是不是在卖人情？联军校长是不是在卖儿子？请正面回答！"

一时间，三夭首页飘浮着的都是类似的话题。开云无疑成为今年联赛最热

的一个名字。

一位另类的明星选手就这样诞生了。

由于网友过于热情，三夭只能将类似问题加进总结会的关键题库里，并去找几人沟通，让他们提前想好答案以作应对。

几人承受了一个解说不应该承受之重，其中一位忍不住在私人账号上发声道："你们让我说，我也不敢肯定哇。毕竟被打脸的感觉很不好受。"

猜是那样猜没错，他们也有一定的把握，但是唐话已经失踪十几年，恰好跟开云的年纪相矛盾，他们担心没有实际证据的猜测会给双方造成不良影响。

二人都没有主动公开，且唐话销声匿迹那么长时间，或许就是不希望别人知道。

网友于是在他账号下方愤怒批判。

他们现在的感觉更不好受！

实在是被 @ 得太烦，解说才再次上线，发布了一条新的信息：

> 这样好了，预选赛的总结大会，可以让三夭帮忙邀请一位嘉宾前来参加。是不是，就由他来告诉大家。如果他不愿意来，那就让这件事情过去吧，给予他人的隐私一点尊重。@ 三夭 @ 秦林山。

三夭官方："？"

怎么还带甩锅的呢？

网友们也被他 @ 出来的名字震惊了。

虽然秦林山的年纪不算太大，但他过于辉煌的实绩与早早隐退的生活，总让他给众人一种神秘又难以捉摸的高人印象。

上次见到他，还是在武馆真人赛的直播上，叫相关论坛里的粉丝疯魔了好一阵，至今尚未痊愈。没想到那么快又在联赛相关的事件中看见他的身影。

次元壁似乎破了？

不少人听说过秦林山不合作的态度，尤其是对待媒体宣传一类的邀请。三夭也是怀着忐忑的心情，试着去邀请了下，没想到对方竟然立马同意了。

秦林山拍着桌子，再三跟他们要求道："给我配个声音响亮的话筒！只要最响的！"

他要喷醒那帮不长眼睛的家伙！

三夭工作人员连连点头，表示同意。

如果一个不够响，他们可以准备十个！

于是三夭扭过头，就在自家网站打上了广告：

　　——军校联赛总结大会——最贴近灵魂的质问，最不怕搞事的现场问答！今晚8点，与您不见不散！
　　——热情欢迎本场军校联赛总结大会特别嘉宾——秦林山！八风不动稳如山，你们的男神回来了！

　　网友得知后一片哗然，没想到隐士真的要出山了，传说竟然成真！只能猜测他跟开云的关系是真的不一般！

　　这条消息激动坏了一干职业盾士的学子，他们只管认准一件事："开云才是真牛啊！以后她就是我亲人！"

　　莫名其妙多了一帮亲人的开云并不知道他们的心情，比赛结束之后，开云就回去睡觉了。

　　长达24小时的比赛耗费心力，她日夜颠倒地休息了一整天，才在饥饿中转醒，随后去食堂吃了顿饭，在联军一众校友的隐晦提示中，得知秦林山要上联盟的电视节目。

　　看他们的反应，似乎是个蛮了不得的节目。

　　开云都没顾上手上一堆的麻烦事，直接跑去对面宿舍，找叶洒一起给秦林山捧场。

　　叶洒木着脸是想要拒绝的。

　　这是想要跟他炫耀吧？"那个男人愿意为了我做不喜欢的事情甚至上节目，却从来不在任何人面前提起你的名字"之类的心情。

　　这可真是一个小妖精。

　　小妖精拍着他的肩膀，勾着他的背，直接进了他的房间，然后爽快地打开光脑，扩成超清屏幕挂在墙上，跟他一起等待8点的到来。

　　总结大会并不需要真人到场，毕竟许多嘉宾不一定能在短时间内抵达首都星。大会采用的是多线直播，内容基本以答疑为主，再加上一些三夭赶点整理出来的视频和数据材料。

　　除却镜头外的主持人，三夭一共请了四位解说，以及一个特别嘉宾。

　　五人端坐在座位上，由系统截取一段人物画面，拼接成完整的场景，打造出一种圆桌会议的风格。

　　镜头时不时会扫过秦林山，但因为他是压轴人物，前期的问题一直没有点到他，只让他像吉祥物一样坐着旁听。

时间就这样不疾不徐地过了半个小时。

网友们等得痔疮都要犯了，秋水也早已被望穿干涸，镜头终于锁定秦林山，同时屏幕下方跳过几十条看不清字的问题。

秦林山耸了下肩膀，将上身挺直一点，脸上也多了丝认真的神情。

那一刻，所有人都将光脑音量主动放大了两格，摆出谦逊的姿态等待他开讲。

主持人瞥了眼手中的台词本，想着应该要循序渐进，如果秦林山出现任何抵触不想深谈的话题，可以早早结束。斟酌片刻后，他说道："秦前辈您好！许多网友非常好奇，您这次愿意出山来参加总结大会，是与今年的某位参赛选手有关吗？"

哪知秦林山身体前倾，靠近了传声器，一句话终结了所有提问："我来统一回答一下，关于开云的事情。比如说，她的流派是什么，师父又是谁。"

镜头内外的众人无不兴奋。

听听这洪亮的声音，多么富有男子气概！

看看人家这直接的态度，多么担当果决！

秦林山顿了一下，然后道："她的师父是我的一个兄弟，当年也是军校联赛的冠军。我想三夭的老人应该还记得他的名字，他是联军名人堂中的一代传奇——唐话！"

三夭工作人员快速搜索唐话这个名字，得到结果之后，与前方人员比了个手势，直接切换。

屏幕中出现倒计时。

他们要播放的是当年三夭为联赛冠军剪辑的一部纪念片，算起来年代已经相当久远。

唐话最出名的时候，这一代的青年学生都还没有出生，甚至他们的爸爸辈可能都还在入门的边缘徘徊。与秦林山不同，唐话的功法并不适用于普通人，不曾拥有过属于自己的时代，也没有显赫的家族为他传扬事迹，他隐退之后就真的悄无声息了。

也许有不少人听过他的名字，但也仅限于名字而已。

倒计时结束。

画面正中闪过一行金色的字体——第366届联盟军校比武大会。

背景音是节奏缓慢的一段鼓声。一个穿着军装的男生，背对着镜头。他身上挂着褴褛的军装，朝着天空的方向伸出了手，然后握住拳头，狠狠攥住。

鲜血顺着他血肉模糊的拳头向下流淌，黄昏的夕阳为他披上一层金黄色的光衣。

此刻，他是屹立在最高处的英雄。

背景中是解说快要破音的嘶吼。

"让我们恭喜本届比武大会的最终冠军——唐话！他是近百年来联赛史上的奇迹，辉煌独属于他！"

镜头从背后扫到唐话的正面。

那是一张正在狂傲微笑的脸，但脸上却挂着两行与神情不符的清泪。

——唐话，二十二岁，贫困区垃圾星出生。

镜头调到他第一次加入军校联赛的时刻。他低着头，摆弄身上的军装，眼睛四处转动，似乎对一切都很不习惯。

他的五官很英俊，眼神深邃而坚定，但他只是一个垃圾星出生的、没有受过任何正统教育的侠士。

无数的议论和评价，在背景音中出现：

"他只会一些最低级的攻击招式，他能够赢得第一场比赛已经是个奇迹了。"

"我不想和他组队，他明显跟我不合拍。"

"哈哈，论单挑，他怎么可能打得过方询？"

"联军的教练为什么不教他一些高阶的武功呢？让他在军校联赛这样的高端赛局，以这样的方式出场，是不是太难看了一点？"

"毕竟是垃圾星出来的，这么狂，太小看我们联盟首都星的底蕴了吧？"

——不惧质疑！

他单枪匹马，闯过一场场的考验。一次次地逆袭翻盘，一次次地绝境重生，满手鲜血地爬到了最终的决赛场上。

那张不羁的年轻面孔上，始终带着倔强与不屈。他用炽热的目光看着终点，不惜一切地成长、变强，直到将所有人都甩在自己身后。

——职业：刀、剑、鞭、暗器……（多职业）

唐话与开云不同，他是真的会十八般武艺。无论是剑，还是刀，抑或是鞭。因为这是他仅能想到的，让自己变强的方法。

哪怕再不可能，再困难，他也不带悔恨地踏上了路程。

世界只向他打开了一条微弱的细缝，而他用自己的手掌，撕开了一扇窗户。

镜头扫过他的手掌，全是厚到发黄的老茧，看不出掌纹，因为手心密布着

的是伤口愈合后留下的疮疤。

随后是无数绚丽夺目的打斗场面，让众人看见他是如何依靠那些上不了台面的武器，将自己送上王座的。

当一个人的实力到达了巅峰，即便他用的是最简单的招式，身上也散发着令人震撼的魅力。

他的强大，无可抵挡地在这个舞台上释放出来。

那些杂音一路伴随着他：

"他竟然没有在开场被淘汰，可真是一个奇迹。"
"让我们来看看这一匹黑马，他能留到第一场比赛结束吗？"
"虽然很可惜，但是我想他只能止步于此了。"
"我真的不敢相信他居然可以闯过了预选赛！"
"听说联军送了他一把，哈哈，那他就算是一日游也绝对值得了！"
"到此为止了，这可能是他人生的高光时刻，毕竟他以前从来没有使用过任何高阶武器。"
"什么？这位记者你是在开玩笑吗？你说一个在垃圾星出生、没有任何传承的人能拿到联赛的冠军，这怎么可能？！"

萧瑟的战场中，唐话单膝跪地，右手握刀。他抬起头，嘴角挂着讽刺的微笑：

你们说这不可能，
我就把它打碎了给你们看，
到底什么才是现实。

——奇迹，因你而生。
——第366届军校联赛冠军唐话。

番外

唐话

"唐话!"

喊声从遥远的边际线处传来,堆积成山的废弃物连绵排序,根本看不见喊话的人身在何处。

唐话冒出一个头,手里举着一根刚从垃圾堆里淘出来的机械臂,回道:"我在这儿!"

远处的人继续喊道:"快回来,教练说今天要点名,有事情宣布,不能迟到!"

唐话应了声:"欸!"

随后,一个身穿短衫的少年从垃圾场中跳了出来,几个起落,灵活地往岸边赶去。

远远看见了人影,来传话的少年安心了,转身朝着原路跑去。

这里是一颗用于垃圾处理中转的贫困星球,而这个地方,更是贫困星上最出名的贫困区。在这个资源极度匮乏的地方,这批还未销毁的垃圾,反而成了星球上最宝贵的财富。

每当垃圾倾倒过后,就会有一批拾荒者过来挑拣垃圾,看看能否捡到贵重物品进行二次售卖。

当然,这其实是非法的。只不过在贫穷的星球,负责看守的人员不会过于苛责这些贫穷的人。

即便如此,对垃圾的抢夺也很激烈。

像唐话这样没有背景的少年,只能在多数人都已经挑拣完毕,几乎不会再有竞争对手的情况下才过去翻找。

唐话在一所流动学校上学。因为是流动学校,别说学生,连教师的变动都非常频繁。

为了应付联盟规定的武打课，学校从一个不入流的武馆里，请了一位教练过来挂名。

那个教练自己都是半桶水，平时对教授学生也没什么兴趣，偶尔过来点个名，签个到，教教他们扎马步，应付了事。

唐话本来想翘掉只会浪费时间的武打课，没想到今天居然点名了。

他火速跑回家中，在淋浴头下冲了个战斗澡，再换上一身干净的衣服。

他的衣服都很宽大，因为大小不合适，他自己剪裁了下，改造成最简单也最朴素的短袖。但是那不合身的衣服穿在他的身上，总是有一种潇洒飘逸的感觉，与他本人的气质相映衬。

没错，这些衣服也是他从垃圾场里捡回来的。

唐话整理完毕，朝旁边的一张照片展颜笑道："爷爷，我走了。"

他抓过一旁的身份牌，朝学校的方向跑去。

等唐话赶到的时候，众人已经集合完毕了。他看了眼时间，发现还有两分钟才上课，顶着教练不悦的目光，快速冲进队伍之中。

教练的视线在一张张青涩的面庞上巡视了一遍，虚掩着嘴咳嗽了一声，想了个不那么突兀的开场白，说道："你们今年已经六年级了，很快就要上初中。你们有想过自己的未来吗？"

众人不好意思地笑了下，互相对视，面对这个在他们眼中已经是成功人士了的教练，不好意思将心中的话说出口。

这时唐话举起手道："我要从锋哥的手里，把东边的垃圾场抢回来！"

教练不由得皱眉。

总是垃圾垃圾什么的，真的很上不了台面，他心里看轻了几分，又觉得对这帮小子来说，这样才算正常。

难道要指望老鼠一飞成龙吗？他们从出生起，就注定了是最底层的沟鼠啊。

不只是他，连唐话身边的同学也笑了。

"你难道想成为称霸垃圾场的男人？"旁边那个有些微胖的少年捧腹道，"你要一辈子靠捡垃圾生活吗？你就没想过找点别的事情做？"

唐话平静如常道："我不会一辈子留在这个垃圾场的。"

男生嬉皮笑脸道："那你想去哪个垃圾场？和隔壁锋哥抢山头吗？还是你想去中心区最油最肥的垃圾场当小弟？"

唐话转过身，指着一旁大屏幕中正在播放的军校联赛，信誓旦旦道："我要去那里。

"我要站在上面。

"我要拿到冠军。

"我要成为最耀眼、最厉害的一个人！"

周围静默了一刻，而后众人齐齐哄笑。

"你先离开垃圾场再说吧！你甚至连一张去首都星的机票都买不起！"

"别说机票了，唐话，想好今天晚上吃什么了吗？我听说学武的人最起码的就是健康的体魄，整天吃过期食品和垃圾的人可做不了武者！"

"他先把欠着的钱还完吧，否则他一辈子都在信用黑名单上，连个正经的工作都找不到。"

"我看他应该先努力从梦中醒来才对！"

少年人的嘲讽是如此直接而伤人，连唐话身边的朋友都听不下去了，可唐话似乎并没有因此难过。他的脸上永远意气风发，带着别人没有的朝气和笑意。

"行了，都保持安静。"最后是前方的教练开口，喝停了众人。

他语气冷淡道："下星期，主城区的一中开始提前招生。到时候，知名侠客董武会过去做评委。这场招生是公开的，会有媒体在旁边进行拍摄。为了宣传，他们给我们十二区开了特例。想去试试的，都可以报名。"

众人顿时激动，忘记了先前的事情，叫道："哇！是那个知名刀客董武吗？我们垃圾星的英雄？"

董武原本不叫董武，他以前名叫董小豆，后来出名了，觉得那个名字不够大气，才改了个符合"身份"的名字。

其实要说出名，他也只是在垃圾星出名而已，出了这个地方，大概是查无此人。但垃圾星能出一个正经的侠客已经是很不容易了，众人羡慕之余，也要表示一下对他的支持。

作为从小在贫困区成长，听了不少关于董武神迹的孩子，自然不可避免地会对他产生崇拜，将他当作一位 Boss 级的高手。

唐话也是如此。

多方洗脑之下，他心里有那么一小点儿地崇拜这个人。

教练继续道："当然，我还是希望你们可以量力而行，因为公开招生的时候要比武，如果你太弱，很可能会被对方打伤。"

学生们被他一说，顿时又有些退却。

唐话宠辱不惊地过去报了名，众人看见又是一阵嬉笑，嘲讽他白日做梦，好像能借此打消自己心中的不安。

教练不想管他们，说完事，登记了名字，就让众人散开。

唐话面色淡然地穿过还在讥笑他的青年们。他的朋友追上来，愤愤不平道：

"你要不是为了给你爷爷治病，借了那么多钱，他们还不如你呢！"

唐话笑说："他们现在也不如我啊！"

朋友嘴巴张合，还是没有将原本的话说出口，只问道："你真的要去招生考试吗？"

"当然要去！"唐话握拳说，"董武应该是垃圾星上最强的人，我想让他指点一下我的动作。我还要考进一中，那所学校里应该会有专业的教练，可以让我变得更强！"

朋友迟疑着道："我觉得不行的。那么多人去考呢，你根本什么都没学过。你要是真的受伤了怎么办？"

"不要怕受伤，受伤了我就更清楚地知道自己哪里出错了。而且和人对打也是很不错的经验。"唐话拍拍他的肩膀，"你放心好了，我是做好心理准备去的。不管结果怎么样，我都要去试一试。"

看着他远去，站在原地的少年很是惆怅道："你为什么不能学会放弃呢？我们这里可是垃圾星啊……根本不行的。"

唐话回到自己简陋的家中，想到一个星期后的公开招生，心中一股热流不断涌动。

也许这就是他等待着的机遇了。

他站了起来，目光从墙上掠过，最后看中了一把变形了的木刀。

他的墙上挂满了各种看似垃圾的东西，那些全部是他的武器。可无论是长鞭、木剑，或者是别的武器，全都磨损严重。

他已经用尽了自己能想到的所有办法，可是能接触到的也只有最基础的武学招式。那些动作靠的是锤炼、经验。他日复一日地重复，没有明显的进展，就将所有能接触到的招式都学了一遍。

只要学得多、学得稳，总是能找到融会贯通的方法的。

唐话笑了一下。

就算是世界上第一个发明出剑的人，在最初的时候，也不知道什么是剑术。他可以自己摸索。

不是说大道至简吗？也许他能摸索出一条属于自己的武道来。

唐话如此相信着，世上无难事，只怕有心人。他最不缺的，就是那份心意了。

唐话抓过木刀，低声呢喃道："看来我得再去做一把新的木刀了。"

他脱掉了上衣，走到门口，跟过往的每一天一样，开始了今日的训练。

飒飒的刀风环绕在他身边。

黑夜慢慢降临，而唐话依旧站在街上，挥汗如雨。

他手臂上的肌肉紧绷结实，虽然是个才十二岁的少年，却显得相当有力量感。

不久后，一个熟悉的人影出现在街头，停在唐话三米远的暗处。

正是白天嘲讽唐话最严重的那个小胖子。

他蹲在地上，看了许久，终于开口道："唐话，你不可能离开这个地方的。学武根本就不是我们这些人能做到的事情。"

唐话保持着劈砍的姿势，不为所动。

小胖子又说："我以后不欺负你了，你就别坚持了好不好？以后我带着你一起赚钱，我收你做小弟。"

唐话清晰回绝道："不好。"

小胖子："为什么！"

"你已经欺负不了我。"唐话说，"而且我不需要你来承诺以后还会不会来欺负我。我更相信我自己。"

小胖子用到了自己新学会的一个成语："你是痴人说梦！"

唐话说："有一个人支持我，那就够了！"哪怕他现在已经离开了。

"我会自己做到，然后告诉你，究竟是不是痴人说梦。"唐话将刀尖指着他道，"你们为什么那么在乎别人说什么？除了我自己，没人能决定我可不可以。你要是也觉得有那么一点不甘心，不如也努力挣扎一下，总比在这里只会打击别人强。"

小胖子猛地站了起来，怒道："好！你不听我的劝告，就等着哭吧！"

一个星期后，一中的提前招生正式开始。

当天早晨，教练领着唐话等参赛的学生，准时前往一中参加考核。

流动学校没有校车，他们还得自己买票。

众人一路颠簸地到了一中大门，来自其他区域的考生早已就位。

前来报名的人络绎不绝，几人排了百米开外的队伍里伸头张望。

唐话看了下，发现队伍中夹杂着许多明显超龄或低龄的少年。看来大家都想依靠董武抢一个离开垃圾星的机会。

纵然是个资源匮乏的垃圾星，仍旧不乏想要一飞冲天的人。

当然这是正常的，生而为人，谁还没有搏击长空的斗志呢？

教练等得烦躁，却不好把人放下就走，毕竟这些孩子还只是十二三岁的少年。

好在前方考核的速度还算快，他们有今天排完的希望。

教练去取了卡，带着大家去附近的餐饮店小坐。到下午3点多的时候，他

的光脑终于收到了预备考核的提示。他赶紧起身，叫上几个学生奔赴考试现场。

今年参考的人数过多，而一中在提前招生这一块上，只想招取百来个人，所以基础考核阶段的录取率极低。考场周围全是失败后正在哭唧唧的少男少女。

所谓基础考核，就是让十来个学生拿着自己的武器，在圈出的场地上打一套自己最擅长的招式，让几位教练过目。教练觉得不错，再拿上新的卡号，去后面准备擂台赛。擂台赛表现出色，才算正式招纳入学。

经过近一天眼花缭乱的挑选，几位教练都有些精神疲惫。尤其是坐在人群最中间的董武，他面部表情僵硬，眼中带火，手中的笔不断在桌上敲击，显然快要绷不住。如果不是镜头还在旁边拍着，估计他早已经拍桌离开。

就这种心态，对招生当然也没什么耐心。反正都是一帮半大的小子，出自垃圾星，能练出什么惊天地泣鬼神的武术来？新手村里拔高个儿，合不合眼缘才最重要。

唐话拿着自己的木刀上前，朝着几位教练略一鞠躬，然后提气，将刀身横于胸前。

他郑重地看向董武，说不紧张，那是假的。一直以来，他都是埋头苦练，从来没有专业的人士告诉他对不对、行不行。他希望能得到他偶像的青睐，也希望可以有专业人士的肯定。

唐话怀着满腔豪迈，将刀劈了下去，然后再横过刀身，一板一眼地做了个格挡的招式。

之后就是各种基础的连招，全部演示了一遍。

不到两分钟，他停下了手里的动作，站得挺如雪松，等待几人的点评。

董武其实也看见他了，本来见那小子一脸坚毅，以为是个人才，没想到最后见到的却是如此让人无语的画面。他嘴角抽搐，歪着身子说："就这？"

唐话点头："我打完了。"

董武看了眼身边的人，干笑着说："这来应考的学生还挺幽默。最起码也得懂点行儿才来吧？你武学到三天了吗？这是很严肃的事情，你凑热闹是浪费大家时间。"

唐话皱了皱眉，又重新举起刀，做了个劈砍的动作。他手臂绷直的线条，以及两腿扎下的重心，都极其标准，几近于刻板的程度。

"你觉得我这样，学武没到三天？"

董武保持着最后的礼貌："你先回去吧。下次继续努力。"

"我是一位实战型的学生。"唐话坚持说，"我从很小就开始学武了，请给我一个打擂台赛的机会。"

董武胸腔起伏，脸上的笑容虚伪而僵硬，已经快要维持不住他的客套："你从很小就学，就学了这些？你搞……开玩笑呢？"

唐话："我没有专业的老师，不敢乱学，因为听专家说如果学得不伦不类，会染上不好的习惯，等以后再改正，就很难了。所以我都是练的基础。但是我相信……"

董武并不想听他说，挥了挥手道："你回去吧。你的老师呢？"

教练被拦在考场外面，并不知道里面的情况。

唐话说："你们这样的选取机制，是不合理的。你应该测试我的力气、我的应变能力，以及其他能力。就算是军校联赛，也不是只关注招式这一块。"

董武听着好笑，甚至差点笑出声来。

还军校联赛？你到这程度了吗？

"擂台是有一定危险性的，你什么招式都不会，拿什么打？今天街上随便拉来两个年轻人，跟我说他学过很多年的武，我就信他了吗？"董武表情沉了下来，轰赶道，"赶紧走吧。不要浪费大家时间。"

唐话躲开过来拉扯的保安，大声道："比武，就非得比高级招式吗？会得多就厉害了？那花拳绣腿又是什么意思呢？"

董武说："要先登堂，才能入室。你连花拳绣腿都没有，连和别人比的资格都没有！"

唐话咬牙，最后问了一句："你觉得我一点可取之处都没有吗？"

董武："你还有很多需要努力的地方。回去从头再来吧小朋友。"

唐话非常失望。

但他不是对自己失望，而是对董武失望。

他不知道自己的实力有多少，但绝对没有董武说的那么弱。起码他有自信，在场大多数的人都不是他的对手。

他打得过隔壁已经成年的锋哥，也不会输给遇到的任何同龄人。

他的力气、意识、眼力、体魄，全都很超前，毕竟网上的数据是这么说的。但是董武竟然一点都看不见，他甚至叫自己从头再来？

一个刚愎自用、有眼无珠的人。

他果然只能在垃圾星耀武扬威了，唐话心里这样想。

他把董武拉下心中的神坛，并用消毒水仔细擦了两遍。

附近保安按住他的手臂，要把他拎出场外。唐话顺着走了两步，突然一个甩肩，灵活地把身体从对方的禁锢中抽了出来，并指着董武骂道："你个十八流水平，只会坑蒙拐骗的臭男人！你这个名不副实的老家伙！董小豆！就算改了

名字，你依旧是那个垃圾星的董小豆！靠着营销自己的虚名，在垃圾星充霸王，该不是在联盟混不下去了，才巴巴地回来骗钱的吧！"

这一幕完完整整地被摄像头拍了下来。

几声重物落地的响声之后，现场站着的几十号人，全跟被按了暂停键一样，噤若寒蝉，甚至连头也不敢抬。而那个闯了大祸的少年，还依旧倨傲地挑衅着董武。

董武面目狠厉地站起来，身后的椅子被他带得翻倒在地。他阴沉道："你说什么！你再说一遍！"

唐话说："你有没有徒弟？我要向你的徒弟挑战！你如果真的那么厉害的话，你的弟子应该也很厉害吧？不用怕我这样一个野路子出身，需要从头再来的小孩儿对吧？你敢吗！"

董武气笑了，嘴里发出几声单音节的气音，咬牙："我看你是担心自己活得不够长。小子语气很狂妄啊，敢说出这样的话！我弟子跟着我学了六七年了，你和他比？你怕是一招都没出，就被他打趴下了。"

唐话："试试才知道！"

董武："你这样的人我见得多了。现在是心比天高，等输了，又要哭着喊着说我欺负你！"

唐话针锋相对，丝毫不退："什么怕我说？我看是你给自己找的借口。"

董武扭头，狠狠瞪向旁边的几位教练，带着质问的语气道："怎么算？现在这怎么算？"

一中的教练也慌了，支支吾吾冒不出一句完整的话。

"这……这个……我们……"

唐话不羁道："我都挑战上门了，怎么，你还不敢吗？输赢我都后果自负，我不怕死，就看你敢不敢接！"

董武气得面色涨红，徘徊在狂暴的边缘。

他在垃圾星，从来都是高高在上的，今天却被一个孩子指着鼻子臭骂，如果就让他这么过去，以后还有什么脸面混迹江湖？

一中的教练已经被董武身上释放出的磅礴杀气镇住，缓慢扭过头，又被对方那带着血性的眼神狠狠一瞪，变得更加慌乱。

他是绝对、绝对，不能得罪这头强龙的！何况这本来就是那男生自己惹出来的祸端！

一中教练胡乱思考了遍利弊，试探着开口道："这位学生既然这么有信心，那就给他一个擂台的比试资格吧。大家觉得呢？"

另外几位教练忙跟着应声，侧过脸，用余光同情地看着唐话。

这个小子，恐怕要死于自己的狂妄了。这一课的代价太大，希望他能记住，并把谦虚这项品质带到下辈子去。

董武飞快道："他既然这样要求，我当然可以！"

唐话闻言，不仅没有害怕，反而笑了出来，重重一点头道："好！"

众人心中齐齐闪过一句话：初生牛犊不怕虎啊！

五分钟后，人群涌向操场后方。唐话与董武的徒弟，一起迈上了搭建好的擂台。

董武的徒弟，唐话不知道他叫什么，但听董武喊了他一声小烈。

小烈已经十四岁了。这个年纪的男生，要长高就跟抽条似的，而小烈尤甚。他身材高大，足有一米八几，站在还没开始发育的唐话面前，简直像个小巨人。

唐话握着自己的木刀，朝他做了个"请指教"的动作。

小烈显然对他很看不上眼，又因为他惹恼了董武，对他颇有敌意，无视了他出于礼貌的动作，随意抓过木刀，直接朝他攻来。

媒体将镜头对准他们，从多个角度进行拍摄。医务室的值班人员也备好了各种急救药品，怕小烈下手没有轻重，将人打得太过严重。众人各怀心思，看着场上的对阵。

所有的围观群众，都预计这会是一场单方面的碾压。这没错，只是他们猜想的对象错了。

在小烈出手的一瞬，唐话就动了。

他的身形相当灵活，眼力也是极其毒辣，以对手绝对预想不到的速度，躲开攻势，且迅速发起反击。

全程没有一个多余的动作，身手干净而利落，带着让人赏心悦目的标准。

第一击，木刀留力，敲在了对方的腹部。

第二击，趁着对方吃痛躬身的时候，再一刀，砍在对方的背上。

如果这是一把真刀，那小烈已经被秒杀两次了。比试到这里，也该分出胜负了，唐话再次绅士地后退了一步，做到点到为止。

小烈接连被唐话打中两次，脑袋都蒙了。他抬起眼，茫然地四望了一圈，恰好看见董武那张冷若冰霜的脸，当即吓得满身冷汗。

冲动驱使了他，小烈想也不想，反身朝着旁边的唐话砍了一刀。

这样的行为，太没有武道风范了！甚至应该说毫无气度！在场众人皆是心生不满，只是没有叫破。

好在唐话没有放松警惕，对他破绽百出的攻击，再次侧步躲开，并一脚将他踹出擂台。

　　毫无争议的胜利啊！简直是压倒性的差距！

　　唐话将刀背到身后，偏头看向人群中的董武，露出一个纯粹的笑容。

　　只是那笑容落在董武眼里，与讽刺无异。

　　现场先是有个粗神经的家伙举手欢呼，喊了两声发现无人应和，又尴尬地憋回去。

　　气氛在他的影响下变得越发凝滞，众人都寂静下来，想装作无事发生。

　　唐话跳下擂台，朗声问道："我有资格进一中了吗？"

　　众人闻言，齐齐将视线飘向董武，发现他脸色差得惊人，不敢再逼视他，又将目光收了回来。

　　随后那视线便游离在空中，将空气搅得更加尴尬。

　　半晌无人回应。一切尽在不言中。

　　董武不堪受辱，甩手离去。

　　他的徒弟咬了咬牙，面色苍白，快步跟在他的身后。

　　等人走远后，擂台场周围终于恢复了一些生气。

　　唐话笑着又问了一遍："现在，我可以进一中了吗？"

　　围观群众甚至已经开始为他鼓掌相庆了。

　　"不可以。"

　　一道浑厚的声音从远处传了过来，校方的工作人员明显变得有些紧张。随后说话那人穿过人群走到擂台前面，不客气道："年轻人性格太躁，不知尊卑，不适合学武。一中不会招纳。"

　　唐话定定地看着他。

　　那人又问："怎么？你也要向我挑战吗？"

　　"不。"唐话这一次乖顺地应了下来，说道，"如果一中的管理者就是这样不分黑白、卑躬屈膝的人，这就不是一所值得我求学的学校。"

　　"口气挺狂。"那人哼笑了两声，指着门口道，"出了一中，我看看你能去什么地方。"

　　唐话确实狂放地笑了出来，只是笑着笑着，又多出了一份倔强和一份固执。

　　"联盟很大，你还远没有到能只手遮天的地步！一个需要靠打击一个少年来展现自己威严的人，也不会是什么大人物。"

　　唐话说得很大声，不知道是为了告诉对方，还是告诉自己。

　　"总有一天我会变得比董武更强，到时候我再来告诉你，什么是对，什么是错！"

说完傲然转身离开，不再管身后人的心情。

唐话不仅没有能考入一中，还被董武带头封杀了。之后他又报名了几所学校，都因为一中的事情闹得太大，被对方拒收。

唐话想过董武不是什么有大出息的人，但真没想到他竟然是个这么睚眦必报的小人。

唐话的朋友得知这个消息，也是气得破口大骂："他们凭什么这样欺负你！明明是他们输了，打不过你，居然反过来打压你？我还以为董武真的像教练说得那么厉害，原来也就是个垃圾！你性格太躁，董武的性格不躁吗？他徒弟还忒恶心人呢！一中的校长也不是个东西！"

唐话一笑，似乎并不在意，只说："当你没有实力的时候，你做什么都可能是错的。"

他的朋友依旧愤愤不平："怎么可以这样！"

唐话握拳道："所以，人要变得强大。只要你抓住这个世界的规律，那它就是公平的！"

朋友永远无法理解唐话的乐观，似乎他总能找到一万个理由让自己勇往直前，于是闷声道："你怎么好像还挺高兴的？"

唐话笑了下，说："我确定了一件事情！"

之前的那一战让他明白了，他的训练是可行的，他的武道是通畅的。他能依靠自己的努力，变得比别人更强。

董武能有今天的地位，是因为他比多数人都强。人类慕强的本质不是错，错的是他还不够强。

他能打得过董武的徒弟，将来有一天也能打败董武。

当然，他认为真正的强者，并不是像董武一样只有身体上的蛮横，而应该是心灵上的无坚不摧。

虽然他没有亲身经历，但是他能从联盟包罗万象的网络里，知道那些能被真正称为英雄的江湖义士是怎样的坚韧，知道生长在不同地方的人类可以有怎样不同的人生，知道他所经历的这一切，绝对不是正常而可以顺从的事情。

人只要知道得越多，看得越广，就越不会感到害怕。

唐话说："垃圾星只是垃圾星而已，垃圾星之外，还有各大星系。星海很广阔，我不相信这个世界上所有的地方、所有的人，都是这么胆怯而无耻。在垃圾星之外，一定有真正的武道圣地。我要去！"

朋友忍不住提醒他现实："那你以后要怎么办？"

关于之后的去向，唐话已经认真思考过。

垃圾星上统共就几所好学校，资源倾斜非常严重，而那几所学校之间的关系还不错，经常会有联谊交流。他得罪了一中的人，就注定很难找到合适的中学。

就算可以进到一所重点中学，唐话也会怀疑，对方是不是故意招收他，再压着他的学籍做些什么。

既然已经到了这个地步，唐话干脆地放弃了正常入学的方式。他把自己的学籍挂到一所流动中学上，然后坚持自我训练。

他从联盟公开的教学网站上下载了部分名师课程，自己私下进行补足，同时在三夭作战论坛里搜索各种攻略资料，然后逐一分析，进行记录。

虽然跌跌撞撞，但是他在成长。

十年磨一剑也可以。这剑不磨到锋利，他就绝不停止。

之后，唐话开始向比自己年长的人挑战，想从实战中获取经验。

他将所有的比斗画面都拍了下来，剪辑成完整的视频，发送到联盟各大知名军校的招生邮箱里。

第一年的时候，他没有收到任何回复，大约是被当作垃圾邮件处理了。同年他已经在垃圾星臭名昭著。

第二年的时候，他依旧没有收到回复，垃圾星上已经有许多人将他看作一个笑话。

第三年的时候，沉默依旧，连先前还对他抱有微弱希望的人也放弃了，显出嘲笑跟不屑的态度。

一直到第四年，唐话十六岁。

这一年，我行我素的他攒够了去往首都星的机票钱，也是这一年，他收到了来自联盟军事大学的一封回函。

回函当中只写了几句话：

　　为什么你不上课？你是一位很有潜力的年轻人，但请不要懈怠文化课的内容。我校会继续关注你的动态，明年可以寄送邮件到这个邮箱……

唐话其实并没有期望自己寄送的文件能够得到回应，但是联军的这一封回函，确实给他带来了极大的信心。

对方说他很有潜力！既然主动给他回信，并且提供了内部邮箱，那肯定不是一句谦辞！

这一封回函，彻底改变了唐话的命运，也打破了垃圾星的沉寂。

得知唐话竟然收到了来自联军的回信，几位校方高层都是一阵后怕。他们连夜带着人来找唐话，希望能用利益弥补他这些年受到的不平待遇，只要他可以好好说话。

唐话什么都没答应。他反锁上门，默默地给联军的内部邮箱发送了一封新的邮件，表示他不是不读书，他是没书读，他特别委屈。

告完状，联军那边很快回信表示，他们特别地震惊！

事情发展顺利得超乎唐话的想象。

打压学生求学，在联盟是极其严重且恶劣的一个罪行。尤其这一次的事情，明显牵扯到了垃圾星教育资源分配的问题，其中跟教育局的权力构成有很大关系。

几位部门领导没拦住，毕竟谁也不敢去截军校的内部邮件。高级军校的往来邮件，其重要程度堪比军部保密信息，敢黑他们的通信内容，是要负刑事责任的。

众人忐忑不安地等了不到一个星期，就等到了从首都星派来的调查人员。

唐话第一次见识到了联盟顶尖军校的体量和气度。对方代表谦逊有礼地……给他捐了十万块钱，并且为了他租用了一台模拟训练器。

于是，在唐话野蛮生长了四年之后，他受到的不公待遇终于得以改善，还是以一种浩大高调的方式。

教育局的几位领导全部被撤换。一中等几所学校被集体批评，且重新调整各校的补助款项，有违法行为的接受彻查诉讼。而董武的个人信用考核上，打上了一个代表处罚的黑戳。

唐话满足了，高兴了，像个真正的少年，雀跃不已。

他以超龄的年纪，上了一年初三，然后又跳到高中读了三年。

最终，在他二十一岁的时候，收到了来自联盟军事大学的试训邀请。

唐话以最受争议的武学路数，被校方破格录取。

这一年，唐话背着自己破旧的背包，登上了前往首都星的飞船。

第二年，黑马逆袭，斩获联赛冠军。

他的名字不再只是局限于垃圾星，而是整个联盟。

星星之火，始于弱小，然不灭于黑暗。

叶洒跟小开云

叶洒推开门走出去，不解今天地下城怎么那么安静，连多余的人声都没有。来到街上，发现城市中央空荡荡的，没有半个人影，景色看着还有点陌生。

叶洒愣住了，往前走了两步，停在一扇机械大门前，用手在门上的密码锁处按压。

他清楚地记得，这扇门前两天被筋斗云不小心撞坏了，开云刚换了个新的，上了层卡通图案的漆，怎么现在又变回了冰冷的浅蓝色？

叶洒再次环视一圈，眉头紧皱。

"开云！"

他放声喊了两句。

"广宇！"

"师父！"

叶洒沿着主路一直走下去，走了十来分钟，都没遇到半个人影，反倒在路边看见了不少他记得已废弃的智能机器人，建筑的外观也带着古朴的气息。

自动贩卖机闪着淡黄色的光芒，立在大门紧锁的食堂旁边。

叶洒干咳一声，过去买了瓶水。不用投币，选定后机器直接发放。

他扫了眼包装上的生产日期，迟疑片刻，还是拧开喝了一口。

味道是正常的。

他意识到这可能是自己的一场梦，只是真实得有些恐怖。

他在路边蹲下，从兜里掏出光脑，解锁查看。

右上角显示没有信号。

晨星的信号是永远不会切断的，因为它连接着母胎系统，而母胎系统最近正在孕育一批新的幼崽，开云每天都会过去看两眼。

"怎么回事？"叶洒低语了声，将光脑放回到自己兜里。

他想醒来，觉得这个梦境来得有些莫名其妙，然而一切显得过于真实，甚至连痛感都是存在的，让他有些怀疑。

总不能是穿越了吧？这个猜测比大型整蛊游戏更加不靠谱。

叶洒站起身，按压指节，准备对旁边的机器打上一拳。这时，远远地传来一首古旧的儿歌，字正腔圆的女声与洪亮的伴奏，在地下城的空气里来回飘荡。以叶洒的听力，还听出了夹杂在歌声中的，轮胎与地面快速摩擦的声音。

他收回手，站在附近等待。

果然，不多时，一辆玩具车从转口处驶了过来，上面坐着个扎着朝天辫的小朋友。

她在食堂门口停下，老练地跑下车，踮起脚从自助贩卖机里买了一瓶儿童奶。

那熟悉的五官、熟悉的神情，让叶洒瞬间意识到，这是开云小时候。

她分明看见叶洒了，却故意视而不见，回到车上后，皱了皱鼻子，默默低下头，用手在方向盘旁边的仪器上点了点，奶声奶气地命令道："启动，出发啦！"然后用手把住方向盘，非常认真地要飙儿童车。

叶洒一个箭步过去，一把按住车尾，将她拦下。

"嘀嘀"两声系统音后，冰冷的女声播报了一句："行驶异常，已强制关停。"随后，小车的轮胎停止了转动。

小开云扭过头，一动不动地盯着他，似乎现在才发现他的存在。她的反应变得迟缓，过了半晌，莫名其妙地问了一句："有人吗？"

叶洒狐疑，回道："当然。"

开云站起来，正对着他的脸，几乎是吼叫着问了一句："是机器人吗？"

叶洒说："不是。"

她的眼睛乌黑明亮，在刹那间发出一点光来，身形摇晃了下，原先还老成的脸上，莫名显出一丝小心翼翼。

叶洒以为她要说些什么，等了半分钟，看见她张开嘴，很是克制地发出了一声："哇……"

她两手用力抓着刚买来的牛奶，埋头拆开，殷勤地递给叶洒。

叶洒婉拒："不了，你喝吧。我不喝甜牛奶。"

开云紧盯着他，看得入了神，不由得又"哇"了一声。

这大概是她第一次被真人拒绝，也是第一次听见除了"好""系统不允许"之外的回答，虽然有别于她的想象，眼眶还是有些湿润了。然而眨巴眨巴着，她抬手用力在脸上一抹，露齿笑了出来，只剩下纤长的睫毛上残留着细碎的水珠。

叶洒看她还在那么小的年纪已经学会了故作坚强，心下有点发酸。

开云灵活地转过身，指着小车的尾巴，大方分享道："给你坐！"

叶洒情绪一收："……不用了。"坐不下。

小开云讨好地说："那我去给你找大车车！我有很多！"

叶洒知道她有很多，荒芜星给她准备了从小到大数百辆玩具车，跟衣服一样，供她随意挥霍。只是他不想带着一个还没断奶的孩子在街上玩飙车。

叶洒看着她头顶的冲天辫一摇一摇的，忍不住伸手摸了摸，干燥的发尾给他的手心带来一丝痒意，同时有一点别样的乐趣。

开云顿了顿，仰起头问："你要帮我扎头发吗？"

叶洒奇怪道："你不会吗？"

"我怎么会自己扎？"开云举起手，在头上比画了一下。

这个年纪，她的手脚还没有发育到协调的程度，有点太短了，扎头发不方便，都是保姆机器人给她帮的忙。

叶洒不喜欢小孩子，但看开云就觉得特别可爱，还莫名从她身上看出了点筋斗云的影子。

聪明、调皮，又喜欢撒娇。

筋斗云果然是亲生的。

他还在暗笑，开云已经主动将辫子凑过来，示意他帮自己扎。

叶洒就找了个位置，把开云抱到自己腿上。开云调整了下姿势，盘腿坐在他怀里，朝后一靠，认真喝自己的牛奶。

叶洒其实也不大懂怎么扎头发，看长大后的开云从来都是随便甩啊甩就束好了，而他只能越弄越乱。好在小开云的头发不长，不容易打结。

他试了有十几分钟，都扎得奇形怪状，最后遗憾地放弃，叫来了保姆机器人，让它放教程影片给自己示范。

开云歪着脑袋，全程都表现得很乖巧，到后面大约是因为无聊，失神地发起呆来。

叶洒揉揉她的头，问道："你在干什么？"

开云小小声地说："我在听心跳。"

这答案给了叶洒好大的诧异，开云见他不抵触，又将脸贴过去一点，把脑袋埋在他的胸口，嘴唇无声翕动，模拟着心脏跳动的节奏。

在她的常识里，有温度、有心跳的才是人类，这是她第一次见到别的同类。

她轻轻抱着叶洒，说话也是轻声细语的，生怕任何过大的动静会将自己惊醒。

从没有哪一次的梦像今天这样真实，高兴得她不想醒来。

叶洒心中很不是滋味。

开云永远是一副大大咧咧、无忧无虑的模样，仗义、直爽、温柔，还带着点横冲直撞，有自己的一套大道理，像颗时刻会发出光热的小太阳。

原来她小时候，也有这样卑微的一面。渴求别人的陪伴，畏惧着空无一人的街道，然后狂步奔跑，背离黑暗，等到某一天，能大声笑着面对这个孤冷的世界。

叶洒先前对开云种种不解风情的怒意，都在这一刻消散了。

他正在伤怀，怀中忽然一空，开云站了起来。她拉着叶洒的手往外走，要带他去逛一逛这座地下城。

地下城叶洒其实已经住了好几年，很清楚这里的设施，也知道开云喜欢什么样的建筑。

他去找了辆稍微宽敞些的小车，缓慢地驾驶着车辆，与开云在城中游荡。

每到一个地方，开云就会跑进去翻出件礼物来，恨不得将全部的好东西都送给他，以此来委婉地表示自己想挽留他的心情。

纵然叶洒开得再慢，不过一眨眼的工夫，车辆还是回到了那台熟悉的自动贩卖机前。

他把开云翻找出的玩具搬下来，陪她在空地上玩了会儿。

时间如流，恍惚而逝。保姆机器人走了过来，停在马路中间，提醒开云到了系统设置的休息时间。

叶洒这才发现，原来已经晚上 8 点了。

他在想这个梦好长，不知道什么时候醒来。小开云抬起头，敏锐地察觉到他应该是要走了，维持了大半天的笑容再也坚持不住，整张小脸都写满了颓丧和可怜。

她低着头，抓着一颗蓝色的小球在地上滚了滚，装作不经意地走到叶洒身边，问道："你要吃夜宵吗？"

叶洒将她抱到怀里，静静看了她一会儿，示意她背过身去，给她重新扎了遍头发。

开云的冲天辫不住地抖动，声音闷闷地道："你可以留下来做我的朋友吗？"

叶洒迟疑，不忍直白地说出拒绝的话语，只道："我们以后会见面的。"

开云追问："为什么不是一直见面，而是以后才见面？！"

她这时候显出一点任性来，眼泪不可抑制地涌出，怎么都擦拭不尽。她自暴自弃，索性大哭出声："你在生我的气吗？我是不是不乖？"

叶洒抱着她，给她擦眼泪，一阵手足无措，只能跟她保证道："我永远不会生你的气。"

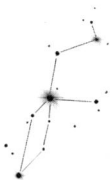

小开云抽噎了许久，努力将泪水憋回去，实在不行，抬手捂住自己的脸，抽抽搭搭地问："你什么时候回来，做我的朋友？"

叶洒头一次觉得，自己跟开云相遇得太晚，含糊地道："等你长大就见面了。"

小开云："那你还会走吗？"

这句话他说得很肯定："不会走了。"

小开云强忍下情绪，抱住他的手，用拇指跟他摁了个印。

这段梦境到这里终于结束，叶洒睁开眼睛，沉沉吐了口气，感觉手背上还残留着小开云的眼泪，过了几分钟才让自己彻底清醒过来。

他摸过光脑看了眼时间。在梦里过了足有半天那么长，其实才睡了两三个小时而已。

叶洒站起身，走出卧室，在看见沙发上躺着的人影后，神情一怔，正要合上门板的手放轻了动作。

他蹑手蹑脚地走过去，扯过一旁的毛毯盖到开云身上，而后蹲在一旁，对着她恬静的睡颜注视了许久。

"算了。"叶洒无奈一笑，抬手摸向开云的侧脸。

开云察觉到些许的动静，迷迷糊糊地睁开眼睛。叶洒紧张中手一重，捏了下去。

开云彻底清醒过来，原地起跳，叫道："你为什么偷偷打我？不疼也算打，我俩扯平了！你不许再生我的气了！"

叶洒转身就走。

开云吵吵嚷嚷地跟在他身后："洒哥？洒哥！你再这样我就行使我小国王的权力了！你为什么又不高兴……"

图书在版编目（CIP）数据

有朝一日刀在手 / 退戈著. -- 北京 : 北京联合出
版公司, 2023.2
　ISBN 978-7-5596-6150-0

　Ⅰ.①有… Ⅱ.①退… Ⅲ.①幻想小说—中国—当代
Ⅳ.①I247.5

　中国版本图书馆CIP数据核字(2022)第064163号

有朝一日刀在手

作　　者：退　戈
出 品 人：赵红仕
责任编辑：徐　鹏

北京联合出版公司出版
（北京市西城区德外大街83号楼9层　100088）
三河市冀华印务有限公司印刷　新华书店经销
字数373千字　700毫米×980毫米　1/16　印张21.25
2023年2月第1版　2023年2月第1次印刷
ISBN 978-7-5596-6150-0
定价：48.00元